Sue Grafton

Américaine, originaire du Kentucky, Sue Grafton est diplômée de littérature anglaise. Elle a débuté sa carrière d'écrivain en 1967 en publiant un premier roman et a écrit des scénarios pour la télévision américaine, parmi lesquels deux adaptations de romans d'Agatha Christie.

C'est en 1982, avec *A comme Alibi*, suivi trois ans plus tard de *B comme Brûlé*, que Sue Grafton commence son étonnant abécédaire du crime, et qu'elle crée le personnage de Kinsey Millhone, détective privé que l'on retrouve dans les quinze volumes déjà parus. Traduite dans le monde entier, Sue Grafton est considérée comme l'une des figures les plus originales du roman noir américain.

"I"
COMME INNOCENT

DU MÊME AUTEUR
CHEZ POCKET

**L'abécédaire du crime,
les enquêtes de Kinsey Millhone :**

A COMME ALIBI
B COMME BRÛLÉE
C COMME CADAVRE
D COMME DÉRAPAGE
E COMME EXPLOSIF
F COMME FUGITIF
G COMME GIBIER
H COMME HOMICIDE
I COMME INNOCENT
J COMME JUGEMENT
K COMME KILLER
L COMME LEQUEL
M COMME MACHINATION
N COMME NAUSÉE
O COMME OUBLI
P COMME PÉRIL
Q COMME QUERELLE
R COMME RICOCHET

SUE GRAFTON

"I" COMME INNOCENT

PRESSES DE LA CITÉ

Titre original :

« I » is for Innocent

Traduit de l'américain par Michèle Truchan-Saporta

Cet ouvrage a été antérieurement publié sous le titre :
Un innocent aux mains pleines.

Le papier de cet ouvrage est composé de fibres naturelles, renouvelables, recyclables et fabriquées à partir de bois provenant de forêts plantées et cultivées durablement pour la fabrication du papier.

Édition originale : Henry Holt and Company, Inc.

ISBN : 978-2-266-13240-4

Remerciements

L'auteur souhaite remercier tous ceux qui lui ont apporté leurs conseils et leurs encouragements, notamment : Steven Humphrey; Sam Eaton, avoué; B. J. Seebol, docteur en droit; John Mackhall, avoué; Debra Young, avouée; Joe Driscoll, de l'agence Joe Driscoll & Associates Investigations; l'inspecteur de police Terry Bristol et le brigadier Carol Hesson, du département du Shérif du comté de Santa Barbara; le détective Lawrence Gillispie, attaché au bureau du Coroner, département du Shérif de Santa Barbara; Eric S. H. Ching; Debby Davison, de la chaîne de télévision KEYT-TV; Richard Dodge, des établissements Far West Gun & Supply; Charles Sunderlin, chef de produits chez Heckler & Koch; George E. Rush; Florence Michel; David Elder; et Carter Blackmar.

A ma petite-fille, Erin, avec tout l'amour de mon cœur.

1

J'ai le regret de vous faire savoir qu'au moment de mourir, je n'ai pas vu toute ma vie défiler en un éclair devant mes yeux. Aucune lumière blanche ne m'a fait signe au bout d'un tunnel; aucun doux frisson ne m'a parcourue à l'idée que mes chers défunts m'attendaient dans l'au-delà. Tout ce que je sais, c'est que j'entendais une petite voix flûtée persifler sur un ton indigné : « Voyons. Tu n'es pas sérieuse. Alors c'est vraiment *ça* ? » Ce que je regrettais surtout, c'était de n'avoir pas mis en ordre les tiroirs de ma commode, la veille, comme j'en avais eu l'intention. Rien de plus pénible que la pensée de laisser à ceux qui pleurent votre disparition prématurée l'image indélébile de vos petites culottes défraîchies. Vous avez le droit de mettre en doute la justesse de cette observation car il est évident que je n'ai pas trépassé quand je croyais le moment venu; en tout cas, soyons lucides, la vie est dérisoire et je crois que le fait de mourir ne rend pas les mourants plus sages pour autant.

Je m'appelle Kinsey Millhone. Je possède une licence de détective privé et j'opère dans la région de Santa Teresa, qui se trouve à cent cinquante kilomètres au nord de Los Angeles. Au cours de ces sept dernières années, j'ai dirigé ma propre petite agence privée, domiciliée dans un bureau appartenant à une compagnie d'assurances, la California Fidelity, et adjacent au siège même de celle-ci. L'accord que j'avais passé avec la CF me donnait le droit d'occuper un joli bureau d'angle, moyennant quoi j'effectuais pour son compte et au coup par coup des enquêtes à propos de sinistres tels que des incendies criminels et des morts suspectes. Au début du mois de novembre, cet arrangement avait brusquement pris fin quand un « as » de la rentabilité, qui s'était déjà distingué dans la filiale de la CF à Palm Springs, avait été transféré à Santa Teresa.

Etant donné mon statut de collaboratrice indépendante non salariée de la California Fidelity, je ne croyais pas devoir subir les contrecoups de ce changement dans la direction de la maison. Pourtant, dès notre première (et seule) rencontre, cet individu et moi-même avions éprouvé une irrésistible antipathie l'un pour l'autre. Pendant les quinze minutes de notre unique entrevue, je m'étais montrée insolente, chicanière et fort peu coopérative. Après quoi, tout ce que je sais, c'est que je m'étais retrouvée à la rue, avec un assortiment de cartons contenant les dossiers de mes clients. Et pas la peine de rappeler que ma collaboration avec la CF venait d'aboutir au démantèlement total d'une gigantesque arnaque à l'assurance automobile portant sur des millions de dollars. Tout *ça* ne m'avait valu qu'une poignée de main furtive de Mac Voorhies, bien connu pour sa lâcheté et vice-président de la compagnie, lequel m'assura être tout aussi épouvanté que moi par les méthodes de ce sale type. Si j'étais sensible à cette manifestation de sympathie, mon problème ne s'en trouvait pas résolu pour autant. J'avais besoin de travailler et il me fallait un bureau où m'installer. Outre le fait que mon appartement est trop petit, il ne se prête guère à l'exercice de ma profession. Certains de mes clients sont peu recommandables et je ne veux pas que ces gibiers de potence connaissent l'endroit où je vis. J'avais déjà assez d'ennuis comme ça.

Compte tenu de la dernière hausse brutale des impôts fonciers, mon propriétaire avait été contraint de doubler mon loyer. Ce réajustement l'avait encore plus affligé que moi, mais d'après son comptable il n'avait pas le choix. Le montant restait néanmoins raisonnable et je n'avais pas à m'en plaindre. Pourtant l'augmentation ne pouvait pas survenir à un pire moment. J'avais épuisé mes économies en me payant une « nouvelle » voiture, une VW 1974 – une coccinelle bleu pâle, avec une seule petite bosse sur l'aile arrière gauche. Mes dépenses courantes étaient modestes, mais il ne me restait pourtant plus un sou en fin de mois.

J'ai entendu dire que si des gens se font virer c'est parce qu'ils cherchent inconsciemment à recouvrer leur liberté, mais ça m'a tout l'air d'être le genre de déclaration que l'on fait avant d'être flanqué dehors. Un licenciement, c'est moche; ça fait un effet tout aussi brutal que la découverte d'une infidélité. L'amour-propre en prend un sacré coup et l'idée que l'on se fait de soi-même en sort tout aplatie comme un pneu crevé par un clou. Dans les semaines qui avaient suivi ma mise à la porte, j'étais passée par toutes les phases qui accompagnent le diagnostic d'une maladie dont l'issue sera fatale à brève échéance : fureur, refus, marchandage, accès d'ivrognerie, emploi de mots orduriers, rhumes de cerveau, gestes grossiers, anxiété et apparitions subites de désordres alimentaires. Je m'étais aussi complu à entretenir un flot ininterrompu de pensées déshonorantes envers le responsable de tout ce gâchis. Dans un second temps, néanmoins, j'avais commencé à me demander s'il n'y avait pas quelque chose de vrai dans l'idée que la personne congédiée avait un désir refoulé d'être jetée dehors. Peut-être que je m'ennuyais à la CF. Peut-être que j'en avais assez. Peut-être que je souhaitais tout bonnement changer de décor. Quoi qu'il en soit, j'avais fini par m'habituer à la situation et je sentais l'optimisme couler dans mes veines comme le sirop dans l'érable. C'était bien plus qu'une question de survie. D'une manière ou d'une autre, je savais que j'allais *reprendre le dessus*.

Pour commencer j'ai loué une pièce inutilisée dans le cabinet juridique de Kingman et Ives. Lonnie Kingman a une quarantaine d'années, il mesure un mètre soixante-quatre pour quatre-vingt-treize kilos; c'est un passionné d'haltérophilie, perpétuellement imbibé de stéroïdes, de testostérone, de vitamines B12 et de caféine. Il est affublé d'une tête hérissée de poils bruns hirsutes, comme un poney en pleine mue qui abandonne sa fourrure hivernale. Son nez a l'air d'avoir été presque aussi souvent tabassé que le mien. Je sais, grâce aux divers diplômes accrochés au mur de son bureau, qu'il a obtenu une licence ès lettres à Harvard, une maîtrise à Columbia, et qu'il a réussi ses examens à la faculté de droit de Stanford avec la mention *très bien*.

Son associé, John Ives, tout aussi couvert de lauriers académiques, préfère naviguer dans les eaux calmes et ingrates de la pratique. C'est un civiliste, très fort dans les recours en appel ; il est réputé pour son imagination hors du commun, le sérieux de ses recherches et ses dons d'écriture exceptionnels. Depuis que Lonnie et John se sont installés, il y a six ans, les effectifs du cabinet ont augmenté et comprennent maintenant une réceptionniste, deux secrétaires, voire un clerc qui fait aussi office de garçon de courses. Martin Cheltenham est le troisième avocat du cabinet, bien qu'il n'y soit pas officiellement associé. C'est le meilleur ami de Lonnie ; il est locataire d'un bureau tout comme moi.

A Santa Teresa, on dirait que toutes les affaires qui font du bruit atterrissent chez Lonnie Kingman. Il a bâti sa renommée en défendant certaines causes de droit pénal, mais il se passionne toujours pour les procès compliqués où il est question de blessures accidentelles ou de décès suspects, et c'est ainsi que nos chemins s'étaient croisés pour la première fois. Par le passé j'ai un peu travaillé pour Lonnie et, outre le fait qu'il m'arrive d'avoir besoin moi-même de ses services à l'occasion, je me disais que son nom ferait bon effet sur ma carte de visite. De son point de vue, abriter un détective dans ses bureaux ne pouvait pas lui causer du tort. Tout comme à la California Fidelity, je ne suis pas salariée du cabinet. J'y travaille en qualité de collaboratrice indépendante ; je fournis des prestations professionnelles et je les facture en conséquence. Pour fêter ma nouvelle organisation, je m'étais acheté un ravissant blazer en tweed que je comptais porter sur mes jeans et mon col roulé habituels. Je trouvais que j'avais l'air d'une vraie battante dans cette tenue.

C'est par un lundi de décembre, en début de soirée, que je fus mêlée pour la première fois à l'affaire de l'assassinat d'Isabelle Barney. Ce jour-là, j'avais fait un tour en voiture, à deux reprises, jusqu'à Cottonwood – deux fois quinze kilomètres – pour délivrer une citation à un témoin dans un procès pour coups et blessures. La première fois, il n'était pas chez lui. La seconde fois, je lui remis les papiers, sans me soucier de sa contrariété, et m'empressai de m'éloigner, en faisant hurler ma radio de bord pour ne pas entendre les remarques plutôt ordurières qui accompagnaient ses adieux. Il m'adressa même une ou deux grossièretés que je n'avais pas entendues depuis plusieurs années. De retour en ville, je fis un détour pour passer au bureau.

L'immeuble de Kingman est un bâtiment crépi, à trois niveaux ; un garage occupe le rez-de-chaussée et il y a deux étages de bureaux au-dessus. Tout le long de la façade, six doubles portes-fenêtres à la française s'ouvrent vers l'intérieur quand on veut aérer une pièce ; elles sont flanquées de hauts volets en bois, peints dans cette douce tonalité vert-de-gris que prend le cuivre un peu oxydé. Une rambarde légère, en fer forgé, protège la partie basse de chaque porte-fenêtre, jusqu'à mi-hauteur. Sa fonction est essentiellement décorative mais, à la rigueur, elle peut empêcher un chien suicidaire – ou l'enfant rageur d'une cliente – de sauter par la fenêtre dans un accès de dépit. Le bâtiment occupe toute la largeur du terrain ; sur la droite, une allée passe sous une voûte cochère et mène au minuscule parking situé derrière la maison. L'inconvénient, c'est la pénurie des endroits où se garer. Il y a six locataires et seulement douze places de stationnement. Comme Lonnie est propriétaire des murs, son cabinet juridique a droit à quatre emplacements : un pour John, un pour Martin, un pour Lonnie et un pour la secrétaire de Lonnie, Ida Ruth. Les huit espaces restants ont été attribués en fonction des baux signés par les différents locataires. Quant aux autres occupants, parmi lesquels je me trouve, nous n'avons qu'à nous garer le long du trottoir ou sur le parking public situé à trois rues de là. Les tarifs pratiqués y sont ridiculement bas, comparés à ceux des grandes villes, mais pour mon maigre budget la note est lourde. En ville, le stationnement n'est pas payant mais il est limité à quatre-vingt-dix minutes et les contractuelles sont promptes à vous épingler si vous trichez d'une seule minute. En conséquence, je perds beaucoup de temps soit à changer ma voiture de place, soit à faire le tour du quartier pour essayer de dénicher une place qui soit à la fois proche et libre. Heureusement, cette situation exaspérante ne dure que jusqu'à six heures du soir.

Il était six heures un quart et les fenêtres du devant, au

troisième étage, étaient obscures; j'en déduisis que chacun était déjà rentré chez soi. En roulant sous le porche, je vis que la voiture de Lonnie se trouvait toujours à sa place. La Toyota d'Ida Ruth était partie de sorte que je m'installai sur son emplacement, à côté de la Mercedes de Lonnie. Une Jaguar bleu pâle, inconnue de moi, occupait l'espace de John. Je sortis la tête par la portière de la voiture et tendis le cou. Les lumières étaient allumées dans le bureau de Lonnie : deux rectangles jaune pâle faisaient tache dans l'ombre du toit en pente. L'avocat était probablement en compagnie d'un client.

Les journées raccourcissaient régulièrement et la pénombre enveloppait la ville à cette heure-là. Quelque chose dans l'air donnait envie d'être devant un feu de bois, de se trouver en tendre compagnie et de siroter le genre de cocktail qui a l'air élégant dans les spots publicitaires et a un goût de liniment. Je me dis en moi-même que j'avais du travail à faire, mais en réalité ce n'était qu'un prétexte pour retarder mon retour à la maison.

Je fermai ma voiture à clef et me dirigeai vers l'escalier central, qui s'élevait à l'intérieur d'un boyau creux comme un conduit de cheminée. Les marches étaient plongées dans une obscurité d'encre et je dus me servir de la petite lampe accrochée à la chaîne de mon porte-clefs pour fendre les ténèbres. Le couloir du second étage était sombre mais, à travers la porte d'entrée en verre dépoli, je pouvais voir de la lumière dans la réception. De jour, l'ensemble du second étage est accueillant et bien éclairé, avec ses murs blancs et sa moquette orange foncé, sa forêt de plantes vertes, un mobilier scandinave et plusieurs œuvres d'art – des dessins originaux aux couleurs vives. Auparavant, le local que je loue était utilisé comme salle de conférences combinée avec une cuisine; il est désormais occupé par ma table de travail, un fauteuil pivotant, des classeurs, un petit canapé convertible en lit pour les cas d'urgence, et un téléphone couplé avec mon répondeur. J'étais toujours répertoriée dans les pages jaunes de l'annuaire à la rubrique des détectives, et les personnes qui m'appelaient à mon ancien numéro étaient avisées de mon changement d'adresse. Pendant les semaines qui avaient suivi mon déménagement, alors que les affaires étaient rares, j'avais dû délivrer des sommations pour pouvoir joindre les deux bouts. A raison de vingt dollars la pièce, il n'y avait pas de quoi s'enrichir, mais quand la journée avait été bonne il m'arrivait parfois de me faire une centaine de dollars. Pas négligeable, si je parvenais à intercaler quelques enquêtes dans cette routine.

J'entrai sans bruit, pour ne pas déranger Lonnie s'il se trouvait en plein entretien. La porte de son bureau était ouverte et j'y jetai machinalement un coup d'œil en passant. Il était en train de parler avec un client, mais en m'apercevant il me fit un signe de la main avant de m'appeler :

– Kinsey, peux-tu venir pour une minute? J'ai quelqu'un ici que je voudrais te présenter.

Je rebroussai chemin vers l'entrée du bureau. Le client de Lonnie était assis dans le fauteuil de cuir noir, et il me tournait le dos. Comme Lonnie se mettait debout, son client se leva lui aussi et se retourna pour me dévisager pendant que nous étions présentés l'un à l'autre. Son aura était sombre, si vous en pincez pour ce genre de vocabulaire.

– Kenneth Voigt, dit Lonnie. Je vous présente Kinsey Millhone, la détective privée dont je vous ai parlé tout à l'heure.

Nous échangeâmes une poignée de main en égrenant la litanie des congratulations habituelles pendant que nous nous observions l'un l'autre. Il avait une cinquantaine d'années, des cheveux bruns et des yeux marron foncé; ses sourcils étaient séparés par les profonds sillons d'un froncement permanent. Son visage était dur, son vaste front un peu dissimulé par une mèche de cheveux clairsemés ramenée à la brosse sur le côté. Il me souriait poliment mais ses traits n'en étaient pas vraiment illuminés. Une pâle pellicule de sueur rendait son front brillant. Profitant de ce qu'il était debout, il avait ôté son veston de sport et l'avait jeté sur le canapé. Le polo gris sombre qu'il portait était à manches courtes, avec trois boutons sur l'échancrure de son col ouvert. Des poils foncés et frisés émergeaient de son encolure et il avait une toison sombre sur les bras. Il était étroit d'épaules. Les muscles de ses bras filiformes étaient peu développés. Il aurait eu besoin de fréquenter un gymnase, au moins pour se défouler. Il sortit un mouchoir, tamponna son front et sa lèvre supérieure.

– Je veux qu'elle entende ça, disait Lonnie à Voigt. Elle peut parcourir les dossiers cette nuit et s'y mettre à la première heure demain matin.

– Ça me convient, dit Voigt.

Ils se rassirent tous deux. Je me tassai dans un coin du canapé et ramenai mes jambes sous moi, vivement stimulée à la perspective d'encaisser des honoraires. Un des avantages quand on bosse pour le compte de Lonnie, c'est qu'il sait écarter les mauvais payeurs.

Lonnie me fournit quelques mots d'explication avant de reprendre la conversation.

– Le détective privé que nous utilisions vient juste d'avoir une crise cardiaque. Morley Shine, tu le connaissais?

– Et comment! dis-je avec un sursaut. Morley est mort? Quand ça?

– Hier soir, vers huit heures. J'étais parti en week-end et comme je ne suis pas rentré avant minuit je ne l'ai appris moi-même que ce matin par un coup de téléphone de Dorothy.

Morley Shine roulait sa bosse dans le coin depuis des temps immémoriaux; nous n'étions pas intimes, mais je savais que c'était le genre d'homme sur qui je pourrais compter dans un moment critique. Lui et le type qui m'avait formée au métier de détective avaient été associés pendant des années. A un moment donné, ils s'étaient chamaillés et chacun d'eux avait depuis lors travaillé pour son propre compte. Morley avait une soixantaine d'années bien tassées, une haute taille et des épaules voûtées; il pesait probablement trente-cinq kilos de trop; il avait un visage rond plein de fossettes, un rire rauque et des doigts jaunis par toutes les cigarettes qu'il grillait. Il avait des mouchards et des indicateurs dans tous les pénitenciers de l'Etat et des informateurs partout où l'on pouvait glaner des renseignements. Il faudrait que je sonde Lonnie plus tard sur les circonstances de cette mort. Pour l'instant, je concentrai mon attention sur Kenneth Voigt, qui attendait de pouvoir reprendre son récit.

Il regardait fixement le sol, les mains nonchalamment croisées sur son giron.

– Mon ex-femme a été assassinée il y a six ans. Isabelle Barney. Vous vous souvenez de l'affaire?

Le nom ne me disait rien, et j'avouai :

– Je ne pense pas.

– Quelqu'un avait dévissé le judas, au milieu de la porte d'entrée. L'agresseur a frappé et, au moment où, après avoir allumé la lumière de la véranda, elle a voulu regarder qui était là, on lui a tiré dessus à travers le trou, avec un calibre .38. Elle est morte sur le coup.

Ma mémoire se mit à crépiter tout d'un coup.

– C'était elle? Je m'en souviens très bien. Je n'arrive pas à croire que ça fait six ans.

J'eus de la peine à m'empêcher d'évoquer le seul autre souvenir qui m'était revenu, à savoir que le type soupçonné de l'avoir tuée était son ancien mari. Apparemment ce n'était pas Kenneth Voigt, alors qui?

Je croisai le regard de Lonnie, qui en profita pour faire un commentaire, comme si mes questions lui étaient parvenues par télépathie.

– L'individu s'appelait David Barney. Il a été acquitté, si tu veux savoir.

Voigt changea de position sur son fauteuil comme si la seule évocation de ce nom lui donnait des démangeaisons.

– Ce salaud.

– Poursuivez votre histoire, Ken, dit Lonnie. Je ne voulais pas vous interrompre. Vous feriez bien de tout lui raconter pendant qu'elle est là.

Il lui fallut, sembla-t-il, quelques secondes pour se rappeler ce qu'il était en train de dire.

– Nous étions mariés depuis quatre ans... c'était pour chacun de nous notre second mariage. Nous avons eu une petite fille ; elle s'appelle Shelby, elle a dix ans, elle est interne dans une école. Elle avait quatre ans quand Iz a été tuée. Toujours est-il qu'Isabelle et moi avions des problèmes... rien de bien anormal pour autant que je sache. Elle s'était entichée de Barney. Elle l'a épousé un mois après notre divorce. Il n'en voulait qu'à son argent. Tout le monde s'en rendait compte, sauf Iz, cette pauvre idiote. En disant ça, je ne cherche pas à l'insulter. Je l'aimais sincèrement, mais elle était facile à duper, comme ça arrive souvent. Elle était brillante, pleine de talent, mais elle n'avait aucun sens de sa propre valeur, ce qui en faisait une proie facile pour les beaux parleurs. Vous connaissez probablement des femmes comme ça. Dépendantes sur le plan affectif, totalement dénuées d'amour-propre. C'était une artiste, et malgré toute l'admiration que m'inspirait son talent, je trouvais pénible de la voir gaspiller sa vie...

Je m'aperçus que je ne prêtais plus attention à son analyse psychologique. Les généralisations qu'il faisait à propos des femmes me paraissaient odieuses ; il était évident qu'à force de raconter la même histoire à tout bout de champ il avait fini par la débiter avec une grande monotonie et sans aucune passion. L'histoire n'était plus celle de cette femme mais le récit de ses propres réactions à lui. Mes yeux s'égarèrent sur les gros dossiers cartonnés empilés sur le bureau de Lonnie. Je pouvais lire VOIGT/BARNEY écrit au dos en grosses lettres. Deux boîtes en carton posées contre le mur contenaient d'autres archives, à en juger par les étiquettes collées sur le côté. Ce que Voigt était en train de dire devait s'y trouver, à savoir l'ensemble des faits connus, mais sans tout ce verbiage. Un sentiment étrange m'envahissait – sans doute disait-il la vérité, mais ce n'était pas nécessairement vraisemblable. Il y a des gens comme ça. Le souvenir le plus banal sonne faux quand ils l'évoquent. Il continua encore un moment, en enchaînant les paragraphes sans laisser à personne la possibilité de l'interrompre. Je me demandais combien de fois Lonnie lui avait tenu lieu d'auditoire. Je remarquai qu'il avait lui aussi décroché. Pendant que les lèvres de Kenneth Voigt continuaient à remuer, Lonnie avait saisi un crayon qu'il s'était mis à tourner et à retourner, en frappant à petits coups sur son bloc de papier, avec la gomme puis avec la mine, alternativement. Je reportai mon attention sur Ken Voigt.

– Comment s'est-il tiré d'affaire ? demandai-je dès que l'homme se fut arrêté pour reprendre sa respiration.

Lonnie en profita ; il était apparemment impatient d'entrer dans le vif du sujet.

– Dink Jordan représentait le ministère public. C'était d'un ennui ! Doux Jésus ! Je sais que c'est un homme compétent mais il n'a aucun talent. Il pensait pouvoir gagner le procès sur dossier.

Lonnie ricana, écœuré par l'absurdité de cette prétention.

– De sorte que, maintenant, nous attaquons Barney en justice en invoquant le préjudice causé par le décès. Ce type me fait horreur. Je le hais. A partir du moment où il a plaidé non coupable, j'ai dit à Ken qu'il faudrait piétiner ce fils de pute avec des souliers à clous. Je ne suis pas parvenu à le convaincre. On a introduit une action en justice et on a obtenu que le juge la déclare recevable, mais après ça, Ken a voulu laisser tomber l'affaire.

Voigt, mal à l'aise, fronça les sourcils.

– C'est vous qui aviez raison, Lon. Je m'en rends compte maintenant, mais vous savez ce que c'est. Ma femme, Francesca, s'opposait à ce qu'on reprenne l'enquête. C'est pénible pour tout le monde... pour moi surtout. Je n'aurais pas pu le supporter.

Les yeux de Lonnie croisèrent son regard. Il n'éprouvait pas beaucoup de sympathie pour ce que les gens peuvent ou ne peuvent pas supporter. *Son* rôle à lui consiste à faire ce qu'il faut. Quant à Voigt, il aurait dû se contenter de lui laisser carte blanche.

– Bon. OK. N'en parlons plus. De l'eau a coulé sous les ponts. Il a fallu un an pour le juger et l'acquitter du crime dont il était accusé. Depuis lors, Ken ici présent assiste à la manière dont David Barney fait son beurre avec l'argent d'Isabelle. Et, fais-moi confiance, il y en a un paquet, qui aurait dû revenir à sa fille, Shelby, si Barney avait été condamné. Au bout du compte, la famille s'aperçoit qu'elle ne peut plus tolérer cette situation. Ken est donc revenu me trouver et on est reparti à pleins gaz. Entre-temps, l'avocat de Barney, un certain Foss, dépose une demande pour faire constater le désistement de fait. Je me précipite au tribunal, je fais un ramdam à m'en rompre le cœur dans la poitrine. La demande est rejetée, mais le juge m'a bien fait comprendre qu'il n'était pas content de moi.

» Désormais, bien sûr, David Barney et l'emmerdeur qui assure sa défense utilisent tous les artifices à leur portée pour faire traîner les choses. Ils chicanent et discutaillent sur tout. Il va falloir tirer les choses au clair, compris? Comme notre homme a été acquitté au pénal, il ne devrait pas avoir peur de l'ouvrir à ce stade. Mais il reste bouche cousue. Il est tendu. Ça prouve bien qu'il est tout ce qu'il y a de plus coupable. Et puis, écoute. Vérifie ça. Ken a un gars qui s'est manifesté... il se trouve qu'il a partagé la cellule de David Barney. Cet individu a suivi toute l'affaire. Il a assisté au procès, juste pour voir ce qui se passait, et le voilà qui nous dit comme quoi Barney lui aurait quasiment avoué, juste à la porte du tribunal, qu'il avait tué Isabelle. On a eu du mal à mettre le grappin sur l'indic, c'est pour ça que je veux d'abord qu'on lui notifie une citation à comparaître.

– A quoi ça servira ? demandai-je. David Barney a déjà été acquitté du chef d'assassinat.

– Justement. C'est pour ça qu'on a balancé l'affaire au civil. On a beaucoup plus de chances de le posséder comme ça, et il le sait fichtrement bien. Il freine des deux pieds, cherche à louvoyer et à faire de l'obstruction par tous les moyens. Chaque fois qu'on dépose une motion, il dispose de trente jours pour se manifester, et son avocat – tu parles d'un salaud – attend le vingt-neuvième jour pour demander une remise. Tout lui est bon pour perdre du temps. Il n'arrête pas de faire barrage de tous les côtés.

» On a demandé à Barney de déposer à la barre et il s'est retranché derrière le Cinquième Amendement. Il a donc fallu qu'on le convoque au tribunal et qu'on le force à témoigner. Le juge l'a *mis en demeure* de répondre aux questions car son histoire de droits garantis par le Cinquième Amendement ne tient pas debout. Il ne risque pas d'être poursuivi car on ne peut pas le juger deux fois pour le même motif. On a donc remis ça avec la déposition. Mais voilà qu'il s'abrite toujours derrière le Cinquième Amendement. On demande une condamnation pour entrave à la justice, mais en même temps on arrive presque au bout du délai légal...

– Lonnie ? dis-je.

– On n'arrête pas de trépigner tant et plus et ça nous fait du tort. La période légale de cinq ans va bientôt expirer, et il faut à tout prix que le procès ait lieu. On est déjà inscrits sur les rôles et on a même reçu un droit de priorité, mais voilà que Morley tombe raide...

– Looonnnnie, dis-je en chantonnant et en levant la main pour attirer son attention.

Il s'arrêta.

– Tu n'as qu'à me dire ce que tu veux et j'irai te le chercher.

Lonnie éclata de rire et jeta son crayon dans ma direction.

– J'adore cette bonne femme. Elle perd pas son temps en conneries, dit-il à Voigt.

Il se pencha sur son bureau et poussa le tas de dossiers dans ma direction.

– Voilà tout ce qu'on a et c'est un peu en désordre. Il y a un inventaire sur le dessus – vérifie que tout est bien là avant de te mettre au travail. Quand tu seras familiarisée avec les données de base, on aura une idée de ce qui manque. Entre-temps, je veux que vous appreniez à vous connaître, tous les deux. Il va falloir vous voir souvent dans le mois qui nous reste.

Voigt et moi lançâmes un sourire poli à Lonnie sans nous regarder. Voigt n'avait pas l'air plus ravi que moi à cette idée.

2

En fin de compte je restai au bureau jusqu'à minuit. Les dossiers rassemblés sur Isabelle Barney débordaient des deux boîtes en carton qui pesaient plus de vingt kilos chacune. J'attrapai presque une hernie à les traîner entre le bureau de Lonnie et le mien. Il n'était pas question d'étudier tous les éléments d'un seul coup et je ferais aussi bien de prendre mon temps. Lonnie ne blaguait pas quand il disait que les dossiers étaient en désordre. D'après l'inventaire, le premier carton aurait dû contenir, sous forme de copies, les rapports de police, le procès-verbal du procès d'assises, les actions civiles introduites par Lonnie devant le tribunal supérieur du comté de Santa Teresa, toutes les demandes de remises, les répliques et autres requêtes présentées par la partie adverse. Il n'y avait même pas moyen de savoir si les minutes des audiences étaient complètes. Le contenu des chemises sur lesquelles je mettais la main était en fouillis de sorte que toute recherche devenait une corvée devant un tel fatras.

Le deuxième carton était supposé contenir des doubles de tous les rapports présentés par Morley Shine, des témoignages certifiés et d'innombrables comptes rendus de dépositions recueillies par le détective ainsi que toute la documentation afférente. Une sacrée veine : j'avais sous les yeux la liste des témoins interrogés par Morley – depuis le 1er juin, il avait envoyé tous les mois une facture à Lonnie – mais les rapports correspondants n'étaient pas tous présents à l'appel. A première vue, il avait délivré à peu près la moitié des citations nécessaires au futur procès, mais il s'agissait pour la plupart de témoins déjà entendus pendant la procédure pénale. Huit citations signées par le juge en vue de l'audience civile étaient attachées ensemble dans une chemise, avec les instructions nécessaires. J'avais l'impression qu'il n'avait convoqué aucun témoin nouveau... mais peut-être certains doubles des bordereaux jaunes étaient-ils classés ailleurs. Grâce à une note griffonnée, je pus deviner que le nom de notre indic était Curtis McIntyre, dont la ligne téléphonique avait été coupée et dont la dernière adresse était périmée. Je pris note de ne pas oublier de lui mettre la main dessus en priorité comme l'avait demandé Lonnie.

Je feuilletai des pages et des pages de questions et de réponses, en prenant de temps à autre des notes pour moi-même. Comme s'il s'agissait d'un puzzle, je devais me contenter de souhaiter que je saurais bien me remémorer l'image collée sur le couvercle de la boîte avant de me mettre à rassembler les pièces éparses, une à une. Je savais bien que j'allais refaire une partie du travail déjà effectué par Morley pendant sa propre enquête, mais sa méthode me paraissait plutôt maladroite et il me semblait que je ferais mieux de repartir de zéro, du moins en ce qui concernait les points délicats. Je n'avais qu'une vague idée de la manière dont je m'y prendrais pour combler les lacunes du dossier. Je n'avais pas encore fini de dépouiller les cartons mais je savais que je devrais les vider entièrement et remettre le tout en ordre pour que chaque chose corresponde aux listes annexées. Certaines des voies empruntées par Morley semblaient aboutir à des impasses et il était sans doute possible de les éliminer sauf si quelque chose de nouveau se présentait. Le détective avait très probablement conservé tous les dossiers en suspens dans son bureau ou à son domicile, ce que j'avais moi-même l'habitude de faire quand je n'avais pas fini de mettre mes notes au net.

L'essentiel de l'affaire ressemblait assez à ce que Kenneth Voigt en avait dit. Isabelle Barney avait été tuée entre une et deux heures du matin le 26 décembre, par une balle de calibre .38 tirée à bout portant, à travers le judas de sa porte d'entrée. L'expert en balistique avait appelé cela « un coup de feu tiré à distance quasiment nulle » car l'orifice percé dans le battant avait presque servi de prolongement au canon, à un moment où l'œil d'Isabelle était pratiquement collé à la porte. Tout autour du judas, le bois avait été nettement sectionné, formant un angle net tout autour de l'orifice; quelques éclats avaient probablement rejailli sur le meurtrier. Dans une note sèche, entre parenthèses, l'expert en balistique supposait que l'explosion pouvait aussi avoir fait pénétrer des débris de matériau dans le canon de l'arme, ce qui l'avait peut-être enrayée et rendait par conséquent difficile, voire impossible, un second tir. Je sautai le reste de ce paragraphe.

Le coup de feu avait brûlé et même légèrement carbonisé le bois à l'intérieur du trou. Le rapport signalait des traces de poudre à l'extérieur de la porte, tout autour de l'orifice, à l'intérieur de celui-ci, et également sur son pourtour, de l'autre côté du battant. Une bonne partie de la porte avait été fendue, à cet endroit, sous la pression des gaz engendrés par la décharge. Les plombs et les débris de cartouche en plastique bleu prélevés dans la blessure indiquaient que la balle était une Glaser Safety Slug, c'est-à-dire un projectile cylindrique, léger, d'une grande rapidité, dont l'enveloppe de cuivre, pourvue d'une coiffe en plastique, contient des plombs maintenus en suspension dans une solution visqueuse. Quand le projectile heurte une substance qui, comme la chair, se compose essentiellement d'eau, le plastique se brise, l'enveloppe de cuivre se détache, et les plombs sont rapidement dispersés dans la chair grâce à la puissante énergie dégagée par le coup de feu. Etant donné la taille réduite de chaque fragment et la faiblesse de la masse, la cartouche décharge rapidement son énergie et reste dans le corps, d'où le nom de *Safety Slug* (« cartouche de sûreté ») qui lui a été donné. Les gens alentour ne risquent pas d'être atteints par une balle transperçante, et le danger de ricochets est également insignifiant, car le projectile se désintègre lorsqu'il touche des surfaces résistantes (comme les os du crâne...). Pas de doute, pensais-je, cet assassin était tout plein de considération.

Selon le médecin, la balle, en même temps que les fragments de métal et de bois, avait pénétré dans l'œil droit de la victime. Le rapport d'autopsie décrivait, avec force détails techniques, la destruction des tissus mous qu'elle avait causée dans son sillage. Même pour moi, dont les connaissances étaient élémentaires en matière d'anatomie, il était évident que la mort avait été instantanée et par conséquent indolore. L'appareil vital avait cessé de fonctionner bien avant que le système nerveux ait eu le temps d'enregistrer la douleur qu'une telle blessure allait infliger.

Il est difficile d'avoir foi en la nature humaine quand on est obligé de constater ce dont elle est capable. Je mis mes sentiments au vestiaire pour étudier le compte rendu de l'autopsie et les radiographies annexes. Je travaille mieux si je me cantonne dans une attitude impassible devant la réalité, mais le détachement n'est pas sans danger. En vous débranchant fréquemment, vous risquez en même temps de perdre tout contact avec vos propres sentiments. Il y avait dix clichés en couleur de la chair blessée, tous d'une qualité cauchemardesque. La mort c'est ça, me dis-je en moi-même. C'est à ça que ressemble vraiment un homicide à l'état brut. J'ai connu des meurtriers à la voix douce, gentils, courtois, dont toute la psychologie démentait leur crime au point que leur culpabilité semblait inconcevable. Les morts ne peuvent parler, mais les vivants ont toujours la faculté d'élever la voix pour protester de leur innocence. Ils nient souvent très fort et avec conviction ; on ne peut réfuter leurs dires car la seule personne capable de prouver leur culpabilité a été réduite au silence pour l'éternité. L'ultime témoignage d'Isabelle Barney, c'était cette blessure mortelle, image pitoyable de gâchis et de destruction. Je remis les radiographies dans leur enveloppe et parcourus un double des notes que Dink Jordan avait transmises à Lonnie.

De son vrai nom, Dink s'appelait Dinsmore. Il se désignait lui-même par son prénom Dennis, mais personne d'autre ne l'appelait ainsi. Il avait cinquante ans passés, une allure affable et des cheveux gris ; c'était un homme sans énergie, ni humour, ni éloquence, un représentant compétent du ministère public mais sans aucun sens de la mise en scène. Son élocution était si lente et si méthodique qu'on avait l'impression, en l'écoutant, de lire toute la Bible à travers un microscope. Dans un procès pour complicité d'assassinat, je l'avais vu prononcer son réquisitoire final de telle façon que deux jurés dodelinaient de la tête et que deux autres s'ennuyaient au point de se trouver dans un état quasi comateux.

L'avocat de David Barney s'appelait Herb Foss et je ne le connaissais pas du tout. Lonnie le traitait d'emmerdeur mais il fallait bien reconnaître qu'il avait réussi à tirer d'affaire un certain David Barney.

Certes, l'assassinat n'avait eu aucun témoin et l'arme du crime n'avait jamais pu être retrouvée, mais la preuve avait été faite que Barney avait acheté un calibre .38 à peu près huit mois avant le crime. Il prétendait que l'arme lui avait été dérobée dans sa table de nuit pendant le premier week-end de septembre – où l'on célèbre traditionnellement la fête du travail aux Etats-Unis – alors que le couple donnait un grand dîner en l'honneur de Don et Julie Seeger, des amis à eux, venus de Los Angeles. Comme on lui avait demandé pour quelle raison il n'avait fait aucune déclaration à la police, il avait prétendu en avoir parlé à Isabelle, laquelle aurait répugné à mêler ses invités à une affaire de vol.

Pendant le procès, la sœur d'Isabelle avait affirmé que le couple parlait de séparation depuis des mois. David Barney soutenait que leur brouille n'était pas grave. Pourtant, l'incident relatif au vol de l'arme avait provoqué une querelle et amené Isabelle à exiger que son mari aille vivre ailleurs. Il semble que les pronostics sur leur mariage aient été mitigés. David Barney affirmait que leurs relations orageuses étaient néanmoins solides de sorte qu'Isabelle et lui étaient en passe de surmonter leurs différends. Les personnes de leur entourage semblaient estimer que leur mariage était condamné, mais peut-être *souhaitaient-elles* tout simplement qu'il en fût ainsi.

Quelle qu'ait été la vérité, la situation s'était rapidement détériorée. David Barney avait déménagé le 15 septembre et s'était mis aussitôt à faire tout ce qui était en son pouvoir pour reconquérir l'affection d'Isabelle. Il téléphonait, il envoyait des fleurs, il faisait livrer des cadeaux. Elle trouvait ses attentions pénibles, mais il avait redoublé ses efforts au lieu de lui donner le répit dont elle avait besoin. Chaque matin, il plaçait une rose rouge sur le capot de sa voiture. Il déposait des bijoux sur le pas de sa porte, lui envoyait des cartes postales sentimentales. Plus elle le rejetait, plus il était obsédé. Pendant les mois d'octobre et de novembre, il lui avait téléphoné nuit et jour en raccrochant le combiné dès qu'elle répondait. Elle avait fait changer son numéro de téléphone, mais il était parvenu à se procurer le nouveau numéro bien que celui-ci ait figuré sur la liste rouge, et il avait continué de l'importuner à toute heure. Elle avait installé un répondeur. Il continua d'appeler, en occupant la ligne jusqu'à ce que la bande magnétique fût entièrement déroulée. Elle confia à des amis qu'elle se sentait assiégée.

En même temps, il avait loué une maison dans le quartier élégant qu'elle habitait, à Horton Ravine. Si elle quittait sa maison, il la suivait. Si elle restait chez elle, il se garait de l'autre côté de la rue et surveillait la demeure à l'aide de jumelles, espionnait les visiteurs et la femme de ménage. Isabelle avait prévenu la police et porté plainte. Au bout du compte, son avocat avait obtenu une ordonnance judiciaire, interdisant à Barney de lui téléphoner, de lui écrire et de s'approcher d'elle, de sa propriété ou de son automobile à moins de deux cents mètres. Sa détermination parut faiblir mais le harcèlement qu'il faisait subir à Isabelle avait produit ses effets : elle était terrorisée.

Quand Noël arriva, elle était à bout de nerfs, mangeait à peine, dormait mal, était sujette à des crises d'angoisse, voire de terreur, et à des tremblements. Elle était livide. Elle était décharnée. Elle buvait beaucoup trop. La présence d'autrui la rendait nerveuse mais la solitude l'effrayait. Elle avait renvoyé la petite Shelby, âgée de quatre ans, chez son père. Ken Voigt s'était remarié entretemps, mais quelques témoins laissaient entendre qu'il ne s'était jamais remis de son divorce. Isabelle prenait des tranquillisants pour tenir le coup dans la journée. Le soir, elle se bourrait de somnifères.

Finalement, les Seeger la persuadèrent de faire ses valises et de les accompagner pour un petit voyage à San Francisco. Ils étaient en route pour Santa Teresa dans l'intention d'aller la chercher quand le système électronique d'injection d'essence de leur voiture était tombé en panne. Ils lui avaient téléphoné pour la prévenir qu'ils seraient en retard. Entre minuit et une heure moins le quart, environ, Isabelle, inquiète et excitée par la perspective du voyage, eut une interminable conversation téléphonique avec une ancienne camarade de chambre, du temps où elle était à l'université, établie désormais à Seattle. Peu de temps après, elle avait entendu frapper à la porte et avait descendu les escaliers, en pensant que les Seeger étaient arrivés. Elle était habillée de pied en cap et avait une cigarette à la main ; ses valises étaient déjà rangées dans l'entrée. Elle avait allumé l'éclairage sous le porche et jeté un coup d'œil dans le judas avant d'ouvrir la porte. Au lieu de voir ses visiteurs, elle s'était trouvée face au canon du calibre .38 qui l'avait tuée.

Les Seeger arrivèrent à 2 h 20 et comprirent que quelque chose s'était passé. Ils alertèrent la sœur d'Isabelle qui habitait un petit pavillon bâti sur la même propriété. La sœur se servit de sa propre clef pour les faire entrer par-derrière. Le système d'alarme était branché mais n'avait pas fonctionné. Dès qu'ils aperçurent le corps, les Seeger appelèrent la police. Au moment où le médecin légiste arriva sur les lieux, la température du corps d'Isabelle avait chuté à 36°. En appliquant la méthode Moritz et compte tenu de la température de la pièce, du poids de la victime, des vêtements qu'elle portait, de la température et de la conductivité du sol en marbre où elle était étendue, le médecin légiste situa le moment du décès entre une heure et deux heures du matin.

Le lendemain, à midi, David Barney était arrêté et inculpé d'assassinat ; il fit savoir qu'il plaiderait non coupable. Dès le départ, on pouvait constater que les preuves réunies contre lui seraient essentiellement indirectes. Toutefois, dans l'Etat de Californie, les deux critères qui caractérisent un homicide – la mort de la victime et l'existence d'un « agent criminel » – peuvent être prouvés indirectement ou par déduction. Il est possible de conclure à l'assassinat même dans le cas où l'on ne peut produire aucun cadavre, où l'on ne peut avancer aucune preuve directe du meurtre et où il n'y a pas d'aveux. Avant de se marier, David Barney avait signé un contrat de mariage qui limitait sa part dans tout arrangement financier en cas de divorce. Pourtant, il figurait comme principal bénéficiaire de la police d'assurance-vie de sa femme ; en outre, devenu veuf, il avait le droit de revendiquer sa part de l'entreprise dont elle était propriétaire – or cette part était estimée à deux millions six cent mille dollars. David Barney ne possédait pas d'alibi véritable à l'heure du décès. Dink Jordan pensait qu'il avait plus de preuves qu'il n'en fallait pour le faire condamner.

Il se trouva que le procès dura trois semaines et qu'après six heures de plaidoiries finales et deux jours de délibérations le jury vota l'acquittement. Quand David Barney sortit du tribunal ce n'était pas seulement un homme libre mais un homme riche. Certains jurés, interrogés ultérieurement, avouèrent l'avoir fortement soupçonné d'être l'assassin mais n'en être pas persuadés « sans l'ombre d'un doute raisonnable » comme l'exige la loi. Ce que Lonnie Kingman cherchait à faire, en engageant des poursuites pour préjudice consécutif à un décès, c'était à obtenir que l'affaire soit jugée de nouveau par un tribunal civil, car devant ce genre de juridiction l'appréciation de la preuve dépend de ce que l'on appelle des « présomptions prépondérantes » sans que soit évoquée la règle du « doute raisonnable », propre au droit pénal. D'après ce que je comprenais, le plaignant, Kenneth Voigt, devait d'abord établir que David Barney avait bien tué Isabelle, puis que l'homicide était criminel et prémédité. Le fardeau de la preuve serait allégé par l'application de la règle de la « prépondérance ». L'enjeu, cette fois-ci, n'était pas la liberté de Barney, mais tous les profits qu'il avait tirés du crime à proprement parler. S'il l'avait tuée pour de l'argent, au moins serait-il dépouillé de ce que cela lui avait rapporté.

Je me surpris en train de bâiller pour la troisième fois d'affilée. Je m'étais sali les mains et j'en étais arrivée au point où mon esprit battait la campagne pendant que je lisais. Les méthodes de Morley Shine, en vérité, étaient empreintes de négligence et je m'aperçus que le malheureux, tout trépassé qu'il était, m'exaspérait. Rien n'est plus irritant que le désordre d'autrui. Je plantai là les dossiers, bouclai la porte de mon bureau, me traînai dehors et fermai la porte derrière moi.

Ma voiture était garée toute seule sur le parking. Je sortis de l'allée, pris la direction de la ville. En atteignant State Street, je tournai à gauche pour rentrer chez moi et je roulai tranquillement dans les rues vides et bien éclairées du centre-ville de Santa Teresa. A cause des tremblements de terre, la plupart des bâtiments n'ont qu'un étage et sont construits dans le style espagnol selon des procédés antisismiques. Pendant l'été 1968, par exemple, il y a eu une soixantaine de secousses d'une intensité allant de 1,5 à 5,2 sur l'échelle de Richter ; le dernier choc a été assez violent pour vider la moitié d'une piscine.

J'éprouvai un pincement de cœur en passant devant mon ancien immeuble du 903, State Street. Désormais, quelqu'un d'autre s'était sûrement installé à ma place. Il faudrait que je parle à Vera, qui dirigeait le département des sinistres à la CF, pour savoir ce qui s'était passé pendant les semaines qui avaient suivi mon départ. Je ne l'avais pas revue depuis qu'elle avait épousé Neil, le soir de la fête de Halloween. A cause de mon éviction, j'étais en train de perdre le contact avec un tas de gens que je connaissais – Darcy Pascoe, Mary Bellflower. L'idée de passer les fêtes de Noël dans mon nouveau bureau me faisait un drôle d'effet.

Je faillis brûler le feu rouge au carrefour d'Anaconda et de la 101. Je fis halte et arrêtai mon moteur, attendant patiemment que s'écoulent les quatre minutes nécessaires pour que le feu passe au vert. La route était déserte, tous les couloirs d'asphalte étaient vides dans un sens comme dans l'autre. Le feu finit par changer et je démarrai en trombe, tournai à droite dans Cabana, le boulevard qui longe la plage. Je pris encore à droite dans Bay, puis à gauche dans ma rue étroite, bordée d'arbres et de maisons individuelles, avec de rares immeubles d'appartements en copropriété. Je trouvai à me garer à deux portes de chez moi, fermai ma voiture à clef et, selon mon habitude, scrutai les environs plongés dans l'obscurité. J'aime me retrouver seule dehors à cette heure de la nuit, même si je m'efforce de rester sur mes gardes et d'être prudente. Je pénétrai dans la cour, en soulevant légèrement la porte de la grille sur ses gonds pour éviter qu'elle ne couine.

Mon appartement était autrefois un garage, relié à la maison par un passage qui a été transformé en solarium. Mon appartement et le solarium ont été reconstruits après un attentat à la bombe et je dispose maintenant d'une nouvelle chambre à coucher, sous les combles, avec une seconde salle de bains. Ma lumière extérieure était allumée, délicate attention de mon propriétaire, Henry Pitts, qui ne va jamais au lit sans jeter un coup d'œil par sa fenêtre pour voir si je suis rentrée saine et sauve.

Je verrouillai la porte derrière moi et, comme tous les soirs, m'assurai que les portes et fenêtres étaient bien fermées. J'allumai ma petite télévision noir et blanc pour me sentir moins seule pendant que je mettais de l'ordre dans l'appartement. Comme je suis généralement dehors pendant la journée, c'est la nuit que j'accomplis les corvées ménagères. Tout le monde sait que je passe l'aspirateur à minuit et que je vais au supermarché vers deux heures du matin. Depuis que je vis seule, l'endroit n'est pas difficile à ranger, mais tous les trois ou quatre mois je fais le ménage en grand, en attaquant chaque coin de mon antre à tour de rôle. Cette nuit-là, même après avoir pris le temps de briquer la cuisine, j'étais au lit à une heure du matin.

Le mardi matin, je me réveillai à six heures, sautai dans mon survêtement et fis un double nœud aux lacets de mes Nike. Après m'être brossé les dents et aspergé d'eau le visage, je passai mes doigts humides dans mes cheveux aplatis par le sommeil. Je courus pour le principe plus que pour le plaisir de l'effort, mais cela me permit au moins de récupérer un peu d'énergie. C'est un moment qui me permet d'aborder la journée nouvelle, un moment de méditation ambulante qui m'aide à me concentrer. J'avais vaguement conscience de n'avoir pas bien pris soin de moi ces derniers temps... C'était un ensemble de facteurs : j'étais trop tendue, je dormais de façon irrégulière et je mangeais n'importe quoi. Il était temps de me ressaisir.

Je pris une douche et m'habillai, avalai un bol de céréales dans du lait écrémé et retournai à mon cabinet. En passant devant le bureau d'Ida Ruth, je fis une pause pour parler avec elle de son week-end, qu'elle passe généralement à effectuer des randonnées avec un sac à dos, monter à cheval ou escalader des rochers qui vous font dresser les cheveux sur la tête. C'est une célibataire de trente-cinq ans, robuste et végétarienne, aux cheveux blonds coiffés en coup de vent et aux sourcils décolorés par le soleil. Elle a des pommettes saillantes et un teint vif que n'adoucit aucun maquillage. Bien qu'elle soit toujours bien habillée, elle donne l'impression qu'elle préférerait porter des chemises de flanelle, des pantalons larges et des chaussures de marche.

– Si tu veux parler à Lonnie, tu as intérêt à te dépêcher. Il part pour le tribunal dans dix minutes.

– Merci. J'y vais.

Je le trouvai assis derrière son bureau. Il avait tombé la veste et relevé ses manches de chemise. Sa cravate était de travers; ses cheveux ébouriffés se hérissaient tout autour de son crâne comme du blé qu'il est temps de moissonner. Par la fenêtre qui se trouvait derrière son dos, je pouvais voir le ciel bleu clair et un rideau de montagnes mauves et grises à l'arrière-plan. C'était une journée magnifique. Les rameaux d'une bougainvillée violacée cascadaient sur un mur de briques passé à la chaux, à deux immeubles de là..

– Comment ça va? demanda-t-il.

– Ça va, je pense. Je n'ai pas encore fini d'examiner tous les cartons; mais c'est plutôt la pagaille.

– Ah oui, Morley n'a jamais été un as du classement.

– Les femmes font ça tout naturellement et tellement mieux, rétorquai-je sèchement.

Lonnie sourit tout en écrivant une note concernant sans doute l'affaire sur laquelle il travaillait.

– Il faut qu'on parle d'argent. C'est quoi, ton tarif horaire?

– Morley te facturait combien?

– Les cinquante dollars habituels, lança-t-il négligemment.

Il avait ouvert un tiroir et farfouillait dans ses dossiers, de sorte qu'il ne pouvait voir mon expression. Morley se faisait cinquante dollars? J'avais du mal à en croire mes oreilles. Ou bien les hommes sont sans vergogne ou bien les femmes sont idiotes. A toi de deviner, me disais-je. Mes honoraires habituels sont toujours de trente dollars plus les frais de déplacement. Pratiquement moitié moins.

– Ajoute cinq dollars et je ne te compterai pas le kilométrage.

– D'accord, dit-il.

– Quelles sont tes instructions?

– C'est à toi de voir. Carte blanche.

– Tu parles sérieusement?

– Bien sûr. Tu peux faire tout ce qui te chante. A condition de garder les mains propres, ajouta-t-il en hâte. L'avocat de Barney serait bien trop heureux de nous coincer la main dans le sac. Donc, pas de tour de cochon.

– C'est pas marrant.

– Mais ça t'évite de te faire éjecter du tribunal en pleine déposition et c'est ça qui compte. (Il jeta un coup d'œil à sa montre.) Faut que j'y aille.

Il attrapa sa veste sur un porte-manteau et l'enfila en un haussement d'épaules. Il remit sa cravate d'aplomb et fit claquer le couvercle de son attaché-case; il se trouvait déjà à mi-chemin de la porte.

– Lonnie, attends une minute. Par quoi est-ce que je commence?

Il sourit.

– Trouve-moi un témoin qui a vu le gars sur les lieux du crime.

– Ah, bon, lançai-je à la pièce vide.

Je m'installai et parcourus encore deux kilos de papiers couverts d'informations gribouillées. Peut-être que j'arriverais, avec un peu de pommade, à convaincre Ida Ruth de m'aider à remettre les dossiers en ordre. Pour le premier carton, c'était un jeu d'enfant par rapport au deuxième. Ma première tâche serait d'aller faire un tour chez Morley pour voir quels dossiers il avait conservés par-devers lui. Avant de quitter le bureau, je donnai quelques coups de téléphone préliminaires. J'avais déjà une assez bonne idée des personnes à qui je voulais parler et il me suffisait donc de prendre des rendez-vous. Je réussis à joindre Simone, la sœur d'Isabelle, qui accepta de me recevoir chez elle vers midi. J'eus aussi une petite conversation avec une femme appelée Yolanda Weidmann, mariée à l'ancien patron d'Isabelle. Celui-ci était occupé dans son bureau, chez lui, jusqu'à trois heures, aussi me proposa-t-elle de passer plus tard dans l'après-midi. Mon troisième coup de fil s'adressait à Rhe Parsons, la meilleure amie d'Isabelle, depuis toujours. Elle n'était pas là, mais je laissai un message sur son répondeur, avec mon nom et mon numéro de téléphone, en précisant que je rappellerais ultérieurement.

3

Comme le commissariat de police ne se trouvait qu'à un pâté de maison de là, j'avais décidé de commencer par voir l'inspecteur Dolan, de la brigade criminelle. Il était absent pour cause de grippe mais le sergent Cordero était là. Dans un coin, j'aperçus l'inspecteur Becker en grande conversation avec quelqu'un que je pris pour un suspect, un homme blanc d'une vingtaine d'années, apparemment maussade et réticent. Je connaissais mieux Becker que Cordero, mais si j'attendais qu'il soit libre, il me questionnerait au sujet de Jonah Robb, celui qui travaille au service des personnes disparues. Il y avait six ou huit mois que je n'avais pas revu Jonah et je n'avais pas envie, pour le moment, de reprendre contact avec lui.

Sheri Cordero était un oiseau rare dans le service. Compte tenu de son sexe et de ses origines hispaniques, elle parvenait à elle seule à combler deux lacunes concernant l'embauche de personnes appartenant à des minorités. Agée de vingt-neuf ans, elle était courte sur pattes, rondelette, intelligente, dure, quelque peu caustique mais d'une manière que je ne pouvais pas très bien définir. Elle ne disait pourtant jamais rien d'offensant, mais les mecs ne se sentaient pas entièrement à l'aise avec elle. Je comprenais ce qui la mettait en boule. Les services de police de Santa Teresa sont plutôt meilleurs que d'autres mais il n'est jamais facile d'être à la fois une femme et un flic. Si Sheri péchait par manque d'humour, ce n'était pas surprenant. Elle se trouvait au beau milieu d'une conversation téléphonique et se mit à jacter espagnol dès l'instant où je fis mon apparition. Je pris place sur le fauteuil en simili cuir et métal qui se trouvait près de son bureau. Elle leva un doigt pour m'indiquer qu'elle serait à moi dans un petit moment. Sur sa table il y avait un petit arbre de Noël artificiel. Il était décoré de bonbons et j'en pris un. Ce qui est agréable quand on est en présence d'une personne occupée à téléphoner, c'est qu'on peut l'étudier à loisir sans avoir l'air grossier. Je décortiquai le bonbon et jetai l'enveloppe de cellophane dans la corbeille. Sheri était manifestement absorbée par sa conversation et gesticulait vigoureusement pour souligner ses dires. Elle avait un bon visage, plutôt franc, et ne portait qu'un maquillage discret. Une de ses dents de devant était écornée et cela ajoutait une note fantasque à une expression qui eût paru sévère. Pendant que je la contemplais, elle se mit à crayonner sur un bloc de papier – un cow-boy avec un poignard de bande dessinée planté dans la poitrine.

Elle mit fin à la communication et se tourna vers moi comme si elle poursuivait une conversation.

– Oui, dit-elle.

– Je venais voir l'inspecteur Dolan, mais on me dit qu'il est malade.

– Il a chopé ce virus qui traîne partout. Est-ce que vous l'avez eu ? Moi j'ai été absente pendant une semaine. Quelle merde !

– Pour l'instant j'y ai échappé, dis-je. Combien de temps sera-t-il absent ?

– Juste deux jours. A son retour il se traînera sur les genoux avec une mine de déterré. Puis-je vous être utile à quelque chose ?

– Je pense bien. J'ai été engagée par Lonnie Kingman dans une affaire concernant des dommages consécutifs à un homicide. Le défendeur est David Barney. J'aurais bien aimé savoir ce qu'on en disait à l'époque. Est-ce que vous étiez déjà là ?

– J'étais encore aux transmissions mais j'ai entendu la rumeur. Mon vieux, ils étaient furibards qu'il s'en sorte. Il avait l'air bon pour le poteau, mais le jury n'a pas suivi. Tu parles s'ils étaient floués. L'inspecteur Dolan était tellement fou de rage qu'il se rongeait les ongles jusqu'à l'os.

– D'après ce qu'on m'a dit, un ancien compagnon de cellule de David Barney prétend que celui-ci a eu la bonté de faire des aveux après le verdict.

– Vous voulez parler de Curtis McIntyre. Il est sous les verrous à la prison du comté et si vous voulez lui mettre la main dessus, vous avez intérêt à vous grouiller. Il doit sortir dans la semaine après avoir purgé quatre-vingt-dix jours pour une bagarre, dit-elle. Etes-vous au courant pour Morley Shine?

– Lonnie m'en a parler hier soir, mais je ne connais pas les détails. Comment est-ce arrivé?

– D'après la rumeur il est juste tombé raide mort. Il était au lit avec cette satanée grippe, mais je pense qu'il allait mieux. Il était en train de dîner. C'était dimanche soir? Vous connaissez Morley. Il aurait jamais sauté un repas. Il s'est levé de table et il s'est écroulé.

– Avait-il des troubles cardiaques?

– Depuis des années, mais il n'a jamais pris ça au sérieux. A vrai dire, il était suivi par un médecin, mais ça n'a jamais paru le chambouler. Il n'arrêtait pas de blaguer à propos de son palpitant.

– C'est bien moche, dis-je. Je regrette vraiment qu'il soit parti.

– Moi aussi. Je n'en reviens pas de me sentir affectée comme ça. A l'appel, quelqu'un m'a dit que Morley Shine était mort. J'ai éclaté en sanglots. Je jure devant Dieu que j'en ai été tout étonnée. C'est pas comme si on avait été intimes. On avait l'habitude de bavarder au tribunal si j'attendais pour témoigner dans une affaire. Il était toujours à traîner dans les parages, en fumant des Camel à la chaîne, en mastiquant des Fritos ou quelque autre machin du distributeur automatique. Ça me déprime de voir tous ces vieux types qui disparaissent. Pourquoi qu'ils font pas plus attention à leur santé?

Son téléphone sonna et elle s'embarqua rapidement sur un autre sujet. Je lui fis un petit signe de la main et quittai son bureau. Pour l'essentiel, elle m'avait raconté tout ce que je voulais savoir. Les flics étaient convaincus de la culpabilité de David Barney. Ça ne rendait pas la chose plus vraie, mais c'était un son de cloche de plus.

Je fis un saut au bureau des archives et demandai à Emerald si je pouvais me servir du téléphone. J'appelai Ida Ruth et échangeai quelques mots avec elle, le temps de lui demander de m'arranger un tête-à-tête avec Curtis McIntyre à la prison, en fin de matinée. Les heures de visite sont normalement limitées aux après-midi du samedi, entre treize et quinze heures, mais comme je travaillais pour le compte de Lonnie Kingman, j'étais autorisée à le voir quand je voulais. Quelle joie d'avoir une activité licite. J'avais passé tellement d'années à me camoufler qu'il m'était difficile de m'y faire.

Déchargée de ce souci, je lui demandai l'adresse de Morley Shine. Morley habitait Colgate, petite ville qui jouxte Santa Teresa, au nord, et qui comporte essentiellement de modestes entreprises industrielles et des lotissements, avec les commerces de rigueur alignés le long de la rue principale. Là où il y avait autrefois des champs cultivés et des plantations de citronniers, la campagne déserte s'est couverte de stations-service, de bowlings, d'entreprises funéraires, de cinémas drive-in, de motels, de restaurants fast-food, de soldeurs de moquettes, et de supermarchés, sans aucun souci d'esthétique ou d'unité architecturale.

Morley et sa femme, Dorothy, possédaient une modeste maison de quatre pièces non loin de South Peterson, dans un des plus anciens lotissements de l'agglomération, situés entre l'autoroute et les montagnes. A mon avis, la maison avait été bâtie dans les années cinquante, à une époque où les promoteurs n'étaient pas encore assez malins pour varier l'aspect extérieur de leurs constructions. Dans ce coin-là, les pavillons du type « chalet suisse » étaient tous peints en marron ou en bleu ; ils avaient tous des garages pour deux voitures, construits en saillie sur le côté des maisons, trop grands pour la façade. Les volets de bois étaient assortis aux bacs à fleurs, également en bois, où poussaient des pensées alanguies qui, à y regarder de plus près, étaient entièrement artificielles. Tout le voisinage paraissait démoralisé, avec ses pelouses mal entretenues et ses allées de ciment craquelées où l'on voyait une voiture sur cales devant une maison sur deux. Pour une raison inconnue, les décorations de Noël ne faisaient qu'empirer les choses. La plupart des maisons avaient été habillées de lumières multicolores pour l'occasion. Un voisin de Morley semblait vouloir faire concurrence à celui d'en face. L'un comme l'autre avaient couvert chaque centimètre disponible avec des articles de circonstance en matière plastique, qui représentaient des pères Noël et des rois mages.

C'était un mardi matin. Morley était mort le dimanche soir et, tout en ayant scrupule à déranger sa famille, il me paraissait important de récupérer ses dossiers avant qu'un parent plein de bonne volonté n'y fourre le nez et balance le tout. Je frappai à la porte d'entrée et attendis. Morley n'avait jamais pris soin des détails et je remarquai que sa maison présentait la même allure négligée que les autres. Sur la grille d'entrée, la peinture bleue, déjà mal étalée, avait commencé à s'écailler de vieillesse. J'avais l'impression déprimante de m'être déjà trouvée dans ce lieu auparavant. J'aurais pu décrire la médiocrité de l'aménagement intérieur : les carreaux de céramique cassés sur le plan de travail dans la cuisine, les dalles de vinyl décollées sur les sols, la moquette usée jusqu'à la corde et impossible à nettoyer convenablement aux endroits où l'on passait souvent. Les fenêtres aux cadres d'aluminium devaient être déformées, la plomberie de la salle de bains rouillée. Une limousine Mercury verte, en piteux état, avait été poussée sur l'herbe. A mon avis, ce devait être celle de Morley, sans que je puisse dire pourquoi. C'était tout simplement le genre de guimbarde qu'il devait trouver à son goût. Il l'avait probablement achetée neuve en l'an mil et aurait continué à la faire rouler sans faillir jusqu'à ce qu'elle rende l'âme. Une petite Ford rouge, toute neuve, était garée dans l'allée, la plaque d'immatriculation portant l'autocollant d'une compagnie locale de location de voitures; le conducteur n'habitait probablement pas en ville...

– Oui?

La petite bonne femme de quelque soixante-cinq ans semblait énergique et compétente. Elle portait un corsage rose à manches longues, une jupe de tweed et des mocassins bon marché. Sa chevelure grise était coiffée avec simplicité, son maquillage discret. Elle était en train de se sécher les mains avec un torchon à vaisselle et arborait une expression interrogative.

– Bonjour. Je m'appelle Kinsey Millhone. Vous êtes Mrs. Shine?

– Non, je suis la sœur de Dorothy, Louise Mendelberg. Mr. Shine vient de décéder.

– Je suis au courant et je suis désolée de vous déranger. Il avait un travail en cours pour un avocat qui s'appelle Lonnie Kingman. On m'a demandé de venir chercher ses dossiers. Mais peut-être n'est-ce pas le moment?

– Ce n'est jamais le moment quand quelqu'un vient de mourir, répondit-elle aigrement.

Voilà une femme qui ne prenait pas la mort au tragique. Après un deuil, elle courait faire la vaisselle et mettre le salon en ordre, mais elle n'allait probablement pas passer beaucoup de temps à choisir les hymnes pour le service funèbre.

– Je ne voudrais pas causer plus d'ennuis qu'il ne faut. J'ai été désolée d'apprendre la nouvelle. Morley était quelqu'un de bien et je l'estimais beaucoup.

Elle secoua la tête :

– Je connais Morley depuis que lui et Dorothy se sont rencontrés à l'université pendant la grande crise des années trente. Nous l'adorions tous, bien entendu, mais c'était un tel idiot. Avec ses cigarettes et son poids, il fallait voir tout ce qu'il buvait. On peut tenir le coup jusqu'à un certain point quand on est jeune, mais à son âge? Non, madame. On l'avait mis en garde, on l'avait prévenu, mais est-ce qu'il écoutait? Bien sûr que non. Si vous l'aviez vu, dimanche. Il avait une mine horrible. Le médecin pense que la crise cardiaque a été aggravée par la grippe qu'il avait attrapée ou quelque chose comme ça.

Elle hocha de nouveau la tête et se tut.

– Comment se sent-elle?

– Franchement, pas très bien et c'est même à cause de ça que j'étais venue de Fresno, en fait. J'avais l'intention de rester une ou deux semaines pour la soulager un peu. Vous savez qu'elle est malade depuis des mois.

– Je ne savais pas, dis-je.

– Oh oui, mon Dieu. Elle est perdue. On lui a diagnostiqué un cancer de l'estomac en juin dernier. Elle a eu une grosse opération et on lui fait de la chimiothérapie de temps en temps. Elle n'a plus que la peau et les os; elle ne peut rien avaler. Morley ne parlait plus que de ça et voilà qu'il s'en va le premier.

– Ils feront une autopsie?

– Je ne sais pas ce qu'elle a décidé là-dessus. Il avait vu le médecin une semaine plus tôt. Dorothy voulait qu'il suive un régime et il avait finalement accepté. Une autopsie n'est pas indispensable étant donné les circonstances, mais vous savez comment ils sont. Les médecins aiment bien ouvrir, tripoter et fouiner. Ça me désole tellement pour elle.

J'émis quelques murmures de sympathie. Elle fit un geste brusque.

– Bon, assez causé. Je suppose que vous voulez jeter un coup d'œil à son bureau. Entrez et je vous montrerai où c'est. Vous n'aurez qu'à prendre ce que vous voulez et au cas où vous auriez besoin de revenir, vous pourrez vous débrouiller toute seule.

– Merci. Je vous ferai la liste de tous les dossiers que j'emporterai.

Elle écarta ma proposition.

– Pas la peine. Nous connaissons Mr. Kingman depuis des années.

J'entrai dans le vestibule. Elle remonta un petit couloir et je la suivis. Il n'y avait aucune trace de Noël. Etant donné la maladie de Mrs. Shine et maintenant la mort de Morley, tout le monde devait être soulagé à l'idée d'être dispensé de ce genre de corvée cette année. La maison sentait la soupe de poulet.

– Morley a-t-il aussi un bureau en ville, à Colgate? ai-je demandé.

– Oui, mais Dorothy était si mal qu'il faisait presque tout son travail à la maison. Je crois qu'il s'y rendait encore le matin, surtout pour prendre son courrier. Voulez-vous aussi y aller voir?

Elle ouvrit une porte qui donnait sur ce qui avait manifestement été, jadis, une chambre à coucher, convertie désormais en cabinet de travail par la présence d'un bureau et d'un classeur. Les murs étaient peints en beige et la moquette beige usagée était tout aussi élimée que je l'avais imaginé.

– C'est bien ce que je pensais. Si je n'arrive pas à trouver les dossiers ici, c'est sûrement qu'ils sont à l'agence. Pourrais-je en avoir la clef?

– Je ne sais pas où il la rangeait, mais je vais demander à Dorothy. Seigneur, dit-elle en regardant autour d'elle. Pas étonnant que Morley n'ait pas voulu qu'on entre ici.

Dans la pièce, vaguement fraîche, régnait le désordre d'un homme qui mène ses affaires d'une manière qu'il est seul à connaître. S'il avait su qu'il allait mourir soudainement, aurait-il rangé son bureau? Probablement pas.

– Je vais photocopier tout ce dont j'ai besoin et rapporter les dossiers dès que possible. Y aura-t-il quelqu'un ici dans la matinée de demain?

– On est quel jour demain? Mercredi? Je pense que oui. Sinon, vous n'aurez qu'à passer par-derrière et les poser sur le séchoir, sous le porche. On a l'habitude de laisser cette porte-là ouverte pour la femme de ménage et l'infirmière. Je vais vous chercher une clef du bureau de Morley. Dorothy sait probablement où elle se trouve.

– Merci beaucoup.

En attendant le retour de la femme, j'inspectai la pièce, afin de me faire une idée des méthodes utilisées par Morley pour classer ses paperasses. Il avait dû vouloir se discipliner de temps à autre, car il avait prévu des dossiers intitulés « A faire », « En attente » et « En cours »; il y avait aussi une chemise, avec un dos en accordéon, qu'il avait baptisée « Scabreux ». Les documents semblaient périmés, dépareillés, aussi désordonnés que la pièce elle-même.

Louise était revenue sur le seuil avec un trousseau de clefs à la main.

– Vous feriez mieux de prendre le tout, dit-elle. Dieu seul sait laquelle est la bonne.

– Vous n'en aurez pas besoin?

– Je ne vois pas pourquoi. Vous pourrez les déposer demain si vous le voulez bien. Oh. Je vous ai apporté un sac pour le cas où vous auriez besoin d'emporter des choses.

– Y aura-t-il un service religieux?

– Les obsèques auront lieu vendredi matin à la chapelle de Wynington-Blake, ici à Colgate. Je ne sais pas si Dorothy pourra y aller. On a un peu tardé parce que le frère de Morley viendra en avion de Corée du Sud. C'est un ingénieur, il travaille pour l'armée, et il dirige actuellement un chantier militaire à Camp Casey. Il n'arrivera pas à Santa Teresa avant jeudi soir. On a fixé les obsèques à dix heures, vendredi. Je sais bien que Frank sera perturbé par le décalage horaire mais on n'a pas pu retarder davantage.

– J'aimerais y aller, dis-je.

– C'est gentil à vous, dit-elle. Je sais qu'il en aurait été touché. N'hésitez pas à partir quand vous aurez fini. Il faut que je fasse sa piqûre à Dorothy.

Je réitérai mes remerciements mais elle pensait déjà à sa prochaine tâche. Elle me sourit d'un air aimable et ferma la porte derrière elle.

Je passai les trente minutes suivantes à exhumer chaque dossier qui paraissait avoir un rapport avec l'assassinat d'Isabelle et le procès civil qui allait suivre. Lonnie serait devenu fou s'il avait découvert avec quel laisser-aller Morley faisait son travail. La qualité d'une enquête dépend en quelque sorte du soin apporté à la paperasse. Si l'on n'est pas rigoureux en matière de documentation, on risque de se ridiculiser à la barre. L'avocat de l'adversaire prend un malin plaisir à démontrer que le détective ne tient pas bien ses dossiers.

Je fourrai les documents l'un après l'autre dans le sac – y compris l'agenda et le carnet de rendez-vous de Morley. J'avais examiné le contenu des tiroirs de son bureau et de ses corbeilles à courrier ; j'avais même vérifié qu'il n'y avait pas de papiers coincés quelque part derrière un meuble. Convaincue de ne laisser aucun dossier utile, je mis son trousseau de clefs dans mon sac et fermai la porte du bureau derrière moi. A l'autre bout du couloir, j'entendis le murmure d'une conversation – Louise et Dorothy.

En retournant à la porte d'entrée, je passai sous la voûte qui menait au living-room. Je fis un détour en catimini pour inspecter ce qui avait dû être le fauteuil favori de Morley, recouvert de cuir vieilli, craquelé, dont les coussins avaient conservé l'empreinte de son corps encombrant. Le cendrier avait été vidé de ses mégots. Le bout de la table portait encore des traces circulaires et poisseuses à l'endroit où il posait son verre de whisky. Fureteuse comme je suis, je fouillai le tiroir, au bout de la table et plongeai la main dans les creux du fauteuil. Il n'y avait rien à trouver là, bien entendu, mais j'étais soulagée de l'avoir fait.

L'étape suivante était le bureau de Morley, situé dans une petite rue latérale dans le centre de Colgate. Tout ce quartier résidentiel avait été converti en un ensemble de petits commerces – plomberie, pièces détachées pour automobiles, cabinets médicaux et agences immobilières – logés dans des bungalows identiques. Ce qui avait été le living servait maintenant de bureau d'accueil pour une compagnie d'assurances, ou abritait un salon de coiffure – comme dans la demeure où Morley avait loué une pièce avec salle de bains donnant sur l'arrière. Je fis le tour de la maison. Deux marches conduisaient à un petit perron de béton abrité sous un minuscule auvent. La porte menant à son bureau avait, dans sa partie supérieure, un grand panneau de verre opaque, de sorte que je ne pouvais rien voir à l'intérieur. Le nom de Morley était gravé sur une plaque étroite fixée à droite de la porte; c'était le genre de plaque que sa femme avait dû faire confectionner pour lui le jour où il s'était installé. J'essayai les clefs l'une après l'autre, mais aucune ne convenait. J'essayai une fois encore d'actionner la poignée de la porte. L'endroit était mieux verrouillé qu'une prison. Sans réfléchir, je fis le tour par-derrière et essayai d'ouvrir la fenêtre qui s'y trouvait. Mais je me rappelai que j'étais censée respecter la légalité. Quelle idiotie, me dis-je. On m'a engagée pour faire ça. J'ai le droit de voir les dossiers mais pas celui de forcer la serrure. Ça ne collait pas. A quoi bon avoir passé tant d'années à apprendre comment entrer par effraction?

Je revins sur mes pas et pénétrai, en citoyenne respectueuse des lois, dans le salon de coiffure. Sur la vitrine quelqu'un avait peint des flocons de neige et, en travers, une banderole, tenue par deux lutins, sur laquelle on pouvait lire JOYEUX NOEL. Il y avait, dans l'angle, un grand arbre de Noël décoré, au pied duquel se trouvaient quelques paquets-cadeaux. Le salon comportait en tout quatre fauteuils dont trois étaient occupés. Dans l'un, on faisait une permanente à une femme entre deux âges, enveloppée d'une cape en plastique. La coiffeuse avait divisé la chevelure mouillée en petites mèches enroulées sur des bigoudis de plastique aussi fragiles que des os de poulet. Les effluves du produit utilisé pour la permanente remplissaient l'air d'une odeur d'œufs pourris. Le deuxième fauteuil était occupé par une femme dont la tête était couverte d'un bonnet de bain percé de trous, à travers lesquels une autre coiffeuse attrapait de minuscules mèches de cheveux avec une sorte de crochet. Des larmes coulaient sur les joues de la cliente, mais ça ne l'empêchait pas de bavarder avec sa tortionnaire comme si de rien n'était. A ma droite, une manucure s'occupait d'une cliente dont elle peignait les ongles en rose bonbon.

Sur le mur du fond, j'aperçus une porte vitrée qui conduisait probablement au bureau de Morley. Il y avait une femme, à l'arrière, qui pliait des serviettes et les mettait en piles bien nettes. Quand elle me vit hésiter, elle s'avança. Une étiquette au nom de « Betty » était épinglée sur sa poitrine. Etant donné sa profession, sa coupe de cheveux me laissait perplexe. Elle avait probablement dû tomber entre les mains d'un de ces stylistes cruels (généralement des mâles) qui prennent plaisir à maltraiter la chevelure des femmes de plus de cinquante ans. Un traitement singulier avait été infligé à cette malheureuse; elle avait la nuque rasée et portait une houppette frisottée sur le front, ce qui lui faisait un cou énorme. Elle s'éventa en fronçant le nez.

– Pouah! S'ils sont assez malins pour envoyer un homme sur la lune, pourquoi est-ce qu'ils ne peuvent pas fabriquer une lotion de permanente qui ne pue pas?

Elle ramassa un bonnet de plastique sur le fauteuil le plus proche et me jaugea d'un œil exercé.

– Bigre. Oh! la, la! C'est vraiment un cas d'urgence. Prenez un fauteuil.

Je regardai autour de moi pour voir à qui elle s'adressait.

– Qui ça? Moi?

– C'est pas vous qui venez d'appeler?

– Non, je travaille pour Morley Shine, mais son bureau est fermé à clef.

– Ah oui. Ça m'ennuie de devoir vous l'annoncer, mon chou, mais Morley est décédé cette semaine.

– Je le sais. Désolée. Je pense que j'aurais dû me présenter.

Je sortis ma carte de détective et la lui tendis. Elle l'étudia un instant, puis fronça les sourcils et désigna mon nom du doigt :

– Comment ça se prononce?

– Kinsey, dis-je.

– Non : le nom de famille. Millhone, ça rime avec *mignonne*?

– Non, c'est pas ça. On dit *Mill* – hone.

– Oh! *Mill* – hone, dit-elle en m'imitant consciencieusement. Je pensais que c'était comme ce plat de viande français qui s'appelle *filet mignonne*.

Elle regarda de nouveau ma carte de détective privé

– Vous êtes pas de Los Angeles, par hasard?

– Non, je suis du coin.

Elle lança un coup d'œil à ma coiffure :

– Je me demandais si ce ne serait pas une de ces nouvelles coupes à la mode comme ils les font sur Melrose Avenue. Ils appellent ça une coupe asymétrique avec ellipse géométrique. Quelque chose de ce genre. On dirait que le coup de peigne a été donné avec un ventilateur.

Elle riait toute seule. Je me penchai en arrière pour jeter un coup d'œil à mon image dans le miroir le plus proche. J'étais coiffée d'une façon bizarre. Ça faisait des mois que je laissais pousser mes cheveux et ils étaient beaucoup plus longs d'un côté que de l'autre. En outre, ils étaient irréguliers, avec une sorte de touffe, juste au sommet du crâne. Je fus momentanément prise de doutes.

– Vous croyez que j'ai besoin d'une coupe?

Elle hurla de rire.

– Ma foi, faudrait peut-être gueuler pour que vous compreniez? Ils ont tout bonnement l'air d'avoir été tailladés par un cinglé avec des ciseaux à ongles.

Je ne trouvais pas la comparaison aussi drôle qu'elle le pensait.

– Une autre fois peut-être, dis-je.

Je décidai d'entrer dans le vif du sujet avant qu'elle ne me convainque de subir une coupe que je pourrais regretter plus tard.

– Je travaille pour un avocat qui s'appelle Lonnie Kingman.

– Bon. Je connais Lonnie. Sa femme allait à la même église que moi. Qu'est-ce qu'il vient faire dans tout ça?

– Morley collaborait avec lui et je prends la suite. J'aimerais entrer dans son bureau.

– Pauvre type, dit-elle. Et sa femme qui est si malade avec ça. Il y avait des mois qu'il se faisait du mouron. Il tournait en rond ici à rien faire, pour autant que je sache

– Je pense qu'il faisait tout son travail chez lui, dis-je. Oh, est-il possible d'entrer dans son bureau par cette porte, là-derrière? Est-ce qu'elle donne sur son cabinet?

– Morley avait l'habitude de passer par là quand il voulait pas rencontrer un créancier sur le pas de sa porte.

Elle fit mine de m'accompagner vers l'arrière, ce que je pris pour un geste de bonne volonté.

– Ça arrivait souvent? ai-je demandé.

J'ai toujours du mal à me mêler de ce qui me regarde quand j'ai le nez sur les affaires de quelqu'un d'autre.

– Ces derniers temps, oui.

– Verriez-vous un inconvénient à ce que j'entre et prenne les dossiers dont j'ai besoin?

– Ma foi, je vois pas pourquoi. Il n'y a rien à voler là-dedans. Allez-y et servez-vous. Comme le verrou est de ce côté-ci de la porte, on ne peut pas fermer de l'intérieur.

– Merci.

Je passai par la porte de communication. Elle donnait sur une pièce qui devait tenir lieu de chambre d'appoint à l'époque où le bungalow servait de logement. Ça sentait le renfermé. La moquette avait un ton brun boueux, sans doute choisi parce que ce n'était pas salissant. Il y avait un petit cagibi où Morley rangeait ses archives, une minuscule salle de bains au sol couvert de dalles de vinyle brun, avec des toilettes au siège en bois, un lavabo étroit et une cabine de douche en fibre de verre. Sur un coup de déprime, je me dis que je finirais peut-être de cette manière-là : minable détective de province dans un trou lugubre qui sentait le moisi et la poussière. Je m'assis dans son fauteuil pivotant, qui grinçait quand je me balançais en arrière. Je décrochai son calendrier du mois en cours. Je fouillai ses tiroirs l'un après l'autre. Des crayons, de vieilles enveloppes de chewing-gum, une agrafeuse sans agrafes. Une boîte plate de pâtissier avait été pliée en deux et enfoncée dans la corbeille à papier. Une grosse tache de graisse avait transpercé le carton et les restes d'une sorte de gâteau avaient été jetés par-dessus. Il venait probablement à son bureau chaque matin pour avaler des beignets et des sucreries.

Je me levai et me dirigai vers le classeur adossé au mur d'en face. A la lettre « V » pour VOIGT/BARNEY, je trouvai plusieurs chemises remplies de divers papiers. Je pris les dossiers et me mis à les éparpiller sur le bureau. Dans mon dos, la porte s'ouvrit bruyamment et je sursautai.

C'était Betty, du salon de coiffure.

– Avez-vous trouvé ce que vous cherchiez?

– Oui. Tout va bien. Il se confirme qu'il gardait la plupart de ses dossiers chez lui.

Elle grimaça en humant l'odeur de renfermé qui régnait dans la pièce, s'approcha du bureau et ramassa la corbeille à papiers.

– Je vais mettre ça dehors. Les éboueurs ne passent pas avant vendredi, mais je ne voudrais pas que ça attire les fourmis. Morley se faisait livrer des pizzas ici, en cachette de sa femme. Je sais bien qu'il était censé être au régime, mais je le voyais entrer ici avec des plats chinois et des sacs de chez *McDonald's*. Je vous dis pas tout ce que cet homme pouvait manger. Quand même, c'était pas à moi de faire des histoires. Mais il aurait mieux valu qu'il prenne un peu plus soin de lui.

– Vous êtes la deuxième personne que j'entends dire ça aujourd'hui. A mon avis, il faut laisser les gens faire ce qu'ils vont faire de toute façon...

Je rassemblai les dossiers et le calendrier.

– Merci de m'avoir laissée entrer. Je suppose que quelqu'un viendra tout emporter dans la semaine.

– Et vous, vous ne cherchez pas un bureau?

– Pas de ce genre-là, dis-je sans hésiter.

Les mots avaient jailli tout seuls et je me dis après coup qu'elle aurait pu s'en offusquer. En partant, je la vis ouvrir la porte d'entrée de Morley pour déposer la corbeille à papier dehors sur le petit perron.

Je repris ma voiture, balançai la pile de dossiers sur le siège arrière, et retournai en ville pour m'arrêter sur le parking adjacent à la bibliothèque publique. A l'intérieur, j'allai directement à la salle des périodiques, où je demandai au type qui se trouvait derrière le comptoir la collection du *Santa Teresa Dispatch* d'il y avait six ans. Je voulais en particulier voir les nouvelles des 25, 26 et 27 décembre de l'année où Isabelle Barney avait été assassinée.

Après avoir introduit la bobine du microfilm dans un lecteur, je remontai patiemment le temps jusqu'à parvenir à la période qui m'intéressait. Je pris des notes sur les événements les plus importants du fameux week-end. Noël tombait un dimanche. Isabelle était morte dans les premières heures du lundi. Il pourrait être utile de rafraîchir la mémoire des gens en évoquant quelques faits secondaires. Une tempête avait noyé une bonne partie de la Californie sous la pluie, ce qui avait provoqué un important carambolage sur la route 101 juste à la sortie de la ville. Il y avait eu la vague habituelle de délits mineurs, y compris un accident avec délit de fuite qui avait coûté la vie à un vieillard, renversé par une camionnette en haut de State Street. On comptait aussi un hold-up dans un supermarché, deux cambriolages, et un incendie, sans doute criminel, qui avait détruit le studio d'un photographe dans les toutes premières heures du 26 décembre. Je griffonnai une note sur un incident au cours duquel un petit garçon de deux ans et demi avait été légèrement blessé en jouant avec un revolver de calibre .44, laissé à sa portée. En lisant les nouvelles, je pouvais sentir ma propre mémoire se raviver pour un bref instant. J'avais tout oublié de l'incendie, mais je l'avais vu d'assez près en réalité puisque j'étais passée devant avec ma voiture en rentrant à la maison. Le brasier incandescent brillait comme une torche sous le ciel bas de la nuit. L'averse avait contribué à créer, en contrepoint, une nébulosité surréelle et j'avais sursauté en entendant soudain sur ma radio de bord James Taylor chanter « Fire and Rain », une chanson qui parle de feu et de pluie. Ce souvenir fragmentaire s'évanouit aussi abruptement qu'une lampe s'éteint.

Je passai au peigne fin le reste de l'actualité, mais il n'y avait rien d'autre qui fût intéressant. Après avoir tout repris depuis le début, je pris des photocopies de l'ensemble, à l'exception des pavés publicitaires et des petites annonces. Il ne me restait plus qu'à rembobiner le film et remettre la bande dans sa boîte. Je payai les copies au bureau principal avant de sortir, en songeant aux personnes qu'il me faudrait interroger sur ce qu'elles avaient fait pendant ces deux journées-là. De quoi pourrais-je me souvenir si quelqu'un m'interrogeait sur mon emploi du temps pendant la nuit au cours de laquelle Isabelle avait été tuée? Une parcelle de souvenir m'était revenue en mémoire, mais le reste était perdu.

4

Après avoir récupéré ma voiture sur le parking, je roulai en direction du Centre de détention placé sous l'autorité du shérif du comté de Santa Teresa. Parmi les quelques documents convenablement classés dans leurs dossiers, j'avais trouvé le compte rendu de l'entretien que Morley avait eu avec Curtis McIntyre, mais aucune citation n'avait jamais été délivrée à ce dernier. Apparemment, les deux hommes s'étaient rencontrés en septembre et personne d'autre n'avait interrogé Curtis depuis lors. D'après les notes de Morley, McIntyre se trouvait dans la cellule où Barney avait passé sa première nuit de taule. Il prétendait qu'ils s'étaient pour ainsi dire liés d'amitié, de sa part en tout cas plus que de la part de Barney. Celui-ci l'avait intrigué car c'était quelqu'un qui semblait avoir tout ce que l'on peut désirer. Curtis, habitué à cohabiter en prison avec de pauvres types, avait suivi l'affaire dans les journaux. Quand le procès avait eu lieu, il s'était fait un devoir d'y assister. Lui et Barney ne s'étaient pas dit grand-chose jusqu'au jour de l'acquittement. Au moment où David Barney avait quitté le tribunal, Curtis McIntyre s'était avancé pour le féliciter. Selon l'indicateur, David Barney avait alors laissé entendre qu'il venait de s'en tirer à bon compte pour un assassinat. Il était impossible de dire si Curtis avait ou non fourni de plus amples détails.

Je me garai devant la prison, sur le parking, du côté opposé aux emplacements réservés pour l'escadre de voitures pie appartenant au shérif du comté de Santa Teresa. Je remontai l'allée, poussai la porte d'entrée qui mène à la petite salle de réception, et m'approchai du comptoir en forme de L en partie protégé par une vitre. J'avais passé toute une nuit dans cette prison, près de six semaines auparavant, et j'étais heureuse d'y revenir sous un prétexte honorable. Il était bien plus agréable de passer par la grande porte que de suivre, par la porte arrière, l'agent de police qui m'avait arrêtée.

Au bureau, on me fit apposer ma signature sur un registre et remplir un formulaire d'autorisation pour une visite. La femme qui se tenait au guichet prit le document et s'éloigna. J'attendis dans l'entrée, en lisant distraitement les informations affichées sur un tableau, pendant qu'elle demandait à quelqu'un de conduire Curtis dans une cabine réservée à ce genre d'entretiens. Sur le mur, près du téléphone payant, il y avait la liste complète des meilleurs prêteurs de cautions et des compagnies de taxis de Santa Teresa. Se trouver en état d'arrestation est une situation généralement affreuse et imprévue. Une fois que votre caution est payée, si votre voiture a été confisquée, vous vous retrouvez dehors, comme jeté sur le trottoir, élément supplémentaire d'angoisse après une nuit d'humiliation.

La femme derrière le guichet me fit signe.

– Votre client arrive dans une minute. Cabine numéro deux.

– Merci.

Je traversai la petite salle de réception et franchis la porte qui conduit aux cabines. Il n'y en a que trois dans cette section, disposées de telle sorte qu'un détenu peut avoir une conversation particulière avec son avocat, le responsable des mises à l'épreuve, ou toute autre personne qu'il aurait une raison légitime de consulter. Je pénétrai dans la deuxième cabine, qui avait peut-être un mètre de large, et comportait en tout et pour tout une cloison de verre et une sorte de comptoir sur toute la largeur, ainsi qu'une espèce de tringle où poser les pieds comme on en trouve dans les bars. Je pris rapidement place au comptoir, un pied en l'air, en m'appuyant sur les coudes. Derrière la vitre, il y avait une toute petite pièce semblable à celle où je me trouvais, avec une porte, dans le mur du fond, par laquelle les détenus étaient introduits. Au bout de quelques minutes, la porte s'ouvrit et Curtis McIntyre entra. Il parut surpris par cette visite imprévue, étonné de me voir alors qu'il attendait sans doute son avocat.

Agé de vingt-huit ans, il était maigre et longiligne, avec des hanches si étroites qu'elles retenaient à peine son pantalon. Sa tenue bleue de prisonnier lui allait bien. Sa chemisette à manches courtes découvrait des bras longs, soyeux, avec une peau parfaite pour qui voudrait y tatouer un dragon. Quelqu'un avait déjà dû lui dire qu'il avait des yeux romantiques, car il paraissait décidé à plonger un regard profond et lourd de signification dans le mien. Son visage rasé de frais avait un air innocent (pour un coupable). Ses cheveux étaient mal coupés, ce qui n'avait rien de surprenant au bout de plusieurs mois en prison. D'ailleurs, même en mettant les choses au mieux, je ne l'imaginais guère s'offrant une coupe et un brushing dans un vrai salon de coiffure.

Je me présentai et lui expliquai ce que je venais faire, à savoir obtenir une déclaration écrite de sa part.

– D'après les notes prises par Mr. Shine, je conclus que vous avez fait la connaissance de David Barney dans une cellule, au dépôt, juste après son arrestation.

– T'es pas mariée?

Je me retournai pour voir s'il y avait quelqu'un d'autre dans la pièce.

– Qui ça, moi? dis-je,

Il émit le genre de sourire qu'on parvient à faire après s'être exercé dans un miroir, ses yeux sondant les miens.

– Tu veux pas répondre?

– Qu'est-ce que ça vient faire?

Sa voix prit le ton doux et rauque que l'on réserve aux chiens perdus et aux femmes.

– Allez. Dis-le-moi. J'suis gentil.

– Je n'en doute pas, dis-je, mais occupez-vous de ce qui vous regarde.

Cela l'amusa.

– Pourquoi t'as peur de répondre? Est-ce que tu te sens attirée par moi? Moi je suis attiré par toi.

– Ma foi, Curtis, vous êtes très cordial et je vous en sais gré. Mais pourriez-vous me parler du temps que vous avez passé avec David Barney?

Il eut un sourire vague.

– Tu penses qu'à ton travail, hein? J'aime ça. Tu te prends au sérieux.

– C'est exact. Et j'espère que vous me prendrez vous aussi au sérieux.

Il s'éclaircit la gorge avec gravité, en s'efforçant manifestement de faire bonne impression.

– On était dans la même cellule. Il avait été arrêté le mardi et on n'a été présentés au juge que le mercredi après-midi. Il avait l'air de quelqu'un de bien. Au moment du procès, j'étais dehors et j'ai voulu y assister pour voir de quoi il retournait au juste.

– Avez-vous parlé de l'assassinat au moment de son arrestation?

– Nenni, pas vraiment. Il était bouleversé, ce qu'on peut comprendre. Une dame qui reçoit un pruneau dans l'œil, c'est moche. Je me demande quel genre de personne est capable de faire une chose pareille. Finalement, c'est bien lui qui l'a fait, je pense.

– De quoi avez-vous parlé?

– Aucune idée. De pas grand-chose. Il voulait savoir pourquoi j'étais en cabane et des trucs comme ça, quel juge on aurait à mon avis pour nous faire écrouer, le lendemain. Je l'ai mis au parfum sur ceux qui sont des peaux de vache, c'est-à-dire la plupart. Eh bien, le sien était un tendre, mais tous les autres sont dégueulasses.

– Quoi d'autre?

– C'est à peu près tout.

– Et à cause de ça, vous avez assisté à tout le procès?

– Pas tout le procès. Ça t'est déjà arrivé, à toi, de suivre un procès du début à la fin? C'est emmerdant, tu trouves pas? Heureusement que je suis jamais allé dans une faculté de droit.

– Je pense bien, dis-je et j'ajoutai après avoir vérifié mes notes : J'ai lu la déposition que vous avez fournie à Mr. Kingman...

– T'es pas mariée?

– Vous m'avez déjà posé cette question.

– Je parie que tu l'es pas. Tu veux savoir comment je sais? demanda-t-il en se donnant une tape sur la tempe. Je suis médium.

– Bon, alors vous pouvez probablement me dire quelle question je vais poser maintenant.

Il rougit de plaisir.

– Pas vraiment. Je te connais pas encore assez bien mais j'ai drôlement envie de te connaître.

– Peut-être serez-vous capable de faire fonctionner votre intuition pour répondre à mes questions.

– Je vais faire de mon mieux. Vas-y. Je suis tout ouïe.

Il baissa la tête et son expression devint grave.

– Répétez-moi ce qu'il vous a dit après l'acquittement.

– Eh bien... laisse-moi réfléchir. Il a sorti quelque chose comme... « Eh, mec. Comment va? Qu'est-ce que t'en penses? T'as vu ce qu'on peut s'offrir avec un avocat très cher? » Et j'ai répondu à peu près : « Y a pas à dire, mec. Ça m'épate. J'avais jamais pensé que tu l'avais butée. » Il a fait la gueule – pardon, une drôle de grimace. Puis il s'est penché comme pour se rapprocher et il a dit : « ha, ha, ha! je les ai bien eus ».

Pour moi cette conversation avait quelque chose d'invraisemblable. Je n'avais jamais rencontré David Barney mais je n'arrivais pas à croire qu'il parlait comme ça. Je fixai le visage de Curtis, bien en face :

– Et après ça, qu'est-ce que vous en avez conclu?

– J'en ai conclu qu'il l'avait butée. T'as un petit ami?

– C'est un flic.

– Merde. Je te crois pas. C'est quoi, son nom?

– Inspecteur Dolan.

– Qu'est-ce qu'il fait?

– La Criminelle. Police de Santa Teresa.

– Tu sors jamais avec quelqu'un d'autre?

– Il est bien trop jaloux. Il serait capable de vous dévisser la tête s'il apprenait que vous m'avez fait du gringue. Avez-vous parlé à David Barney à un autre moment?

– A part la prison et le tribunal? Je crois pas. Juste ces deux fois-là.

– C'est bizarre qu'il ait dit ça.

– Pourquoi ça? Si on en discutait?

Il posa son menton sur son poing, prêt à se lancer avec moi dans un entretien prolongé.

– Voilà quelqu'un qui vous connaît à peine, Curtis. Pourquoi vous ferait-il des confidences aussi importantes? Et puis, juste à la porte du tribunal...

Curtis fronça les sourcils d'un air pensif.

– C'est à lui qu'y faut demander, mais si tu veux mon avis, comme on s'était rencontrés en taule, il me faisait sûrement plus confiance qu'à tous ses copains de la haute. Et puis, pourquoi pas? Le procès était fini. Personne ne pouvait plus rien lui faire, non? Même s'ils l'avaient entendu, ils n'auraient pas pu le coincer à cause qu'on peut pas juger personne deux fois.

– Où étiez-vous quand vous avez parlé ensemble?

– Dehors, près de la porte. C'était la salle six. Il est sorti et je lui ai donné une tape sur l'épaule... lui ai serré la pince...

– Il n'y avait pas de journalistes? Est-ce qu'il n'était pas au milieu d'une cohue à ce moment-là?

– Bon Dieu, oui. Ça grouillait. Ils hurlaient son nom, lui plantaient leurs micros sous le nez, demandaient quel effet ça lui faisait...

Je me sentais devenir de plus en plus sceptique.

– Et au beau milieu de ce cirque il s'est arrêté et il a fait cette remarque?

– Ben, ouais. Il s'est penché en avant et m'a parlé à l'oreille juste comme j'ai dit. T'es détective privée? C'est vraiment ça, ton boulot?

Je haussai les épaules et me mis à noter son récit des événements.

– C'est exactement ça, dis-je.

– Alors en sortant, si j'ai un problème, je pourrai te trouver dans l'annuaire?

Je ne faisais pas très attention à lui car j'étais occupée à retranscrire sa version des faits pour pouvoir lui présenter une déclaration écrite à signer.

– C'est bien ça. Si vous savez lire.

– Combien tu te fais payer pour un service comme celui-là? Ça coûte combien?

– Ça dépend de ce qu'on me demande.

– Juste pour avoir une idée.

– Trois cents dollars de l'heure, dis-je.

C'était un mensonge délibéré. A cinquante dollars il pourrait aussi bien avoir les moyens de m'engager.

– Tu charries. Je te crois pas.
– Plus les frais.
– Bon Dieu, c'est pas croyable. Tu te paies ma tête ou quoi? Trois cents *de l'heure*? Pour chaque heure de travail?
– C'est la vérité.
– Tu dois te faire beaucoup de pognon, pour une fille. Nom de Dieu, dit-il. Et si tu m'en prêtais un peu? Cinquante dollars, ou cent. Jusqu'à ce que je sorte et alors je te rembourserai.
– Par principe, je pense que les hommes ne devraient pas emprunter d'argent aux dames.
– A qui d'autre alors? Tu vois, moi je connais pas de mecs bourrés aux as. Y a que les rois de la neige ou des gens comme ça. Mais des rois, on n'en a même pas à Santa Teresa. C'est plutôt des valets qu'on a, dit-il en s'étranglant de rire. T'as un revolver?
– Evidemment, dis-je.
Il se souleva à demi de son siège et regarda d'un air interrogateur derrière la vitre comme si je pouvais porter un six-coups sur la hanche
– Allez. Sois sympa. Laisse-moi voir.
– Je l'ai pas sur moi.
– Où est-il?
– A mon bureau. C'est là que je le garde au cas où quelqu'un refuserait de payer une facture. Pourriez-vous lire ceci et vérifier si c'est conforme au souvenir que vous avez gardé de votre conversation avec Mr. Barney?
Je lui passai le document sous la vitre de séparation, avec un stylo.
Il y jeta à peine un coup d'œil.
– C'est à peu près ça. Dis-donc, t'écris foutrement bien.
– J'étais un enfant prodige à l'école primaire, dis-je. Puis-je vous demander de signer?
– Pourquoi ça?
– Pour avoir une trace de votre témoignage. Comme ça si vous oubliez quelque chose, nous pourrons vous rafraîchir la mémoire au tribunal.
Il griffonna une signature et me rendit la déclaration.
– Demande-moi n'importe quoi d'autre. Je te dirai tout.
– C'est gentil. Merci beaucoup. Si d'autres questions me viennent à l'esprit, je reprendrai contact avec vous.

Après avoir quitté Curtis, je restai assise dans ma voiture sur le parking, à contempler les véhicules des flics qui allaient et venaient. C'était trop beau pour être vrai. Curtis McIntyre était en train de creuser avec ses ongles la tombe de David Barney mais ça sonnait faux. Aujourd'hui, presque cinq ans après le drame et deux ans après son acquittement, David Barney refusait de parler. D'après ce que Lonnie avait dit, lui soutirer le renseignement le plus anodin était aussi difficile que de lui arracher une dent. Pourquoi aurait-il lâché des aveux de pacotille à un demeuré comme Curtis? Oh, après tout, il est difficile de s'y retrouver dans les incohérences de la nature humaine. Je démarrai et sortis du parking.

D'après les dossiers, la sœur d'Isabelle Barney, Simone Orr, vivait toujours sur la propriété des Barney à Horton Ravine, quartier élégant favori des rupins de Santa Teresa. Les dépliants publicitaires de la chambre de commerce présentent Horton Ravine comme un « joyau étincelant dans un site aménagé en parc », ce qui devrait vous donner une idée du style ronflant de ces prospectus. Au nord, le mont Sainte-Inès remplit le ciel. Au sud s'étend l'océan Pacifique. On dit toujours de ces vues qu'elles sont « à vous couper le souffle », « stupéfiantes » ou « spectaculaires ».

Les publicités des promoteurs immobiliers regorgent de mots comme *sérénité* et *tranquillité* . Chaque substantif est accompagné d'un adjectif qui lui donne la coloration et le contenu appropriés. Les jardins « luxuriants et bien entretenus » sont vastes, peut-être deux hectares en moyenne. Il y a des allées cavalières. Les villas « élégantes et spacieuses » sont bien écartées des routes qui serpentent dans les collines « parsemées » de lauriers, de sycomores, de chênes verts et de cyprès. Tout est *parsemé* de quelque chose et *entouré* de plein d'autres choses.

Je m'aperçus que j'étais en train de composer une véritable rhapsodie d'annonces immobilières tout en roulant vers le sommet de la route en lacet qui mène à l'entrée majestueuse et bien isolée de cette villa méditerranéenne classique, avec ses deux merveilleuses vues panoramiques sur les montagnes sereines et l'océan étincelant. Je pénétrai à l'intérieur de la splendide cour dallée et je garai ma vieille coccinelle entre une Lincoln et une Beamer. Je descendis de voiture et pénétrai dans un jardin clos de murs, en suivant une magnifique allée pavée. Les deux hectares de terrain étaient entièrement recouverts de plantes vivaces et saisonnières, de fougères luxuriantes et de palmiers importés. Il y avait aussi deux jardiniers qui traînaient un tuyau de quatre cents mètres entre eux.

J'avais passé un coup de téléphone à Simone pour annoncer mon arrivée et elle m'avait minutieusement expliqué comment me rendre à son petit pavillon, situé sur une terrasse en contrebas, entouré de pelouses luxuriantes et de dépendances. Je contournai l'aile orientale de la maison qui, selon ce qu'on m'en avait dit, avait été conçue par un architecte célèbre de Santa Teresa dont je n'avais jamais entendu le nom. Je traversai la terrasse au carrelage à l'espagnole, pourvue d'une piscine à fond noir, d'une cascade dévalant du haut d'un rocher de lave, d'un jacuzzi, et même d'un bassin à poissons entouré de haies bien taillées de lantaniers et d'ifs. Je descendis une volée de marches et suivis un sentier pavé qui menait vers le pavillon de bois accoté à la colline.

La maison était petite, tout en bois avec un toit de bardeaux fortement pentu et des garnitures en bois sur trois côtés. Les murs extérieurs étaient peints en bleu et les moulures en blanc. Des baies vitrées aux cadres de bois occupaient la partie supérieure des murs. Le haut de la porte hollandaise était ouvert. Le mois de décembre à Santa Teresa peut ressembler à ce qu'est le printemps dans d'autres parties du pays – il y a des jours gris, de légères pluies, mais beaucoup de ciel bleu derrière les nuages.

Je m'arrêtai en chemin, complètement subjuguée par la vue. J'éprouve une faiblesse particulière pour les espaces petits et clos, une nostalgie à peine déguisée de la matrice. Après la mort de mes parents, quand je suis allée vivre pour la première fois chez ma tante, encore vieille fille, j'avais élu domicile dans une immense boîte en carton. Je venais juste d'avoir cinq ans et je me rappelle encore avec quelle application têtue j'avais meublé ce petit refuge rudimentaire. J'avais recouvert le sol d'oreillers. J'avais une couverture et une lampe au pied énorme, en céramique bleue, avec une ampoule de soixante watts qui faisait régner à l'intérieur une chaleur tropicale. Je m'allongeais sur le dos pour lire interminablement des livres d'images. Mon préféré parlait d'une petite fille qui avait découvert un lutin minuscule répondant au nom de Twig et logé dans une boîte de jus de tomate renversée. J'étais absorbée dans mes fantasmes et je ne me souviens pas d'avoir pleuré. Pendant quatre mois, j'ai reniflé et lu mes livres, enfermée dans un petit système bien clos qui me permettait de surmonter mon chagrin. Je mangeais des sandwiches au fromage et aux pickles, comme ceux que confectionnait ma mère. Je les préparais moi-même car ils devaient être exactement comme il fallait. Certains jours je remplaçais le fromage par du beurre de cacahuètes et c'était délicieux. Ma tante s'occupait de ses affaires et me laissait me débrouiller avec mes sentiments sans chercher à me déranger. Mes parents étaient décédés le 30 mai, le jour où l'on célèbre la mémoire des soldats morts au champ d'honneur. L'automne suivant, j'entrai à l'école...

– Vous êtes Kinsey?

Je me retournai pour regarder la femme comme si j'émergeais du sommeil.

– En effet. Et vous, vous êtes Simone?

– Oui. Ravie de vous rencontrer.

Elle portait un sécateur et un panier plat en osier rempli de fleurs coupées, qu'elle posa. Elle m'adressa un bref sourire en me tendant sa main à serrer. Elle devait avoir près de quarante ans et était plus petite que moi avec des épaules larges et un corps massif que ses vêtements masquaient quelque peu. Ses cheveux d'un blond roux, artificiellement frisés, un peu plus sombres à la racine, lui arrivaient aux épaules. Elle avait le visage carré, une large bouche, des yeux d'un bleu peu remarquable sous les cils épaissis par le mascara et de fins sourcils roux. Elle portait une tenue aux dessins géométriques noir et blanc, une veste de soie pardessus une longue tunique noire, une jupe large balayant le haut de ses bottes en daim noir. Ses doigts carrés avaient des ongles recouverts de vernis clair. Elle n'arborait aucun bijou et presque pas de maquillage. Je m'aperçus tardivement qu'elle utilisait une canne quand elle la fit passer de la main gauche à la main droite. Elle affermit son équilibre et s'appuya sur la canne en se penchant pour ramasser le panier posé à ses pieds.

– Il faut que j'aille les mettre dans de l'eau. Entrons dans la maison.

Elle ouvrit la partie basse de la porte hollandaise et je la suivis en disant :

– Pardon de vous déranger encore à ce sujet. Je sais que vous avez parlé à Morley Shine il y a plusieurs mois. Mais je suppose que vous êtes au courant de sa mort.

– J'ai vu ça dans les annonces nécrologiques du journal, ce matin. J'ai aussitôt appelé le bureau de Lonnie et il m'a dit que vous prendriez contact avec moi.

Elle se dirigea vers le comptoir carrelé dans la petite cuisine, qui servait à la fois de plan de travail et de bar pour le petit déjeuner, avec ses deux tabourets de bois rangés en dessous. Elle accrocha la canne au bord du comptoir et sortit un cruchon en verre, qu'elle emplit d'eau du robinet. Elle rassembla les fleurs en un joli bouquet et les plaça dans ce vase de fortune, puis posa la composition florale sur le rebord de la fenêtre avant de se sécher les mains avec une serviette.

– Prenez un siège, dit-elle.

Elle tira un tabouret et se percha dessus tandis que je prenais l'autre.

– Je vais essayer de ne pas vous faire perdre trop de temps, dis-je.

– Ne vous en faites pas. Si cela peut contribuer à faire condamner ce salaud, tout mon temps est à votre disposition.

– Est-ce que ce n'est pas un peu gênant de vivre sur cette propriété, à cent mètres de chez lui?

– Je l'espère bien, dit-elle d'une voix chargée d'amertume. Elle regarda dans la direction de la grande maison. Si c'est gênant pour moi, vous devez bien imaginer à quel point ça l'est pour lui. Je sais que ça l'exaspère de voir que je refuse d'être évincée. Il aimerait tellement m'obliger à partir.

– Est-ce qu'il en a le droit?

– Pas du tout, tant que j'ai mon mot à dire. Izzy m'a laissé le pavillon. Ça faisait partie de son testament. Elle et Kenneth avaient acheté la propriété il y a de nombreuses années. Ils l'avaient payée une petite fortune. Quand leur mariage a craqué, c'est à elle que la maison est revenue d'après les termes de l'arrangement financier. Le tout figurait sur la liste de ses biens propres quand elle a épousé David. Elle lui avait également fait signer un contrat de mariage.

– On voit que c'était une véritable femme d'affaires. Avait-elle procédé de la même manière avec les autres?

– Elle n'avait aucune raison de le faire. Les deux premiers avaient de l'argent. Kenneth était le numéro deux. Avec David, c'était différent. Tout le monde lui avait dit qu'il en voulait à sa fortune. A mon avis, elle a dû se dire que le fait de signer ce contrat de mariage prouvait le contraire. Quelle blague!

– Il n'aura donc jamais aucun droit sur cette propriété?

Simone secoua la tête en signe de dénégation.

– Elle avait même refait son testament pour ne lui laisser que l'usufruit. Ainsi, à sa mort, ce qui arrivera bientôt j'espère, tout ça ira à Shelby, la fille d'Isabelle. De même, la petite maison est à moi, tant que je suis vivante, bien entendu. A ma mort, elle reviendra à l'héritière.

– Et vous n'avez pas peur?

– De David? Pas du tout. Il s'en est tiré une première fois, mais il n'est pas fou. Tout ce qu'il lui reste à faire, c'est à se tenir tranquille. S'il gagne ce procès civil, il aura définitivement décroché le gros lot, vous ne trouvez pas?

– C'est bien possible.

– Il se pourrait bien qu'il sorte de toute l'affaire blanc comme neige. Pourquoi donc voulez-vous qu'il se compromette? Si quelque chose m'arrivait, il serait le premier à être soupçonné.

– Et s'il perd le procès?

– J'ai dans l'idée qu'il ira tout droit en Suisse. Il y a probablement déjà viré l'argent par petites sommes sur un compte bancaire secret. Il est bien trop malin pour tuer une seconde fois. Ça lui servirait à quoi?

– Pourquoi donc Isabelle a-t-elle pris ce genre de dispositions? Pourquoi tenter le diable? Si je comprends bien, après le contrat de mariage et les dispositions testamentaires, elle aurait pu tout aussi bien aller encore plus loin et poser sa tête sur le billot.

– Elle était amoureuse de lui. Elle voulait se montrer correcte. Mais elle était réaliste également. C'était son troisième mari et elle ne voulait pas se faire dépouiller. Mettez-vous à sa place. Vous épousez un individu, vous n'imaginez pas qu'il va vous *tuer*. Si vous le pensiez, vous ne vous marieriez pas avec lui.

Son œil s'attarda sur le cadran de sa montre.

– Seigneur, il est presque une heure. Je ne sais pas si vous êtes comme moi, mais je meurs de faim. Avez-vous déjeuné?

– Ne vous gênez pas, dis-je. Je ne vais pas rester beaucoup plus longtemps. Je croquerai un morceau en rentrant à mon bureau.

– Voyons, ça ne pose pas de problème. Mangeons ensemble. Je vais juste faire des sandwiches. J'aimerais avoir de la compagnie.

L'invitation semblait sincère et j'acquiesçai en souriant.

– D'accord. Avec plaisir.

5

Elle passa dans la minuscule cuisine et se mit à retirer différentes choses du petit réfrigérateur.

– Je peux vous aider?

– Non, merci. Il n'y a vraiment pas assez de place pour deux. Les hommes apprécient, sauf quand par hasard ils adorent faire la cuisine. Dans ce cas-là, ils s'emparent de la place et je reste assise là où vous êtes.

Je me tournai à demi sur mon tabouret et jetai un coup d'œil à la pièce qui se trouvait derrière moi.

– C'est un endroit magnifique, observai-je.

Elle rougit de plaisir.

– Vous l'aimez? C'est Isabelle qui avait conçu la maison... le coup d'envoi de sa carrière.

– Elle était architecte? Je ne savais pas.

– En fait, elle ne l'était pas vraiment mais à certains égards on la considérait comme telle. Vous pouvez faire le tour du propriétaire si ça vous dit. Il n'y a qu'une trentaine de mètres carrés.

– C'est tout? On dirait que c'est plus grand.

Je fis quelques pas jusqu'à la porte d'entrée, curieuse de voir comment l'aspect extérieur s'harmonisait avec l'intérieur. Comme les fenêtres étaient ouvertes en grand, je pouvais parler facilement à Simone tout en en faisant le tour. Le pavillon donnait l'impression d'avoir été réduit à la taille d'une petite maison miniature. Tout le confort semblait y avoir été prévu, sans fioriture ni gaspillage de la place disponible. Il y avait même une petite cheminée. Je passai la tête par la fenêtre afin de jeter un regard sur le foyer exigu. De nombreuses surfaces, dont l'âtre, le seuil et les contremarches étaient recouvertes de carreaux bleu et blanc peints à la main et ornés d'un motif floral.

– C'est merveilleux.

Simone m'adressa un sourire étincelant.

Je m'écartai de la fenêtre pour visiter les abords de la maisonnette. On avait planté des herbes aromatiques dans chaque endroit ensoleillé. La brise apportait l'odeur du romarin et du thym. Le logis se trouvait au milieu d'une pelouse en demi-lune. Au-dessous, la pente raide de la colline était couverte de chênes verts et de *chaparral* *. On avait vue sur les montagnes, de l'autre côté de la ville de Santa Teresa. Je rentrai. L'unique porte donnait sur la cuisine.

– Il faudra que vous veniez voir mon repaire un de ces jours. On y a la même impression qu'ici. Une parfaite petite cachette.

Je poursuivis mon examen pendant qu'elle coupait plusieurs tranches d'une miche de pain. L'endroit était si petit que je pouvais tout parcourir sans m'éloigner. Les meubles étaient anciens : une table de pin naturel, deux chaises cannées, une vitrine d'angle avec des vitres de verre bleuté, un lit de cuivre recouvert d'un quilt en patchwork, blanc sur blanc. La salle de bains exiguë était la seule pièce de la maison totalement cloisonnée. Le reste n'était en fait qu'une seule grande pièce, avec des zones correspondant à chaque fonction. Tout était ouvert, clair, calme, plein de lumière, parfait jusque dans le moindre détail ; on aurait dit une suite d'illustrations destinées à un magazine de décoration sur papier glacé. Il y avait des fenêtres qui donnaient sur l'avant et sur le côté, mais aucune ouverture vers l'arrière, là où la pente grimpait abruptement jusqu'à la maison principale située juste au-dessus.

Je tirai un tabouret près du comptoir et la regardai faire des sandwiches. Elle avait rassemblé des assiettes, des couverts et des serviettes bleu et blanc ; elle me passa le tout et je mis la table pour deux.

– Comment a-t-elle pu faire tout ça, si elle n'était pas architecte ?

* Végétation typique des collines semi-désertiques de Californie.

– Elle travaillait chez un architecte de la région. Elle avait plus ou moins le statut d'une apprentie, elle n'était même pas rémunérée. Ne me demandez pas comment elle s'y était prise ou pourquoi il avait accepté. Elle s'était arrangée pour y aller quand elle en avait envie et elle y faisait ce qui lui plaisait.

– Pas mal, dis-je.

– C'est là qu'elle a rencontré David. Il avait été embauché dans la même boîte. Le patron s'appelait Peter Weidmann. Avez-vous déjà parlé avec lui?

– Pas encore, mais j'ai bien l'intention de le faire après vous avoir quittée.

– Très bien. Lui et Yolanda vivent tout près. A environ un kilomètre d'ici. C'est un homme charmant; il est à la retraite maintenant. Il a vraiment tout appris à Isabelle. Elle avait une nature artiste, mais elle manquait de discipline. Elle réussissait tout ce qu'elle entreprenait, mais elle se conduisait en dilettante – toujours pleine de grandes idées, mais négligente dans la réalisation. Elle ne s'intéressait jamais longtemps à quelque chose – jusqu'au jour où elle s'est mise à faire ça.

– Qu'entendez-vous par là?

– Elle dessinait des petites maisons. La mienne a été la première. Le *Santa Teresa Magazine* en a entendu parler et a publié un grand reportage photographique sur ses réalisations. La réaction a été incroyable. Tout le monde en voulait une.

– Comme chambre d'amis?

– Ou pour loger des adolescents, accueillir la belle-famille, comme atelier d'artiste, lieu de retraite et de méditation. Le plus beau, c'est qu'on peut en fourrer une dans n'importe quel coin de sa propriété... à condition d'avoir l'accord de ces requins d'urbanistes. Elle et David ont quitté la firme de Peter quand tout ce truc a démarré. Ils se sont installés à leur compte et ils ont fait fortune en un rien de temps. Elle avait une presse fantastique, aussi bien dans les publications snobs que dans les magazines à grand tirage. *Architectural Digest*, *House & Garden*, *Parade*. En plus, elle a remporté des tas de prix pour ses modèles. C'était stupéfiant.

– Et David dans tout ça? Qu'est-ce qu'il faisait au juste?

– Ma foi, elle avait bien besoin de lui. Elle était tellement tête en l'air dans ses affaires. Elle créait les modèles, dessinait les ébauches, esquissait les plans au sol. Mais comme David était architecte diplômé, c'était lui qui était responsable des projets, des plans définitifs et des spécifications techniques, de tout ce genre de choses. Il s'occupait aussi des ventes, de la publicité... du sale boulot, en fait. Personne ne vous a mise au courant?

– Pas du tout, dis-je. J'ai vu Ken Voigt hier soir et il a un peu parlé d'Isabelle. Comme je vous l'ai dit au téléphone, j'ai lu tous les dossiers, mais c'est la première fois qu'on me donne des précisions. Comment Barney supportait-il qu'elle en ait toute la gloire?

– Plutôt mal, sans doute, mais il n'y pouvait rien. Sa carrière ne l'avait mené nulle part. C'était pareil pour Peter Weidmann.

Simone vint à table avec un pichet de thé glacé et une assiette de sandwiches. Nous prîmes place pour manger. Le pain bis était coupé en tranches fines légèrement beurrées. De la verdure débordait des sandwiches comme autant de mauvaises herbes.

– C'est du cresson, dit-elle en surprenant mon expression.

– J'adore ça, murmurai-je. (Il trouva que c'était bon, d'un goût frais, très poivré.) Vous avez une photo d'elle?

– Bien sûr. Attendez un moment, je vais vous en trouver une.

– Rien ne presse. C'est merveilleux, dis-je, en parlant la bouche pleine.

Elle se leva néanmoins et se dirigea vers la table de nuit; quelques secondes plus tard elle revenait avec une photographie dans un cadre d'argent ouvragé.

Elle me tendit le portrait et se rassit.

– Nous étions jumelles. De fausses jumelles. Elle avait vingt-neuf ans sur cette photo.

J'étudiai son visage. C'était la première fois que je voyais Isabelle Barney. Elle était plus jolie que Simone, avec un visage doux et rond, des cheveux noirs brillants qui retombaient gracieusement sur ses épaules et dont les mèches soyeuses encadraient de larges pommettes, des yeux marron clair, un nez court et fort et une bouche large. On aurait dit qu'elle portait une sorte de T-shirt ras du cou, d'un brun sombre comme sa chevelure. Je me surpris à hocher la tête :

– Il y a une ressemblance. Que faisaient vos parents?

Je lui rendis la photo et elle posa le cadre debout, à l'autre extrémité de la table. Isabelle nous regardait gravement poursuivre notre entretien.

– Nos parents étaient des artistes un peu excentriques, tous les deux. Maman avait de l'argent qui lui venait de sa famille, de sorte qu'elle et papa ne se sont jamais donné beaucoup de mal. Un été, ils sont allés en Europe pour un voyage de six semaines et ils y sont restés dix ans.

– A quoi faire?

Elle prit une bouchée de sandwich qu'elle mâcha un peu avant de répondre.

– A se balader, sans plus. Je ne sais pas. Ils voyageaient, peignaient et menaient une vie de bohème, plus ou moins en marge de la bonne société, je suppose. En expatriés, comme Hemingway. Ils sont rentrés en Amérique au début de la Seconde Guerre mondiale et ils ont atterri, Dieu seul sait pourquoi, à Santa Teresa. A mon avis, ils avaient dû lire un livre qui en parlait et ils s'étaient dit que ça avait l'air sympa. Entre-temps, l'argent avait commencé à manquer et papa avait pensé qu'il ferait mieux de s'occuper davantage de leurs placements. Il s'est montré très doué. Au moment de notre naissance, ils étaient de nouveau riches.

– Qui était l'aînée, vous ou Isabelle?

Elle absorba une gorgée de thé glacé et s'essuya légèrement la bouche avec sa serviette.

– C'était moi, avec trente minutes d'avance. Maman avait quarante-quatre ans quand elle nous a eues et personne n'avait découvert qu'elle portait des jumeaux. Comme elle n'avait jamais été enceinte, elle pensait au début que si elle n'avait pas ses règles c'était une question de ménopause. Il faut dire qu'en bonne adepte de la « science chrétienne », elle avait refusé de voir un médecin jusqu'au dernier moment. Elle a souffert pendant plus de quinze heures avant de finir par accepter que papa l'emmène à l'hôpital le plus proche. Ils venaient juste d'atteindre le haut des marches, quand je suis arrivée. Elle était toute disposée à sauter de la table de travail pour rentrer à la maison. Elle pensait que c'était fini, tout comme le médecin qui attendait le placenta quand Isabelle est apparue.

– Vous avez encore vos parents?

– Ils sont morts tous les deux à un mois d'intervalle, dit-elle en hochant la tête. Nous avions dix-neuf ans à l'époque. Isabelle s'est mariée pour la première fois cette année-là.

– Etes-vous mariée?

– Non, pas moi. Mais j'ai l'impression de l'avoir été, à force d'assister à ce qui s'est passé dans ses mariages à elle.

– Voigt était son second mari?

– Exact. Le numéro un est mort dans un accident de bateau.

– C'était comment, d'être des jumelles? Vous vous ressembliez beaucoup toutes les deux?

– Hum, hum! Ça non. Seigneur, nous ne pouvions pas être plus différentes. Elle avait hérité le talent familial en même temps que tous les défauts de la famille. En matière d'art, elle était très douée, mais elle avait tant de facilité qu'elle ne prenait rien au sérieux. Dès qu'elle maîtrisait une technique, elle cessait de s'y intéresser. Elle touchait un peu à tout. Elle a dessiné, peint, créé des bijoux, sculpté... C'était incroyable ce qu'elle faisait avec les tissus. Mais elle ne tenait pas en place. Jamais satisfaite. Elle voulait toujours passer à autre chose. D'une certaine manière, les petites maisons l'ont sauvée, mais elle aurait peut-être fini par s'en lasser si elle avait vécu plus longtemps.

– J'ai cru comprendre, d'après ce qu'a dit Ken, que son problème était qu'elle manquait de confiance en elle.

– Entre autres choses. Elle avait tout pour devenir une toxicomane. Elle fumait. Elle buvait. Elle prenait toutes les sortes de pilules qui lui tombaient sous la main. Elle s'accordait deux ou trois joints par jour. Pendant un moment, elle a pris du LSD.

– Comment arrivait-elle à faire quoi que ce soit? A ce régime, je n'aurais été bonne à rien.

– Ça ne l'affectait pas le moins du monde. De plus, elle avait les moyens de se permettre ce genre de truc, ce qui est bien dommage d'une certaine façon. Elle n'a jamais été vraiment obligée de travailler car nous avions reçu beaucoup d'argent en héritage. Heureusement, elle n'a jamais pris de la cocaïne, ce qui l'aurait ruinée jusqu'au dernier centime.

– Pour vous, ça devait être pénible de la voir se conduire ainsi.

– Ça n'était drôle pour personne. J'ai toujours exercé sur elle une sorte d'autorité parentale. D'autant plus que nous étions très jeunes à la mort de nos parents. Isabelle avait beau être mariée, j'avais toujours l'impression de lui tenir lieu de mère. Je l'admirais énormément mais elle était difficile. Elle n'était pas capable d'entretenir des rapports normaux avec les gens. Elle n'avait rien à donner dans la vie de tous les jours. Elle était très égocentrique. C'était perpétuellement « moi, moi, moi ».

– Narcissique, lui soufflai-je.

– C'est ça, mais je ne voudrais pas vous donner une fausse impression. Elle avait aussi des qualités merveilleuses. Elle était chaleureuse, spirituelle et follement brillante. Elle était drôle. Elle savait vraiment s'amuser. Elle m'apprenait à ne pas m'en faire...

– Parlez-moi un peu de David Barney.

– David, lui, c'est une autre affaire, dit-elle et elle marqua un temps d'arrêt pour réfléchir. Je vais essayer d'être impartiale. Je dois avouer qu'il est séduisant. Charmant. Superficiel. Lui et sa femme venaient de Los Angeles quand il est entré dans la firme de Peter.

– Il était donc marié?

– Pas depuis longtemps.

– Qu'est-il advenu de son ex-femme?

– Laura? Elle est toujours dans le coin, quelque part. Après que David l'a laissée tomber, elle a été obligée de travailler, comme toutes les autres divorcées de la ville. De nos jours, c'est fou ce que les femmes se font posséder dans les divorces. Pour chaque type qui se plaint d'avoir été « piégé » par une nana, je peux vous montrer six, huit et même dix femmes qui se sont fait avoir financièrement. Elle, par exemple.

– Et que s'est-il passé?

– Ah oui. David était snob. Il ne voulait plus travailler pour gagner sa vie – tout comme Isabelle, d'ailleurs, sauf qu'elle adorait ce qu'elle faisait et il n'y avait pas de quoi s'étonner puisque, d'un seul coup, elle était devenue une célébrité, et elle y prenait plaisir. Il la pressait de vendre l'affaire pendant que ça marchait très fort, avant que ça se tasse. Il avait un projet farfelu de préfabriqués et de franchises. Je ne sais pas très bien ce qu'il voulait mais elle détestait cette idée. A ce point, elle se sentait déçue par son mariage, brimée, étouffée. De toute façon, elle voulait s'en sortir.

– S'ils avaient divorcé, l'affaire aurait été considérée comme appartenant à la communauté, c'est bien cela?

– Tout à fait. Elle aurait été partagée en deux mais il y aurait perdu gros. Isabelle n'avait pas du tout besoin de lui. Elle pouvait trouver une demi-douzaine de types disposés à le remplacer. Mais ce n'était pas la même chose pour lui. Sans elle, il n'existait pas. D'un autre côté, si elle *mourait* l'affaire lui revenait intégralement... plus ou moins. Sa part à elle irait à Shelby, mais il n'avait rien à craindre d'une enfant de quatre ans. A ce stade, Isabelle avait déjà ébauché un assez grand nombre de modèles pour qu'il puisse se permettre d'en vivre. En plus, si elle mourait, il pouvait compter sur l'assurance. Là encore, une partie irait à Shelby, mais il en ramasserait toujours un bon paquet.

– *A condition* de ne pas être pris, dis-je. Où se trouve la maison qu'il avait louée après leur séparation?

Elle agita la main en direction de l'océan.

– En quittant l'allée, il suffit de tourner à gauche et c'est un peu plus loin, à sept cents mètres. Un énorme monstre blanc, une de ces constructions contemporaines en verre et béton. C'est tellement laid que vous ne pouvez pas ne pas la voir.

– On peut y aller facilement à pied?

– Même à quatre pattes; c'est tout près.

– Etiez-vous ici, chez vous, la nuit du crime?

– Eh bien oui, mais je n'ai pas entendu le coup de feu. Elle m'avait téléphoné un peu plus tôt pour me dire que les Seeger allaient être en retard. Ils l'avaient prévenue de leurs ennuis de voiture et elle ne voulait pas que je m'inquiète si je voyais des lumières allumées dans la maison. Nous avons bavardé pendant un moment et elle semblait en grande forme. Elle avait été en si mauvais état.

– A cause du harcèlement qu'il lui faisait subir?

– Et des disputes et des menaces. Sa vie était un cauchemar, mais elle était très heureuse de monter à San Francisco, de faire les magasins, d'aller au théâtre et au restaurant.

– A quelle heure s'est déroulée cette conversation?

– Environ neuf heures, je crois. Il n'était pas tard. Isabelle était un oiseau de nuit, mais elle savait que j'ai l'habitude de me coucher à dix heures. J'ai compris que quelque chose n'allait pas quand Don Seeger est arrivé. Il disait qu'ils étaient inquiets parce qu'Isabelle n'était pas venue leur ouvrir la porte. Ils avaient vu que le judas était enlevé et que le trou semblait avoir été brûlé. J'ai attrapé une robe de chambre, pris mes clefs, et je suis montée à la grande maison avec lui. Nous sommes entrés par la porte de derrière et nous l'avons découverte dans l'entrée. J'avais l'impression d'être un zombie. J'étais absolument paralysée. Transie de froid. C'était horrible. La pire nuit de toute ma vie.

Pour la première fois je vis des larmes rouler sur son visage envahi par le chagrin. Elle fouilla dans sa poche à la recherche d'un Kleenex et se moucha.

– Excusez-moi, murmura-t-elle.

Je l'étudiai pendant un court instant.

– Et vous pensez vraiment qu'il l'a tuée?

– Il n'y a aucun doute dans mon esprit. Mais je ne sais pas comment on pourrait le prouver.

– Moi non plus, répondis-je.

Il était 14 h 34 quand je pris congé de Simone et retournai à ma voiture. Une épaisse brume montait de la mer, obscurcissant la vue. La lumière de l'après-midi avait déjà la tonalité grise du crépuscule et il faisait frisquet. Je trouvais particulièrement déplaisant de devoir passer devant la maison principale. Je jetai un coup d'œil rapide aux fenêtres. Des lumières brillaient dans le salon, mais les pièces étaient obscures à l'étage. Personne ne semblait avoir conscience de ma présence. La BMW était toujours garée à l'endroit où elle se trouvait quand j'étais arrivée. La Lincoln était partie. J'ouvris la porte de ma voiture, me glissai derrière le volant et fis une pause pour scruter une fois de plus la maison.

De ce côté-là, une loggia longeait tout le premier étage; le toit de tuiles rouges s'appuyait sur une succession de colonnes blanches. Une plante grimpante s'enroulait autour des colonnes et suivait le rebord du toit, comme une dentelle verte à fleurs blanches qui exhalait probablement un parfum agréable si l'on se trouvait assez près. La porte de devant était coupée en deux par l'ombre du balcon en surplomb, et masquée par les branches des chênes verts qui poussaient en abondance dans le jardin clos. Comme l'allée était longue et faisait une vaste courbe, la maison n'était pas visible de la route qui passait en contrebas. Un passant aurait pu voir quelqu'un arriver ou repartir mais à une heure et demie du matin, le soir du crime, qui donc aurait pu se trouver debout dans les parages? Des adolescents, peut-être, de retour chez eux après un rendez-vous sentimental. Je me demandai si l'on avait donné un concert ou une pièce de théâtre cette nuit-là, ou une fête de charité quelconque qui aurait pu justifier le retour de certains habitants chez eux après minuit. Il faudrait que je vérifie dans les journaux s'il s'était passé quelque chose de ce genre. Isabelle avait été tuée à la toute première heure, le lendemain de Noël, ce qui n'annonçait rien de bon. Le fait que personne ne se fût présenté pour fournir le moindre renseignement rendait encore plus improbable l'existence d'un témoin.

Je mis la voiture en route et fis marche arrière pour tourner à gauche afin de redescendre l'allée. David Barney avait prétendu qu'il faisait un jogging nocturne au moment où Isabelle avait été tuée. Entraînement de nuit, dans un quartier plongé dans les ténèbres, pourquoi pas? Horton Ravine a des airs de campagne – des kilomètres de bois sans éclairage et pas du tout de trottoir. Si personne ne pouvait confirmer son alibi, il n'y avait personne non plus pour le contredire. Le fait que la police n'ait jamais pu produire un seul élément de preuve quant à la présence de Barney sur les lieux du crime n'avait pas arrangé les choses. Pas de témoin, pas d'arme, pas d'empreintes. Comment Lonnie allait-il le coincer s'il n'avait aucun argument?

Je descendis l'allée dans ma Volkswagen et tournai à gauche en arrivant au bout. Je gardai un œil sur le kilométrage et l'autre sur la route, en passant à petite vitesse devant plusieurs maisons jusqu'à ce que j'avise celle que je cherchais – l'endroit que David Barney avait loué en quittant Isabelle. La maison en question était l'interprétation architecturale d'une tente de cirque : une masse de béton blanc, avec un toit brisé en triangles qui se déployaient à partir d'un mât central. Chaque section était soutenue par trois pylônes métalliques brillamment colorés. La plupart des fenêtres avaient des formes irrégulières, et presque toutes étaient tournées de telle sorte qu'elles avaient vue sur l'océan. A mon avis les sols à l'intérieur étaient en béton, les canalisations de plomberie et de chauffage visibles et nues. Avec quelques claustras de plastique ondulé et un patio couvert de gazon artificiel, c'était sûrement le genre de maison que *Metropolitan Home* pourrait trouver « structurée », « créative » ou « brillamment iconoclaste ». Ou encore « irrésistiblement fascinante ». Tout ce qui coûte cher passe pour être de bon goût.

Je garai ma voiture sur le bas-côté et rebroussai chemin à pied. Il me fallut exactement sept minutes pour atteindre l'allée d'Isabelle. On pourrait la remonter en cinq minutes de plus, au pire. Pour faire ce parcours de nuit tout en passant inaperçu, il suffirait de sauter dans les buissons au cas où une voiture passerait. A cette heure-là, il est peu vraisemblable qu'un autre piéton se trouve dehors. Je me chronométrai de nouveau pendant que je retournais à la voiture. Huit minutes cette fois, mais je ne me pressais vraiment pas. Je relevai les numéros des boîtes aux lettres le long de la route. Les voisins pouvaient savoir quelque chose qui serait utile. Il me faudrait faire du porte-à-porte pour avoir la conscience tranquille sur ce point.

J'avais fixé mon rendez-vous chez les Weidmann à 15h30, ce qui me laissait vingt minutes de battement. Dans la plupart des missions qui me sont confiées, il s'agit de trouver des coupables : cambrioleurs, voleurs, faussaires, escrocs, fraudeurs à l'assurance. De temps à autre, je suis chargée de rechercher une personne disparue, mais la méthode est presque toujours la même ; c'est comme examiner un morceau de tricot jusqu'à ce qu'on trouve une maille filée. Il suffit de tirer sur un bout de laine qui dépasse et tout le vêtement se défait. Cette fois, c'était différent. Dans le cas présent, le gibier avait été identifié. La question n'était donc pas de savoir *qui* prendre, mais *comment*. Morley Shine avait déjà fait une enquête minutieuse (bien que désordonnée) et il n'avait abouti à rien. C'était à moi de jouer maintenant, mais qu'est-ce qui restait à faire? Je gribouillai sur la page de mon bloc, dans l'espoir d'une illumination. Mes barbouillages ressemblaient à de gros œufs d'autruche.

6

D'après ce que j'ai observé, les riches aiment se répartir en deux groupes : ceux-qui-en-ont et ceux-qui-en-ont-encore-plus. A quoi bon atteindre un certain standing si vous ne pouvez soutenir favorablement la comparaison avec une autre personne de votre milieu ? Ce n'est pas parce que les nantis aiment se retrouver entre eux qu'ils ont renoncé au désir de surpasser leur voisin. Le cercle auquel ils appartiennent est tout bonnement plus chic et les critères plus raffinés. Prenons pour exemple les propriétés immobilières. Les maisons de maîtres se distinguent facilement des pavillons de la classe moyenne, mais elles se subdivisent à leur tour en différentes catégories, d'après un petit nombre de facteurs. La taille et la situation du bien, tout d'abord, sont à prendre en considération. Accessoirement, plus l'allée qui mène à la maison est longue, plus le domaine a de la valeur. Embaucher un garde chargé d'en assurer la sécurité ou se procurer une meute de chiens entraînés au combat passe naturellement pour des procédés plus judicieux que l'installation d'un simple système d'alarme électronique, sauf si celui-ci est extrêmement perfectionné. En outre, il faut tenir compte d'adjonctions telles que les bungalows pour les invités, le portail en fer forgé hérissé de piques, les pièces d'eau, les arbres ornementaux, et une profusion excessive d'éclairages extérieurs. Evidemment, ces critères varieront d'une ville à l'autre, mais aucun ne doit être négligé quand on évalue la richesse d'un individu.

Les Weidmann vivaient sur Lower Road, une des adresses

les moins prestigieuses de Horton Ravine. Malgré l'aspect coûteux du quartier, la moitié des villas y étaient quelconques. La leur n'avait rien de remarquable, c'était une construction recouverte d'un crépi vert pâle, toute de plain-pied, ornée d'un porche aux montants de fer forgé et coiffée d'un toit plat en tuiles d'argile. Le terrain était vaste et joliment aménagé, mais la maison se dressait trop près de la route pour avoir grande valeur. Comme Peter Weidmann était architecte, je m'étais attendue à trouver un agencement somptueux, avec peut-être un gymnase attenant, voire une piscine intérieure, des détails qui mettraient en valeur toute la gamme de ses talents. Après tout, il ne pouvait peut-être pas faire mieux.

Je me garai à côté de la maison. Arrivée sous le porche, j'actionnai la sonnette et attendis. Je m'attendais plus ou moins à voir surgir une femme de chambre, mais c'est Mrs. Weidmann qui vint elle-même à la porte d'entrée. Elle devait être septuagénaire; elle portait un élégant survêtement de velours noir et des chaussures de marche.

– Mrs. Weidmann? Je m'appelle Kinsey Millhone, dis-je, en tendant poliment ma main.

Elle parut déconcertée par le geste et il y eut un moment d'attente fort embarrassant avant notre poignée de main. A la voir hésiter ainsi – répugnance ou réserve? – je me hérissai intérieurement. Ses cheveux d'un blond platiné étaient séparés, au milieu, en deux macarons qui formaient une sorte de casque autour de sa tête. Elle avait des poches sous les yeux et ses paupières supérieures commençaient à s'affaisser, de sorte que la partie visible de ses pupilles se réduisait à un vague soupçon de bleu. Sa peau avait un teint de pêche, ses pommettes une couleur rose vif. On aurait dit qu'elle venait de passer avec succès un test sur le stress, mais en y regardant de plus près on découvrait qu'elle portait tout simplement du fond de teint et du rose à joue d'un ton bien trop intense pour sa carnation.

Elle me fixait, comme si elle s'attendait à un petit baratin de représentant de commerce.

– De quoi s'agit-il? Je crains de ne pas m'en souvenir.

– Je travaille pour Lonnie Kingman, l'avocat de Kenneth Voigt dans son procès contre David Barney...

– Ah, oui, oui, oui, bien sûr. Vous vouliez parler avec Peter à propos de l'assassinat. C'est terrible. Vous avez dit, je crois, que l'autre type était mort. Comment s'appelait-il déjà, ce détective...

Elle se tapotait le front avec les doigts comme pour stimuler sa mémoire.

– Morley Shine, dis-je.

– C'est bien ça. Je le trouvais horrible. Je ne l'aimais pas, ajouta-t-elle en baissant la voix.

– Vraiment, dis-je, en me mettant instantanément sur la défensive, car j'avais toujours pensé que Morley était un bon détective et un homme charmant par-dessus le marché.

Elle fronça le nez et les coins de sa bouche se relevèrent.

– Il avait une odeur si particulière. Je suis sûre qu'il buvait.

Son visage affichait un sourire douloureux plaqué sur une expression de profonde réprobation. L'âge joue des tours cruels à un visage humain; tous nos sentiments réprimés y affleurent et s'y figent comme en un masque.

– Il est venu plusieurs fois, avec toutes ses questions stupides. J'espère que vous n'avez pas l'intention de faire pareil.

– Il me faut en poser quelques-unes, mais j'essaierai de ne pas trop vous ennuyer. Puis-je entrer?

– Bien entendu. Veuillez excuser mes mauvaises manières. Peter est dans le jardin. Nous pourrons bavarder là-dehors. Je m'apprêtais à partir en promenade quand vous avez sonné, mais je peux attendre un moment. Vous faites de l'exercice?

– Je fais du jogging.

– Le jogging est très mauvais pour la santé. Le battement des pieds résonne trop fort dans les genoux, dit-elle. Rien ne vaut la marche. Mon médecin s'appelle Julian Clifford... Vous le connaissez?

Je fis non de la tête.

– C'est un des meilleurs chirurgiens orthopédistes. C'est aussi notre voisin et notre ami intime. Je ne saurais vous dire combien de fois il m'a mise en garde contre le mal que se font les gens en s'obstinant à pratiquer le jogging. C'est absurde.

– Ah oui, dis-je faiblement.

Elle continua dans la même veine, d'un ton convaincu, bien que je n'offrisse aucune résistance. Je n'avais nullement l'intention de modifier mes habitudes à cause de cette femme, surtout si elle trouvait que Morley sentait mauvais. Ses chaussures ne faisaient aucun bruit pendant que nous traversions une entrée dallée de marbre et remontions un couloir qui menait à l'arrière de la maison. Si l'extérieur évoquait un ranch des années cinquante, l'intérieur était meublé à l'orientale : des tapis persans, des paravents aux panneaux de soie assortis, des miroirs à volutes, un coffre laqué noir inscrusté de nacre. Elle avait deux vases identiques, en cloisonné, de la taille d'un porte-parapluies. De nombreux éléments semblaient aller par paire et se trouvaient grotesquement placés de part et d'autre de quelque chose.

Je la suivis à travers la cuisine et nous passâmes par la porte de service qui donnait sur un patio en béton, à l'arrière, large comme la maison. Quatre marches basses conduisaient à une allée de briques et un petit jardin guindé. Au fond de la propriété, je pouvais voir un espace planté d'arbres où poussaient des champignons, certains isolément et d'autres en « anneaux de fées ». Les feuilles mortes et la mousse exhalaient une odeur de moisi. Quelques oiseaux esseulés étaient encore perchés au sommet des arbres et leurs chants inconsolables annonçaient que l'hiver approchait.

Les meubles de jardin étaient en fer forgé et en grosse toile; les coussins des sièges, trop longtemps exposés aux intempéries, avaient perdu leurs couleurs. Peter Weidmann faisait un petit somme; un gros livre relié était ouvert sur ses genoux. J'en avais feuilleté un exemplaire dans une librairie tout dernièrement : c'était le premier volume de l'ennuyeuse autobiographie de quelque personnage célèbre « racontée » à un écrivain qui avait été engagé pour faire paraître cette personnalité plus intelligente qu'elle ne l'était. A première vue il semblait l'avoir lu tout d'une traite jusqu'à la page cinq. Des mégots de cigarettes étaient éparpillés autour de son fauteuil. Il n'avait probablement pas le droit de fumer à l'intérieur de la maison.

Il avait l'air d'un homme qui a porté toute sa vie un complet d'homme d'affaires. Maintenant qu'il était à la retraite, il était vêtu de jeans raides, de couleur sombre, et d'une chemise de flanelle neuve, à carreaux, où se voyaient encore les plis de l'emballage. Il avait négligé de fermer deux boutons ce qui découvrait une partie de son maillot de corps blanc. Pourquoi donc un homme de ce genre a-t-il l'air si vulnérable en tenue de loisir? Son visage était étroit, avec des sourcils noirs indisciplinés et des cheveux blancs coupés en brosse. Au bout de cinquante ans de mariage, lui et Yolanda arrivaient au stade où elle avait l'air d'être sa mère plutôt que sa femme.

– Voilà l'exemple d'une retraite active, dit-elle en riant. J'aimerais bien prendre ma retraite moi aussi, mais comme je n'ai jamais travaillé...

Sa voix semblait enjouée mais ses paroles étaient aigres. La bonne humeur apparente masquait à peine une amertume sous-jacente. Elle lui tapota l'épaule, ravie d'avoir une excuse pour perturber sa paix et son calme.

– Quelqu'un vient te voir, Peter.

– Je peux revenir un peu plus tard. Pas besoin de le réveiller.

– Ça ne lui fera pas de mal. Ce n'est pas comme s'il avait fait un gros travail aujourd'hui. Peter, appela-t-elle en se penchant plus près.

Il se souleva en sursaut, déconcerté au sortir d'un profond sommeil par le son soudain de cette voix dans son oreille.

– Nous avons de la visite. Au sujet d'Isabelle et de David. Cette jeune femme est la secrétaire de Mr. Kingman. Elle se tourna vers moi, l'air interrogateur. J'espère que c'est bien ça. Vous n'êtes pas avocate vous-même, je pense?

– Je suis détective privée.

– Je savais bien que vous n'aviez pas l'air d'une avocate. Pouvez-vous me rappeler votre nom?

Mr. Weidmann mit son livre de côté et se leva. Il me tendit la main.

– Peter Weidmann.

Nous échangeâmes une poignée de main.

– Je m'appelle Kinsey Millhone. Pardon de vous déranger.

– Il n'y a pas de mal. Voudriez-vous prendre un peu de café ou une tasse de thé?

– Merci infiniment, je n'ai besoin de rien.

Yolanda s'adressa à lui :

– Dis-moi, il fait bien trop frais pour rester dehors.

Puis elle se tourna vers moi :

– Il a eu deux fois la grippe cet hiver et je n'ai pas envie qu'il remette ça. J'étais épuisée par toutes les allées et venues que j'ai dû faire. Les hommes se conduisent comme de vrais bébés quand il leur arrive de tomber malade.

Elle accompagna sa récrimination d'un clin d'œil à mon intention. Elle pourrait toujours prétendre qu'elle le taquinait si Peter en prenait ombrage.

– J'ai bien peur de n'être pas un malade bien agréable, dit-il.

– On n'est pas malade pour se rendre agréable, répondis-je.

Il fit un geste en direction de la maison.

– On pourrait parler dans mon cabinet de travail.

Nous rentrâmes en procession, les uns derrière les autres, dans la maison, qui sentait un peu le renfermé après l'air humide du dehors. Le cabinet de travail était petit et le mobilier avait l'air tout aussi élimé que les fauteuils du patio. Je me dis que la maison devait être divisée entre « son domaine à lui » et « son domaine à elle ». « Sa » partie à elle était bien aménagée, luxueuse, surdécorée, remplie d'objets probablement rassemblés au cours de divers voyages. Elle s'était approprié le séjour, la salle à manger, la cuisine, et très probablement toutes les salles de bains, la chambre d'amis et la chambre principale. Le patio et le cabinet de travail lui avaient été attribués, et il y avait scrupuleusement entassé tous les objets qu'elle avait menacé de jeter.

Dès que nous pénétrâmes dans le cabinet de travail lambrissé, elle se mit à s'éventer avec les mains et à faire la grimace à cause de l'odeur de tabac froid.

– Pour l'amour de Dieu, Peter, c'est horrible. Je ne sais pas comment tu peux le supporter.

Elle traversa la pièce et ouvrit la fenêtre en grand, en chassant l'air à l'aide d'un magazine qu'elle avait ramassé.

Pour ma part, je n'apprécie pas tellement la fumée de

cigarette, mais devant tout ce cirque je me surpris en train de courir au secours du mari.

– N'ayez crainte. Ça ne me dérange pas du tout, dis-je.

Elle ramassa un cendrier plein et fit une grimace.

– Même si ça ne vous dérange pas, c'est dégoûtant, dit-elle. Je vais aller chercher l'Airwick.

Elle sortit de la pièce en emportant le cendrier incriminé. La tension qui régnait dans l'atmosphère baissa d'un cran. Je me mis à observer le mur au-dessus de la cheminée, où étaient accrochées des photographies encadrées représentant diverses personnalités. Je me rapprochai pour y jeter un coup d'œil.

– Vous êtes sur toutes ces photos?

– Sur la plupart, répondit-il.

Il y avait des photos de Peter Weidmann en compagnie du maire à une cérémonie d'inauguration, avec Isabelle Barney à l'arrière-plan; Peter à un banquet en train de recevoir une espèce de diplôme; Peter sur un chantier, près d'un client. Cette photo-là avait apparemment été imprimée dans le journal local car quelqu'un l'avait découpée, encadrée et accrochée à côté de l'original. La légende indiquait qu'il s'agissait de l'inauguration d'un nouveau complexe de loisirs. D'après les diverses voitures visibles à l'arrière-plan, je déduisis que la majorité des photographies avaient été prises au début des années 70. A côté de réalisations commerciales, il y avait des photographies de constructions résidentielles. Deux clichés représentaient des stars de second plan dont il avait apparemment conçu et réalisé la maison. Je pris mon temps pour examiner l'ensemble, aussi avide de voir Isabelle que de le voir lui-même. J'aime regarder les gens dans l'exercice de leur activité professionnelle. Les métiers que nous faisons révèlent des aspects de notre personnalité que personne ne pourrait imaginer en nous rencontrant seulement dans notre vie « civile ».

Avec un casque de chantier et en bleu de travail, Peter avait l'air jeune, très sûr de lui. Pas seulement parce que les photos avaient été prises bien des années auparavant alors qu'il était effectivement moins âgé. A l'époque, ce devait être le point culminant de sa carrière, où tout marchait comme sur des roulettes. On lui avait confié de grands projets à réaliser. Il avait dû jouir d'une certaine renommée, avoir de l'influence, de l'argent et des amis. Il avait l'air heureux. Je tournai mes yeux vers l'homme qui se tenait à côté de moi, si terne en comparaison.

Je vis qu'il guettait ma réaction.

– C'est formidable, dis-je.

– J'ai eu beaucoup de chance, dit-il en souriant, puis il désigna une des photographies.

– C'est Sam Eaton, le sénateur, dit-il. C'est moi qui ai fait une maison pour lui et sa femme, Mary Lee. Ici, c'est Harris Angel, le producteur de Hollywood. Vous avez certainement entendu parler de lui.

– Le nom me dit quelque chose, dis-je, bien que ce ne fût pas du tout le cas.

Yolanda réapparut avec l'Airwick.

– Maria l'avait mis dans le réfrigérateur, dit-elle.

Elle posa la bouteille sur la table et sortit la mèche. L'odeur qui s'échappa, à mi-chemin entre le produit antimoustiques et le cirage à chaussures, me fit regretter les relents de cigarettes.

Je parcourus du regard le reste de la pièce. Il y avait une pile de journaux sur le sol à côté du fauteuil en cuir de Peter, une pile plus petite de papiers sur le divan, des magazines sur la table basse et les traces d'un repas. Il y avait une table sous les fenêtres qui donnaient sur l'arrière. Une vieille machine à écrire portable s'y trouvait, avec un autre tas de livres et un deuxième cendrier plein de mégots de cigarettes. Une vieille chaise était poussée contre la table, près d'une deuxième chaise couverte d'une haute pile de livres de poche. La corbeille à papier était pleine.

Elle avait suivi mon regard.

– Il est en train d'écrire l'histoire de l'architecture à Santa Teresa.

Je compris que, malgré toute son hostilité, elle était également très fière de lui.

– Ça paraît intéressant.

– C'est juste pour m'amuser, commenta-t-il.

Elle éclata de rire une fois de plus.

– Je saurais bien lui fournir de l'ouvrage, vous pouvez

m'en croire, s'il n'a plus envie de continuer. Prenez un siège si vous pouvez en trouver un. J'espère que le désordre ne vous dérange pas. Je n'ose même pas laisser la femme de ménage pénétrer ici. Il y aurait trop à faire. Pour mettre cette seule pièce en ordre il lui faudrait tout le temps qu'elle passe à s'occuper du reste de la maison.

Il sourit, mal à l'aise.

– Voyons, Yolanda. Sois juste. Il m'arrive de nettoyer moi-même... parfois même deux fois dans l'année.

– En tout cas, pas cette année, dit-elle pour prendre le dessus.

Il attendait que le sujet s'épuise. Il débarrassa son fauteuil de cuir pour elle et m'avança la chaise. Je poussai quelques dossiers, pour pouvoir m'installer.

– Mettez donc ces dossiers par terre, dit-elle.

– Ça va.

J'étais déjà fatiguée du jeu qu'ils jouaient, de sa manière à elle de le rabrouer, de sa connivence à lui, de mes protestations de pure forme.

– Vous ne vouliez pas aller vous promener? Je ne voudrais pas vous en empêcher.

Son visage changea d'expression. Agressive elle-même, elle se vexait facilement.

– Je peux m'en aller si je suis de trop.

– Allons donc, allons donc. Reste là où tu es, dit-il. Je suis sûre qu'elle est venue nous parler à tous les deux.

– Peut-être pourrions-nous prendre un peu de sherry, dit-elle en hésitant.

Il lui fit signe de ne pas bouger.

– Je m'en occupe. Tu restes assise.

– Ne vous donnez pas de mal pour moi, je vous en prie. Je dois me rendre ailleurs dans très peu de temps.

Ce n'était pas entièrement vrai, mais je ne savais pas si je pourrais en supporter davantage et pendant combien de temps. Je sortis mon bloc-notes de mon sac à main et le feuilletai.

– Permettez-moi de vous poser une ou deux questions, après quoi je m'en irai. Je serais navrée de vous prendre plus de temps qu'il n'en faut.

Peter se cala dans un fauteuil.

– Vous faites quoi exactement?

Yolanda arrangea une des bagues qu'elle portait, en s'assurant que le diamant taillé se trouvait bien juste au centre de son doigt.

– Il vous faudra excuser Peter. Je ne lui ai expliqué tout ça que deux fois.

– Je reprends la suite de l'enquête commencée par Morley Shine, dis-je en l'ignorant. Franchement, nous espérons bien arriver à trouver des arguments favorables au plaignant. Avez-vous été en contact avec David ou Isabelle le jour du crime?

– Je ne me rappelle rien de précis, mais ça me paraît fort improbable, dit-il.

– En fait, c'est plus qu'improbable. Tu étais à l'hôpital, souviens-toi. Cette année-là, tu as eu une crise cardiaque le 15 décembre. Tu es resté à l'hôpital jusqu'au 2 janvier. J'avais peur de te raconter ce qui était arrivé à Isabelle parce que je ne voulais pas te bouleverser.

Son visage était vide de toute expression.

– Ce doit être ça. J'avais oublié que tout s'est passé pendant cette période-là, lui répondit-il. (Puis il se tourna vers moi :) Ils avaient quitté ma firme à l'époque et créé leur propre bureau d'études.

– En emmenant tous les clients qu'ils pouvaient, ajouta-t-elle avec aigreur.

– Vous leur en vouliez à ce sujet?

Elle tripotait sa bague d'un air guindé.

– Il ne voulait pas l'admettre mais c'était le cas, bien entendu.

– Voyons, Yolanda. Ce n'est pas vrai. Je souhaitais qu'elle réussisse.

– Peter déteste faire des histoires. Il n'affronte jamais personne, et encore moins quelqu'un comme elle. Après tout ce qu'il avait fait pour elle.

– Si j'ai bien compris, Isabelle a eu l'idée de ces petits pavillons pendant qu'elle travaillait pour vous.

– C'est exact.

– N'y avait-il pas... comment dit-on... des droits d'auteur? L'idée, en fait, ne vous appartenait-elle pas?

Peter s'apprêtait à répondre mais Yolanda lui coupa la parole.

– Evidemment. Il ne lui avait même jamais demandé de signer un contrat. Elle est partie avec tout ce qu'elle voulait. Il n'a même pas voulu soulever la question, malgré mes supplications. En fait, Isabelle lui a volé des millions... littéralement des millions...

Je formulai la question suivante avec précaution. Je m'étais déjà rendu compte que Peter se montrait beaucoup trop circonspect pour être utile à mon enquête. Yolanda, en méchante reine, allait me rendre bien plus de services si je parvenais à la piquer au vif.

– Vous étiez certainement furieuse.

– On l'aurait été à moins. Tout lui était dû, c'était une dégénérée qui...

Elle ravala la fin de la phrase.

– Qu'alliez-vous ajouter? dis-je.

– Yolanda, lança Peter en lui jetant un regard pour la mettre en garde.

Elle changea de ton.

– Je ne voudrais pas en dire du mal.

– Rien ne peut plus la blesser. Si j'ai bien compris, elle était excessive...

– Excessive! Ce n'est que le *début* de la vérité. Elle était carrément malhonnête!

Peter se pencha vers sa femme.

– A mon avis nous ne devrions pas émettre une opinion aussi partiale. Tu ne l'aimais peut-être pas mais elle avait *vraiment* du talent.

– C'est vrai, dit Yolanda en rougissant. Et je suppose – pour être tout à fait juste – que ce n'était pas entièrement de sa faute. Parfois elle me faisait de la peine. Elle était névrosée et toujours à cran. Cette femme avait tout sauf le bonheur. David s'était accroché à elle comme une sangsue et il lui suçait toute sa substance.

J'attendais qu'elle en dise davantage, mais elle semblait en bout de course. Je me tournai vers Peter.

– Est-ce aussi votre analyse?

– Ce n'est pas à moi de juger.

– Je ne vous demande pas de la juger. J'aimerais avoir votre opinion. Cela pourrait m'aider à comprendre la situation.

Il médita ce que je venais de dire un court instant et décida apparemment que le raisonnement se tenait.

– C'était une malheureuse. Je ne sais pas quoi dire d'autre.

– Combien de temps a-t-elle travaillé pour vous ?

– Un peu plus de quatre ans. Une sorte d'apprentissage.

– Simone m'a raconté qu'elle n'avait en fait aucun diplôme d'architecte, dis-je.

– C'est exact. Isabelle n'avait aucune formation mais des idées merveilleuses. Elle débordait d'enthousiasme. C'était comme si la même énergie alimentait sa créativité et son besoin de se détruire.

– C'était une maniaco-dépressive ?

– Elle donnait l'impression d'éprouver une très forte anxiété, ce qui la poussait à boire, dit-il.

– Elle buvait parce qu'elle était alcoolique, précisa Yolanda.

– Ça, nous n'en savons rien, dit-il.

Elle se mit à rire.

– Jamais un homme n'admettra qu'une femme aussi belle a un défaut.

Je sentis de nouveau la tension s'accumuler au creux de ma nuque.

– Quel genre d'homme est David Barney ? En tant qu'architecte, a-t-il du talent ?

Ce fut Yolanda qui répondit :

– C'est un charpentier qui a des prétentions.

Peter agita la main pour que je ne tienne pas compte de sa réponse.

– C'est un très bon technicien, dit-il.

– Technicien ?

– Ce n'est pas une critique.

– Il est l'accusé. Vous pouvez le critiquer tout votre saoul.

– Je n'aime pas faire ça. Après tout, nous appartenons à la même profession même si je suis à la retraite. C'est une petite ville. Je ne trouve pas que ce soit à moi de faire des commentaires sur ses qualifications.

– Et sur le plan humain ?

– Personnellement je n'ai jamais été très lié avec lui.

– Voyons, pour l'amour de Dieu, Peter. Pourquoi ne lui dis-tu pas la vérité? Tu ne peux pas le supporter. Personne ne le supporte. C'est un homme sournois, malhonnête, un intrigant...

– Yolanda...

– Ne m'interromps pas avec tes « Yolanda »! Elle nous a demandé notre avis et je donne le mien. Tu te soucies tellement d'être gentil que tu en oublies la vérité. David Barney est une araignée. Peter pensait que nous devions tous nous fréquenter, et c'est ce que nous avons fait, malgré mes protestations. Je trouvais que cela allait trop loin. Quand ils travaillaient tous les deux dans la firme de Peter, j'ai essayé d'être aimable. Je n'avais aucune sympathie pour David, mais j'ai fait ce qu'on attendait de moi. Isabelle avait beaucoup contribué à développer l'affaire et nous lui en étions reconnaissants. Mais quand elle s'est liée à David... il n'a pas eu une bonne influence sur elle.

Je concentrai mon attention. Elle ferait un témoin de premier ordre à la barre, si elle pouvait s'abstenir de battre la campagne.

– Comment s'y prenait-elle pour apporter tant d'affaires?

– Elle avait beaucoup d'argent et elle évoluait dans la bonne société. Les gens la respectaient parce qu'elle avait manifestement un goût exquis. Elle avait du chic. Quoi qu'elle fasse, tout le monde avait envie de l'imiter.

– Quand elle et David sont partis, ils ont emmené avec eux beaucoup de vos clients?

– Ce n'est pas inhabituel, se hâta de déclarer Peter. C'est malheureux, bien entendu, mais cela arrive dans toutes les affaires.

– C'était un désastre, dit Yolanda. Peter a pris sa retraite peu de temps après. La dernière fois que nous les avons vus, c'était au dîner qu'ils ont donné pendant le premier week-end de septembre.

– Celui au cours duquel le revolver a disparu?

Ils échangèrent un regard. Peter toussota pour s'éclaircir la gorge une fois de plus.

– On nous en a parlé plus tard.

– Nous en avons entendu parler tout de suite. Il y a eu une dispute effrayante à l'étage, dans leur chambre. Bien sûr, nous ne savions pas pourquoi, mais c'était certainement de cela qu'il s'agissait.

– Avez-vous une idée sur la personne qui aurait pu le prendre ?

– *Lui*, ça va de soi, dit Yolanda sans la moindre hésitation.

7

Je fis une brève halte à mon bureau pour y dactylographier mes notes. Mon répondeur clignotait gaiement. Après avoir poussé le bouton qui commande le rembobinage de la bande, j'écoutai le message. C'était Rhe Parsons, l'amie d'Isabelle, le genre de personne surmenée et consciencieuse qui vous rappelle uniquement pour pouvoir se dire qu'elles l'ont fait. Je tapotai son numéro, en laissant sonner pendant que je feuilletais un des dossiers en attente sur mon bureau. Où allais-je trouver un témoin qui pourrait avoir vu David Barney sur les lieux du crime? Lonnie avait plaisanté, bien sûr, mais quel coup de théâtre ça serait si j'y parvenais! Quatre sonneries... cinq. J'allais raccrocher au moment où quelqu'un répondit brusquement à l'autre bout du fil.

– Oui?

– Ah, bonjour. Ici Kinsey Millhone. Puis-je parler à Rhe Parsons?

– C'est moi. Qui est à l'appareil?

– Kinsey Millhone. J'avais laissé un message...

– Ah, ça y est, j'y suis, coupa-t-elle. Au sujet d'Isabelle. Je ne comprends pas ce que vous cherchez.

– Ecoutez-moi. Je sais que vous avez parlé à Morley Shine il y a deux mois.

– Qui ça?

– Le détective qui s'occupait de l'affaire. Malheureusement, il a eu une crise cardiaque...

– Je n'ai jamais parlé à personne au sujet d'Isabelle.

– Vous n'avez pas parlé à Morley? Il travaillait pour le

compte d'un avocat dans le procès engagé par Kenneth Voigt.

– Je ne suis au courant de rien.

– Désolée. Je dois être mal renseignée. Laissez-moi vous raconter ce qui se passe, dis-je.

Je m'engageai dans une courte explication à propos du procès et du travail qu'on m'avait demandé de faire.

– Je ne vous prendrai pas plus de temps qu'il n'en faut, c'est promis, mais j'aimerais avoir une conversation rapide avec vous.

– Je suis débordée. Vous ne pouviez pas appeler à un pire moment, dit-elle. Je fais de la sculpture et je prépare une exposition qui ouvre dans deux jours. J'y consacre tout mon temps.

– Que diriez-vous si nous prenions un café ou un verre en fin d'après-midi? Je peux venir quand vous voudrez.

– Mais il faut que ce soit aujourd'hui, c'est ça? Ça ne peut pas attendre une semaine?

– L'audience du tribunal est pour bientôt, dis-je en pensant que tous, tant que nous sommes, nous sommes très occupés.

– Ecoutez, je ne voudrais pas passer pour une garce, mais elle est morte depuis six ans. Quoi qu'il arrive à David Barney, cela ne lui rendra pas la vie. Alors, à quoi ça sert au juste?

– Rien ne sert à grand-chose si vous y regardez de près. On pourrait tous se faire sauter la cervelle mais on ne le fait pas. C'est sûr qu'elle ne ressuscitera pas, mais ce n'est pas pour ça que sa mort doit rester inexpliquée.

Il y eut un silence. Je savais qu'elle ne souhaitait pas me voir et je détestais devoir l'y obliger, mais c'était grave.

Elle changea d'attitude. Elle était toujours aussi ennuyée, mais désireuse de se laisser un peu fléchir.

– Doux Jésus. Je donne des cours de dessin au centre de formation pour adultes de sept à dix heures, ce soir. Si vous passez par là, nous pourrons bavarder pendant que les étudiants travailleront. C'est tout ce que je peux faire.

– Formidable. C'est parfait. Je vous sais gré de votre obligeance.

Elle m'indiqua le chemin.

– Salle 10. Au fond de la cour.
– Je vous retrouve là-bas.

En rentrant chez moi à 17 h 35, je vis que la cuisine de Henry était allumée. J'allai jusqu'à sa porte pour essayer de voir ce qui se passait à travers le treillis. Il était assis dans son rocking-chair, son verre quotidien de Jack Daniel's à la main, en train de lire le journal pendant que son dîner mijotait. A travers le grillage, j'étais assaillie par l'odeur entêtante des oignons frits et des saucisses. Henry posa son journal à côté de lui.

– Entre.

J'ouvris la porte et entrai. Une grande casserole d'eau venait juste de se mettre à bouillir et je pouvais voir de la sauce tomate en train de mitonner sur le réchaud.

– Salut, mon pote. Comment ça va? Je ne sais pas ce que tu cuisines mais ça sent divinement bon.

Il avait toujours été un homme séduisant, mais à quatre-vingt-trois ans il était élégant : grand, mince, avec des cheveux blancs comme neige et des yeux bleus qui semblaient brûler dans son visage tané.

– Je prépare des lasagnes pour tout à l'heure. William arrive ce soir.

Avec ses quatre-vingt-cinq ans, William est le frère aîné de Henry; il avait été victime d'une crise cardiaque au mois d'août et ne se portait pas bien depuis lors. Henry avait envisagé d'aller le voir, dans leur Michigan natal, mais il avait fini par ajourner sa visite en attendant le moment où la santé de William s'améliorerait. Il semblait aller mieux puisqu'il avait téléphoné à Henry pour annoncer son arrivée.

– C'est vrai. J'avais oublié. Quelle histoire! Combien de temps doit-il rester?

– J'ai dit que j'étais d'accord pour deux semaines; plus longtemps si j'arrive à le supporter. Ça va être terriblement emmerdant. Il s'est rétabli physiquement mais il est déprimé depuis des mois. Il a le moral à zéro. Lewis dit qu'il est complètement obsédé par sa santé. Je suis sûr qu'il me l'envoie pour que nous soyons quittes.

– Qu'est-ce que tu lui as fait?

– Comment savoir ? Il ne dit jamais rien. Tu sais à quel point Lewis est autoritaire. Il adore m'obliger à faire mon examen de conscience pour le cas où il y aurait un péché dont je ne lui aurais pas parlé. Je lui ai soufflé une fille en 1926. Je pense qu'il se venge de ça, mais peut-être pas. Il a beaucoup de rancune et pas un sou de bonté.

Lewis, le deuxième frère de Henry, a quatre-vingt-six ans. Il y en a un autre, Charlie, qui en compte quatre-vingt-onze ; leur unique sœur devrait fêter son quatre-vingt-quatorzième anniversaire le 31 décembre.

– En réalité, je parierais que l'idée n'est pas de lui. Nell a probablement voulu se débarrasser de William. Elle ne l'a jamais beaucoup aimé, et maintenant elle prétend qu'il passe son temps à radoter sur la mort. Elle ne veut pas en entendre parler car son anniversaire approche et ça la pousse vers la tombe.

– A quelle heure arrive son avion ?

– A 20 h 15, sauf accident, bien sûr. Je me suis dit que j'allais le ramener ici pour manger un peu de salade et des lasagnes ; après ça, on ira peut-être chez Rosie prendre une bière. Tu veux dîner avec nous ? J'ai fait une tarte aux cerises comme dessert. A dire vrai, j'en ai fait six. Les cinq autres sont destinées à Rosie pour effacer mon ardoise, au bar.

Chez Rosie c'est le café du coin ; il est dirigé par une Hongroise dont le nom de famille est impossible à prononcer. Depuis que Henry, ancien pâtissier, a pris sa retraite, il n'arrête pas de troquer sa production. Il fournit également ce qu'il faut aux dames qui reçoivent leurs amies pour le thé. Il est très apprécié dans le quartier.

– Je peux pas, dis-je. J'ai un rendez-vous à sept heures et ça peut finir assez tard. Je pense aller manger un morceau chez Rosie avant de m'y rendre.

– Peut-être que tu pourras te joindre à nous demain. Je ne sais pas comment nous passerons la journée. Les personnes déprimées ne font jamais grand-chose. Je vais probablement devoir rester assis à le regarder avaler ses tranquillisants.

Le bâtiment dans lequel est installé *Chez Rosie* devait abriter autrefois une épicerie. L'étroite façade est toute simple; les baies vitrées sont masquées par des réclames de bière à demi décollées et des inscriptions lumineuses en néon. La taverne est intercalée entre un atelier de réparations et une laverie automatique mal éclairée dont les clients vont chez Rosie pour boire de la bière et fumer des cigarettes en attendant que leur linge soit lavé. Le sol est en bois. La peinture du contre-plaqué qui recouvre les murs imite l'acajou foncé. Les stalles alignées sur le pourtour de la salle sont en bois mal dégrossi qui vous crible d'échardes si vous glissez trop vite sur le siège. Il y a huit à dix tables recouvertes de Formica noir, généralement avec un pied plus court que les autres. On passe souvent le repas à essayer de caler une table branlante, à grand renfort de pochettes d'allumettes et de serviettes en papier pliées. L'éclairage est du genre qui vous donne l'air d'avoir abusé d'une lotion autobronzante.

Mon dîner se passa sans incident après que, de guerre lasse, j'eus commandé ce que Rosie m'indiquait. Elle a une présence formidable : c'est une Hongroise sexagénaire, petite, lourde de poitrine. Le plat du jour, ce soir-là, s'appelait *gulyashus*, ce qui était traduit par « ragoût de bœuf ».

– J'avais envie d'une salade. Je ressens le besoin de me purifier, j'ai mal mangé ces derniers temps.

– La salade viendra après. D'abord le *gulyashus*. Chez moi, c'est du vrai. Vous allez adorer ça, dit-elle.

Elle était déjà en train de marquer la commande sur le petit carnet qu'elle avait commencé à utiliser ces derniers temps. Je me demandai si elle tenait à jour le compte de tous les repas que je prenais chez elle. Je tentai de jeter un coup d'œil sur la page, mais elle me repoussa d'un petit coup de crayon.

– Rosie, je ne sais même pas ce qu'est un *gulyashus*.

– Taisez-vous et je vais expliquer.

– Vite alors, je suis impatiente d'écouter.

Il fallait qu'elle se prépare pour le récital, en plaçant convenablement les pieds, exactement comme le fait un violoniste de concert . Elle se faisait un point d'honneur de parler un anglais saccadé qui lui conférait une sorte d'autorité.

– En hongrois, le mot *gulyas* signifie « gardien de troupeau ». Sorte de berger. Le plat remonte au neuvième siècle.

Est très bon. Le berger cuit des morceaux de viande en cubes avec des oignons; très peu d'eau. Pas de paprika à l'époque, alors je n'en mets pas. Quant tout le liquide s'est évaporé, la viande est mise à sécher au soleil, puis conservée dans le sac de... comment on dit déjà... du mouton...

– Les couilles?

– Non, l'estomac.

– Prédigéré. Ça doit avoir beaucoup de goût. Je prendrai ça. Pas la peine d'en entendre davantage.

– Bon choix, dit-elle d'un air satisfait.

Le plat qu'elle m'apporta était en fait ce que ma tante avait l'habitude d'appeler du goulache, c'est-à-dire des cubes de bœuf bouillis avec de l'oignon et enrichis de crème aigre. C'était vraiment merveilleux et la salade vinaigrée qui venait après formait un contraste parfait avec le plat principal. Pour le même prix, Rosie m'autorisa un verre de mauvais vin rouge, quelques petits pains avec du beurre et un plateau de fromage en guise de dessert. Le dîner ne coûtait que neuf dollars, de sorte que je ne pouvais pas me plaindre. Peut-être, pour m'être montrée si docile, aurais-je pu exiger davantage.

Pendant que je buvais mon café, elle resta près de ma table à se lamenter. Son commis, Miguel, un type maussade de quarante-cinq ans, menaçait de la laisser tomber si elle ne l'augmentait pas.

– C'est ridicule. Pourquoi serait-il payé davantage? Uniquement parce qu'il a appris à laver une assiette comme je le lui ai enseigné? C'est lui qui devrait me payer.

– Rosie, dis-je. Il a commencé à laver la vaisselle quand Ralph est parti, il y a six mois. Maintenant il trime pour deux et il devrait être payé en conséquence. De plus, on est presque à Noël.

– Boulot facile, remarqua-t-elle, sans se laisser troubler par les notions de justice ou de générosité saisonnière.

– Ça fait deux ans qu'il n'a pas été augmenté. Il me l'a dit lui-même.

– Vous êtes de son côté, à ce que je vois.

– Bien sûr. C'est un bon employé. Sans lui, vous ne sauriez plus quoi faire.

– J'aime pas les hommes qui font la gueule, dit-elle d'un air têtu.

Le local de formation permanente où enseignait Rhe Parsons se trouvait sur Bay Street, de l'autre côté de l'autoroute, à environ deux rues de l'hôpital St. Terry. L'édifice abritait jadis une école primaire; il comportait quelques bureaux, un petit amphithéâtre et d'innombrables salles de classe convertibles. La salle 10 était derrière le parking; c'était un atelier démesuré avec une porte à chaque bout. Son éclairage illuminait toute l'allée. J'ai une aversion instinctive pour les écoles mais le dessin paraît une discipline inoffensive, contrairement aux maths ou à la chimie. Je jetai un coup d'œil à l'intérieur.

Il n'y avait pas de meubles, rien que des chevalets et quelques chaises en bois à dossier raide. Au centre de la pièce, sur une estrade basse, une femme en peignoir, probablement le modèle, se tenait perchée sur un haut tabouret de bois et lisait un magazine. Les étudiants s'affairaient autour d'elle; leur âge se situait entre la trentaine bien sonnée et la soixantaine. A Santa Teresa, la plupart des cours de formation pour adultes sont gratuits. Dans une classe de travaux pratiques comme celle-là, il en coûte peut-être deux dollars pour l'achat du matériel, mais presque tous les cours sont libres et ne coûtent rien. Je restai au fond de l'atelier. Derrière moi, des voitures continuaient à venir se ranger sur le parking. Il était 18 h 52 et des gens ne cessaient d'arriver, d'entrer dans la classe sans interrompre leurs bavardages. Plusieurs femmes tirèrent quelques chevalets supplémentaires d'un cagibi à fournitures. On avait installé une fontaine à café et je pouvais voir une énorme boîte rose de pâtissier, probablement pleine de petits gâteaux destinés à accompagner le café pendant la pause. Un magnétophone jouait *Silk Road*, de Kitaro, en sourdine, ce qui remplissait la salle d'une musique agréable. J'avais dans les narines une odeur de peinture à l'huile et de poussière de craie avec les tout premiers effluves d'un café bien fort.

J'aperçus une femme, que je supposai être Rhe Parsons, sortant d'un petit local à fournitures avec un rouleau de papier blanc et une boîte de crayons; elle était en jeans et portait une chemise de travail assortie, aux manches retroussées; un paquet de cigarettes émergeait de sa poche de poitrine gauche. Ni maquillage, ni soutien-gorge. Elle avait d'épaisses sandales de cuir et une ceinture de cuir faite à la main. Ses cheveux noirs, tirés en arrière, formaient une natte qui lui tombait jusqu'au milieu du dos. Je lui donnai une bonne trentaine d'années et me demandai si elle était allée à Woodstock autrefois. J'avais vu des clips du fameux concert et je pouvais l'imaginer en train de cabrioler pieds nus dans la boue, complètement à poil, un joint à la bouche, avec ses cheveux qui lui descendaient jusqu'à la taille et des marguerites peintes sur les joues. En vieillissant elle avait pris une allure revêche, ce qui arrive aux meilleures d'entre nous. Elle posa les crayons sur le comptoir et porta le rouleau de papier sur une grande table de travail où elle se mit à découper des feuilles en liasses identiques, à l'aide d'un cutter de dimensions industrielles. Quelques étudiants dépourvus de blocs à dessin faisaient la queue, dans un certain désordre, en attendant qu'elle eût fini. Elle leva les yeux, m'aperçut, puis reprit son travail. Je traversai la salle et me présentai. Elle n'aurait pu être plus aimable. Peut-être, à l'instar de beaucoup de personnes habituellement grincheuses, son irritation s'envolait-elle facilement pour faire place à des pensées plus souriantes.

– Désolée si j'ai paru un peu sèche avec vous au téléphone. Laissons-les se mettre au travail et nous pourrons parler dehors, sous le préau.

Elle jeta un coup d'œil à sa montre dont le cadran était tourné vers l'intérieur du poignet.

– O.K. tout le monde. Installez-vous. On paie Linda à l'heure. Nous allons commencer par faire des esquisses rapides, une minute pour chacune. C'est pour vous détendre, alors ne cherchez pas la petite bête. Voyez grand. Remplissez la feuille. Je ne veux pas voir de petits trucs finassés. Betsy va tenir le chronomètre. Quand la cloche sonne, vous prenez la feuille suivante et vous recommencez. Pas de questions? O.K. donc. Amusez-vous avec ça.

Il y eut un peu de remue-ménage pendant que les étudiants retardataires s'installaient devant des chevalets vacants. Le modèle sauta du tabouret, laissa tomber son peignoir et prit la pose, penchée en avant, les mains appuyées sur le tabouret de bois; son dos formait une courbe gracieuse. Il était réconfortant de constater qu'elle avait l'air d'une mortelle ordinaire, ronde et mal proportionnée, avec une poitrine ramollie par la maternité. La femme qui travaillait à côté de moi étudia le modèle rapidement et se mit à dessiner. Fascinée, je la voyais tracer la ligne que faisait l'épaule de Linda, l'arc de sa colonne vertébrale. Le silence dans la salle était intense avec à l'arrière-plan les volutes lyriques de la musique.

Rhe m'observait. Ses yeux étaient d'un vert kaki, ses sourcils broussailleux. Elle se dirigea vers la porte du fond et je la suivis. Dehors, dans la nuit, il faisait quinze degrés de moins qu'à l'intérieur. Elle chercha une cigarette et l'alluma, en s'appuyant contre un des piliers.

– Vous n'avez jamais dessiné? Vous paraissiez intéressée.

– Est-il vraiment possible de leur enseigner à faire ça?

– Mais bien entendu. Vous voulez apprendre?

– Je ne sais pas. Ça me rend nerveuse. Je n'ai jamais rien fait qui ait le moindre rapport avec l'art, dis-je en riant.

– Vous devriez essayer. Je parie que vous aimeriez ça. J'enseigne les règles de bases chaque année à l'automne. Aujourd'hui c'est du dessin sur le vif pour des personnes qui ont un peu d'expérience. Faites ce que je vous dis. Vous vous y mettrez en un rien de temps.

Son regard explora le parking.

– Vous attendez quelqu'un?

– Ma fille doit passer. Elle veut emprunter ma voiture. Si vous restez assez longtemps, je vous demanderai peut-être de me raccompagner à la maison, dit-elle en me regardant.

– Volontiers, comptez sur moi.

Elle revint à son sujet favori, en espérant peut-être retarder le moment où il lui faudrait parler d'Isabelle.

– Je dessine depuis l'âge de douze ans. Je me souviens très bien du moment où c'est arrivé. En classe de sixième. On avait fait une sortie dans un petit parc avec un étang. Tous les autres ont dessiné la fontaine avec des silhouettes toutes plates comme des bâtons sur le bord. Moi j'ai dessiné ce que je voyais en m'aidant des espaces carrés du grillage de la clôture. Mon dessin avait l'air vrai. Ceux des autres ressemblaient à ce qu'on peut attendre d'un élève de sixième en excursion avec son école. Pour moi, il y avait eu comme une illusion d'optique... quelque chose avait changé. J'avais senti une sorte de déclic dans mon cerveau, ça m'a fait rire. Après ça, j'ai été considérée comme une sorte d'enfant prodige... l'étoile de ma classe. Je pouvais dessiner n'importe quoi.

– Je vous envie. J'ai toujours trouvé ça épatant. Puis-je poser quelques questions sur Isabelle? Vous m'avez dit que vous aviez très peu de temps.

Elle détourna le regard, baissa un peu la voix.

– Allez-y. Pourquoi pas? J'ai parlé à Simone cet après-midi et elle m'a mise au courant.

– Désolée du malentendu au sujet de Morley Shine. D'après ses dossiers, il vous avait déjà parlé. Je m'apprêtais juste à remplir les blancs.

– Je n'ai jamais entendu parler de lui, ce qui est tout aussi bien. J'aurais été *vraiment* très ennuyée si j'avais dû avoir la même conversation deux fois. En tout cas, que voulez-vous savoir?

– Comment avez-vous fait connaissance?

– A l'université. On suivait toutes les deux un cours de gravure. J'avais dix-huit ans, pas de mari, un gosse sur les bras. Tippy avait deux ans. Je savais qui était le père. Il s'est toujours intéressé à elle et m'a aidée financièrement, mais ce n'est pas le genre de type que j'aurais eu envie d'épouser...

Je me figurai un trafiquant de drogue avec un minuscule rubis planté dans la narine et des cheveux longs et sales lui dégringolant dans le dos.

– ... Isabelle venait juste d'avoir dix-neuf ans et elle était fiancée au mec qui s'est tué plus tard dans un bateau. Nous étions toutes les deux trop jeunes pour la merde qui nous attendait, mais ça a cimenté notre amitié. Nous sommes restées amies pendant quatorze ans. Elle me manque vraiment.

– Etes-vous proche de Simone?

– Oui, en quelque sorte, mais ce n'est pas comme avec Isabelle. Pour des sœurs, elles étaient très différentes... c'est étonnant. Iz avait quelque chose de spécial. Vraiment. Des dons.

Elle fit une pause pour tirer la dernière bouffée de sa cigarette, qu'elle balança dans le parking.

– Tip adorait Isabelle, qui était comme une seconde mère

pour elle. Elle racontait à Iz les secrets qu'elle n'avait pas le courage de me confier. Ce qui, d'après moi, est tout aussi bien. Il y a des choses qu'une mère ne doit pas forcément savoir au sujet de son enfant, ça j'en suis sûre.

Elle s'interrompit en levant l'index.

– Laissez-moi m'arrêter là pour voir comment la classe se comporte.

Elle se dirigea vers la porte et survola la classe du regard. Je vis un des étudiants, un homme d'une soixantaine d'années, tourner vers elle un visage confus. Il leva une main hésitante.

– Une petite seconde, dit-elle, il faut que je gagne mon salaire.

L'homme qui l'avait appelée se lança dans une question interminable. Rhe lui répondit en faisant de grands gestes, comme si elle parlait à un sourd-muet. De tout ce qu'elle avait expliqué, il ne sembla rien comprendre de prime abord. Le modèle avait changé de pose et s'était de nouveau perché sur le tabouret, un pied nu posé sur le second barreau. Je pouvais voir l'angle que faisait sa hanche et la ligne de ses fesses aplaties sur le bois. Rhe avançait dans les rangs. J'attendis pendant qu'elle poursuivait sa tournée, en progressant d'un chevalet à l'autre.

J'entendis un bruit de pas derrière mon dos et me retournai. La jeune femme qui approchait portait des jeans très serrés et des bottes de cowboy à talons hauts. Elle avait une chemise de coupe Western ; un grand sac de cuir était accroché à son épaule comme une besace de facteur. Son visage était une version plus gauche de celui de Rhe, mais je supputai que la maturité allait affiner quelque peu ses traits. Pour l'instant, elle avait l'air d'une grossière ébauche au crayon, préparée en vue d'un portrait à l'huile. Son visage était large, ses joues encore rondes comme celles d'un gros bébé, mais elle avait les mêmes yeux verts, la même chevelure longue et noire nattée dans le dos. Je lui donnai un peu moins de vingt ans. Un air éveillé, une grande énergie. Elle m'adressa un sourire éclatant.

– Ma mère est là ?

– Elle va sortir dans une minute. Vous êtes Tippy ?

– Oui, dit-elle, surprise. Je vous connais ?

– Je viens juste de parler à votre maman et elle m'a dit que vous alliez passer. Je m'appelle Kinsey.

– Vous enseignez ici, vous aussi?

– Non, je suis détective privée, dis-je en hochant la tête.

Elle sourit à demi, en se tenant sur ses gardes.

– Pour de vrai?

– Ouais.

– Pas de panique. Vous enquêtez sur quoi?

– Je travaille pour un avocat sur une affaire qui va passer devant le tribunal.

Son sourire s'évanouit.

– C'est à propos de tante Isabelle?

– Oui.

– Je croyais que le jugement avait déjà eu lieu et que le mec avait réussi à s'en tirer.

– On essaie encore de le coincer. Sous un angle différent, cette fois. Avec de la chance, on y parviendra peut-être.

L'expression de Tippy parut s'assombrir.

– Je ne l'ai jamais aimé. C'est un vrai salaud.

– De quoi vous souvenez-vous?

Elle fit une grimace... hésitation, résistance, un peu de regret peut-être.

– Pas grand-chose, sauf que nous avons pleuré comme des Madeleine. Pendant des semaines. C'était horrible. J'avais seize ans quand elle est morte. Ce n'était pas ma vraie tante mais nous étions très proches.

Rhe sortit de la salle de classe, son trousseau de clefs à la main.

– Salut, bébé. Je pensais bien que c'était toi. Je vois que tu as fait connaissance avec Miss Millhone.

Tippy donna à sa mère un baiser sur la joue.

– Nous t'attendions. T'as l'air fatiguée.

– Non, ça va. Comment va le boulot?

– Le boulot va bien. Corey dit que je pourrais avoir une augmentation mais ce sera quelque chose comme trois pour cent.

– Ne fais pas la difficile. Tu as toute la vie devant toi, dit Rhe. A quelle heure vas-tu chercher Karen?

– J'ai déjà un quart d'heure de retard.

Tippy et moi attendîmes que Rhe ait sorti la clef de la voiture de son trousseau. Elle fit un geste vers le parking.

– Troisième rangée, à gauche. Tu me rapportes la voiture à minuit.

– Nous ne serons même pas parties depuis un quart d'heure! protesta Tippy d'un ton plaintif.

– En tout cas, le plus tôt possible après minuit. Et ne me laisse pas sans essence comme la dernière fois.

– Le réservoir était vide quand tu me l'as donnée!

– Pour une fois, fais ce que je te dis.

– Pourquoi, t'as un rancard? demanda Tippy malicieusement.

– Tippy...

– Je plaisante, dit-elle.

Elle cueillit la clef dans la main de sa mère et partit à travers le parking, en faisant claquer les talons de ses bottes.

– Dis, « Maman, j'espère que ça ne te dérange pas », lui cria Rhe après son départ. « Merci, maman chérie. »

– De rien, y a pas de quoi, répondit Tippy en retour.

Rhe hocha la tête avec une expression de dégoût simulé que seul peut se permettre un parent complètement toqué de son rejeton.

– A vingt ans, ils sont totalement égocentriques, puis ils changent et se marient.

– Je sais que les gens doivent vous dire ça tout le temps, mais vous n'avez vraiment pas l'air assez âgée pour être sa mère.

Rhe sourit.

– A sa naissance, j'avais seize ans.

– Elle a l'air d'une gosse bien.

– Oui, elle est bien, grâce aux Alcooliques Anonymes, auxquels elle a adhéré quand elle avait seize ans.

– Les Alcooliques Anonymes? Vous parlez sérieusement?

– Elle a commencé à boire à dix ans. Je travaillais pour nous faire vivre et la baby-sitter était une ivrogne. Tip se rendait chez elle après l'école et sifflait une bière chaque fois qu'elle en avait l'occasion. Je n'ai jamais rien deviné! Pour moi tout allait bien parce que mon enfant était docile et obéissante. Elle ne se plaignait jamais. Elle ne râlait jamais si j'étais en retard ou si je devais être absente toute la nuit. J'avais des amies qui étaient, elles aussi, des mamans célibataires comme moi. Elles avaient une vie de chien.

Leurs enfants fuguaient ou posaient des tas de problèmes. Pas ma petite Tippy. Elle était si facile à vivre. Elle ne suivait pas bien à l'école et elle attrapait souvent la grippe, mais à part ça elle paraissait en forme. Je devais sans doute refuser de voir l'évidence, parce que maintenant je sais qu'elle était ivre ou avait la gueule de bois la moitié du temps.

– Vous avez de la chance qu'elle s'en soit sortie.

– C'est en partie grâce à la mort d'Izzy. Ça nous a fait un choc. Ça nous a rendues plus proches. Nous avions perdu la meilleure amie que nous ayons jamais eue, mais au moins ça nous a rapprochées l'une de l'autre.

– Comment avez-vous découvert qu'elle buvait?

– Elle en était arrivée à boire tellement que je ne pouvais plus ne pas m'en rendre compte. Quand elle est entrée au lycée, elle était vraiment perdue. Elle se droguait, fumait de la marijuana. Six mois après avoir passé son permis de conduire elle avait déjà eu deux accidents. En plus, elle volait tout ce qui n'était pas rivé sur place. En réalité, ça s'est passé à l'automne, juste avant les fêtes de Noël pendant lesquelles Isabelle a été assassinée. Elle avait commencé son année en séchant les cours, en ratant ses contrôles. Je ne pouvais plus le supporter. Je l'ai mise dehors et elle est allée vivre chez son père. Quand Iz est morte, elle est revenue.

Elle s'arrêta pour allumer une autre cigarette.

– Bon Dieu. Pourquoi est-ce que je vous raconte tout ça? Ecoutez, faut que je retourne en classe. Ça ne vous ennuie pas de m'attendre? J'ai besoin que quelqu'un me ramène à la maison après. Vous pouvez?

– Volontiers. Avec plaisir.

8

Je l'ai reconduite chez elle à dix heures et demie, après la fin du cours. Presque tous les étudiants étaient partis vers dix heures; leurs voitures se glissant en ronronnant l'une derrière l'autre, hors du parking obscur balayé par les phares. Je lui avais proposé de l'aider à ranger, mais elle avait répondu qu'elle s'en tirerait plus vite toute seule. Je m'étais promenée dans la salle, l'inspectant paresseusement pendant que Rhe vidait le pot à café et le rinçait, ramassait les fournitures et enfin éteignait les lumières. Elle verrouilla alors les portes derrière elle et nous nous dirigeâmes vers ma VW, toute seule sur le parking.

– J'habite à Montebello, dit-elle. Pour vous, c'est pas un trop grand détour, j'espère.

– Ne vous inquiétez pas. J'habite Albanil Avenue, près de la plage. Je reviendrai le long de Cabana, c'est pas une affaire.

Je pris à droite traversai deux carrefours et m'engageai sur l'autoroute. Elle m'indiquait le chemin et pendant trois kilomètres nous bavardâmes de tout et de rien, pendant que je me demandais quels renseignements je pourrais obtenir d'elle.

– Comment avez-vous appris la mort d'Isabelle?

– Les flics ont téléphoné à deux heures et demie environ et ils m'ont raconté ce qui s'était passé. Ils m'ont demandé si je voulais me rendre là-bas pour rester près de Simone. J'ai enfilé quelques vêtements, sauté dans la voiture et roulé à pleins gaz. J'étais en état de choc. Tout en conduisant, je n'ai pas cessé de me parler à moi-même comme une espèce de dingue. Je n'ai pas pleuré jusqu'au moment où je suis arrivée là-bas et où j'ai vu l'expression de Simone. Les Seeger étaient dans un état épouvantable. Ils ne cessaient de raconter leur histoire, encore et encore. Je ne sais pas lequel d'entre nous était le plus bouleversé. En fait, je pense que c'était moi. Simone était engourdie et complètement en dehors du coup jusqu'à l'apparition de David. A ce moment-là, elle a perdu la tête.

– Ah oui, c'est vrai. Il a prétendu qu'il faisait du jogging au milieu de la nuit. L'avez-vous cru?

– Seigneur, je ne sais pas. Oui et non. Ça faisait des années qu'il allait courir la nuit. Il disait qu'il aimait ça parce que c'était calme et qu'il n'avait pas à s'inquiéter de la circulation ni des gaz d'échappement. Je crois qu'il souffrait d'insomnie et qu'il errait dans la maison pendant des heures.

– Alors, il faisait du jogging pour se détendre quand il ne pouvait pas dormir?

– C'est ça, oui, mais d'un autre côté, la nuit de l'assassinat, ça avait l'air terriblement bizarre. (Elle s'enfonça le doigt dans la joue, comme une blonde évaporée.) « Quelle coïncidence. Je passais, justement, en faisant mon jogging de deux heures du matin. »

– Simone m'a appris qu'il habitait un peu plus loin, sur la même route, à cette époque-là.

Elle fit une grimace.

– Dans cette affreuse maison. Il a raconté aux flics qu'il était sur le chemin du retour quand il a vu les lumières allumées chez Isabelle et s'est arrêté pour voir ce qui se passait.

– Donnait-il l'impression d'être inquiet?

– Je ne dirais pas ça. Mais rien ne semblait jamais l'émouvoir. C'était ce qu'elle lui reprochait surtout. De ne pas être plus émotif qu'un robot.

– Vous avez dit que Simone avait piqué une crise. Qu'est-ce que vous vouliez dire par là?

– Elle est devenue hystérique quand elle l'a vu, elle était convaincue qu'il avait tué Isabelle. Elle a toujours soutenu que l'histoire du revolver volé était une foutaise. On s'était tous trouvés dans la maison à d'innombrables occasions.

Pourquoi, bon Dieu, l'un d'entre nous se serait-il brusquement glissé au premier l'étage pour voler le .38 de David? Elle pensait que ça faisait partie d'une mise en scène. Je crois que je suis de son avis.

– Donc, vous étiez présente à ce fameux dîner, quand l'arme a disparu?

– Bien sûr que j'y étais, avec tous les autres. Peter et Yolanda Weidmann, les Seeger, les Voigt.

– Kenneth y était, lui aussi? L'ancien mari avec sa nouvelle femme?

– Hé, c'est courant. Toute la famille était là et tout le monde était heureux, sauf bien sûr Francesca. C'est la pauvre femme de Kenneth, toujours à la torture. Quelle âme de martyr. Parfois je pense qu'Isabelle les invitait rien que pour l'embêter. Francesca n'avait qu'à refuser d'y aller.

– Qu'est-ce qu'elle avait?

– Elle savait que Ken restait très attaché à Isabelle. Après tout, c'était Iz qui avait flanqué Ken dehors. Il avait épousé Francesca par dépit.

– Ça ressemble à un feuilleton télévisé.

– C'est encore pire, dit Rhe. Francesca est une beauté. Vous la connaissez?

Je hochai négativement la tête et elle poursuivit.

– Elle a une allure de mannequin, des traits parfaits et un corps à damner un saint, mais elle manque d'assurance, elle tombe toujours sur des hommes qui se dérobent. Vous voyez ce que je veux dire? Ken lui allait parfaitement car elle savait qu'en réalité elle ne l'aurait jamais entièrement pour elle.

– Permettez-moi de vous demander quelque chose, dis-je. Il m'a raconté sa propre version des faits, hier soir, et il prétend que c'était Isabelle qui manquait d'assurance. Est-ce exact?

– A mon avis, non; mais il se peut qu'elle ait montré aux hommes un autre aspect d'elle-même, dit-elle.

Elle désigna une allée qui s'ouvrait à notre gauche.

– C'est ici, dit-elle.

Nous nous trouvions dans le secteur de Montebello qu'on appelle « les taudis », là où les maisons ne coûtent *que* 280 000 dollars. Je me garai en face d'une maisonnette couverte de crépi blanc. Elle ouvrit la portière et descendit.

– Je vous proposerais bien d'entrer boire un verre de vin, mais il faut vraiment que je me mette au travail. J'en ai pour la moitié de la nuit.

– Pas la peine de vous inquiéter. C'est gentil. Je suis claquée. Merci de m'avoir consacré un moment, dis-je. Au fait, où est l'exposition?

– Galerie Axminster. Il y aura un vernissage avec du champagne vendredi soir à sept heures. Faites-y un saut si vous pouvez.

– C'est entendu.

– Et mille mercis de m'avoir déposée. Si d'autres questions vous viennent à l'esprit, n'hésitez pas à me le dire.

Tout était éteint chez Henry quand j'arrivai à la maison. Il n'y avait aucun message sur mon répondeur. Pour me détendre, je mis de l'ordre dans le living et récurai la salle de bains du rez-de-chaussée. Faire le ménage a un effet thérapeutique; épousseter les meubles, passer l'aspirateur, laver la vaisselle ou changer les draps, ça vous remet l'esprit à l'endroit. Il me vient plein d'idées personnelles quand j'ai la brosse des toilettes à la main et que je contemple une giclée d'eau bleue qui tourbillonne tout autour de la cuvette des W.-C.

Je dormis bien, me levai à six heures du matin et me livrai à ma course habituelle, comme si je m'étais mise sur pilotage automatique pour remplir mes occupations matinales.

Sur le chemin du bureau, je m'arrêtai dans une boulangerie et j'achetai un énorme gobelet en polystyrène expansé plein de *caffé latte* avec un couvercle. Je dus parquer ma voiture à deux rues de mon bureau, et le café était à la température idéale pour être bu quand j'arrivai à destination. Tout en le sirotant, je m'assis et contemplai les dossiers éparpillés dans toute la pièce. Il allait falloir que je mette un peu d'ordre pour m'y retrouver. J'avalai la moitié du café et mis le gobelet de côté.

Je relevai mes manches et m'attelai à la tâche en cherchant à m'organiser. Je vidai les deux cartons plus le sac contenant les dossiers que j'avais rassemblés chez Morley, auxquels s'ajoutaient les quelques chemises supplémentaires glanées dans son bureau. Je rangeai les piles dans l'ordre alphabétique et reconstituai à grand-peine la chronologie des rapports, en me guidant sur un état des factures envoyées par Morley. Dans certains cas (par exemple pour Rhe Parsons), il m'arrivait de trouver un nom sur une des factures sans pouvoir mettre la main sur le dossier correspondant. Pour « Francesca V. », que je supposais être l'actuelle Mrs. Voigt, il y avait bien une chemise proprement libellée à son nom, mais elle ne contenait aucun rapport. C'était tout aussi vrai pour une Laura Barney qui, je le présumais, était l'ex-femme de David. Morley leur avait-il ou non parlé ? L'ancienne Mrs. Barney travaillait apparemment au dispensaire de Santa Teresa à un titre quelconque. Morley avait noté le numéro de téléphone, mais il n'y avait pas moyen de dire s'il était entré en contact avec elle. Il s'était fait régler des honoraires pour soixante heures d'interrogatoires, auxquels correspondaient dans certains cas des justificatifs de frais de voyage, mais la paperasse qui aurait dû s'ensuivre manquait. Je relevai au crayon tous les noms des personnes qui ne faisaient l'objet d'aucune note ou rapport écrit.

A dix heures et demie j'avais une liste de dix-sept noms. Pour faire une simple vérification, j'en pris deux au hasard. D'abord, je téléphonai à Francesca, qui répondit dès la première sonnerie, d'une voix calme et réservée.

Je me fis connaître et vérifiai, d'abord, qu'elle était bien mariée à Kenneth Voigt.

– Je suis en train de remettre en ordre quelques dossiers et je me demandais si vous vous souveniez de la date à laquelle vous avez parlé avec Morley Shine.

– Je ne lui ai jamais parlé.

– Pas du tout ?

– Je crains que non. Il a téléphoné et laissé un message, il y a environ trois semaines. Je l'ai rappelé et nous nous sommes mis d'accord pour nous voir, mais il a annulé le rendez-vous pour une raison quelconque. D'ailleurs, j'ai questionné Kenneth à ce sujet hier soir. Ça paraissait plutôt bizarre. Comme j'ai témoigné au premier procès, je pensais que je serais convoquée la seconde fois.

Je jetai un coup d'œil à l'agenda de Morley, qui semblait indiquer qu'ils s'était bien rencontrés.

– Nous ferions mieux de fixer un rendez-vous aussi rapidement que possible.

– Restez en ligne, je vais chercher mon carnet.

Elle posa le combiné et j'entendis un bruit de talons sur du parquet. Puis elle revint au téléphone ; il y eut un froissement de papier.

– Je suis occupée tout l'après-midi. Est-ce que cela vous conviendrait de me voir ce soir ?

– Pourquoi pas ? A quelle heure ?

– Disons sept heures ? Kenneth ne rentre généralement pas à la maison avant neuf heures, mais je suppose que vous n'avez pas besoin qu'il soit là.

– En réalité, je préférerais que nous soyons seules.

– Parfait. Alors je vous verrai à sept heures.

J'essayai ensuite d'appeler le dispensaire et tombai sur ce qui devait être la réception. La personne qui répondit était une femme et sa voix avait l'air jeune.

– Dispensaire de Santa Teresa. Ursa à l'appareil, à votre service.

– Pourriez-vous me dire si vous avez une Laura Barney qui travaille au dispensaire ? dis-je.

– Mrs. Barney ? Bien sûr. Ne quittez pas, je vais vous la passer.

Je fus mise en attente pendant un court moment.

– Mrs. Barney à l'appareil.

Je me nommai et indiquai, comme je l'avais fait avec Francesca, ma fonction et l'objet de mon appel.

– Pourriez-vous me dire si vous avez parlé avec Morley Shine au cours de ces deux dernières semaines ?

– En fait, j'avais un rendez-vous avec lui samedi dernier, mais il n'est pas venu. J'étais très ennuyée parce que j'avais annulé certains projets afin d'avoir du temps à lui consacrer.

– A-t-il donné quelques précisions sur ce qu'il avait l'intention de vous demander ?

– Pas vraiment, mais je présume que c'était en rapport avec ce procès qui va avoir lieu. J'ai été mariée à l'homme qui était accusé du crime et qui a été acquitté.

– David Barney.

– C'est cela. Nous avons été mariés pendant trois ans.

– J'aimerais vous parler. Pouvons-nous fixer un rendez-vous pour cette semaine ?

Je pouvais entendre à l'arrière-plan une autre sonnerie téléphonique qui se manifestait avec insistance.

– En général, je suis ici jusqu'à cinq heures. Si vous passez demain je pourrai probablement trouver un peu de temps.

– Parfait. Je ferai mon possible pour passer à 16 h. 30. Je vous laisse prendre l'autre appel.

Elle me remercia et raccrocha.

Je repris ma liste et appelai neuf autres personnes au hasard. Aucune d'entre elles n'avait jamais entendu parler de Morley Shine. Ça s'annonçait mal. Par l'interphone, j'appelai Ida Ruth qui se trouve dans le bureau au bout du couloir.

– Lonnie est-il toujours au tribunal?

– Pour autant que je sache.

– A quelle heure rentre-t-il?

– Pour déjeuner; c'est ce qu'il a dit, mais il se passe parfois de déjeuner et en profite pour se rendre à la bibliothèque juridique. Pourquoi, qu'est-ce qu'il y a? Tu veux lui faire passer un message?

Une peur sourde me serrait à présent la poitrine.

– Il vaut mieux que j'y aille et que je lui parle directement. A-t-il indiqué la salle du tribunal?

– Juge Whitty, département 5. Qu'est-ce qui se passe, Kinsey? T'as l'air toute bizarre.

– Je te raconterai plus tard. Je ne veux pas encore me prononcer.

Je me rendis à pied au tribunal, qui se trouve seulement à deux pâtés de maisons du bureau. C'était une journée ensoleillée et claire, avec une brise douce qui faisait onduler l'herbe sur la pelouse du tribunal. Le bâtiment lui-même est de style méditerranéen, avec plein de tours, de tourelles, d'arcades en grès et de galeries à ciel ouvert. Le jardin paysager offre un mélange lumineux de bougainvillées magenta, de buissons à baies rouges, de genévriers et de palmiers importés. Les plantes basses et rampantes qui bordent le trottoir exhalent un parfum entêtant.

Je franchis les larges marches de béton et les portes de bois ouvragé. Le couloir était vide, le sol pavé de dalles irrégulières et vernissées avait la couleur du sang séché. Les hauts plafonds étaient traversés de poutres sombres. L'éclairage était fourni par quelques répliques de lanternes espagnoles en fer forgé; de solides ouvrages de ferronnerie protégeaient les fenêtres. L'endroit avait dû servir de monastère autrefois, avec ses surfaces froides, dénuées d'ornements. Au moment où je passais, la porte qui menait à la salle de réunion du jury s'ouvrit et des jurés pressentis sortirent dans le couloir, qui s'emplit du bruit de leurs pas et du murmure de leurs voix. J'entendis bientôt grincer les portes à battants dont étaient équipées les toilettes, de l'autre côté du couloir. Le département 5 se trouvait deux portes plus bas, sur la droite; au-dessus de l'entrée, un signal lumineux indiquait que le tribunal siégeait encore. J'ouvris la porte sans bruit et me faufilai jusqu'à un siège, à l'arrière.

Lonnie et l'avocat de la partie adverse étaient en plein conciliabule à propos de la marche du procès; leurs voix faisaient dans l'air chaud un bruit de gros bourdons. Le juge s'apprêtait à déférer l'affaire devant un arbitre judiciaire; il indiqua la date à laquelle devaient être présentées les conclusions de l'arbitre et fixa la prochaine réunion des avocats. Comme d'habitude, je me demandai comment le sort de plusieurs personnes pouvait se décider au cours d'une procédure apparemment aussi ennuyeuse. Quand le juge suspendit l'audience pour le déjeuner, j'attendis près de la porte, Lonnie, qui m'avait aperçue, vint à ma rencontre. Il jeta un coup d'œil à mon visage et demanda :

– Qu'est-ce qui ne va pas?

– Allons dans un endroit où nous pourrons être seuls. Tu ne vas pas aimer ce que j'ai à te dire.

Nous avançâmes côte à côte sans prononcer un mot, nos pas résonnant dans le couloir, puis sur les marches de béton, puis dans le hall d'entrée. Une fois dehors, nous nous éloignâmes sur l'herbe, pour être sûrs que personne ne nous entendrait. Il se tourna vers moi, me dévisagea et je me jetai à l'eau.

– Faute de savoir le dire d'une manière agréable, j'irai droit au but. Il s'avère que les dossiers de Morley sont dans un désordre indescriptible. La moitié des rapports manquent et ce qu'il a noté est suspect.

– Ce qui signifie?

– Je pense qu'il t'a facturé un travail qu'il n'a jamais fait, dis-je après une profonde inspiration.

– Tu te fous de moi? répondit Lonnie dont le visage avait blêmi en enregistrant la nouvelle.

– Lonnie, il avait une maladie cardiaque et sa femme était au plus mal. D'après ce que je crois savoir, il était à court d'argent mais il n'avait ni le temps ni l'énergie de faire quoi que ce soit.

– Comment pensait-il s'en tirer, alors? J'ai une audience dans moins d'un mois. Est-ce qu'il pensait que je ne *remarquerais* rien? demanda-t-il. Putain, qu'est-ce qui m'arrive? Je n'ai *rien* remarqué, c'est bien ça non?

– D'après ce qu'on m'a dit, son travail avait toujours été formidable dans le passé, dis-je en haussant les épaules.

Ce n'était pas très réconfortant pour un avocat qui risquait de se retrouver au tribunal avec sa seule astuce pour plaider. La pâleur de Lonnie sembla s'accentuer encore, tandis qu'il s'imaginait sans doute dans cette situation.

– Seigneur, mais qu'est-ce qu'il croyait donc?

– Qui pourrait dire ce qu'il croyait? Peut-être qu'il espérait s'en tirer à temps.

– A quel point en sommes-nous, au juste?

– Eh bien, tu as toujours les témoins du premier procès, au pénal. On dirait que presque tous ont reçu leur citation, et de ce côté-là tu es tranquille. Je suppose qu'à peu près la moitié des témoins qui figurent sur la nouvelle liste n'ont jamais entendu parler de Morley. Il se peut que je me trompe. Je me suis seulement fait une opinion d'après le nombre de rapports que je ne pouvais pas trouver.

Lonnie ferma les yeux et se passa une main sur le visage.

– Je ne veux pas entendre ça...

– Ecoute, on a encore un peu de temps. Je peux repartir de zéro et boucher les trous, mais si on tombe sur un bec, on se retrouvera dans le pétrin. Il se peut même que certaines de ces personnes ne soient pas disponibles.

– Seigneur, c'est ma faute. J'étais trop occupé par cette autre affaire et il ne m'est jamais venu à l'esprit de mettre en doute le travail de Morley. Ce que j'en voyais me semblait correct. Je savais qu'il y avait du retard mais ce qu'il me fournissait semblait être bien.

– Ouais, ce qui existe est bien. C'est ce qui n'existe pas qui me tracasse.

– Combien de temps ça prendra?

– Deux semaines au bas mot. Je voulais seulement que tu sois au courant de ce qui t'attend. Avec les vacances qui approchent, un tas de gens vont être occupés ou absents.

– Fais ton possible. A quatorze heures je m'en vais à Santa Maria pour un procès qui durera deux jours. Je serai de retour vendredi, assez tard. Mais je n'irai pas au bureau avant lundi matin. On pourra en reparler à ce moment-là.

– Est-ce que tu logeras sur place?

– Probablement. Je pourrais rentrer à la maison le soir, s'il le fallait, mais je déteste perdre du temps en allées et venues sur la route. Après avoir passé toute la journée au tribunal, tout ce que je veux c'est manger rapidement un morceau n'importe où et me mettre au pieu. Ida Ruth aura le numéro du motel pour un cas d'urgence. Pendant ce temps-là, fais tout ce que tu peux, d'accord?

– Compte sur moi.

Je retournai au bureau. En passant devant la porte de Lonnie j'aperçus Ida Ruth qui parlait au téléphone. Elle me vit et m'adressa des signes frénétiques qui me firent revenir sur mes pas. Elle mit son correspondant en attente et obstrua le micro d'une main, comme pour étouffer encore davantage ce que nous allions dire.

– Je ne sais pas qui est ce type, mais c'est toi qu'il demande.

– Qu'est-ce qu'il veut?

– Il vient de lire la notice nécrologique de Morley Shine. Il dit qu'il lui faut parler de toute urgence à la personne qui le remplace.

– Laisse-moi le temps de retourner à mon bureau et je le prendrai là-bas. Peut-être qu'il a des renseignements à nous donner. Il est sur quelle ligne?

Elle leva deux doigts.

Je traversai le couloir en courant, fermai la porte du bureau derrière moi, larguai mon sac à main, et tendis le bras par-dessus ma table de travail pour enfoncer la touche de la ligne numéro deux, qui clignotait régulièrement.

– Ici Kinsey Millhone, à votre service.

– J'ai lu dans le journal que Morley Shine est décédé. Qu'est-ce qui s'est passé?

La voix était bien modulée, le ton prudent.

– Il a eu une crise cardiaque. Qui êtes-vous?

Il y eut un silence.

– Je ne crois pas que j'aie besoin de vous le dire.

– Oui, si c'est à moi que vous voulez parler, dis-je.

Il y eut de nouveau une pause.

– Je m'appelle David Barney.

Mon cœur se mit soudain à taper à grands coups...

– Désolée. Ce n'est pas moi qu'il faut interroger à propos de Morley Shine...

Il me coupa la parole, en disant :

– Ecoutez-moi. Allons, je vous demande juste de m'écouter. Il y a quelque chose de louche là-dedans. Je lui ai parlé mercredi dernier...

– Morley vous a téléphoné?

– Non, madame. C'est moi qui l'ai appelé. On m'a dit qu'un ancien escroc nommé Curtis McIntyre s'apprête à témoigner contre moi. Il prétend que je lui ai dit avoir tué ma femme, mais c'est de la foutaise et je peux le prouver.

– Je pense que nous devrions mettre un terme à cette conversation sur-le-champ.

– Mais je suis en train de vous dire...

– Allez raconter ça à votre avocat. Vous n'avez aucun intérêt à m'appeler.

– J'ai tout dit à mon avocat. J'ai aussi tout raconté à Morley Shine, et vous avez vu comment ça s'est terminé.

Je restai silencieuse pendant une demi-seconde.

– Qu'est-ce que cela est censé signifier?

– Peut-être bien qu'il s'était trop rapproché de la vérité.

– Etes-vous en train de suggérer qu'il a été assassiné?

– C'est possible.

– Comme la vie sur la planète Mars, mais ce n'est pas probable. Pourquoi quelqu'un aurait-il voulu tuer Morley Shine?

– Peut-être avait-il découvert quelque chose qui me disculpait.

– Ah, ouais, vraiment. Quoi, par exemple?

– McIntyre prétend qu'il m'a parlé, à la sortie du tribunal, le jour où j'ai été acquitté, c'est bien ça?

Je ne dis rien.

– C'est vrai ? demanda-t-il de nouveau.

Je hais les gens qui insistent pour obtenir une réponse après chaque mot qu'ils prononcent.

– Venons-en au fait, dis-je.

– Ce salaud était en prison ce jour-là. C'était le 21 mai. Vous n'avez qu'à vérifier sur son casier judiciaire pour cette année-là. Vous pourrez constater que c'est simple comme bonjour. J'ai raconté la même chose à Morley Shine mercredi matin et il a déclaré qu'il allait s'en occuper.

– Mr. Barney, je ne vois pas à quoi ça rime que nous parlions de tout ceci. Je travaille pour la partie adverse. Je suis l'ennemi, vous pigez ?

– Tout ce que je veux, c'est vous raconter ma version à moi.

J'écartai le combiné et fronçai les sourcils. Je n'en croyais pas mes oreilles.

– Votre avocat est-il au courant de ce que vous êtes en train de faire ?

– Au diable tout ça. Qu'il aille au diable. J'en ai par-dessus la tête des avocats, y compris du mien. On aurait pu en finir avec tout ça il y a des années, si quelqu'un avait eu la décence d'écouter.

Et dire que cet homme avait tué sa femme en lui tirant une balle dans l'œil !

– Dites donc, adressez-vous à la justice si vous voulez que quelqu'un vous écoute. Elle est là pour ça. Vous dites une chose. Kenneth Voigt en soutient une autre. Le juge écoute les deux parties et c'est aussi ce que fera le jury.

– Mais pas vous.

– Non, je ne veux rien écouter parce que ce n'est pas à moi de le faire, dis-je d'un ton irrité.

– Même si je dis la vérité ?

– C'est au tribunal d'en décider. Ce n'est pas mon affaire. Moi, je suis payée pour rassembler des informations. Lonnie Kingman, lui, est chargé de présenter les faits au tribunal. A quoi ça peut servir de me dire quoi que ce soit ? C'est stupide.

– Bon Dieu ! Il faut pourtant bien que quelqu'un me vienne en aide.

Sa voix se brisait sous le coup de l'émotion. Je sentais que la mienne devenait de plus en plus cassante.

– Allez trouver votre avocat. En tout cas, il vous a déjà tiré d'affaire quand vous étiez accusé d'*assassinat* . Je ne lui mettrais pas des bâtons dans les roues, si j'étais vous.

– Pourrions-nous nous rencontrer... juste un moment?

– Non, je ne peux pas vous rencontrer!

– Madame, je vous en prie. Cinq minutes, c'est tout ce que je demande.

– Je vais raccrocher, Mr. Barney. Tout cela est inconvenant.

– J'ai besoin d'aide.

– Engagez quelqu'un d'autre. J'ai déjà loué mes services.

Je raccrochai le téléphone et retirai vivement ma main. Ce type était-il cinglé? Je n'avais jamais entendu parler d'un accusé désireux de gagner la sympathie de l'adversaire. Supposons qu'en désespoir de cause cet individu ne me lâche plus? Je saisis vivement le combiné du téléphone et sonnai Ida Ruth.

– Oui?

– Le type qui vient d'appeler. Est-ce que tu lui as donné mon nom?

– Bien sûr que non. Je ne ferais jamais une chose pareille, dit-elle.

– Ah, merde. Je me rappelle maintenant. Je le lui ai donné moi-même.

9

Je décrochai de nouveau le téléphone et passai un coup de fil au service des homicides où je demandai le sergent Cordero. Elle était sortie mais l'inspecteur Becker prit l'appel.

– Salut, c'est Kinsey. J'ai besoin d'un renseignement et j'espérais que Sheri pourrait me tuyauter.

– Elle ne sera de retour qu'après trois heures mais peut-être que je peux vous rendre ce service. Qu'est-ce que vous voulez comme scoop ?

– Je voulais lui demander d'appeler la prison du comté et de vérifier la levée d'écrou d'un gars qui s'appelle Curtis McIntyre.

– Attendez un instant. Je prends un crayon. Vous avez dit McIntyre ?

– C'est ça. C'est un indicateur qui s'apprête à témoigner dans une affaire dont s'occupe Lonnie Kingman. J'ai besoin de savoir s'il était encore incarcéré le 21 mai, il y a cinq ans de ça, c'est à cette date qu'il prétend avoir parlé à l'accusé. Je pourrais le savoir en demandant une ordonnance au juge, mais le tuyau ne vaut probablement pas un clou et je n'ai pas envie de me donner tout ce mal pour rien.

– Ça ne devrait pas être difficile à vérifier. Je vous rappellerai quand j'aurai le renseignement, mais ça peut prendre un bout de temps. J'espère que vous n'êtes pas à la bourre.

– Le plus tôt sera le mieux.

– Comme si c'était pas toujours le cas, dit l'inspecteur Becker.

Après avoir raccroché, je m'assis et réfléchis à la situation, en me demandant s'il n'y avait pas un moyen plus rapide de vérifier le renseignement. Je pouvais, bien sûr, attendre jusqu'au milieu de l'après-midi, mais ça allait me trotter dans la tête. Après l'appel de David Barney, je ne pouvais plus tenir en place et j'étais mal dans ma peau. J'hésitais à perdre mon temps en vérifiant ce qui était probablement pure invention de sa part. D'un autre côté, Lonnie comptait sur le témoignage de Curtis McIntyre. Si celui-ci mentait, nous étions fichus, d'autant plus que l'enquête de Morley s'effilochait. C'était la première fois que je travaillais pour le compte de Lonnie. Je pouvais difficilement me permettre d'être de nouveau virée.

Dans ma tête, je me remémorai la conversation que j'avais eue avec Curtis à la prison. D'après son récit, il avait intercepté David Barney dans le couloir, juste à la sortie du tribunal, le jour de l'acquittement. Je ne pensais pas pouvoir compter sur Herb Foss, l'avocat de Barney, pour confirmer les dires de Curtis, mais était-il possible qu'il y ait eu un autre témoin de leur rencontre? Ne serait-ce que les innombrables reporters munis de leurs caméras et de leurs micros.

J'attrapai ma veste et mon sac, je quittai le bureau et franchis au trot la distance qui me séparait de la rue adjacente où j'étais finalement parvenue à caser ma voiture. Je pris Capilla Boulevard pour traverser la ville en coupant à travers le quartier des affaires, et montai tout en haut de la colline qui se dresse au-delà de l'autoroute.

La station de télévision locale, KEST-TV, se trouvait presque au sommet. Du haut du promontoire où elle est installée, on a, comme sur une peinture murale circulaire, une vue panoramique de la ville de Santa Teresa, avec les montagnes d'un côté et l'océan Pacifique de l'autre. Il y a un parking qui peut contenir une cinquantaine de véhicules et je me glissai dans l'emplacement réservé aux visiteurs. En sortant de voiture je fis halte un instant pour profiter de la vue. Le vent agitait les herbes sèches sur la colline. Au loin, l'océan pâle s'étendait à l'infini ; il semblait tout plat et bizarrement peu profond.

Je me souvins de l'histoire que m'avait racontée un archéologue océanographe. Il m'avait dit qu'on avait certaines preuves de l'existence de villages primitifs aujourd'hui submergés, à quelque distance du littoral, situés aux abords d'anciens marécages ou estuaires. Au fil du temps, la mer avait livré des fragments de poteries, des mortiers, des éclats de nacre et d'autres objets fabriqués de main d'homme, probablement arrachés à d'anciens cimetières qui se trouvaient le long de la plage aujourd'hui immergée. Une légende des Indiens Chumash évoque le jour où la mer se retira très loin pendant plusieurs heures et où une maison sortit de l'eau au moment où la marée était déjà très basse... à deux ou trois kilomètres... une maison miraculeuse. Les gens s'étaient rassemblés sur les plages avec des murmures étonnés. Les eaux s'éloignèrent encore et une deuxième maison apparut, mais les témoins étaient trop effrayés pour s'en approcher. Peu à peu les flots revinrent et les deux édifices disparurent, recouverts par la lente houle de la marée montante.

Il y avait quelque chose d'inquiétant dans ce conte de fantômes venus de l'holocène pour nous offrir la vision fugitive d'un site tribal disparu. Quelquefois je me demande si j'aurais osé m'aventurer jusque sur cette bande de sable exposée au grand jour. A moins d'un kilomètre, le fond de l'océan plonge abruptement comme les flancs d'une montagne et des falaises sous-marines dégringolent encore plus profondément jusqu'au cayon en contrebas. J'imaginais les couches de sédiments tout au fond de l'océan, d'un gris morne par manque de lumière, avec leurs roches et leurs poches, leurs trésors rongés et pétrifiés. Le temps dissimule la vérité, laissant à peine apparaître à la surface une faible ondulation pour évoquer les plaines et les vallées qui reposent au fond. Aujourd'hui, six ans après le meurtre dont je m'occupais, presque tout était déjà caché, enfoui. Il ne me restait plus qu'à rassembler les éléments rejetés comme des épaves sur les rivages du présent, et j'étais troublée à l'idée de tous les trésors inconnus désormais inaccessibles.

Je me détournai et entrai dans la station. C'était un bâtiment de plain-pied, aux murs crépis de couleur sable, hérissé d'antennes multiples. Je pénétrai dans le hall tapissé d'une moquette bleu pâle et meublé dans le style « moderne scandinave » – le genre de mobilier qu'un étudiant un peu cossu pourrait louer pour un semestre. On commençait à installer les décorations de Noël ; un arbre artificiel avait été dressé dans un coin, des boîtes d'accessoires décoratifs étaient entassées sur une chaise. Au mur qui se trouvait à ma droite, nombre de trophées professionnels étaient exposés comme s'il s'agissait de coupes gagnées au bowling. Sur l'écran d'un poste de télévision en couleur se déroulait un jeu matinal, où il fallait, semblait-il, identifier une série de personnalités dont le prénom était Andy.

La réceptionniste était une jolie fille avec de longs cheveux noirs et un maquillage voyant. Une pancarte portait son nom : Tanya Alvarez. « Rooney ! », s'exclama-t-elle, le regard toujours rivé au poste. Je me retournai et examinai l'image. La bonne réponse était bien « Andy Rooney » et l'auditoire applaudissait. C'était le tour de la question suivante et elle dit :

– Ah zut ! Qui est-ce ? C'est à qui, ce visage ? Andy Warhol !

Dans le mille, une fois encore, et elle en rougit de plaisir. Elle tourna les yeux vers moi :

– Dire que je pourrais gagner une fortune à cette émission, sauf que probablement le jour où j'irai je tomberai sur un sujet dont je n'ai pas la moindre idée. Poissons carnivores ou plantes exotiques. Je peux faire quelque chose pour vous ?

– Je n'en suis pas certaine. J'aimerais jeter un coup d'œil à des bandes d'actualité vieilles de cinq ans, si vous les avez.

– Quelque chose que nous avons enregistré ?

– C'est ce que je suppose. Il s'agit d'un verdict prononcé dans un procès pour assassinat, au tribunal de la ville, et je suis sûre que vous avez dû en rendre compte.

– Attendez un instant et je vais voir si quelqu'un peut vous dépanner.

Elle composa le numéro de « quelqu'un » et décrivit rapidement l'objet de ma recherche.

– Leland va venir dans cinq minutes, dit-elle.

Je la remerciai et tuai le temps en faisant les cent pas entre la porte d'entrée qui donnait sur le parking et les portes vitrées coulissantes, à l'autre bout de la salle de réception, qui donnaient accès à un vaste patio meublé de fauteuils en plastique blanc moulé. Une vue panoramique de la ville, en trois dimensions, entourait le patio comme un écran. Je pouvais imaginer les employés de la station prenant leur déjeuner dehors, à la chaleur du soleil, les femmes avec leurs jupes de coton discrètement relevées, les hommes sans chemises. Une énorme antenne en forme de soucoupe dominait la vue. L'atmosphère paraissait brumeuse à cette altitude...

– Je suis Leland. Que puis-je faire pour vous?

Le gars qui venait de franchir la porte derrière moi approchait de la trentaine et devait avoir une quarantaine de kilos en trop. Une tignasse brune et frisée encadrait son visage poupin aux yeux bleu clair derrière des lunettes cerclées de métal et aux joues rouges et glabres. S'appeler Leland avait dû être une catastrophe pour lui. Il avait l'air du genre de gosse que ses camarades de classe n'avaient cessé de martyriser depuis son premier jour d'école, trop intelligent et trop gros pour se défendre contre les cruautés involontaires des autres enfants.

Je me présentai et nous échangeâmes une poignée de main. J'expliquai la situation aussi succinctement que possible.

– Ce que je me suis dit, c'est que tous les reporters locaux étaient là, le jour où Barney a été acquitté, et qu'il y avait probablement des caméras qui tournaient quand il est sorti du tribunal.

– O.K., dit-il.

– Je ne m'attendais pas à ce que vous répondiez seulement O.K., Leland. J'espérais qu'il serait possible de visionner ces vieilles bandes d'actualité.

Leland me jeta un regard dénué d'expression. Je voudrais que le travail de détective soit à moitié aussi facile qu'ils le montrent à la télévision! Je ne suis jamais arrivée à ouvrir une serrure fermée à double tour en y glissant ma carte de crédit. Je ne suis même pas capable de glisser la mienne dans la fente d'une porte sans la casser. Et qu'est-ce qui est censé se produire quand vous parvenez à l'y glisser? Sur presque toutes les serrures que je connais, le pène est biseauté vers *l'intérieur* de sorte qu'il n'y a pas moyen d'y glisser une carte de crédit pour ramener le pène en arrière. Et quand le biseautage est tourné vers l'extérieur, la gâche s'oppose à l'insertion de l'objet le plus souple. Leland paraissait prendre la même position implacable.

– Qu'est-ce qui ne va pas? Est-ce que vous n'archivez pas ces trucs-là?

– C'est pas ça. Je suis certain qu'il existe une copie de la séquence que vous recherchez. Les enregistrements sont catalogués par sujet et par date, indexés et référencés sur des fiches standard à entrées multiples.

– Vous ne les avez pas sur ordinateur?

Il secoua la tête avec une petite touche de satisfaction.

– Ce n'est pas la logistique du système qui importe, c'est le fait que je ne peux pas vous projeter la bande sans une ordonnance du juge rédigée en bonne et due forme.

– Je travaille pour un avocat. Je peux obtenir une ordonnance. Ce n'est pas compliqué.

– Allez-y alors. J'attendrai.

– Ouais, eh bien, je ne peux pas. Il me faut le renseignement au plus vite.

– Dans ce cas, il y a un os. Je ne peux vous montrer la bande maîtresse que si vous avez une ordonnance.

– Mais puisque je pourrai l'obtenir plus tard, quelle différence? J'ai le droit d'obtenir ce renseignement. C'est ça qui compte, non?

– Sans papier, on ne visionne pas. C'est tout ce qui compte, dit-il.

Je commençais à comprendre pourquoi, dans mon imagination, ses camarades de classe aimaient à le torturer.

– Et si on essayait ça?

J'exhibai un portrait de Curtis McIntyre, fourni par les services de l'identité judiciaire.

– Vous pourriez visionner la bande et me dire si ce gars se trouve dessus. C'est tout ce que je veux savoir.

Il me jeta un de ces regards inexpressifs qu'ont tous les bureaucrates pointilleux quand ils évaluent les possibilités d'être virés au cas où ils diraient oui.

– Pourquoi voulez-vous le savoir? Je ne vous ai pas bien écoutée jusqu'à présent.

– Ce type prétend qu'il a eu une conversation avec la personne accusée d'un meurtre peu après que celle-ci a été acquittée. Il dit que les caméras tournaient au moment où le gars a quitté le tribunal ; si ce qu'il dit est exact, on devrait voir son visage apparaître clairement sur la bande, n'est-ce pas ?

– Oui-i-i, dit-il lentement.

On pouvait lire dans ses pensées qu'il craignait une entourloupe.

– Il ne s'agit pas de violer les droits civiques de quelqu'un, dis-je d'un ton raisonnable. Pourriez-vous seulement vérifier ?

Il tendit la main. Je lui donnai la photo d'identité de Curtis. Il restait la main tendue.

L'espace d'un instant, j'écarquillai les yeux. « Oh », dis-je. J'ouvris mon sac à main et sortis mon portefeuille. J'en détachai un billet de vingt dollars et le posai dans sa main. Son expression ne changea pas vraiment, mais je savais qu'il se sentait insulté. Je suis sûr qu'un chauffeur de taxi newyorkais vous gratifie du même regard si vous lui donnez dix cents de pourboire.

Je détachai un autre billet. Aucune réaction. Je prononçai :

– Je hais vraiment la corruption chez quelqu'un d'aussi jeune.

– C'est dégoûtant, n'est-ce pas ? répliqua-t-il.

J'ajoutai un troisième billet. Sa main se referma :

– Suivez-moi, dit-il.

Il se retourna, retraversa l'entrée et s'engagea dans un couloir étroit. Je le suivais sans un mot. Des bureaux s'ouvraient de part et d'autre. De temps en temps, nous croisions d'autres employés, habillés de jeans et chaussés de Reebok, mais personne ne se hâtait vraiment. Les bureaux semblaient exigus et de forme irrégulière, trop abondamment tapissés de panneaux en bois de pin noueux et vernis, avec beaucoup trop de photographies et de certificats étalés dans des cadres bon marché. Tout l'intérieur du bâtiment avait fait l'objet de ce genre d'aménagements que l'on bricole soi-même et qui rendent une maison invendable par la suite.

A l'arrière, il y avait un minuscule cul-de-sac en ciment doté d'un escalier en bois et en métal qui conduisait dans les combles. Juste sur la droite il y avait un classeur en bois démodé, sur lequel était posé un autre classeur en bois plus petit. Il ouvrit le tiroir correspondant à l'année qui nous intéressait et se mit à feuilleter les fiches à partir du nom de Barney.

– Nous n'avons pas les bandes prises sur le terrain, fit-il remarquer, tout en continuant à chercher.

– C'est quoi, une bande prise sur le terrain?

– C'est comme qui dirait l'intégralité des vingt minutes enregistrées par le cameraman. Nous conservons le montage qui a été réellement diffusé et qui dure entre quatre-vingt-dix secondes et deux minutes.

– Ah bon. Ça pourrait encore nous servir.

– Sauf si le gars que vous recherchez s'est approché de votre suspect et lui a parlé après que les caméras ont fini de tourner.

– C'est tout à fait vrai, dis-je.

– ... Non. Rien, dit-il. Alors, regardons par ici. A quel endroit est-ce que ça pourrait se trouver?

Il chercha à « assassinat », « procès » et « audiences du tribunal », mais rien n'était référencé sous le nom d'Isabelle Barney. Je lui suggérai :

– Essayez « homicide ».

– Ah, bonne idée.

Il alla au H. C'était là, avec une appellation numérique qui apparemment faisait référence au numéro d'archives de la bande. Il fallut escalader l'escalier étroit et passer sous une porte si basse que l'on devait baisser la tête pour entrer. A l'intérieur, il y avait un dédale de pièces minuscules aux plafonds bas, moins de deux mètres de hauteur; elles étaient tapissées de boîtes de vidéocassettes, proprement étiquetées et rangées verticalement. Leland trouva et sortit la cassette que nous cherchions, puis il me reconduisit en bas des marches. Un peu plus loin sur la droite se trouvaient quatre postes de travail équipés d'écrans. Il mit en marche la première télé et inséra la bande. Une image apparut sur l'écran en face de nous. Il poussa le bouton d'avance rapide. Je vis les actualités de cette année-là défiler à toute vitesse. Les personnages sautaient et gesticulaient. J'aperçus un plan d'Isabelle Barney. Je hurlai :

– C'est elle.

Leland fit revenir la bande en arrière et entreprit de la projeter à la vitesse normale. Un présentateur que je n'avais pas vu depuis des années était soudain en train de prononcer le commentaire en surimpression, tandis qu'un montage de vues fragmentaires, soigneusement accolées les unes aux autres, permettait de reconstituer les faits les plus saillants qui avaient entouré la mort d'Isabelle, l'arrestation de David Barney et le procès de celui-ci. La séquence de l'acquittement, dans la version condensée, donnait une impression de vivacité et faisait penser que la justice avait été saisie instantanément, que tout était bien huilé et que l'affaire avait été rondement menée. David Barney surgit du tribunal; il semblait légèrement ahuri.

– Arrêtez. Laissez-moi le regarder.

Leland arrêta la bande et me laissa étudier l'image. Barney avait une quarantaine d'années avec une chevelure d'un brun clair, ondulée et peignée en arrière, un front ridé et des pattes d'oie au coin des yeux, un nez droit et un sourire tendu découvrant des dents artificiellement blanches et régulières; le menton était volontaire et je pouvais voir qu'il avait des mains fortes aux ongles coupés court. Il était d'une taille légèrement supérieure à la moyenne. Son avocat paraissait très élancé et gris et sombre en comparaison.

– Merci beaucoup, dis-je.

Je compris, à retardement, que j'avais retenu ma respiration. Leland poussa le bouton « Marche » et les actualités passèrent rapidement à un autre sujet. Il me tendit la photo d'identité de Curtis McIntyre, en disant :

– Pas trace de lui.

Etant donné la somme que je lui avais donnée, il aurait pu faire semblant d'être déçu.

– Est-ce que ça pourrait être à cause de l'angle de prise de vue? demandai-je.

– Nous avons eu un plan panoramique et un plan serré. Vous avez vu ces gars franchir la porte. Personne ne s'est approché d'eux dans la séquence que nous avons filmée. Comme je vous l'ai déjà dit, le type a pu se pointer pour lui parler après la fin de la conférence de presse.

– Eh bien, merci, dis-je. Je suppose qu'il me faudra utiliser mon autre source d'information.

Je retournai à ma voiture, perplexe quant à ce que j'allais faire maintenant. Au cas où j'obtiendrais une confirmation à propos des dates d'incarcération de Curtis McIntyre, j'avais l'intention de l'interroger à nouveau mais ce n'était pas encore le moment. En théorie, j'avais de nombreux interrogatoires à mener, mais l'appel téléphonique de David Barney m'avait déstabilisée. Je ne voulais pas perdre mon temps à consolider l'alibi de David Barney ; pourtant, si ce qu'il avait dit était vrai, nous finirions tous par avoir l'air d'une bande d'idiots.

Je descendis la route en lacet qui serpente derrière la colline et je tournai à droite dans Promontory Drive, en suivant la route qui longe l'océan jusqu'à Horton Ravine. Je passai l'heure et demie suivante à parcourir le quartier pour voir si quelqu'un se trouvait dehors la nuit où Isabelle avait été assassinée. Ça ne me plaisait guère de me trouver à proximité de David Barney, mais je ne voyais aucun moyen de faire autrement pour obtenir les renseignements que je recherchais. Enquêter par téléphone ne sert à rien. C'est trop facile pour les gens de raccrocher, de raconter des bobards ou de vous monter le bourrichon.

Un voisin avait déménagé et un autre était mort. Une femme qui habitait la propriété mitoyenne pensait avoir entendu un coup de feu, mais elle n'y avait pas fait bien attention à l'époque et elle s'était demandé plus tard si ça n'avait pas été quelque chose d'autre. « Et quoi donc ? » pensai-je. Je ne sais pas si je suis paranoïaque ou non, mais chaque fois que j'entends claquer quelque chose qui ressemble à un coup de feu, je regarde le réveil pour voir quelle heure il est.

Sur les huit autres propriétaires des maisons disséminées au bord de cette portion de route, personne n'était sorti cette nuit-là et personne n'avait rien vu. J'avais l'impression que tout cela était fini depuis bien trop longtemps pour que quelqu'un s'y intéresse encore. Un meurtre commis six ans auparavant n'excite pas l'imagination. Ils n'avaient que trop raconté déjà leurs versions de l'histoire.

Je rentrai chez moi pour le déjeuner, faisant halte dans mon appartement pour vérifier si j'avais reçu des messages. Mon répondeur était vide. Je frappai à la porte d'à côté, chez Henry. J'avais envie de faire la connaissance de William.

Je trouvai Henry debout dans la cuisine ; cette fois, il était dans la farine jusqu'aux coudes, occupé à pétrir du pain. Des morceaux de pâte collante pendaient à ses doigts comme des copeaux de bois. En général, Henry pétrit la pâte d'une manière méditative, avec méthode et application, ce qui produit un effet apaisant sur le spectateur. Aujourd'hui, sa façon de faire ressemblait un peu à celle d'un maniaque et il avait un regard de possédé. A côté de lui, près du comptoir, se tenait un homme qui lui ressemblait au point de pouvoir passer pour son frère jumeau ; grand et mince, il avait la même chevelure d'un blanc neigeux et les mêmes yeux bleus, le même visage aristocratique. Je saisis la ressemblance au premier coup d'œil. Les différences étaient intérieures et il fallait plus de temps pour s'en apercevoir.

Henry portait une chemisette hawaiienne, un short blanc et des sandales à lanières, ses membres étaient longilignes, nerveux et tannés comme ceux d'un coureur. William portait un costume trois-pièces à fines rayures, une chemise blanche amidonnée et une cravate. Il se tenait bien droit, presque raide, comme pour compenser une faiblesse sous-jacente que je n'avais jamais décelée chez Henry. William tenait une brochure d'une main légèrement tremblante et il pointait une fourchette sur le schéma d'un cœur. Il s'arrêta pour les présentations et nous entonnâmes la litanie d'usage quand on fait connaissance.

– Bon, où en étais-je ? demanda-t-il.

Henry me jeta un regard détaché.

– William est en train de faire une description détaillée des divers mécanismes biologiques qui ont un rapport avec sa crise cardiaque.

– Tout à fait exact. Cela va vous intéresser, me dit William. Je présume que vos connaissances en anatomie sont aussi rudimentaires que les siennes.

– Je ne pourrais pas réussir un examen, dis-je.

– Je n'aurais pas pu, moi non plus, répliqua William, jusqu'à cette histoire. Maintenant, Henry, écoute une chose qui t'intéressera.

– J'en doute fort, dit Henry.

– Vous voyez, le côté droit du cœur reçoit le sang qui circule dans le corps et l'injecte dans les poumons, où le dioxyde de carbone et les autres déchets sont échangés contre de l'oxygène. Le côté gauche reçoit le sang chargé d'oxygène qui vient des poumons et le fait circuler dans le corps par l'aorte...

Le schéma qu'il utilisait ressemblait à la carte routière d'un parc avec des tas de voies à sens unique indiquées par des flèches noires et blanches.

– Si vous bloquez ces artères, c'est alors que vous avez des ennuis.

William tapait sur le schéma de façon insistante avec la fourchette.

– C'est exactement comme un éboulement de pierres qui vient barrer la route. Toutes les voitures se mettent à s'entasser et c'est une pagaille noire.

Il tourna une page de la brochure et tint celle-ci grande ouverte contre sa poitrine, comme le fait une maîtresse d'école en train de lire une histoire à voix haute dans le jardin d'enfants. Le schéma suivant montrait, en coupe, une artère coronaire qui ressemblait au tuyau d'un aspirateur plein de peluches.

– Est-ce que tu as déjeuné? interrompit Henry.

– C'est pour ça que je suis rentrée à la maison.

– Il y a du thon dans le réfrigérateur. Tu peux nous faire quelques sandwiches. William, est-ce que tu manges du thon?

– Il a fallu que j'y renonce. C'est déjà un poisson très gras et quand on y ajoute de la mayonnaise... Il hocha la tête. Pas pour moi, non merci. Je vais ouvrir une de ces boîtes de soupe à faible teneur en sel que j'ai apportées avec moi. Mais allez-y tous les deux.

– Il s'avère que William n'a pas le droit de manger des lasagnes, m'annonça Henry.

– A mon grand regret, dit William. Heureusement, Henry avait quelques légumes frais que j'ai pu faire cuire à la vapeur. Je ne veux pas être une gêne et je le lui ai bien dit. Il n'y a rien de pire que d'être une charge pour ceux que l'on aime. Une maladie cardiaque n'a rien à voir avec une condamnation à mort. De la modération, c'est tout ce qu'il faut. Un peu d'exercice, une nourriture saine, suffisamment de repos... il n'y a aucune raison de croire que je ne dépasserai pas les quatre-vingt-dix ans.

– Tous les membres de notre famille vivent plus de quatre-vingt-dix ans, dit Henry d'un ton acerbe.

Il était en train de mettre les boules de pain en forme avec de grandes tapes du plat de la main, avant de les ranger côte à côte sur une plaque graissée.

J'entendis un faible tintement.

William avait pris sa montre de gousset et il en ouvrait le boîtier d'un coup de pouce.

– C'est l'heure de mes pilules, dit-il. Je crois que je vais prendre mes médicaments et faire une courte sieste dans ma chambre pour compenser le décalage horaire. J'espère que vous voudrez bien m'excuser, Miss Millhone. Je suis ravi d'avoir fait votre connaissance.

– Heureuse de vous avoir rencontré, moi aussi, William.

Nous nous serrâmes de nouveau la main. Il paraissait quelque peu revigoré par son sermon sur les risques que comporte l'absorption d'aliments gras.

Pendant que je confectionnais les sandwiches, Henry mit les six petits pains dans le four. Nous n'osions pas dire un mot parce que nous pouvions entendre William qui, dans la salle de bains, remplissait son verre d'eau puis retournait dans sa chambre. Nous nous assîmes pour déjeuner.

– Je ne pense pas me tromper en disant que ces deux semaines vont être très longues, murmura Henry.

J'allai au réfrigérateur et y pris deux Diet Pepsi, que je rapportai à table. Henry en fit sauter les capsules et m'en tendit un. Pendant que nous mangions, je le mis au courant de l'enquête – en partie parce qu'il aime m'entendre parler de mon travail, et en partie parce que le fait de m'entendre décrire la situation m'aide à clarifier mes idées.

– Quel est ton sentiment à propos de ce Barney? demanda-t-il.

Je haussai les épaules.

– Le personnage donne la chair de poule, mais je ne pense pas grand bien de Kenneth Voigt non plus. Il est sinistre. Heureusement pour eux, le système judiciaire ne semble pas tenir compte de mes opinions personnelles.

– Tu crois que le mouchard dit la vérité?

– J'en saurai davantage quand j'aurai découvert où il se trouvait le 21 mai, dis-je.

– Pourquoi mentirait-il? D'autant plus qu'il est si facile de vérifier. D'après ce que tu as dit, s'il se trouvait effectivement en prison, tu n'as qu'à y aller et jeter un coup d'œil à son dossier.

– Mais pourquoi David Barney mentirait-il à ce sujet, sachant qu'on a la possibilité de vérifier? Apparemment, personne n'a pensé à vérifier la date jusqu'à présent...

– Sauf si Morley Shine l'a fait avant de mourir.

Henry avait prononcé ces mots d'une voix sépulcrale.

Je souris; j'avais la bouche trop pleine de sandwich pour articuler une réponse.

– Ça, c'est merveilleux. C'est tout ce qu'il me fallait, dis-je dès que je pus parler. Si je fais convenablement mon travail, je meurs, moi aussi.

Je m'essuyai la bouche sur une serviette en papier et avalai une gorgée de Pepsi. Henry haussa les épaules :

– Barney cherche sans doute à mettre en place une sorte d'écran de fumée.

– J'espère que c'est bien ça. Si la moindre de ses allégations se vérifie, je ne sais pas ce que je vais faire.

Dernière tirade digne de passer à la postérité. Avant de partir, je donnai un coup de fil à l'inspecteur Becker pour voir si le service des archives, à la prison, lui avait donné une réponse.

– Je viens juste de leur parler au téléphone. Le gars avait raison. Curtis McIntyre a été appréhendé ce jour-là pour un cambriolage. Il aurait pu croiser Barney dans le couloir en allant voir le magistrat, mais il était enchaîné aux autres prisonniers. Il n'y avait aucun moyen pour qu'ils puissent se parler.

– Je ferais bien de chercher à y voir plus clair, dis-je.

– Dépêchez-vous. McIntyre est sorti de prison ce matin à six heures.

10

Je me rendis au bureau et j'appelai mon amie Hixon, qui travaille comme sergent à la prison. Elle parcourut le dossier de Curtis McIntyre et me donna la dernière adresse qu'il avait fournie au juge d'application des peines. Curtis paraissait passer une partie de l'année à profiter du confort gratuit offert par les services du shérif du comté de Santa Teresa ; c'était probablement pour lui l'équivalent d'une résidence de vacances en multipropriété à Havaii. Quand il ne bénéficiait pas des repas et du terrain de volleyball gratuits offerts par le pénitencier local, il occupait apparemment une chambre au *Thrifty Motel* (« Au jour, à la semaine, au mois... studios avec cuisine ») en haut de State Street.

Je parquai ma coccinelle de l'autre côté de la rue, en face de cet établissement qui, selon une rapide estimation, se trouvait assez près de la prison pour que l'on puisse y aller à pied. Curtis n'était même pas obligé de chercher un taxi quand on le relâchait. Je me dis que la seule chambre devant laquelle on ne voyait pas de guimbarde minable devait être la sienne. Les occupants des autres studios se glorifiaient de posséder des Chevrolet et des Cadillac vieilles de dix ans, le genre de véhicules fortement prisé par les escrocs à l'assurance automobile, ce qu'ils étaient peut-être bien en effet. Curtis n'était pas sorti de taule depuis assez longtemps pour s'être déjà compromis dans des activités illégales. Sauf peut-être jeter des papiers sales dans la rue, cracher sur la voie publique ou adopter un comportement obscène, mais rien *d'important*.

Le *Thrifty Motel* donnait l'impression d'être le genre de « relais routier » où Bonnie et Clyde auraient pu se planquer. C'était un bâtiment en forme de L, construit en parpaings et peint dans cette étrange couleur verte que prennent les jaunes des œufs durs quand on les a fait cuire trop longtemps. Il y avait douze chambres en tout, chacune avec un minuscule porche à peine plus grand qu'un paillasson. Quelqu'un avait planté des soucis dans des boîtes de café assorties, rangées par deux ou trois sur les marches de l'entrée. La réception était encombrée par un distributeur de Coca-Cola et la vitre, sur le devant, était aveuglée par les fac-similés de toutes les cartes de crédit que la direction acceptait.

J'étais sur le point de traverser la route et d'aller vérifier s'il était bien là quand je le vis sortir de la chambre même que je lui avait mentalement attribuée. Il semblait dispos et rasé de près ; il portait des jeans avec une veste en jean et un T-shirt blanc. Il était occupé à passer un peigne de poche dans ses cheveux, encore tout mouillés par la douche, qui frisottaient autour de ses oreilles. Il fumait tout en mâchant un chewing-gum, mélange rafraîchissant pour l'haleine. Je remis en route la VW et le suivis à distance.

Je ne le perdis pas de vue pendant qu'il se dirigeait vers une rue bordée de petits commerces : une pizzéria, une station d'essence, un loueur de camions de déménagement, un magasin spécialisé dans l'équipement de la maison et une boutique de jardinage. Un peu plus loin, là où la rue tournait à gauche, se tenait un établissement avec un bar et un grill, appelé le *Wander Inn*. La porte était grande ouverte. Curtis jeta sa cigarette sur le sol et disparut à l'intérieur. Je pénétrai dans le parking couvert de gravillons à l'arrière du bâtiment et laissai ma voiture sur l'un des dix emplacements disponibles. J'entrai par la porte de derrière, en passant devant les toilettes et les cuisines, où je pus voir le cuisinier secouer l'huile d'un panier métallique rempli de frites dorées.

L'intérieur du bar n'était que polyuréthane et odeur de bière, illuminé par un grand rayon de soleil provenant de la devanture. Déjà, la fumée des cigarettes donnait à la pièce l'aspect flou d'une vieille photographie. Les seules couleurs que je pouvais distinguer étaient les teintes primaires vibrantes du flipper, où une astronaute de bande dessinée, pourvue de gros seins coniques, enfourchait la planète Terre dans une combinaison spatiale bleue qui mettait en valeur ses formes, avec des cuissardes jaunes. Derrière elle, une grosse fusée rouge en forme de phallus venait juste d'appareiller pour la lune.

Au bar, six hommes se retournèrent pour me regarder, mais Curtis n'était pas parmi eux. Je l'aperçus dans une stalle, une bouteille de bière collée aux lèvres; sa pomme d'Adam s'agitait de haut en bas comme un piston. Il posa la bouteille vide sur la table et resta immobile pour produire plusieurs rots bruyants à la chaîne, comme un lion de mer furieux aboyant après sa compagne.

Une serveuse en corsage blanc, pantalon noir et chaussures à semelles de crêpe surgit de la cuisine avec un plat chaud sur un plateau, qu'elle lui apporta. J'attendis qu'on lui ait servi un cheeseburger et une montagne de frites, qu'il assaisonna copieusement à grand renfort de sel et de ketchup. Il empila les feuilles de laitue, les tranches de tomate, de pickles et d'oignon sur le steak haché, couronna le tout avec le dessus du petit pain; il serra l'ensemble pour consolider l'édifice, mais il fut obligé de le tenir à deux mains pour pouvoir mordre dedans. Je m'approchai de son box et me glissai sur le siège qui se trouvait en face de lui. Il manifesta tout l'enthousiasme que lui permettaient d'extérioriser sa bouche pleine et ses lèvres barbouillées de ketchup.

– Hello, comment ça va? C'est sensas! Ravi de te voir. J'en crois pas mes yeux. Comment t'as deviné que je serais ici?

Il déglutit son énorme bouchée de hamburger et s'essuya la moitié inférieure du visage à l'aide d'une serviette en papier. Je lui tendis une deuxième serviette que j'avais tirée du distributeur et l'observai tandis qu'il s'essuyait les doigts. Quand ce fut chose faite, il insista pour me serrer la main. Je ne voyais aucun moyen poli de m'y soustraire, mais je savais que ma paume allait sentir l'oignon pendant plus d'une heure.

Je croisai les bras, en m'appuyant sur les coudes, afin de décourager toute autre forme de contact.

– Curtis, dis-je, il faut qu'on parle.

– J'ai tout mon temps. Tu veux une bière? Allons, laisse-moi t'en payer une.

Sans attendre mon consentement, il fit signe au barman en levant sa bouteille de bière et deux doigts.

– Tu veux manger un morceau, toi aussi? Déjeune donc un peu, dit-il.

– Je viens juste de manger.

– Alors, prends quelques frites. Sers-toi. Comment que t'as su que j'étais sorti? La dernière fois qu'on s'est vus, j'étais en taule. T'as l'air de tenir la forme.

– Merci. Vous aussi. C'était hier, fis-je remarquer.

Curtis se leva tout soudain et traversa le bar pour aller chercher les bières. Pendant son absence, je mangeai une ou deux frites. Elles étaient coupées menu et parfaitement cuites. Il revint avec les bières et fit mine de se glisser à côté de moi.

– Pas question, dis-je.

Il se comportait comme si j'étais sa petite amie et je me rendais compte que les gens du bar s'étaient mis à nous regarder d'un air entendu.

Je refusai de lui faire de la place près de moi et il fut contraint de se rasseoir à l'endroit qu'il occupait auparavant. Il me tendit une bière et exhiba un sourire de bonheur. Curtis paraissait penser qu'après la bière, les cigarettes et un repas saturé de matière grasse, il aurait peut-être assez de veine pour passer l'après-midi au lit. Il posa son menton sur son poing et me fit le coup du long regard sentimental de toutou.

– Tu vas pas te montrer rosse avec moi maintenant, dis donc, chérie?

– Finissez votre repas, Curtis, et ne me regardez plus avec cet air de chien battu. Ça me donne surtout envie de vous assommer avec un journal roulé.

– Bon Dieu, t'es gracieuse, dit-il.

L'amour avait apparemment diminué son appétit; Il poussa son assiette de côté, alluma une cigarette et m'en offrit une bouffée, comme si nous venions de faire l'amour.

– Je ne suis pas gracieuse du tout. Je suis plutôt du genre grincheux. Alors pourrions-nous en revenir à nos affaires?

Il se trouve que j'ai un petit problème à cause de l'histoire que vous m'avez racontée.

Il fronça les sourcils pour montrer qu'il était sérieux.

– Pourquoi donc?

– Vous avez dit que vous aviez assisté au procès de David Barney...

– Pas tout le temps. Ça, je te l'ai dit. Le crime a peut-être quelque chose d'excitant, mais le droit, c'est la barbe, non?

– Vous avez dit que vous aviez parlé à David Barney au moment où il quittait le tribunal, juste après qu'il eut été acquitté.

– J'ai dit ça?

– Oui, vous l'avez dit.

– Me souviens pas de ça. Quel est le problème?

– Le problème, c'est que vous étiez en cabane à l'époque, en attendant qu'on vous juge pour un cambriolage.

– Non-on-on, dit-il d'un air incrédule. *J'y étais?*

– Oui, vous y étiez.

– Alors, je suis cuit. Tu marques un point. J'ai tout oublié. J'ai dû confondre les dates; mais tout le reste, c'est parole d'Evangile, je le jure devant Dieu, dit-il en levant une main comme pour prêter serment.

– Arrêtez de déconner, Curtis, et dites-moi ce qu'il en est. Vous ne lui avez pas parlé. Vous mentez comme vous respirez.

– Un instant. Attends un peu. Je lui ai bien parlé. Seulement c'était pas à l'endroit que j'ai dit.

– Où ça, alors?

– Chez lui.

– Vous êtes allé *chez lui*? C'est de la blague. Et quand donc?

– Je sais pas. Deux semaines après son procès, je pense.

– Je croyais que vous étiez toujours en prison.

– Pas du tout. J'avais été libéré, j'avais fait mon temps et tout le bataclan. Mon avocat avait passé un marché avec le juge. J'avais, comme qui dirait, plaidé coupable pour un délit mineur.

– Faites-moi grâce de ce jargon et racontez-moi plutôt comment vous avez atterri chez David Barney. C'est vous qui l'avez appelé ou c'est lui qui vous a contacté?

– Je sais plus.

– Vous ne savez plus? dis-je d'une voix acerbe et sceptique.

Je devenais grossière, mais Curtis ne paraissait pas s'en apercevoir. Il avait probablement l'habitude d'être traité ainsi par tous les procureurs impitoyables qu'il avait affrontés au cours de sa brève et illustre carrière.

– C'est moi qui lui ai téléphoné.

– Comment vous étiez-vous procuré son numéro de téléphone?

– Par les renseignements.

– Qu'est-ce qui vous a donné l'idée de prendre contact avec lui?

– Il m'avait semblé qu'il ne devait pas avoir beaucoup d'amis. J'étais passé par là, moi aussi. Quand on a eu affaire à la justice, y a plus grand monde qui accepte de s'éclater avec vous après ça. Comme qui dirait, y a plus personne qui ait envie de côtoyer un ex-taulard.

– Alors comme ça, vous pensiez qu'il avait besoin d'un bon ami et que vous pourriez faire l'affaire. Qu'est-ce que ça a donné?

Il prit un air penaud et eut la bonne grâce de se tortiller pour répondre :

– Ben, en fait, je savais où il vivait – dans le quartier de Horton Ravine – et je me disais qu'il pourrait pas me refuser un repas ou un verre. On avait été compagnons de cellule après tout et je pensais qu'il se montrerait au moins poli.

– Vous étiez aller le taper, dis-je.

– On peut dire ça comme ça.

Dans tout ce qu'il avait dit jusque-là, c'était la seule chose qui sonnait vrai.

– Je venais juste d'être libéré. Je n'avais pour ainsi dire pas un sou et ce type en a des tas. Il est plein aux as.

– Laissez tomber. Je vous crois. Décrivez-moi sa maison.

– Il vivait dans la maison de sa défunte épouse à l'époque, en haut de la colline – genre espagnol, avec un patio et une terrasse et cette énorme piscine avec un fond noir...

– Compris. Continuez.

– Je cogne à la porte. Il est chez lui et je dis que je passais par là et que je me suis arrêté pour le féliciter d'avoir échappé à une condamnation pour assassinat. Alors il m'a fait entrer et nous avons pris un ou deux verres...

– Qu'est-ce que vous avez bu?

– Il a pris une espèce de pipi de chat, vodka et tonique avec une rondelle de citron. Moi j'ai pris du bourbon avec une goutte d'eau. C'était du bourbon de luxe.

– Donc vous avez pris un verre...

– C'est ça. On a bu et il avait une petite vieille dans la cuisine qui préparait un plateau d'amuse-gueule. Des trucs verts. Guacamole avec de la salsa et des espèces de chips grises en forme de triangle. « Qu'est-ce que ça peut bien être? » que j'ai demandé. Il a dit : « Ce sont des chips de maïs bleu ». Plutôt gris, si vous voulez mon avis. On est restés là à boire et à discutailler jusqu'à près de minuit.

– Et le dîner?

– Y a pas eu de dîner. Seulement les amuse-gueule en tout et pour tout, et c'est à cause de ça qu'on a fini par être bourrés.

– Et après?

– Et c'est à ce moment-là qu'il a dit ce qu'il a dit sur ce qu'il lui avait fait.

– Qu'est-ce qu'il a dit au juste?

– Qu'il avait cogné à la porte. Elle a descendu les escaliers et allumé l'éclairage du porche. Il a attendu jusqu'à ce qu'il voie son œil cacher la lumière dans le petit judas. Puis il a tiré. Boum!

– Pourquoi est-ce que vous ne m'avez pas raconté cette histoire, dès le départ?

– Elle ne faisait pas vrai, rétorqua-t-il vertueusement. Je veux dire, j'étais allé là-bas pour lui demander de me prêter de l'argent. On aurait pu croire que j'étais furieux parce qu'il avait refusé. Personne n'aurait voulu me croire si j'avais raconté l'histoire comme ça. En plus, il avait été sympa et je ne voulais pas avoir l'air d'un salaud. Sauf vot'respect.

– Pour quelles raisons aurait-il avoué qu'il l'avait tuée?

– Pourquoi pas? Une fois qu'il a été acquitté, il ne peut pas être rejugé.

– Pas dans un procès pénal.

– Merde. Il a rien à craindre de ces fichues poursuites civiles.

– Etes-vous prêt à aller raconter tout ça au tribunal?

– J'y vois pas d'inconvénient.

– Vous témoignerez sous serment, dis-je, en m'efforçant de m'assurer qu'il comprenait de quoi il s'agissait.

– Evidemment. Seulement... tu vois...

– Seulement je vois quoi?

– J'aimerais une petite compensation, dit-il.

– De quel genre?

– Eh bien, donnant donnant.

– Personne ne va vous donner de l'argent.

– Ça, je le sais. J'ai jamais parlé d'argent.

– Quoi alors?

– J'aimerais qu'on réduise le temps où je suis sur parole, quelque chose comme ça.

– Curtis, personne ne va passer ce genre de marché avec vous. En tout cas je n'ai aucune autorité pour le faire.

– J'ai jamais parlé d'un marché, mais je pourrais avoir droit à des égards.

Je le dévisageai longuement et sérieusement. Pourquoi est-ce que je n'arrivais pas à croire ce qu'il me disait? Parce qu'il avait l'air d'un type qui ne reconnaîtrait pas la vérité si elle lui sautait au visage et le mordait à pleines dents. Je ne sais pas ce qui me poussa à lâcher étourdiment la question suivante :

– Curtis, avez-vous jamais été condamné pour parjure?

– Parjure?

– Bonté divine! Vous savez parfaitement ce qu'est un parjure. Répondez à la question et qu'on en finisse.

Il se gratta le menton, évitant mon regard.

– Non, j'ai jamais été *condamné.*

– Oh merde, dis-je.

Je me levai et m'éloignai vers l'arrière du restaurant. Derrière moi, je l'entendis sauter sur ses pieds. Je jetai un regard par-dessus mon épaule au moment où il lançait quelques billets sur la table et se précipitait à ma poursuite. Je sortis dans le parking et reculai presque, éblouie par la lumière brutale du soleil réverbérée par le gravier blanc.

– Hé! Attends un peu! Je t'ai dit la vérité.

Il m'agrippa mais je me libérai et me tins hors de sa portée.

– Vous aurez l'air d'une ordure à la barre, dis-je, sans ralentir mon pas. Votre casier judiciaire a un kilomètre de long, et il contient des accusations de parjure...

– Pas « des accusations ». Une seule. D'accord, deux, si on compte l'autre affaire.

– Je ne veux pas le savoir. Vous avez déjà changé votre version de l'histoire une fois. Vous la modifierez encore la prochaine fois que quelqu'un vous interrogera. L'avocat de Barney va vous mettre en pièces.

– Et alors, c'est pas une raison pour prendre cette attitude, dit-il. C'est pas parce que j'ai raconté un mensonge que je peux pas dire la vérité.

– Vous ne savez même pas faire la *différence* , Curtis. C'est ça qui m'inquiète.

– Je sais bien.

Je finis par atteindre ma voiture, m'y installai et claquai vivement la portière, au risque de coincer la main de Curtis qui s'appuyait contre le montant. Je me penchai en avant, ouvris d'un coup de pouce la boîte à gants et y pris une de mes cartes de visite que je lui jetai à travers la vitre ouverte.

– Donnez-moi un coup de fil quand vous vous déciderez à dire la vérité.

Je mis la voiture en marche et m'éloignai en soulevant un nuage de poussière et de gravier dans mon sillage.

Je retournai au bureau, en faisant hurler la radio. Il était trois heures et demie et, bien entendu, les places de parking étaient rares. Il ne me vint pas à l'idée que, si Lonnie était en route pour Santa Maria, son emplacement serait libre. Je me mis à faire systématiquement le tour du quartier, en élargissant le cercle, rue par rue, à chaque tour, pour essayer de dénicher un endroit situé à une distance raisonnable du bureau. Je finis par découvrir une place à peu près possible où mon pare-chocs arrière empiétait légèrement sur une sortie de garage. Cela pouvait me valoir une contravention, mais peut-être toutes les contractuelles étaient-elles rentrées chez elles à cette heure-là.

Je passai le reste de l'après-midi à faire semblant de travailler. Mon rendez-vous avec Laura Barney devait avoir lieu dans une heure, mais en vérité, je tuais le temps en attendant l'occasion de parler à Lonnie, qui d'après ce que m'assurait Ida Ruth était momentanément inaccessible. Je me surpris à flâner dans les parages de son bureau, avec l'espoir de me trouver à proximité s'il arrivait au patron de téléphoner.

– Il n'appelle jamais quand il est en train de travailler, dit-elle patiemment.

– Tu ne lui donnes jamais un coup de fil?

– Non, si je suis assez maligne pour l'éviter. Ça l'ennuie que je le fasse.

– Tu ne crois pas qu'il voudrait être mis au courant, s'il se révèle que son principal témoin est une planche pourrie?

– A quoi ça l'avancera? Il s'occupe d'autre chose. C'est pas la même affaire. Ça fait six ans que je travaille avec lui et je sais comment il est. Je peux lui laisser un message, mais il n'en tiendra aucun compte jusqu'à ce que ce procès soit terminé.

– Qu'est-ce que je suis censée faire en attendant son retour? Je peux pas me permettre de perdre du temps et je déteste tourner à vide.

– Fais ce qui te chante. Tu n'obtiendras rien de lui avant lundi matin neuf heures.

Je jetai un coup d'œil à ma montre. Nous n'en étions qu'au mercredi, et il était quatre heures.

– J'ai un rendez-vous près de St. Terry dans une demi-heure. Après, je pense que je rentrerai à la maison pour faire du ménage, dis-je.

– Le ménage? Ça ne te ressemble pas.

– Je fais le grand ménage de printemps tous les trois mois. C'est un rite que m'a enseigné ma tante. Battre tous les tapis. Lessiver les murs de la cuisine...

Elle me regarda d'un air dégoûté.

– Pourquoi que t'irais pas faire un peu de marche sur les collines de Los Padres?

– Ida Ruth, mets-toi bien ça dans la tête : je n'aime pas me trouver dans la nature si je peux l'éviter. Il y a des tiques dans les montagnes aussi grosses que des hannetons. Si tu en attrapes une sur la cheville, elle te suce tout ton sang. En plus, il y a des chances pour que ça s'infecte.

Elle éclata de rire en faisant un grand geste pour signifier qu'elle renonçait à me convaincre.

Je me débarrassai de quelques affaires secondaires qui étaient restées en suspens et fermai mon bureau à la hâte. J'étais curieuse de rencontrer l'ex-femme de David Barney, mais de toute façon je ne m'attendais pas à ce qu'elle m'éclaire beaucoup. Je descendis les escaliers et longeai d'un bon pas les trois pâtés de maison et demi qui me séparaient de ma voiture. Heureusement, je n'avais pas de contravention sur mon pare-brise. Malheureusement, quand je tournai la clef de contact, la voiture refusa de démarrer. Tout ce que j'arrivais à obtenir, c'était un tas de bruits grinçants et laborieux, mais le moteur ne se mettait pas en route.

Je sortis, soulevai le capot et scrutai le moteur comme si j'y connaissais quelque chose. La seule pièce automobile que je suis capable de reconnaître, c'est la courroie du ventilateur. Elle avait l'air d'être en bon état. Je me rendis compte que quelques petits bidules s'étaient décrochés d'une chose ronde. Je m'exclamai : « Ça alors », et les remis en place. J'étais en train de me réinstaller au volant quand une voiture s'engagea dans l'allée juste derrière moi. Après un essai, le moteur démarra.

– Puis-je vous donner un coup de main?

Le conducteur s'était penché et il avait abaissé sa vitre.

– Non, merci. Tout va bien. Est-ce que je vous empêche de passer?

– Pas du tout. Il y a assez de place. C'était la batterie? Voulez-vous que j'y jette un coup d'œil?

Qu'est-ce que cela voulait dire? Le moteur tournait. Je n'avais pas besoin d'aide.

– Merci, mais j'ai déjà fait le nécessaire, dis-je.

Pour lui en administrer la preuve, je fis vrombir le moteur et le mis au point mort en me demandant comment j'allais me dégager. Je ne pouvais pas avancer à cause de l'auto garée devant la mienne. Je ne pouvais pas reculer à cause de son véhicule qui me bloquait par-derrière.

Il arrêta son moteur et sortit de sa voiture. Je laissai la mienne gronder, en me demandant si j'avais le temps de relever ma vitre sans me montrer grossière. Il avait plutôt l'air inoffensif, mais son visage m'était familier. C'était un homme de belle allure, presque quinquagénaire, avec une chevelure brune légèrement ondulée qui grisonnait sur les tempes, un nez droit et un menton volontaire. Il portait un T-shirt à manches courtes, des pantalons larges et confortables, des chaussures de bateau sans chaussettes.

– Vous habitez dans le quartier? demanda-t-il d'un air aimable.

Je connaissais ce type. Je sentis mon sourire disparaître.

– Vous êtes David Barney?

Il appuya les bras sur ma voiture et se pencha vers la vitre. Imperceptiblement je me rendais compte que l'individu envahissait mon territoire, mais son comportement demeurait bienveillant.

– Ecoutez-moi, je sais que je suis importun et que je dépasse les bornes en ce moment, mais si vous voulez bien m'accorder cinq minutes, pas plus, je jure de ne plus vous ennuyer de nouveau.

Je l'étudiai rapidement tout en consultant mon système d'alarme intérieur. Pas de sirène, pas de coups de sonnerie, aucun signal. Même si l'individu m'avait inquiétée, au téléphone, quand on le voyait de près il avait l'air d'un type ordinaire. On était en plein jour, dans un quartier agréable. Il ne paraissait pas armé. Qu'est-ce qu'il allait faire, me descendre dans la rue alors que son procès s'ouvrait dans un mois? Pour l'instant, je n'avais aucune idée de la manière dont mon enquête allait tourner. Peut-être me fournirait-il quelque indice – pour changer. Je réfléchis aux conséquences professionnelles que pouvait avoir une conversation avec lui. Selon les règles du barreau, actuellement en vigueur dans l'Etat, un avocat n'a pas le droit de communiquer directement avec la « partie adverse ». Mais un détective privé n'est pas soumis à une règle aussi contraignante.

– Cinq minutes, dis-je. Il faut que j'aille quelque part.

Je ne lui racontai pas que j'avais rendez-vous avec son ex-femme. Je coupai les gaz et restai assise dans ma voiture, la vitre à demi baissée.

Il ferma les yeux, poussa un gros soupir.

– Merci, dit-il. Je ne croyais vraiment pas que vous le feriez. Je ne sais même pas par où commencer, dit-il. Laissez-moi vous avouer quelque chose, tout d'abord. C'est moi qui avais débranché votre fil d'alimentation. C'était sournois de ma part et je vous en demande pardon. Tout bonnement, je ne croyais pas que vous accepteriez de me parler, sans ça.

– C'est vrai, dis-je.

Il hocha la tête et son regard explora la rue.

– Vous est-il déjà arrivé de perdre toute crédibilité? C'est un phénomène des plus surprenants. Vous comprenez, vous avez toujours vécu en citoyen honnête, respectueux des lois, vous payez normalement vos impôts et vos factures. Brusquement, rien de cela ne compte plus et tout ce que vous dites peut être retenu contre vous. C'est très bizarre...

Un court instant, je m'évadai de ce qu'il disait, en me souvenant d'une époque, pas si lointaine, où ma propre crédibilité s'était volatilisée, quand on m'avait soupçonnée, dans la firme où je travaillais depuis six ans, d'accepter des pots de vin.

– ... j'espérais vraiment que c'était fini. Je pensais que j'avais traversé le pire quand jai été innocenté après cette accusation d'assassinat. Je viens seulement de reprendre une vie normale et voilà qu'on me menace d'un procès qui me privera de tout ce que je possède. Je mène une existence de lépreux. Tout le monde s'écarte de moi... (Il se redressa et ajouta :) Et puis merde, c'est même pas la peine d'en parler. Je ne cherche pas à faire pitié...

– Qu'est-ce que vous cherchez à faire, alors?

– En appeler à votre sens de la justice. Ce type, McIntyre, le mouchard...

– D'où tenez-vous ce nom?

– Mon avocat a reçu sa déposition. J'ai été atterré en entendant ce qu'il avait à dire.

– Je n'ai pas le droit d'en discuter, Mr. Barney. Je pense que vous pouvez le comprendre.

– Je sais. Je ne vous le demande pas. Je vous supplie seulement de réfléchir. Même s'il avait été présent au tribunal quand le verdict a été prononcé, pourquoi lui aurais-je confié une chose pareille? Il aurait fallu que je sois devenu fou. Avez-vous rencontré... comment s'appelle-t-il, Curtis? J'ai occupé la même cellule que lui pendant moins de vingt-quatre heures. Cet individu est un connard. Il vient me voir après l'acquittement et je lui avoue être un assassin? Toute cette histoire est dingue. C'est un idiot. Vous n'allez pas croire tout ça.

Bizarrement j'avais envie de prendre la défense de Curtis.

Il n'était pas question que je raconte à Barney comment l'indicateur avait modifié son récit. Le témoignage de Curtis pouvait encore se révéler utile si l'on arrivait enfin à démêler ce qui était vrai. Je n'avais pas l'intention de donner des détails sur sa déclaration, pour fragile qu'elle parût être.

– C'est pas une idée géniale, dis-je.

– S'il vous plaît, essayez d'y réfléchir, reprit-il. Vous a-t-il donné l'impression qu'il était le genre d'individu à qui j'irais confier mes secrets les plus noirs? C'est un coup monté. Quelqu'un l'a payé pour dire ça...

– Venez-en au fait. Cette histoire de coup monté, c'est de la foutaise. Je ne veux rien entendre de ce genre.

– D'accord. D'accord. Je comprends votre attitude. Ce n'était d'ailleurs pas dans mon intention ... Quand on s'est parlé au téléphone, je vous ai parlé de ce gars, Shine. J'ai été bouleversé par sa mort. Ça m'a vraiment produit un choc, je peux vous l'assurer. Je sais que vous ne m'avez pas pris au sérieux, sur le moment, mais je vous dis la vérité. Je lui ai parlé la semaine dernière et je lui ai raconté la même chose qu'à vous. Il avait dit qu'il allait vérifier un ou deux détails. Je me disais que peut-être il allait me laisser tranquille. Quand j'ai appris qu'il était mort, ça m'a flanqué une frousse d'enfer. J'ai eu l'impression de jouer aux échecs avec un adversaire invisible qui venait juste d'avancer un pion. Je me trouve pris au piège et je ne vois pas comment m'en sortir.

– Attendez voir. Vous pensiez que Morley Shine allait faire quelque chose pour vous? Une chose que votre avocat personnel ne pouvait pas faire lui-même?

– J'ai eu tort d'engager Foss. Les affaires civiles ne l'intéressent pas. Peut-être bien qu'il est usé ou qu'il en a seulement assez de me défendre. Il ne se démène qu'en fonction des honoraires qu'il empoche; d'après moi il se contente de faire ce qu'on attend de lui. Il a mis un enquêteur sur l'affaire, un de ces individus qui produisent un tas de paperasse, mais qui ne m'inspire pas grande confiance.

– Pourquoi est-ce que vous ne le virez pas?

– Parce qu'ils prétendront que je cherche surtout à retarder la procédure normale. De surcroît, je n'ai plus d'argent. Le peu que j'ai sert à payer mon avocat, ainsi que l'entretien de la maison. Je ne sais pas ce que Kenneth Voigt pense tirer de l'affaire, même en admettant que ça marche.

– Ce n'est pas à moi d'évaluer les avantages de l'affaire. Cela ne mène à rien, Mr. Barney. Je comprends que vous avez des ennuis...

– Là, vous avez raison. Mais ce n'est pas de cela dont je voulais vous parler. Voici ce dont il s'agit : cette affaire passe au tribunal, et tout ce qui en résultera, c'est d'enrichir ces deux avocats. Mais Voigt ne va pas faire marche arrière. Il veut ma peau, il n'est donc pas question qu'il accepte de se retirer avec une poignée de main et un bon gros chèque, même si j'en avais les moyens. Mais je vais vous dire une chose, et c'est à ça que je voulais en venir : j'ai un alibi.

– Vraiment? dis-je, d'une voix terne et incrédule.

– Oui, vraiment, dit-il. C'est pas en béton, mais c'est plutôt solide.

– Pourquoi n'en a-t-on pas parlé pendant le procès pénal? J'ai lu les procès-verbaux. Je ne me rappelle pas qu'il y soit fait mention d'un alibi.

– Alors vous feriez mieux de repartir de zéro et de les relire parce que le témoignage s'y trouve bien. Le type s'appelait Angeloni. Il m'a vu à plusieurs kilomètres des lieux du crime.

– Et vous n'avez jamais fait de déposition vous-même?

– Foss ne m'a pas laissé faire, dit-il en hochant la tête. Il ne voulait pas que le procureur me mette sur le gril, et il s'est avéré qu'il avait astucieusement joué. Il disait que ce serait « néfaste » si j'étais appelé à la barre. Putain, il pensait peut-être que je m'aliénerais le jury si je devais y aller.

– Pourquoi m'en avoir parlé?

– Pour voir si je peux mettre un terme à tout ça avant qu'on en arrive au procès. Il reste peu de temps. Je me dis que ma seule chance, c'est de faire en sorte que Lonnie Kingman soit au courant des cartes qu'il aura contre lui. Peut-être va-t-il parler à Voigt et le convaincre de laisser tomber sa plainte.

– Demandez à Herb Foss de parler à Lonnie! C'est ce que les avocats sont censés faire.

– Je le lui ai demandé. Il m'a envoyé promener. J'ai fini par décider qu'il était temps de le court-circuiter.

– Comme ça, vous me refilez un tuyau sans avoir prévenu l'avocat que vous avez vous-même chargé de vous *défendre* ?

– C'est bien ça.

– Vous êtes suicidaire?

– Désespéré, je viens de vous le dire. Je n'ai pas la force de traverser tout ça une fois de plus. Vous n'êtes pas obligée de me croire sur parole. Vérifiez les faits vous-même, dit-il. Alors, voulez-vous continuer à m'écouter, oui ou non?

Ce que je voulais, c'était me cogner la tête contre le volant. La douleur m'aiderait peut-être à clarifier mes idées. En vérité, je dois avouer que j'étais harponnée. Faute de mieux, je me dis que le fait pour Lonnie de connaître la stratégie de Herb Foss lui donnerait peut-être un grand avantage, pourquoi pas?

– Doux Jésus, d'accord. Vous me la racontez, votre histoire? dis-je.

11

– Ecoutez-moi, je sais que personne ne le croit, mais j'étais en train de courir la nuit où Isabelle a été tuée, et je suis même en mesure de vous dire où je me trouvais. A 1 h 40, j'étais à la hauteur de l'échangeur de San Vicente, sur la 101, c'est-à-dire à une douzaine de kilomètres de la maison. Si Iz a été assassinée entre une heure et deux heures du matin, je n'ai pas pu la tuer puisque je me trouvais à ce carrefour au même moment. Comprenez-moi bien, même si après des années d'entraînement je suis en assez grande forme, je ne suis pas bon à ce point-là.

– Comment pouvez-vous être certain de l'heure?

– Je courais contre la montre. C'est comme ça que je m'entraîne. Et je vais vous dire qui d'autre il y avait là-bas : Tippy Parsons, la fille de Rhe, au volant d'une petite camionnette, et elle était dans tous ses états. Elle fonçait à toute vitesse en descendant la rampe et elle a tourné à gauche en direction de San Vicente.

– Vous a-t-elle vu?

– Elle m'a presque écrasé! Je ne suis pas sûr qu'elle s'en soit aperçue, mais elle m'a quasiment envoyé rouler cul par-dessus tête en sortant de la rampe. J'ai regardé ma montre parce que je savais que mon temps allait être foutu et ça me faisait râler.

– Quelqu'un vous a-t-il vu?

– Bien sûr. Un gars qui travaillait sur une canalisation d'eau éventrée. Il y avait toute une équipe, là-bas. Vous ne vous en souvenez probablement pas, mais on avait eu beaucoup de grosses pluies à Noël cette année-là. Comme la terre était saturée d'eau, il y avait eu des glissements de terrain, et ces vieilles canalisations cédaient un peu partout.

– Vous avez dit que votre alibi n'était pas en béton. Qu'est-ce que vous vouliez dire par-là?

Il sourit légèrement :

– Si vous êtes mort ou dans une prison fédérale, *ça*, c'est du béton. Un as comme Kingman peut toujours trouver un moyen de déformer les faits. Tout ce que je dis, c'est que je me trouvais à des kilomètres de là et que j'ai un témoin. C'est quelqu'un d'honnête, un travailleur manuel, pas un tas de merde comme ce machin... McIntyre.

– Et Tippy? Elle n'a jamais dit un mot à ce sujet pour autant que je sache. Pourquoi n'avez-vous pas demandé à être confronté avec elle?

– Pourquoi diable? Je me suis dit que si elle m'avait vu, elle en aurait parlé depuis. Et quand bien même elle m'aurait aperçu, c'est ma parole contre la sienne. Elle avait seize ans et quelque chose avait dû la rendre hystérique. Elle venait peut-être de rompre avec son petit ami ou bien son chat venait de mourir. Le résultat, c'est que je me trouvais à des kilomètres de la maison au moment où Isabelle a été tuée. Je n'ai été mis au courant qu'une heure plus tard, quand je suis repassé, toujours en courant, devant la maison. Toutes les voitures de police étaient là, l'endroit était plein de lumières...

– Et en ce qui concerne l'équipe des réparateurs? Vont-ils confirmer vos déclarations?

– Je ne vois pas pourquoi ce ne serait pas le cas. Le gars est déjà venu à la barre, lors du premier procès. Un type qui s'appelle Angeloni. Il est sur la liste des témoins, probablement au tout premier rang. Il m'a vu, c'est certain, et je sais qu'il a vu la camionnette. Elle m'a fait si peur que j'ai dû m'asseoir sur le trottoir pour attendre que mon cœur reprenne son rythme normal. Il m'a fallu cinq ou six minutes pour récupérer. A ce moment-là, je me suis dit que c'était fichu et je suis rentré à la maison.

– En avez-vous parlé aux flics?

– Allez donc lire le rapport. Les flics s'étaient mis dans la tête que j'étais l'assassin, alors ils n'ont pas insisté.

Je gardai le silence un instant, en me demandant ce qu'il fallait en penser. Deux jours plus tôt, ce qu'il soutenait m'aurait paru absurde. Mais maintenant je n'en étais plus aussi sûre

– J'en informerai Lonnie quand j'aurai la possibilité de lui parler. C'est tout ce que je peux faire.

Seigneur, est-ce qu'il me faudrait faire une autre enquête pour corroborer son alibi?

Il s'apprêtait à ajouter quelque chose, mais il parut se raviser.

– Merveilleux. Faites-le. C'est vraiment tout ce que je demande. Je vous sais gré de m'avoir consacré un peu de temps. Merci infiniment, dit-il en me regardant rapidement au fond des yeux.

– C'est bon, répondis-je.

Il retourna à sa voiture. Dans le rétroviseur, je le vis reculer pour sortir de l'allée. Il s'éloigna et je restai attentive au bruit que faisait son moteur tandis qu'il changeait de vitesse. Curieuse histoire. Quelque chose me turlupinait, mais je n'arrivais pas à savoir de quoi il s'agissait. Tippy Parsons se trouvait-elle réellement à ce carrefour? Il devait bien y avoir un moyen de le savoir. Je me souvenais d'avoir lu des articles à propos de la tempête qui avait eu lieu à l'époque.

Je mis en route la coccinelle pour me rendre au rendez-vous que m'avait donné l'ex-épouse de Barney.

Le dispensaire de Santa Teresa, où Laura Barney travaillait, était installé dans un petit bâtiment en bois, à l'ombre de l'hôpital St. Terry. L'aspect extérieur était simple, légèrement minable comme toujours; la décoration intérieure attestait de moyens financiers plutôt faibles. Dans la salle d'attente, les chaises étaient en plastique moulé bleu, avec des pieds métalliques. Les murs étaient jaunes, le sol recouvert de dalles en vinyle marbré, bronze veiné de blanc. Un vaste comptoir en bois occupait le fond de la pièce. A l'autre bout, derrière un grand passage voûté, je pouvais apercevoir quatre bureaux, des chaises à dossier droit, des téléphones, des machines à écrire... rien de plus moderne, rien d'aérodynamique. Le mur du fond était couvert de classeurs métalliques de couleur bronze. Compte tenu du troupeau de bébés, de femmes enceintes et de bambins braillards présents dans la salle, je supputai qu'il s'agissait d'une sorte de maternité mâtinée d'un service de pédiatrie. C'était presque l'heure de la fermeture et les patients qui attendaient encore étaient probablement là pour une bonne heure. Des jouets d'enfants et des magazines déchirés jonchaient le sol.

Je me dirigeai vers le comptoir, et identifiai Laura Barney d'après l'étiquette épinglée sur sa poitrine où l'on pouvait lire « L. Barney, infirmière diplômée ». Elle portait un uniforme blanc et des chaussures blanches à semelles de crêpe. Je me dis qu'elle devait avoir une petite quarantaine d'années, l'âge où l'on peut encore parvenir à se donner le même air de fraîcheur que l'on avait dix ans plus tôt – il y fallait seulement un peu plus de maquillage et le résultat perdait probablement de son éclat au bout d'une heure ou deux. A ce moment de la journée, les couches de fond de teint et de poudre étaient devenues presque translucides, révélant une peau rougie par la fumée de cigarettes. Elle avait l'allure d'une femme qui avait été contrainte de trouver du travail et que cette nécessité ne rendait pas du tout heureuse.

Pour l'heure, elle était en train de former une nouvelle employée, vraisemblablement la jeune fille même à qui j'avais parlé par téléphone. Laura comptait l'argent comme un caissier de banque, en faisant défiler les billets sous ses doigts presque trop vite pour que l'œil puisse suivre l'opération, retournant certaines coupures afin de les mettre toutes dans le même sens, les classant par ordre de valeur.

– Tous les billets doivent se trouver sur la même face et il faut les classer en mettant les plus petites coupures sur le dessus. Dans l'ordre : un, cinq, dix et vingt dollars, disait-elle. Comme ça, vous ne risquez pas de vous tromper et de rendre la monnaie avec un billet de dix dollars au lieu d'un billet de un dollar. Regardez bien.

Elle les étala comme un magicien accomplit un tour de cartes. Je m'attendais presque à ce qu'elle dise : « Prenez un billet, n'importe lequel... » Mais elle dit :

– Vous m'avez écoutée ?

– Oui, m'dame.

La jeune fille avait quelque chose comme dix-neuf ans, six

ou sept kilos de trop, une chevelure brune bouclée, des joues en feu et des yeux sombres luisant de larmes contenues.

« L. Barney, infirmière diplômée », rouvrit le tiroir-caisse et en retira un paquet de billets en désordre, qu'elle tendit silencieusement. La jeune employée les prit, intimidée, et se mit à les trier, remettant un billet à l'endroit en tentant d'imiter maladroitement la dextérité de Laura Barney. Plusieurs coupures étaient mal placées et elle serra le paquet contre sa poitrine pour les reclasser, de sorte que deux billets de cinq dollars tombèrent pendant qu'elle cherchait à les remettre en ordre. Elle balbutia des excuses en se baissant vivement pour les ramasser. Laura Barney la surveillait avec un petit sourire ; ses yeux quasiment étincelants révélaient combien elle avait envie de reprendre l'argent et de faire les choses elle-même. Elle brûlait de démontrer encore une fois avec quelle facilité une caissière expérimentée pouvait s'acquitter d'une tâche aussi élémentaire. L'attention avec laquelle elle observait la scène semblait rendre la fille de plus en plus gauche.

Elle-même était vive, efficace. Elle avait ramassé un stylo à bille qu'elle faisait cliqueter avec impatience. Elle n'était pas disposée à gaspiller son temps ni sa bienveillance. Rentrées, sorties, tout service doit être payé immédiatement. Son sourire était agréable mais figé, et il ne durerait probablement que les quelques secondes nécessaires pour dissimuler une froideur profonde. S'il vous prenait l'envie de vous plaindre d'elle au médecin du dispensaire, vous auriez bien du mal à mettre le doigt sur la faille. J'avais déjà eu affaire à des gens de son espèce, imbus de formalisme creux. Des gens avides de faire exécuter à la lettre les lois et les règlements. C'était le genre d'infirmière toujours prête à vous assurer qu'une injection antitétanique n'est pas plus douloureuse qu'une petite piqûre d'insecte même si, en réalité, elle provoque sur le bras une enflure de la taille d'un bouton de porte.

Elle leva les yeux, me vit et le sourire figé réapparut.

– Oui ?

– Je suis Kinsey Millhone, dis-je.

Je m'attendais presque à ce qu'elle me tende un formulaire médical à remplir.

– Un petit instant, je vous prie, dit-elle.

Son attitude indiquait que j'avais indûment exigé une attention immédiate. Elle acheva de s'occuper de l'employée et appela coup sur coup deux patientes.

– Mrs. Gonzales? Mrs. Russo?

Deux femmes se levèrent de leur siège respectif. L'une d'elle portait un bébé emmailloté, l'autre un bambin perché sur la hanche. Toutes deux étaient accompagnées par d'autres enfants trop jeunes pour être scolarisés. Laura Barney maintint ouverte la porte de bois qui séparait la salle d'attente du corridor qui menait aux salles d'examen. Les deux femmes et les enfants passèrent devant elle. La salle d'attente était vide à présent. Elle continuait à tenir la porte ouverte.

– Voulez-vous venir avec moi?

– Oh, certainement.

Elle attrapa deux dossiers et nous conduisit vers l'arrière du bâtiment, en donnant des instructions en espagnol d'une voix rapide. Après que chaque patiente eut été introduite dans une salle d'examen, elle poursuivit son chemin dans le couloir, ses semelles de crêpes crissant sur le sol dallé. La pièce où elle me fit entrer était un bureau classique de trois mètres sur trois, avec une fenêtre, une table de travail en bois pleine d'égratignures, deux chaises et un interphone, le genre d'endroit qui rend quelqu'un capable d'accepter les mauvais résultats des examens de laboratoire auxquels on vient de le soumettre. Elle ferma la porte et me désigna une chaise tout en ouvrant la fenêtre à guillotine, puis elle prit elle-même un siège. Elle tira de la poche de son uniforme un paquet de Virginia Slims et une boîte d'allumettes, alluma une cigarette, jetant subrepticement un coup d'œil à sa montre en faisant semblant d'ajuster le bracelet.

– Vous êtes venue pour me poser des questions au sujet de David. Qu'est-ce que vous voulez savoir au juste?

– Je me figure que vous n'êtes pas en très bons termes, tous les deux.

– Je m'entends plutôt bien avec lui. Je le vois à peine.

– Vous avez bien témoigné à son procès, n'est-ce pas?

– En général, j'ai soin de démontrer à quel point c'est un

salaud sans scrupule. Vous n'avez pas pris connaissance des procès-verbaux?

– Je n'ai pas fini d'examiner tous les documents. J'ai été recrutée dimanche soir. Il me reste encore beaucoup de choses à voir. Il serait utile que vous me présentiez quelques-uns des faits d'après votre point de vue.

– Les faits. Eh bien, allons-y. J'ai fait la connaissance de David à une réception... ma foi, ça fera neuf ans ce mois-ci. Je suis tombée amoureuse de lui et nous nous sommes mariés six semaines plus tard. N'est-ce pas touchant? Environ deux ans après, on lui a proposé un poste chez Peter Weidmann. Bien entendu nous étions transportés de joie.

Je l'interrompis :

– Comment est-ce que ça s'est passé?

– Par l'ami d'un ami. Nous habitions à Los Angeles et nous avions très envie d'en sortir. David a entendu dire qu'il y avait un poste à pourvoir chez Peter et il a été embauché. Nous étions installés à Santa Teresa depuis deux mois quand Isabelle s'est présentée. David ne l'appréciait pas beaucoup. Je trouvais qu'elle était très brillante et pleine de talent. C'est moi qui ai insisté pour qu'on soit amis avec elle. Après tout, Peter ne voyait que par elle. En effet, c'est lui qui avait été son mentor. David n'avait pas intérêt à lui faire ombrage alors qu'on lui attribuait les projets les plus prestigieux. J'ai encouragé David à cultiver son amitié, tant sur le plan mondain que d'un point de vue professionnel; après ça, vous direz que j'ai été l'instigatrice de toute l'affaire, j'imagine.

– Comment avez-vous découvert qu'ils avaient une liaison?

– Simone a laissé échapper quelque chose. Maintenant j'ai oublié de quoi il s'agissait, mais brusquement tout est devenu clair. J'avais constaté que David devenait distant. Il était notoire qu'Isabelle et Kenneth avaient des problèmes. Il m'a fallu un certain temps pour additionner deux et deux, c'est tout. Il n'est pire aveugle que celui qui ne veut pas voir, n'est-ce pas? Je lui ai fait une scène, comme une idiote. Maintenant je voudrais m'être tue.

– Pourquoi donc?

– Je lui ai forcé la main. Leurs sentiments n'ont pas duré. Si j'avais eu la présence d'esprit de fermer les yeux sur ce qui se passait, leur liaison aurait pu se solder par une rupture.

– Pensez-vous qu'il l'ait tuée?

– Ça doit être quelqu'un qui la connaissait drôlement bien.

L'interphone sonna brusquement. Elle appuya sur le bouton.

– Oui, docteur.

La voix du médecin avait l'air de provenir d'une cabine de téléphone publique.

– Nous allons faire une échographie à Mrs. Russo. Pourriez-vous venir?

– Oui, monsieur, lui répondit-elle. (Puis s'adressant à moi :) Il faut que j'y aille. Si vous voulez savoir autre chose, ça devra attendre un peu.

Elle me tint la porte pendant que je m'en allais.

En l'espace de quelques secondes, elle était partie, me laissant retrouver seule le chemin de la sortie. Je retournai à ma voiture et y restai assise une minute pendant que je farfouillais dans mon sac pour y trouver mon portefeuille. J'enlevai toutes les petites coupures et mis les billets soigneusement en ordre, en les tournant de sorte qu'ils se trouvent tous dans le même sens, les coupures de un dollar sur le dessus, et un billet de vingt tout en dessous de la liasse.

Je repartis au bureau et garai ma voiture sur l'emplacement réservé à Lonnie, puis grimpai les escaliers quatre à quatre, d'une seule traite jusqu'au troisième étage. Si Ida Ruth fut étonnée de me voir, elle se garda de le dire. Une fois dans mon bureau, je me mis à compulser les dossiers, à présent mieux ordonnés mais dispersés sur toutes les surfaces disponibles. Je trouvai la chemise que je cherchais et allai à ma table de travail, où j'allumai la lampe et m'installai dans mon fauteuil pivotant.

J'en sortis des photocopies de journaux vieux de six ans que j'avais préparées en vue de faire le tour des voisins des Barney. Bien évidemment, pour les journées en question, il y avait d'amples références aux fortes pluies qui étaient tombées sur presque toute la Californie. Il était également fait mention des équipes d'urgence du service des travaux publics qui avaient fait des heures supplémentaires pour réparer les innombrables canalisations éclatées. Les mêmes intempéries avaient déclenché une cascade de délits mineurs de la part de délinquants surexcités, apparemment stimulés par le déchaînement des conditions atmosphériques. Je feuilletai les pages, en les parcourant du regard l'une après l'autre. Je ne savais pas vraiment ce que je cherchais... un chaînon, un moyen de renouer avec le passé.

A l'évidence, plusieurs questions se posaient. Si Tippy Parsons pouvait corroborer l'alibi de David Barney, pourquoi ne s'était-elle pas manifestée depuis tant d'années? Bien entendu, ce n'était peut-être pas elle qui se trouvait-là. Il pouvait avoir vu quelqu'un d'autre ou inventé l'histoire parce que ça l'arrangeait. A supposer qu'elle se soit *bien* trouvée là, peut-être ne l'avait-elle pas remarqué – ce risque-là existait effectivement –, mais, en prétendant l'avoir vue sur les lieux, Barney rendait certainement sa version plus crédible. Et qu'en était-il de l'individu qui, selon Barney, était présent? Que venait-il faire dans tout ceci?

J'allongeai le bras vers le téléphone et composai le numéro de Rhe Parsons, en espérant la joindre dans son atelier. Le numéro sonna quatre fois, cinq, six. A la septième sonnerie elle répondit, comme à bout de souffle et hors d'elle.

– Oui?

– Rhe, c'est Kinsey Millhone. Désolée de vous déranger. On dirait que je vous ai interrompue en plein travail une fois de plus.

– Oh, salut. Ne vous en faites pas. C'est ma faute, je pense. Je devrais avoir un téléphone portable et le garder près de moi dans l'atelier. Excusez-moi de souffler à ce point. Je n'en peux plus. Comment allez-vous?

– Très bien, merci. Tippy est-elle là par hasard?

– Non. Elle travaille jusqu'à six heures, ce soir, au *Santa Teresa Shellfish*. Est-ce que je peux faire quelque chose pour vous?

– Peut-être bien, dis-je. Je me demandais où elle se trouvait la nuit où Isabelle a été tuée.

– Elle était à la maison, j'en suis sûre. Pourquoi?

– Bon, c'est probablement pour rien, mais quelqu'un pensait l'avoir vue dans les environs au volant d'une camionnette.

– Une camionnette? Tippy n'a jamais eu de camionnette.

– Ce doit être une erreur, alors. Etait-elle près de vous quand la police a téléphoné?

– Vous voulez dire, à propos de la mort d'Isabelle?

Il y eut un moment d'hésitation, ce que j'aurais dû prendre pour un avertissement, mais j'étais si préoccupée par la question que j'en oubliais de la considérer comme une m-a-m-a-n.

– Elle habitait chez son père à l'époque, dit-elle avec précaution.

– C'est juste. Vous l'aviez dit. Je m'en souviens maintenant. Possède-t-il une camionnette?

Silence de mort. Puis :

– Voulez-vous que je vous dise, j'ai vraiment l'impression désagréable qu'il y a des sous-entendus dans tout ça.

– Quels sous-entendus? Je demande seulement un renseignement.

– Vos questions paraissent très précises. J'espère que vous n'essayez pas de suggérer qu'elle ait quoi que ce soit à voir avec ce qui est arrivé à Iz.

– Rhe, ne soyez pas stupide. Je n'irais jamais suggérer une chose pareille. Je cherche un moyen de démentir certaines allégations. Rien d'autre.

– Quelles allégations?

– Ecoutez, c'est probablement sans intérêt et je préférerais ne pas poursuivre. Je peux parler à Tippy plus tard. C'est ce que j'aurais dû faire en premier lieu.

– Kinsey, si quelqu'un a fait des déclarations au sujet de ma fille, j'ai le droit de savoir. Qui a dit qu'elle était dehors? C'est une accusation grotesque.

– *Accusation?* Attendez un peu. Dire qu'elle conduisait une camionnette dans le voisinage ce n'est pas une accusation.

– Qui a prétendu une chose pareille?

– Rhe, je n'ai vraiment pas le droit de révéler mes sources. Je travaille pour Lonnie Kingman et cette information est couverte par le secret professionnel.

Ce n'était pas exact mais ça sonnait vrai. L'immunité dont

jouit un avocat ne s'applique pas à moi et n'a rien à voir avec tous les témoins que je pourrais rencontrer. Je l'entendais qui essayait de recouvrer son calme.

– Je vous serais reconnaissante de me dire ce qui se passe. Je vous promets de ne pas poser de questions à propos de vos sources, *si* c'est vraiment un problème.

Je tergiversai un court moment et décidai qu'il n'y avait aucune raison pour dissimuler le renseignement en soi.

– Quelqu'un soutient l'avoir vue dehors cette nuit-là. Je ne dis pas que la chose a un rapport avec la mort d'Isabelle, mais il m'a paru étrange qu'elle ne l'ait jamais mentionné. Je pensais qu'elle aurait pu vous en parler.

Le ton de Rhe était sec.

– Elle n'en a jamais parlé parce qu'elle n'était pas dehors.

– Formidable. Je n'ai pas besoin d'en savoir plus.

– Et même si elle était dehors, ça ne vous regarde pas.

Je tendis l'oreille.

– Que signifie ce « même si elle était dehors »? dis-je.

– Rien. C'est une manière de parler.

– Voudriez-vous lui demander de me téléphoner?

– Il n'est pas question que je lui demande de vous téléphoner.

– Faites comme vous voulez, Rhe. Je suis désolée de vous avoir dérangée.

Je raccrochai brutalement, le visage brûlant. Qu'est-ce qu'elle avait donc? Je pris note d'adresser une citation à Tippy Parsons si cela n'avait pas déjà été fait. Je n'avais guère attaché de crédit aux dires de Barney jusqu'à ce que j'aie entendu la réaction de Rhe.

Par l'interphone je demandai à Ruth de me commander un nouveau jeu complet des procès-verbaux du premier procès. Puis je me renversai dans mon fauteuil pivotant, les pieds sur le bureau, les doigts croisés devant moi, tandis que je réfléchissais à la suite des événements. Il n'y avait pas de doute, les choses se présentaient mal. Entre les archives mal tenues de Morley et sa mort malvenue, nous étions dans de beaux draps. Le principal témoin de Lonnie semblait brusquement bien peu fiable, et voilà maintenant que l'accusé paraissait avoir effectivement un alibi. Lonnie n'allait pas aimer ça. Mieux valait qu'il soit mis au courant maintenant plutôt que le jour du procès, au moment où Herb Foss ferait ses remarques préliminaires au jury, mais il n'en restait pas moins que ça se présentait mal. Il devait rentrer chez lui vendredi soir et passer un charmant week-end auprès de sa femme. Cela faisait huit mois qu'il était marié à un professeur de karaté dont il avait assuré la défense avec succès quand elle avait été accusée de voies de fait. Je continuai à me demander ce qu'elle avait bien pu faire, mais tout ce que Lonnie avait bien voulu me raconter, c'était que l'action en justice avait porté sur une tentative de viol commise par un homme désormais retiré de la vie active. Je ramenai le cours de mes pensées à la situation présente. Quand Lonnie arriverait tranquillement au bureau lundi matin, ça allait barder et j'allais être éclaboussée par les éclats.

Je repris la lecture de la liste des témoins prévus, telle que Lonnie l'avait reçue au moment de la communication des pièces du procès. Un certain William Angeloni y figurait, mais sa déposition n'avait pas été recueillie. Je notai l'adresse et relevai son numéro de téléphone dans l'annuaire. Je décrochai le combiné et le reposai aussitôt. Mieux valait y aller en personne pour voir de quoi il avait l'air. Peut-être était-ce une espèce de minable que David Barney avait recruté pour mentir à sa place. Je fourrai quelques papiers dans ma serviette et repartis au charbon une fois de plus.

A l'adresse indiquée, il y avait une maison aux murs crépis, une sorte de petit bungalow en cours de réfection. Le toit avait été enlevé et le mur démoli sur l'un des côtés. De grandes feuilles de plastique glauque étaient clouées aux travées pour protéger les parties de la maison demeurées intactes. Des poutres de bois et des parpaings étaient proprement entassés sur le côté. Une énorme benne bleu sombre était garée dans l'allée, chargée de gravats, d'un vieux portique de gymnastique et de clous rouillés. On aurait dit que les ouvriers venaient de terminer leur journée, mais il y avait un type debout dans la cour avec une boîte de bière à la main. Je garai ma voiture de l'autre côté de la rue et traversai pour me diriger vers la pelouse provisoirement défoncée.

– Je cherche Bill Angeloni. Est-ce vous, par hasard?

– C'est bien moi, dit-il.

Il était âgé d'environ trente-cinq ans, et extraordinairement séduisant : des cheveux noirs et raides, à peine trop longs, coiffés sur le côté, des sourcils noirs, des yeux sombres, un nez fort, des fossettes, et une mâchoire virile qui nécessitait probablement six passages du rasoir pour avoir l'air propre. Il portait des jeans, des chaussures boueuses et une chemise de toile bleue dont les manches étaient roulées. Les poils de ses avant-bras étaient sombres et soyeux. Il émanait de lui une odeur de sol mouillé et de métal. On aurait pu le prendre pour un acteur de cinéma qui tenait la vedette dans une histoire d'amour contrariée entre une riche héritière et un garde forestier. Je me dis qu'il serait probablement inconvenant de me jeter tout contre lui et de fourrer mon nez dans sa poitrine.

– Kinsey Millhone, dis-je pour me présenter.

Nous nous serrâmes la main et je lui racontai alors pour qui je travaillais.

– Je viens d'avoir une conversation avec David Barney et il a mentionné votre nom.

– J'arrive pas à croire que ce malheureux fils de pute doive encore passer devant un tribunal, dit Angeloni en hochant la tête.

Il finit de boire sa bière, écrasa la boîte vide et la lança d'un jet dans la benne où elle atterrit bruyamment. Il cria « Deux points » et imita un bruit de foule en pressant son poing contre sa bouche. Il avait un gentil sourire, sans prétention.

– Cette fois, on lui demande de réparer les préjudices causés par l'assassinat, dis-je.

– Seigneur. Et l'autorité de la chose jugée, alors? C'est bien comme ça que ça s'appelle? Je croyais qu'on ne pouvait pas être jugé deux fois pour le même motif.

– Cela concerne les poursuites criminelles. C'est une action civile.

– Je suis bien content de pas être à sa place. Vous voulez une bière? Je viens de rentrer du travail et j'en avale toujours plusieurs à la suite. Cet endroit est un sacré chantier. Vous feriez bien de faire attention aux clous qui traînent.

– Avec plaisir, j'en prendrai une, dis-je.

Et je le suivis en direction de la cuisine que je pouvais voir nettement à travers le plastique. Son derrière était mignon, lui aussi.

– Ça fait combien de temps que ça dure?

– Les travaux de transformation? Environ un mois. On ajoute une grande pièce et deux chambres à coucher pour les enfants.

Tant pis pour les noces, pensai-je tandis que je le suivais dans la cuisine.

Il prit deux bières dans un paquet de six et les décapsula l'une et l'autre.

– Il faut que j'allume le barbecue avant que Julianna rentre à la maison avec les mômes. C'est mon tour de faire la cuisine, dit-il en faisant jouer ses fossettes.

– Combien d'enfants?

Il leva une main et remua les doigts.

– Cinq?

– Plus un dans le tiroir. Rien que des garçons. On voudrait une petite fille cette fois-ci.

– Vous travaillez toujours pour le service des eaux?

– Ça fera dix ans en mai, dit-il. Vous êtes détective privée? C'est comment?

Je lui racontai tranquillement en quoi consistait mon travail pendant qu'il débarrassait le barbecue de ses cendres. Il avait posé un allumeur électrique branché à une rallonge sur un tas de briquettes de charbon de bois, qu'il déplaçait à l'aide d'une paire de longues pinces métalliques. Je savais que j'étais là pour obtenir des renseignements. Tout ce dont j'avais besoin, c'était de l'entendre dire à quel endroit se trouvait David Barney la nuit du meurtre – et si possible également confirmer la présence de Tippy Parsons. Mais il y avait quelque chose de fascinant dans ces activités ménagères. Je n'avais personnellement jamais rencontré d'homme qui prenne la peine de m'allumer un barbecue. Julianna était drôlement vernie.

– Pourriez-vous me parler de la nuit où vous avez vu David Barney?

– Y a pas grand-chose à dire. On était dehors en train de creuser la rue pour essayer de dégager une canalisation crevée. Il avait plu à torrents pendant des jours, mais la flotte s'était arrêtée de tomber à ce moment-là. J'ai entendu un choc et en levant la tête j'ai vu ce type, en tenue de jogging, étalé sur la chaussée. Une camionnette était en train de tourner à gauche vers San Vicente, et je suppose qu'elle l'avait presque écrabouillé. Il s'est relevé, il a boitillé jusqu'à notre hauteur, et il s'est assis sur le trottoir. Il était secoué, mais pas blessé. Plutôt furieux, si vous voyez ce que je veux dire. On lui a proposé d'appeler des secouristes mais il a rien voulu entendre. Il est resté sur son derrière jusqu'à ce qu'il ait repris son souffle, puis il est reparti, à pas lents et en boitillant. Toute l'affaire a peut-être duré dix minutes, à peu près.

– Avez-vous vu le conducteur de la camionnette?

– Pas vraiment. C'était une jeune fille, mais j'ai pas bien vu son visage.

– Et la plaque d'immatriculation? L'avez-vous vue?

– J'ai même pas pensé à regarder. Le camion était blanc. Ça, j'en suis sûr.

– Vous vous souvenez de la marque?

– Ford ou Chevrolet, je suppose. Américaine en tout cas.

– Comment avez vous su qu'il était David Barney? S'est-il présenté en personne?

– Pas à l'époque. Il a pris contact avec nous plus tard.

– Comment savait-il qui vous étiez?

– Il nous avait retrouvés en demandant à mon service. Moi et mon pote James. Il connaissait la date, l'heure et l'endroit, alors ça n'a pas été bien difficile.

– James peut-il confirmer tout cela?

– Evidemment. On lui a tous les deux parlé.

– A l'époque où Mr. Barney s'est mis en rapport avec vous, étiez-vous au courant de l'assassinat de sa femme?

– J'avais lu quelque chose là-dessus dans le journal. Je n'avais pas fait le rapprochement jusqu'à ce qu'il nous raconte qui il était. Seigneur, c'était moche. Vous en avez entendu parler?

– C'est pour ça que je suis ici. Il continue à jurer que c'est pas lui.

– Ben, je ne vois pas comment il aurait pu. Il était à des kilomètres.

– Vous vous souvenez de l'heure?

– Environ 1 h 45. Peut-être un peu plus tôt, mais je sais que ce n'était pas plus tard parce que j'ai regardé ma montre juste au moment où il s'est relevé.

– Ça ne vous a pas paru bizarre de voir quelqu'un faire du jogging à une heure et demie du matin?

– Pas du tout. Je l'avais vu faire le même trajet la veille. On voit toutes sortes de choses quand on fait des réparations la nuit.

– Vous avez bien témoigné au procès pour assassinat, n'est-ce pas?

– Sûr.

– Et cette fois-ci? Allez-vous témoigner encore?

– Absolument. Avec plaisir. Le pauvre type a bien besoin qu'on l'aide à s'en sortir.

Je repassai dans ma tête les propos que m'avait tenus Barney.

– Et les flics? La police vous a-t-elle jamais interrogé?

– Un inspecteur de la Criminelle est venu me trouver et je lui ai dit tout ce que je savais. Il m'a remercié et j'en ai plus jamais entendu parler. Je vais vous dire un truc : ils peuvent pas l'encaisser. Ils l'avaient jugé et condamné avant même de le faire passer en justice.

– Eh bien, merci. Je vous remercie de m'avoir donné tous ces renseignements. Il se peut que je reprenne contact avec vous si j'ai d'autres questions à vous poser.

Je lui laissai ma carte au cas où quelque chose d'autre lui reviendrait à l'esprit. Je retournai à la voiture et m'y assis pour prendre des notes pendant que ses déclarations étaient encore toutes fraîches.

Je me mis à réfléchir à propos de Tippy, en me creusant la cervelle. Rhe m'avait dit qu'au cours de ces années-là Tippy avait été une adolescente alcoolique. Si mes souvenirs étaient bons, Rhe l'avait envoyée vivre chez son père parce qu'elle et Tippy s'étaient brouillées. Alors comment Rhe pouvait-elle savoir si la petite était ou non dehors cette nuit-là? Il suffirait peut-être que j'interroge Tippy pour en finir. « Aller au plus simple » a toujours été ma devise dans le travail.

J'ai jeté un coup d'œil à ma montre. Il était encore

17 h 35. *Santa Teresa Shellfish* se trouvait sur les quais, à deux pâtés de maisons de chez moi. Je repris le chemin de mon appartement en contournant Capillo Hill. Si Tippy *était* dehors cette nuit-là, je ne voyais pas pourquoi elle ne voudrait pas l'admettre six ans plus tard. Peut-être que personne ne le lui avait jamais demandé. Cette pensée était réjouissante.

12

Je garai ma voiture en face de chez moi, déposai mon porte-documents, attrapai mon blouson pendu derrière la porte, et franchis à pied la distance qui me séparait des quais. Le soleil n'était pas encore tout à fait couché, mais la lumière était grise. En cette saison, les journées se caractérisent par la durée du crépuscule : l'ombre s'obscurcissait sous les arbres tandis que le ciel conservait une couleur d'aluminium poli. Quand le soleil disparaîtrait enfin, les nuages allaient se colorer de violacé et de bleu et les derniers rayons se mettraient à teinter l'obscurité de trainées rouges. Les nuits d'hiver en Californie sont généralement fraîches, il n'y fait pas plus de dix degrés. Pendant les nuits d'été aussi, la température tombe souvent à dix degrés, ce qui donne la possibilité de dormir tout au long de l'année sous une couette.

Sur ma droite, à trois cents mètres, le long bras effilé de la jetée entourait la marina et berçait les voiliers dans son étreinte. L'océan martelait les digues et la violence des vagues faisait jaillir un plumeau d'embruns. Sous mes pieds, l'embarcadère paraissait bouger comme si les vagues le bousculaient. Une odeur de créosote s'élevait comme une vapeur des lourds madriers saturés de vernis sombre. La marée était haute, l'eau ressemblait à de l'encre bleu-noir, les pilotis argentés ruisselaient d'humidité. Des voitures roulaient sur l'embarcadère, faisant vibrer les planches à claire-voie sur toute la longueur de la jetée. Le brouillard s'installait, apportant l'odeur humide et trouble des algues. Des barques obscures étaient à l'ancre, en mer.

Sur le quai à proprement parler les lumières brillaient, blanches et froides, par contraste avec les ombres profondes de l'océan. Le *Marina Restaurant* était illuminé, entouré par l'arôme savoureux du poisson et du bœuf grillés au charbon de bois. Un des voituriers courait tout au bout du petit parking pour reprendre un véhicule. Des mouettes se perchaient au-dessus du magasin d'articles de pêche, sur le toit pointu bordé d'un blanc neigeux là où les fientes d'oiseaux s'étaient accumulées. Les pêcheurs pliaient bagage, fermant leurs boîtes à pêche d'un coup sec, tandis qu'un pélican se dandinait dans les parages avec des yeux ronds comme des perles, dans l'espoir d'une dernière aumône.

En regardant derrière moi, vers la ville, je pouvais voir les collines assombries criblées d'épingles lumineuses. La 101 longe la plage (la côte de Californie, sur toute cette partie, s'étend curieusement d'est en ouest). De l'autre côté des quatre voies de l'autoroute, les bâtiments de la zone commerciale se perdaient dans le lointain de State Street, leur taille allant diminuant comme pour illustrer un cours de dessin sur la perspective. Les palmiers se détachaient sombrement sur la lumière artificielle qui commençait de baigner le centre-ville dans un halo jaune pâle.

Le soleil avait maintenant disparu mais le ciel n'était pas complètement obscur; il avait plutôt la couleur gris cendré du charbon de bois dans un foyer refroidi. J'atteignis la baraque en planches recouvertes d'une peinture marron qui abrite le *Santa Teresa Shellfish*. Huit tables de pique-nique flanquées de bancs en bois étaient solidement fixées sur l'embarcadère, en terrasse. A l'intérieur, les trois employés étaient tous des adolescents ou de jeunes adultes – comme Tippy, qui avait une vingtaine d'années; ils portaient des blue-jeans et les T-shirts bleu marine marqués d'un crabe, emblème du *Santa Teresa Shellfish*. Le long de la façade, des viviers d'eau de mer contenaient des tourteaux et des homards vivants, empilés les uns sur les autres comme de lugubres araignées marines. Dans une vitrine garnie de glace pilée, des tranches et des filets de poisson étaient disposés en rangées dont les couleurs allaient du gris au rose et au blanc. Un comptoir occupait toute la longueur de la baraque, à l'arrière. Au-delà, à travers une porte, je pouvais voir un énorme poisson que l'on était en train de vider.

Le personnel était occupé à fermer boutique et à nettoyer les comptoirs. J'observai Tippy pendant près d'une minute avant qu'elle remarque ma présence. Ses gestes étaient vifs, son allure efficace, pendant qu'elle attendait de noter la commande d'un type qui se tenait près de la vitrine.

– Dernière commande de la journée. Il faut qu'on ferme dans cinq minutes.

– Oh, c'est vrai. Pardon. Je ne m'étais pas rendu compte qu'il était si tard.

Le client se précipita vers le vivier et montra du doigt l'objet infortuné de ses désirs. Tippy fourra son carnet de commande dans sa poche et plongea le bras dans l'eau trouble. Adroitement, elle saisit un homard et le tint en l'air pour le soumettre à l'approbation du client. Elle posa bruyamment la bête sur le comptoir, décrocha un couteau de boucher et inséra la pointe sous la carapace exactement à l'endroit où la queue se rattache au corps épineux. Je détournai les yeux, mais cela ne m'empêcha pas d'entendre le craquement que produisit le couteau en sectionnant nettement le corps de la créature. Quelle horrible manière de gagner sa vie. Passer la journée à donner la mort pour un salaire dérisoire. Elle jeta le crustacé dans le cuiseur à vapeur, en claqua la porte et mit en marche la minuterie. Elle se tourna vers moi sans vraiment se rappeler qui j'étais.

– Qu'est-ce que je vous sers?

– Hello, Tippy. Kinsey Millhone. Comment allez-vous?

Je vis dans ses yeux qu'elle me reconnaissait enfin.

– Oh, salut. M'man vient de me téléphoner et elle m'a annoncé que vous alliez passer par ici. (Elle détourna la tête :) Corey? Est-ce que je peux partir maintenant? Je fermerai la caisse demain si tu peux le faire pour moi aujourd'hui.

– Pas de problème.

Elle se tourna vers le type qui attendait son homard pour dîner.

– Vous voulez quelque chose à boire?

– Avez-vous du thé glacé en boîte?

Elle retira la boîte de la glacière, mit de la glace dans un verre en carton et sortit une petite barquette de *coleslaw* placée à l'arrière de la vitrine. Elle griffonna le montant total tout en bas du ticket qu'elle détacha avec un geste théâtral. Il lui donna un billet de dix dollars et elle lui rendit la monnaie avec la même efficacité. Le cuiseur se mit à sonner. Tippy, munie d'un gant de protection, y plongea la main et jeta le homard bouillant sur l'assiette en carton. L'individu avait à peine eu le temps de ramasser sa commande qu'elle était déjà en train de dénouer son tablier et de franchir la porte sur le côté.

– On peut s'asseoir à l'une des tables à moins que vous préfériez aller ailleurs. Ma voiture est garée là-bas. Voulez-vous qu'on parle dans la voiture?

– Marchons jusque là? Je n'ai qu'une ou deux courtes questions à poser.

– Vous voulez savoir ce que je faisais la nuit où tante Isabelle a été tuée, c'est bien ça?

– C'est ça.

Je regrettai que Rhe ait eu le temps de lui téléphoner, mais que pouvais-je faire? Même si j'étais venue directement, Rhe aurait pu l'appeler. Maintenant Tippy avait été suffisamment alertée pour concocter une histoire de rechange – si nécessaire.

– Seigneur, j'ai pas cessé d'y réfléchir. J'étais chez mon père, je pense.

Je la regardai fixement un court instant.

– Vous ne vous souvenez de rien de particulier au sujet de cette nuit-là?

– Pas vraiment. J'allais encore au lycée à l'époque et j'avais probablement beaucoup de devoirs ou d'autres choses à faire à la maison.

– Vous n'étiez pas en congé scolaire? C'était le lendemain de Noël. La plupart des gosses sont en vacances pendant la semaine qui sépare Noël du Jour de l'An.

Elle fronça légèrement les sourcils.

– Ça doit être ça, si vous le dites. Je ne m'en souviens vraiment pas.

– Avez-vous la moindre idée de l'heure à laquelle votre maman vous a téléphoné pour vous annoncer ce qui était arrivé à Isabelle?

– Euh, je pense environ une heure plus tard. Quelque chose comme une heure après ce qui est arrivé. Je sais qu'elle a téléphoné de chez tante Isabelle, mais je pense qu'elle a dû rester là-bas un bon moment avec Simone.

– Est-il possible que vous ayez été dehors vers une heure ou une heure et demie?

– Une heure et demie du matin? Qu'est-ce que vous voulez dire, pour faire quoi?

– Par exemple, un rendez-vous, ou peut-être tout simplement traîner avec vos copains.

– Non-on. Mon père n'aimait pas que je sorte la nuit.

– Etait-il à la maison cette nuit-là?

– Certainement. Probablement, dit-elle.

– Vous rappelez-vous ce que votre maman a dit quand elle a téléphoné?

Elle réfléchit un petit moment.

– Je ne crois pas. Pour tout dire, je me rappelle qu'elle m'a réveillée et elle pleurait et tout.

– Est-ce que votre père possède une camionnette?

– Seulement pour son travail, dit-elle. Il est peintre en bâtiment et il transporte son matériel dans la camionnette.

– Avait-il déjà la même camionnette à l'époque?

– Il a toujours eu la même camionnette aussi loin que je m'en souvienne. En fait, il en aurait bien besoin d'une neuve.

– La sienne est blanche?

Cette question-là lui fit ralentir le pas. Etait-ce une ruse?

– Ouais, dit-elle. Pourquoi?

– Voilà de quoi il s'agit, dis-je. J'ai parlé à quelqu'un qui dit vous avoir vue dehors cette nuit-là, au volant d'une camionnette blanche.

– Mais c'est dingue. Je n'étais pas dehors, dit-elle avec un léger soupçon d'indignation.

– Et votre père? Il utilisait peut-être la camionnette.

– J'en doute.

– Comment s'appelle-t-il? Je peux vérifier cela avec lui. Il se souvient peut-être de quelque chose.

– Allez-y. Ça m'est égal. C'est Chris White. Il habite à West Glen, un peu plus loin que ma mère, après le virage.

– Merci. Ça m'a été vraiment utile.

Cette réflexion parut la contrarier.

– Comment ça?

Je haussai les épaules et dis :

– Bien sûr, si votre père peut confirmer le fait que vous étiez à la maison, alors toute cette question n'est sans doute qu'une erreur d'identité.

Je m'arrangeai pour donner à ma voix une toute petite pointe de doute, insinuante. Le résultat ne se fit pas attendre.

– Qui est-ce qui dit m'avoir vue?

– Ne vous inquiétez pas, dis-je en regardant ma montre. Il faut que je vous laisse.

– Vous voulez que je vous raccompagne ou autre chose? Ça ne me dérange pas, dit-elle, faisant assaut de bonne volonté.

– Je suis venue à pied de chez moi; merci quand même. On se parlera plus tard.

– Bonne nuit, dit-elle.

Son sourire d'adieu semblait artificiel, c'était une de ces expressions assombries par des émotions contradictoires. Si elle n'y prenait pas garde, ces petites rides entre les deux yeux, quand elle fronçait les sourcils allaient l'obliger à subir une intervention de chirurgie esthétique quand elle aurait trente ans. Je jetai un coup d'œil en arrière; elle m'adressa un geste d'adieu dépourvu d'enthousiasme et je le lui rendis. En parcourant l'embarcadère en sens inverse, je ne pouvais m'empêcher de chantonner dans ma tête : « Croix de bois croix de fer, comme elle ment, elle va en enfer » pour des raisons que je ne pouvais m'expliquer.

Ce soir-là, mon dîner se composait de céréales et de lait écrémé. Je mangeai, le bol à la main, debout près de l'évier de la cuisine, tout en regardant par la fenêtre. J'essayais de me vider l'esprit, d'effacer les événements qui s'étaient produits dans la journée, de les réduire à un nuage de poussière crayeuse. J'étais toujours préoccupée par Tippy, mais ça ne servait à rien de vouloir résoudre le problème à toute force. Je m'efforçai de ranger l'affaire dans un coin de mon subconscient pour y revenir plus tard. Ce qui me taraudait allait bien finir par faire surface.

A 18 h 40, j'allai à mon rendez-vous avec Francesca Voigt. Comme presque tous les principaux acteurs de ce drame, elle et Kenneth Voigt habitaient Horton Ravine. Je partis vers l'ouest sur Cabana Avenue et grimpai tout en haut de la longue route pleine de virages qui part de Harley Beach, pour aborder Horton Ravine par l'arrière. A l'origine ces terres appartenaient à deux ranches de plus de mille deux cents hectares chacun ; ils avaient été rachetés et réunis au milieu du XIXe siècle par un capitaine de navire appelé Robertson qui, à son tour, avait vendu la terre à un éleveur de moutons, un certain Tobias Horton. Par la suite, le terrain avait été divisé en six cent soixante-dix parcelles boisées, allant de six mille mètres carrés à vingt hectares, parcourues par un réseau de quelque cinquante kilomètres de sentiers. Une vue aérienne aurait pu montrer que deux villas, situées apparemment à des kilomètres l'une de l'autre, n'étaient séparées que par quelques centaines de mètres, la distance étant due au fait que les routes formaient des lacets. En vérité, David Barney n'était pas la seule personne dont la propriété jouxtait celle d'Isabelle.

Les Voigt vivaient sur quelque deux à trois hectares, à en juger par la longueur de la haie haute de quatre ou cinq mètres qui courait le long de la route à flanc de colline. Les arbustes et les plates-bandes fleuries étaient bien entretenus, des eucalyptus immenses bordaient le tout. L'allée carrossable faisait un demi-cercle autour d'un massif de pensées plantées serré pour former une gamme de rouges foncés et de pourpres. Un peu plus loin sur la droite, j'apercevais des écuries, une sellerie et un enclos vide. On respirait une faible odeur de moisi, de paille, d'humidité mélangée à des relents de crottin de cheval.

La maison était bâtie de plain-pied, en briques peintes en blanc ; de longues terrasses couraient sur le devant, des volets vert foncé fermant les vastes fenêtres à meneaux dans le style des plantations. Je laissai ma voiture dans l'allée, actionnai la sonnette et attendis. Une femme de chambre blanche et impassible, vêtue d'un uniforme noir, ouvrit la porte. Elle devait avoir une cinquantaine d'années et quelque chose indiquait qu'elle était étrangère, peut-être l'ossature du visage, la forme du corps... Elle ne regardait pas tout à fait en face. Son regard s'arrêta à peu près à la hauteur de ma clavicule et s'y fixa tandis que j'indiquais qui j'étais et lui expliquais que j'étais attendue. Elle ne répondit pas, mais fit savoir par son attitude qu'elle avait compris mes paroles.

Je la suivis dans l'entrée de marbre blanc poli, puis sur un sol couvert de moquette blanche aussi épaisse et virginale qu'une lourde couche de neige. Elle me fit traverser la salle de séjour – toute de verre et de chrome, sans un bibelot ou un livre à portée du regard. La pièce semblait conçue pour servir de piste à des coureurs géants. Les meubles étaient tous énormes et tapissés de blanc : gros canapés rebondis, fauteuils massifs, table basse en verre aussi vaste qu'un matelas de lit double. Sur une crédence imposante, il y avait une coupe remplie de pommes en bois aussi grosses que des balles de base-ball. Cela faisait un drôle d'effet et ressuscitait en moi les impressions que j'éprouvais à cinq ans. Peut-être que sans le savoir je m'étais mise à rétrécir.

Nous longions un couloir aussi large qu'un chasse-neige lorsque la femme de chambre s'arrêta devant une porte, frappa une fois et l'ouvrit à mon intention, en fixant poliment mon sternum pendant que je passais devant elle. Francesca était assise devant une machine à coudre dans une pièce à l'échelle humaine, peinte d'un jaune crémeux. Tout un mur était occupé par un placard grand ouvert, construit sur mesure et merveilleusement aménagé ; on y voyait des boîtes pour les patrons, des rouleaux de tissu, de la doublure et des accessoires de couture. La pièce était aérée, bien éclairée, avec un parquet de bois pâle, blond et verni.

Francesca était grande, très mince, avec des cheveux bruns coupés court et un visage bien dessiné. Elle avait des pommettes hautes, une mâchoire forte, un long nez droit et une bouche boudeuse à la lèvre supérieure très prononcée. Elle portait de larges pantalons blancs magnifiquement coupés, avec une longue tunique pêche ceinturée de cuir. Ses mains étaient minces, ses doigts longs, ses ongles brillants. Une série de lourds bracelets d'argent cliquetaient comme des chaînes à ses poignets, ce qui confirmait mes soupçons selons lesquels le charme est un fardeau que seules les femmes très belles sont assez fortes pour supporter. Elle donnait l'impression qu'il se dégageait d'elle un parfum de lilas ou d'oranges fraîchement pelées.

Francesca souriait en me tendant la main et nous nous présentâmes l'une à l'autre.

– Prenez un siège. J'ai presque fini. Dois-je demander à Guda de nous apporter un peu de vin?

– Ce serait gentil.

Je jetai un regard en arrière, à temps pour voir le regard de Guda s'abaisser jusqu'à la boucle de la ceinture de Francesca. Je me dis que cela signifiait qu'elle avait entendu et allait s'exécuter. Elle acquiesça de la tête et sortit de la pièce sur ses semelles de crêpe.

– Est-ce qu'elle parle anglais? demandai-je une fois la porte fermée.

– Pas couramment, mais assez bien. Elle est suédoise. Elle n'est ici que depuis un mois. La pauvre. Je sais qu'elle a le mal du pays mais je n'arrive pas à briser la glace.

Elle se rassit près de sa machine, souleva une longueur de tissu vaporeux bleu.

– J'espère que ça ne vous paraîtra pas grossier mais je n'aime pas laisser un travail inachevé.

Habilement elle retourna la pièce de tissu, régla une touche et piqua un rang de grands points. La machine à coudre faisait un bourdonnement doux et grave. Je l'observais, réduite au mutisme. Je n'étais pas assez compétente en matière de couture pour formuler une question, mais elle parut sentir ma curiosité et leva les yeux avec un sourire.

– C'est un turban, au cas où vous vous le demanderiez.

Je crée des coiffures pour des malades atteintes du cancer.

– Comment se fait-il que vous vous occupiez de cela?

Elle ajouta un petit carré de bande Velcro et piqua les bords, tout autour, son genou pressant le levier qui actionnait la machine.

– J'ai subi une chimiothérapie pour un cancer du sein il y a deux ans. Un matin, sous la douche, toute ma chevelure est tombée par poignées. Je devais aller à un déjeuner, une heure plus tard, et j'étais là, chauve comme un œuf. J'ai improvisé quelque chose avec un foulard que j'avais sous la main, mais ce n'était pas une grande réussite. Le tissu synthétique n'adhère pas bien à un crâne aussi lisse que du verre. L'idée de me lancer dans cette affaire s'est imposée à moi pendant tout le reste du traitement, et à la fin je me suis jetée à l'eau. C'est drôle de voir comment les choses se passent. Une tragédie peut transformer votre vie si vous y êtes prête. Avez-vous jamais été gravement malade? demanda-t-elle en lançant un coup d'œil dans ma direction.

– J'ai été hospitalisée pour avoir été rouée de coups. Est-ce que ça revient au même?

Elle ne répondit pas par une exclamation de surprise ou d'horreur comme le font les gens, habituellement. Etant donné ce qu'elle avait traversé, le fait de se faire démolir le portrait devait lui paraître un moindre mal.

– Appelez-moi si ça vous arrive encore. J'ai des cosmétiques qui permettent de camoufler toutes les sortes de contusions possibles. En réalité, j'ai toute une gamme de produits contre les ravages du destin. Mon entreprise s'appelle « Couvre-Chefs ». J'en suis l'unique propriétaire.

– Comment va votre santé à présent?

– Je vais bien. Merci de vous en inquiéter. De nos jours, nous sommes nombreuses à en réchapper. Ce n'est pas comme dans le temps, quand tout diagnostic de cancer signifiait qu'on allait en mourir.

Elle posa l'autre petit carré de bande Velcro, puis releva le pied de la machine à coudre, enleva le tissu et coupa les fils. Adroitement, elle ajusta le turban autour de sa tête.

– Qu'en pensez-vous?

– Très exotique, dis-je. Evidemment, *vous* pourriez vous envelopper la tête dans du papier toilette et vous auriez encore l'air très chic.

Elle éclata de rire.

– Ça me plaît. Le turban jetable. (Elle ôta le turban et secoua sa chevelure pour la remettre en place.) Voilà qui est fait. Allons sur la terrasse. On peut mettre le chauffage s'il fait frisquet.

La vaste terrasse de pierre à l'arrière de la maison surplombait Santa Teresa et avait vue sur les montagnes. Dans la ville, au-dessous de nous, les lumières de la ville commençaient à briller. Nous nous installâmes dans des fauteuils en osier capitonnés de coussins rebondis en chintz à fleurs. La piscine éclairée formait un rectangle bleu-vert tout luisant, avec une fontaine à l'une de ses extrémités. De minces volutes de vapeur s'élevaient à la surface, brise légère qui sentait le chlore. L'herbe alentour était luxuriante et sombre; la maison, derrière nous, ressemblait à une flambée de jaune.

Guda surgit avec une bouteille de chardonnay plongée dans un seau à glace, deux verres à vin au long pied et un plateau de canapés variés. Je posai mes pieds sur une ottomane en osier et grignotai quelques petits amuse-gueule. Guda nous avait également servi des crackers aussi friables et insipides que de l'ardoise, tartinés de fromage blanc aux fines herbes parfumé à l'ail. Sur l'assiette de crackers, elle avait disposé des tomates-cerises fourrées de thon et de petits feuilletés au fromage. Après mon somptueux souper de céréales froides, il fallut que je réfrène mon envie de me jeter sur la nourriture comme un chien perdu, en grondant. Je pris une gorgée de vin, qui avait un goût soyeux de pomme et de chêne. Nous autres, foutus détectives privés, nous n'avons pas les mêmes façons de vivre.

– Vous devez être heureuse, dis-je.

Francesca regarda autour d'elle comme si elle observait tout par mes yeux.

– C'est bizarre que vous ayez dit ça. Je songe à quitter Kenneth. J'attendrai que le procès soit terminé, mais je ne vois pas ce qui pourrait me retenir, après ça.

– Vraiment? dis-je, surprise par cette confession.

– Oui, vraiment. C'est une question de priorités. Pendant longtemps j'ai cru que le plus important était de me faire aimer par lui. Maintenant je comprends que mon bonheur n'a rien à voir avec lui. Il m'a tenu compagnie au temps de l'opération et pendant la chimio, et je lui en suis reconnaissante. On m'a raconté un tas d'histoires sur les maris qui ne peuvent pas supporter les angoisses interminables d'un combat contre le cancer. Mais dans notre cas, c'est moi qui ai changé. La gratitude ne suffit pas dans le mariage. Je me suis réveillée un matin et j'ai découvert que je faisais fausse route.

– Qu'est-ce qui a déclenché ce constat?

– Rien de particulier. C'est comme quand on s'est trouvée dans une pièce obscure où les lumières s'allument soudainement.

– Qu'est-ce que vous ferez si vous partez?

– Je n'en sais rien, mais ce sera simple. Je ressens sans doute le même étonnement que vous à l'idée de me trouver ici. Je ne suis pas née avec de l'argent. Mon père était le concierge d'une école primaire et ma mère travaillait dans une pharmacie où elle remplissait les étagères de fil dentaire et de Préparation H.

L'image me fit éclater de rire.

– Pour moi, on dirait que vous avez toujours vécu ici.

– Je ne suis pas certaine que ce soit un compliment. J'apprends vite. Quand Kenneth et moi avons commencé à sortir, j'observais toutes les personnes de son entourage. Je cherchais à repérer qui était vraiment élégant et j'imitais tous ses faits et gestes, en y ajoutant toutes les fioritures que je pouvais imaginer, bien entendu, pour que cela ait l'air original. C'est une simple question de trucs. Je pourrais tout vous apprendre en un après-midi. C'est plutôt distrayant, mais rien de tout cela n'a vraiment d'intérêt.

– Vous n'êtes pas heureuse de posséder tout ce que vous avez?

– Je pense que oui. Je veux dire que, bien sûr, c'est agréable, mais je passe la plupart de mes journées dans mon salon de couture. Je pourrais faire ça n'importe où.

– Je n'arrive pas à croire ce que vous dites. On m'a dit que vous étiez folle de Kenneth.

– C'est ce que je pensais, moi aussi, et je l'étais sans doute. J'étais complètement toquée de lui dans les tout premiers temps de notre liaison. On aurait dit une sorte de folie. Je pensais qu'il était puissant et fort, intelligent, conscient de ses responsabilités, très viril. Il correspondait à l'image que je m'étais faite de ce qu'un homme devait être, mais voulez-vous que je vous dise? Il s'est révélé plutôt superficiel, ce qui ne veut pas dire que je sois moi-même quelqu'un de profond. Je me suis éveillée un beau jour et je me suis demandé : « Qu'est-ce que je suis en train de faire? » Vraiment, c'est difficile de vivre à ses côtés. Il ne lit pas. Il ne réfléchit pas. Il a des opinions mais pas d'idées. Et la plupart de ses opinions, il les prend dans *Time*. Il est si renfermé sur le plan affectif que j'ai l'impression de vivre dans un désert.

– Il me semble que la moitié des personnes que je connais sont dans le même cas, dis-je.

– Peut-être bien. C'est peut-être moi, mais... il a beaucoup changé ces dernières années. Il est si cafardeux et triste. Vous l'avez rencontré, n'est-ce pas? Quelle a été votre réaction?

Je haussai les épaules pour ne pas me mouiller.

– Il me paraît bien, dis-je.

Je ne l'avais vu qu'une fois et je ne l'avais pas trouvé séduisant, mais j'évite de dire du mal d'un conjoint à l'autre. D'après mon expérience, ils peuvent se réconcilier le soir même, et alors toutes mes réflexions seront rapportées mot pour mot. Je changeai de sujet.

– A propos de réactions, quelles ont été les vôtres vis-à-vis d'Isabelle? J'ai cru comprendre qu'une partie de votre témoignage porterait là-dessus.

Francesca fit une grimace et gagna du temps jusqu'à ce que nous ayons terminé nos verres de vin.

– Là-dessus et sur l'abominable disparition du revolver. Nous étions tous présents. En ce qui concerne Isabelle, elle était un peu comme Kenneth par certains côtés : magnétique en apparence, mais il n'y avait rien derrière. Elle avait vraiment du talent, mais en tant que personne elle n'était ni chaleureuse ni attentive.

– Vous et Kenneth, vous vous êtes liés ap... fut attachée à David Barney.

– C'est exact. Nous nous sommes rencontrés à u... rée de bienfaisance du Canyon Country Club. J'y é... allée avec un ami et quelqu'un nous a présentés l'un à l'autre. Isabelle venait juste de le quitter et il avait l'air d'un chien battu. Vous voyez ce que je veux dire. Rien n'est plus irrésistible qu'un homme en train d'appeler à l'aide. J'étais sous le charme. Je lui ai couru après. Je pensais que, si je ne pouvais pas l'avoir, j'en mourrais. Je devais avoir l'air d'une folle. Des gens ont essayé de m'avertir, mais je ne voulais rien entendre. Pendant les six mois qu'a duré son divorce, je l'ai materné, consolé, chouchouté en roucoulant.

– Ça a marché, semble-t-il?

– Ça, j'ai obtenu ce que je voulais – pour tout le bien que ça m'a fait! On s'est mariés à la minute où il s'est retrouvé libre, mais pour lui le cœur n'y était pas. Il lui restait attaché, ce qui fait que je me suis entêtée pendant longtemps. Je savais qu'il ne m'aimait pas, alors comment lui résister? Il fallait que je l'adule, que je rampe. Il fallait que je lui plaise à tout prix. Rien de tout cela n'a marché, bien entendu. Je veux dire que, dans le fond, il préfère les femmes qui le rejettent tout comme il me rejette. Est-ce que ce n'est pas pathétique? Il va probablement tomber amoureux de moi, à en perdre la tête, le jour où je lui ferai part de mon intention de divorcer.

– Qu'est-ce qui a modifié votre attitude, le cancer?

– En partie. Le procès a joué un rôle bien plus important. J'ai compris, à un certain moment, que c'était sa manière à lui de rester attaché à Isabelle. Là, il peut se sentir concerné. Il peut souffrir pour elle. S'il ne peut pas l'avoir, elle, au moins il peut avoir l'argent. C'est ça qui compte, maintenant.

– Et en ce qui concerne leur fille, Shelby? Qu'est-ce qu'elle vient faire dans tout ça?

– C'est une gentille enfant. Il la voit à peine. Elle est rarement à la maison. Une fois de temps en temps, à peu près tous les deux ou trois mois, il va la voir à l'école et la sort pour la journée. Il vont dîner, voir un film, et ça s'arrête là.

– Je croyais que toute l'affaire était à cause d'elle, pour faire en sorte qu'elle ne soit jamais dans le besoin.

– C'est ce qu'il dit, mais c'est ridicule. Il est royalement assuré. Si quelque chose lui arrivait, Shelby toucherait un million de dollars. Qu'est-ce qu'il lui faut de plus? Il refuse de décrocher. Voilà le pourquoi de l'action en justice. Seigneur, est-ce que je me conduis comme une garce en disant ça?

– Pas du tout. Je vous suis reconnaissante de votre sincérité. Franchement, je ne pensais pas que vous me diriez grand-chose.

– Je vous dirai tout ce que vous voudrez savoir. Toutes ces personnes m'indiffèrent. J'avais l'habitude de chercher à protéger les autres. A une époque, je n'aurais pas dit un mot. Je me serais sentie coupable ou déloyale. Maintenant, ça ne me paraît plus avoir aucune importance. J'ai fini par les regarder avec une grande clairvoyance. Je suis comme ces myopes à qui l'on fait soudain porter des lunettes. Tout est tellement plus net, c'est étonnant.

– Quoi, par exemple?

– Ce que je viens de vous raconter... Kenneth et son obsession. Le plus dur pour lui, ça a été quand Isabelle l'a quitté; il lui a fallu s'avouer qu'elle était dangereusement narcissique. Comme elle est morte, il peut recommencer à croire qu'elle était parfaite.

– Elle et David ont fait connaissance sur leur lieu de travail, c'est bien comme cela que ça s'est passé? Dans le cabinet de Peter Weidmann?

– C'est exact. Ç'a été « le coup de foudre », dit-elle en formant des guillemets avec ses doigts.

– Vous pensez qu'il l'a tuée?

– David? Je ne suis pas certaine de pouvoir répondre à ça. Pendant le procès, je le pensais vraiment, mais maintenant cela n'a plus beaucoup de sens à mes yeux. Je veux dire, si on examine la situation. Est-ce que vous n'avez pas été frappée par le caractère « féminin » de cet assassinat? Ça m'a toujours étonnée que personne n'ait songé à en parler. Je ne veux pas avoir l'air sexiste, mais il y a quelque chose de presque « hygiénique » dans le fait de tirer à travers un judas. Peut-être est-ce un préjugé de ma part,

mais j'ai tendance à penser que quand les hom
c'est plus brutal et direct. Ils étranglent ou assomm
poignardent. En face. Même quand ils tirent un coup
feu, ça n'a rien de détourné ou de sournois. Ça fait BOUM ! Ils vous font sauter la cervelle. Ils ne s'approchent pas sur la pointe des pieds.

– En d'autres termes, les hommes ont tendance à tuer de face.

– Exactement. En tirant à travers un judas, c'est comme si vous ne vouliez pas assumer votre acte. Vous ne voulez même pas avoir à *regarder* le sang, prendre le risque d'être éclaboussé. David peut bien l'avoir harcelée, mais il le faisait d'une manière si visible. Au grand jour, devant Dieu et la terre entière. Malgré les injonctions et les flics, tous les deux se hurlaient l'un après l'autre au téléphone. S'il l'a réellement tuée, il aurait dû savoir qu'il serait le premier à être soupçonné. Quant à cette affaire de jogging, quelle idée stupide. Croyez-moi, c'est quelqu'un de malin. S'il avait été coupable, il se serait certainement procuré un bien meilleur alibi que celui-là.

– Mais qu'est-ce que vous avez dans l'idée ? Vous devez avoir une théorie quelconque ou vous ne diriez pas tout ça.

– Simone, éventuellement.

– La sœur jumelle d'Isabelle ?

– Etes-vous au courant de ce qui leur est arrivé ?

– Je ne pense pas, dis-je, mais je suis certaine que vous allez tout me dire.

Le ton de ma voix la fit éclater de rire.

– Alors, écoutez bien. Elles ne se sont jamais vraiment bien entendues. Isabelle faisait tout ce qu'elle avait envie de faire et ça retombait la plupart du temps sur la tête de la pauvre Simone. Isabelle avait tout, du moins en apparence : l'allure, le talent, un amour d'enfant. Ah, et c'est là que le bât blesse. Simone souhaitait par-dessus tout avoir un bébé. Mais son horloge biologique s'est mise à l'heure d'hiver. Je crois que vous l'avez vue ?

– Je lui ai parlé hier.

– Avez-vous remarqué qu'elle boite ?

– Bien sûr, mais elle n'en a pas fait état et je n'ai pas posé de question.

– C'est à cause d'un terrible accident. Par la faute d'Isabelle, je le crains. Ça s'est passé il y a peut-être sept ans, à peu près un an avant la mort d'Iz. Celle-ci était ivre ; après avoir ramené la voiture à la maison, elle l'avait laissée dans l'allée sans serrer le frein à main. La voiture s'est mise à descendre cette horrible colline, en fonçant dans le sous-bois, et en prenant de la vitesse. Simone se trouvait en bas, près de la boîte aux lettres ; elle a été heurtée de plein fouet. Bassin écrasé, fémur écrasé. Ils ont déclaré qu'elle ne pourrait plus jamais marcher mais elle a relevé le défi. Vous vous en êtes probablement rendu compte vous-même. Elle se débrouille très bien.

– Mais plus question d'avoir d'enfants.

– C'est exact. Et ce qui rend les choses plus terribles encore, c'est qu'elle était fiancée à l'époque et que son fiancé a rompu. Il voulait fonder une famille. Fin de l'histoire. Pour Simone, c'était vraiment la goutte d'eau qui faisait déborder le vase.

Je la regardai bien en face en essayant d'évaluer la portée du renseignement.

– Ça mérite réflexion, dis-je.

13

Sur le chemin de la maison, je m'arrêtai *Chez Rosie*. Je ne fréquente pas habituellement les bars, mais je me sentais nerveuse et ça ne me disait rien de rester seule à ce moment précis. Chez Rosie, je peux m'asseoir dans un box à l'arrière et réfléchir aux aléas de l'existence sans que personne ne me dévisage, ne m'interpelle, ne m'agresse ou ne me dérange. Après le vin que j'avais bu chez Francesca, je pensais qu'une tasse de café serait la bienvenue. Ce n'était pas vraiment pour dessoûler. Le vin de Francesca était aussi délicat que des violettes. Le vin blanc que l'on consomme chez Rosie est servi dans d'énormes cruches de deux litres et demi, remplies à ras bord que l'on peut utiliser, après les avoir vidées, pour stocker de l'essence et d'autres liquides inflammables.

Les affaires marchaient très fort. Un groupe de femmes boulistes était là, une bande bruyante qui célébrait une victoire dans quelque championnat. Elles paradaient tout autour de la pièce avec un trophée qui avait la taille de la *Victoire de Samothrace*, en faisant beaucoup de bruit; elles lançaient des coups de sifflets, poussaient des acclamations et tapaient des pieds. Normalement Rosie ne tolère pas les chahuts, mais leur joie était contagieuse et elle ne disait rien.

Je me dénichai toute seule une tasse et je la remplis à la cafetière que Rosie tient en réserve derrière le bar. Tandis que je me glissais dans ma stalle favorite, j'aperçus Henry qui entrait. Je lui adressai un grand signe et il fit un détour pour se diriger vers moi. Une des championnes était en train de mettre des pièces dans le juke-box. La musique se mit à tonner dans tout le bar envahi dans le même temps par la fumée de cigarette, les « Youpi! » et les rires rauques.

Henry vint s'affaler en face de moi et posa sa tête sur son bras.

– C'est formidable. Le bruit, le whisky, la fumée, la vie! J'en ai tellement marre de rester avec mon hypocondriaque de frère. Il me rend dingue. Dieu m'est témoin. Ses histoires de régime et sa santé nous occupent toute la sainte journée. Toutes les heures, il avale une pilule ou boit un verre d'eau... pour se laver l'organisme. Il fait du yoga pour se détendre. Il fait de la gymnastique suédoise pour se réveiller. Il prend sa tension deux fois par jour. Il plonge dans ses urines des petites languettes pour en vérifier le taux de glucose et de protéine. Il tient un compte exact de toutes les fonctions de son organisme. Il note chaque petite douleur, chaque démangeaison. Si son intestin gargouille c'est un symptôme. S'il pète, il faut qu'il l'annonce. Comme si je ne l'avais pas déjà remarqué. Ce gaillard est l'être humain le plus obsédé, le plus assommant, le plus totalement emmerdant que j'aie jamais vu; et il n'est là que depuis vingt-quatre heures. Je n'arrive pas à y croire. Mon propre frère!

– Tu veux un verre?

– J'ose pas. Je pourrais pas m'arrêter. Il manquerait plus qu'on soit obligé de me désintoxiquer.

– Il a toujours été comme ça?

Henry hocha la tête d'un air morne.

– Je ne m'en étais jamais rendu compte jusqu'à maintenant. Peut-être bien qu'avec l'âge ça a sacrément empiré. Je me rappelle qu'il lui arrivait toutes sortes d'accidents quand il était petit. Il faisait des chutes du haut des arbres et il tombait des balançoires. Une fois, il s'est cassé un bras. Il s'est fourré un crayon dans l'œil et il a failli se rendre aveugle. Et ne parlons pas des coupures. Ah mon Dieu, on ne pouvait pas le laisser à proximité d'un couteau. Il avait toutes sortes d'allergies et des choses bizarres ne fonctionnaient pas chez lui. Ses glandes salivaires étaient atteintes de paralysie spasmodique... c'est vrai. Plus tard, pendant dix ans, on lui a enlevé des tas d'organes. Les amygdales et les végétations, l'appendice, la vésicule, un rein, quatre-vingts centimètres d'intestin grêle. Il avait même réussi à se faire éclater la rate. Il s'en est sorti. On aurait pu construire un être humain complet avec les morceaux qu'on lui a pris.

Je levai les yeux et me rendis compte que Rosie, debout derrière mon épaule, écoutait les imprécations de Henry avec une expression placide.

– Il nous fait une déprime?

– Son frère est venu le voir du Michigan.

– Il peut pas l'encaisser?

– Il est en train de le rendre dingue. C'est un hypocondriaque.

Elle se tourna vers Henry d'un air intéressé.

– Qu'est-ce qu'il a? Il est malade?

– Non, il est pas malade. C'est un foutu névrosé.

– Amène-le. Moi guérir. C'est rien.

– Je ne pense pas que vous saisissiez bien l'ampleur du problème, dis-je.

– Pas problème. Je sais faire quoi. Quel nom il a, ce frère?

– Son nom est William.

Rosie répéta « William » en l'inscrivant sur son petit carnet.

– C'est dit. Moi guérir. Pas de souci.

Elle s'éloigna de la table; son babil flottait autour d'elle comme la pèlerine d'une sorcière.

– Est-ce un effet de mon imagination ou son anglais aurait-il empiré dernièrement? demandai-je.

Henry leva les yeux vers moi avec un sourire triste. Je lui fis sur la main une caresse maternelle.

– Du cran. C'est dit. Pas de souci. Elle guérir.

J'étais à la maison à dix heures, mais je n'avais pas envie de poursuivre ma campagne de nettoyage. J'ôtai mes chaussures et fis la poussière dans l'escalier à l'aide de mes socquettes sales, sans y mettre trop d'ardeur, pendant que je montais me mettre au lit. Ça suffirait comme ça pensai-je.

Ce fut un télégramme envoyé par mon subconscient qui me réveilla au petit jour. « Camionnette », disait le message. Quelle camionnette? J'ouvris les yeux et me mis à regarder fixement le ciel au-dessus de mon lit. Mon grenier était très sombre. Les étoiles étaient cachées par des nuages, mais le dôme de verre semblait luire grâce aux lumières de la ville réfractées par la pollution atmosphérique. Le message devait se rapporter à la présence de Tippy au carrefour. Je n'avais pas cessé de ruminer la question depuis que David Barney en avait fait état pour la première fois. S'il avait tout inventé, pourquoi mêler le nom de Tippy à cette histoire? Elle aurait pu avoir une explication toute prête quant à l'endroit où elle se trouvait cette nuit-là. S'il mentait à propos de l'incident, pourquoi prendre un tel risque? Les ouvriers des services d'entretien l'avaient vue, eux aussi... en fait, pas vraiment elle, mais la camionnette. Où donc avais-je vu qu'il était fait état d'une camionnette?

Je m'assis sur mon lit, repoussai les couvertures et allumai la lumière, en clignant des yeux sous l'éclairage brutal. Au lieu d'un peignoir, j'enfilai mon survêtement. Nu-pieds, je descendis mon escalier à tâtons, allumai la lampe dans l'entrée, partis à la recherche de mon porte-documents, et me mis à trier le tas de chemises que j'avais apportées à la maison. Je trouvai le dossier que je cherchais et l'emportai sur le canapé, où je m'assis, les pieds sous moi, pour feuilleter les vieilles photocopies du *Santa Teresa Dispatch*. Pour la troisième fois en deux jours, je passai au peigne fin, l'une après l'autre, toutes les colonnes. Rien pour le 25. Ah! En tête des nouvelles locales du 26 décembre, il y avait un petit article que j'avais déjà vu sur l'accident mortel causé par un chauffard et dont avait été victime un vieillard, échappé d'une maison de repos du quartier. L'homme avait été renversé par une camionnette en haut de State Street et il avait été tué sur le coup. Le nom de la victime avait été gardé secret en attendant que l'on notifie la nouvelle à la famille. Malheureusement je n'avais pas fait de copie des journaux de la semaine suivante, de sorte que je ne pouvais pas lire la suite.

Je pris l'annuaire et cherchai dans les pages jaunes la rubrique Maisons de repos et Hôpitaux. Il y avait de nombreuses sous-rubriques : foyers, hôpitaux, maisons de santé, maisons de repos et sanatoriums, qui se recoupaient l'une l'autre. Finalement, sous le titre Maisons de santé, je trouvai une liste exhaustive. Il n'y avait qu'un seul établissement à proximité du lieu de l'accident. Je pris note de l'adresse, éteignis les lumières et remontai me coucher. Si je parvenais à établir un lien entre cette camionnette et celle que possédait le père de Tippy, il se pourrait bien que l'on fasse un grand pas en avant quant aux raisons pour lesquelles la jeune fille refusait d'admettre qu'elle était sortie ce soir-là. Cela allait également permettre de vérifier tout ce que David Barney avait dit.

Dans la matinée, après avoir couru mes cinq kilomètres habituels, pris une douche, avalé mon petit déjeuner, et donné un coup de téléphone en vitesse au bureau, je partis pour le quartier de South Rockingham où le vieillard avait été tué. Au début du siècle, il n'y avait à South Rockingham que des fermes, des champs plats couverts de haricots et de noyers; les récoltes étaient confiées à des équipes itinérantes qui voyageaient avec des machines à vapeur, des cantines ambulantes et des roulottes. Une photographie ancienne montre une trentaine de gars alignés devant leur encombrant engin. La plupart des hommes sont moustachus et lugubres; ils portent des foulards noués autour du cou, des chemises à manches longues, des salopettes et des chapeaux de feutre. Ils s'appuient résolument sur leurs fourches, dans le soleil de midi écrasant et poussiéreux. La terre, sur les photos de ce genre, a toujours l'air plate et impitoyable. Il y a peu d'arbres et l'herbe, s'il y en a, semble rare et clairsemée. Des photos aériennes plus tardives montrent les rues ouvertes en éventail à partir du centre-ville, comme les rayons d'une roue de chariot. Au-delà, les carrés de vergers plantés de jeunes citronniers dessinent une sorte de quilt. Aujourd'hui, South Rockingham est un quartier de maisons modestes. La moitié datent d'avant 1940, occupées par des familles de la classe moyenne. Les autres ont été construites pendant la période de relative prospérité qui s'est étendue de1955 à 1965. Chaque pouce de terrain est occupé par une végétation dense, les maisons sont entassées sur chaque parcelle disponible. Néanmoins, l'endroit passe pour enviable, car il est calme, attrayant et bien entretenu.

Je repérai la maison de convalescence, un bâtiment de plain-pied aux murs crépis, entouré de parkings sur trois côtés. Vu du dehors, cet établissement de cinquante lits semblait claire et propre, il coûtait probablement assez cher. Je me garai au bord du trottoir et escaladai les quatre marches de ciment qui conduisaient à l'entrée. De part et d'autre, l'herbe était dans sa phase de sommeil, bien tondue, mouchetée de jaune. Un drapeau américain pendait mollement au bout d'un mât au-dessus de la porte.

J'entrai, en poussant une vaste porte, dans un hall de réception confortablement meublé, décoré dans le style d'une excellente chaîne de motels. La proximité de Noël ne se faisait pas encore sentir. La gamme des couleurs était agréable : des bleus et des verts dans des tons apaisants, rien d'excitant. Il y avait un canapé recouvert de chintz et quatre fauteuils assortis, disposés de façon à susciter l'envie d'échanger des propos intimes. Sur les tables basses du fond, on voyait se chevaucher les titres de magazines soigneusement disposés en éventail; c'était surtout des numéros de *Modern Maturity*. Il y avait deux ficus, qui, vus de près, étaient en fait artificiels. L'un et l'autre auraient mérité un coup de chiffon, mais au moins ils n'étaient pas menacés de jaunissement et de maladie.

A la réception, je demandai à voir le directeur du personnel soignant et l'on me dirigea vers le bureau d'un certain Mr. Hugo, qui se trouvait au milieu du couloir sur ma gauche. Cette aile du bâtiment étaient entièrement réservée à l'administration. Il n'y avait aucun patient en vue, ni chaise roulante, ni brancard, ni appareillage médical. L'air lui-même était dénué des odeurs que l'on respire habituellement dans ce genre d'institutions. J'expliquai brièvement l'objet de ma visite et, après m'avoir fait attendre cinq minutes, la secrétaire particulière de Mr. Hugo m'introduisit dans le bureau. Les directeurs des établissements hospitaliers doivent avoir un tas de trous à remplir dans leurs carnets de rendez-vous.

Edward Hugo était un Noir d'une bonne soixantaine d'années, avec une chevelure frisée poivre et sel et une large moustable blanche. Son teint d'un brun luisant tirait sur le caramel. Son visage ridé suggérait un origami dont les plis auraient été remis à plat. Il était habillé d'une manière conventionnelle, mais quelque chose dans son comportement faisait qu'on l'imaginait facilement, en smoking de rigueur, aux soirées de bienfaisance locales. Il me serra la main par-dessus son bureau, puis se rassit tandis que je prenais un siège. Il joignit les mains devant lui sur la table.

– En quoi puis-je vous être utile?

– J'essaie de me procurer le nom d'un de vos anciens patients, un vieux monsieur qui a été tué dans un accident causé par un chauffard il y aura six ans à Noël.

Il hocha la tête.

– Je sais de qui vous voulez parler. Pouvez-vous m'expliquer la raison de l'intérêt que vous lui portez?

– Je cherche à vérifier un alibi dans une autre affaire criminelle. Il me serait utile de savoir si le conducteur a jamais été retrouvé.

– Je ne crois pas. Pas à ma connaissance, en tout cas. Pour tout dire, ça continue de me tracasser. L'homme en question s'appelait Noah McKell. Son fils, Hartford, vit ici en ville. Je peux faire rechercher son numéro par Mrs. Rudolph au cas où vous aimeriez lui parler.

Il continua sur le même ton, direct, d'une voix douce; il s'en tint aux faits et s'arrangea pour me fournir, en dix minutes de conversation, tous les renseignements dont j'avais besoin, sous la forme d'un exposé soigneusement construit. Selon le récit que Mr. Hugo me fit de la nuit en question, Noah McKell s'était débarrassé de son tube de perfusion et d'un cathéter, avait revêtu ses vêtements de ville et quitté sa chambre par la fenêtre.

Cela me surprenait.

– Les fenêtres ne sont-elles pas bloquées?

– Nous sommes dans un hôpital, Miss Millhone, pas dans une prison. La présence de barreaux constituerait un danger si un incendie venait à se déclarer. A part cela, nous tenons à ce que nos patients jouissent de l'air frais et d'une vue sur un peu de verdure. Il avait quitté les lieux à deux reprises déjà, ce qui nous donnait beaucoup de souci vu son état. Nous avions songé à prendre des mesures de contrainte pour le protéger, mais nous hésitions à le faire et son fils y était opposé. Nous l'avions mis dans un lit à barreaux et une de nos aides venait le voir toutes les trente minutes ou à peu près. L'infirmière de garde qui est allée le voir à une heure quinze a trouvé le lit vide.

» Bien entendu, nous avons réagi immédiatement quand nous nous sommes aperçu de son absence. La police a été prévenue et le personnel de sécurité a immédiatement entrepris des recherches dans nos locaux. On m'a appelé chez moi et je suis venu sur-le-champ. Comme je vis sur Tecolote Road il ne m'a pas fallu bien longtemps. Au moment où j'arrivais, on nous avait déjà avertis de l'accident. Nous sommes allés sur les lieux et avons identifié le corps.

– Y a-t-il eu des témoins?

– Une réceptionniste du *Gypsy Motel* a entendu le choc, dit-il. Elle est sortie pour voir si elle pouvait être de quelque secours, mais le vieillard était mort. C'est elle qui a appelé la police.

– Vous souvenez-vous de son nom?

– Pas au pied levé. Mr. McKell devrait pouvoir vous le dire, je pense. Il est possible qu'elle soit toujours là.

– Je crois que je ferais mieux de lui parler en tout état de cause. Si le conducteur a été retrouvé, je n'aurai plus besoin de vous importuner avec ces questions.

– J'aime à penser que l'on nous aurait prévenus si cela avait été le cas. Passez-moi un coup de fil s'il vous plaît pour me faire savoir ce que vous aurez découvert. Je me sentirais mieux à ce sujet.

– Comptez sur moi, Mr. Hugo, et merci de votre aide.

Je téléphonai à Hartford McKell d'une cabine publique, près de la baraque d'un marchand de hamburgers en haut de State Street. Ça n'aurait servi à rien de retourner au bureau alors que le lieu de l'accident se trouvait à deux pas. J'avais un stylo et un bloc, en vue de prendre des notes.

L'homme qui répondit au téléphone dit qu'il était bien Hartford McKell. Je lui expliquai qui j'étais et ce dont j'avais besoin. Il avait l'air totalement dépourvu d'humour – direct, impatient, enclin à vous couper la parole. En ce qui concernait la mort de son père, il me fit comprendre que les paroles de condoléances n'étaient pas de mise. Le récit semblait jaillir de sa bouche comme si le passage du temps n'avait pas calmé sa colère. Je m'abstins de faire des commentaires, me contentant de poser une question de temps en temps. Le conducteur du véhicule n'avait jamais été retrouvé. La police de Santa Teresa avait mené une enquête sérieuse mais, à part les traces de dérapage, il n'y avait pas grand-chose en fait d'indices sur les lieux. Le seul témoin – la réceptionniste du motel, appelée Regina Turner – leur avait fait une description sommaire du camion, mais elle n'avait pas vu la plaque d'immatriculation. C'était le genre d'accident de la circulation qui met les gens en fureur, et il avait offert une récompense de 25 000 dollars pour toute information pouvant entraîner l'arrestation et la condamnation du conducteur.

– J'avais fait venir papa de San Francisco. Il avait eu une attaque et je voulais qu'il soit près de moi. Savez-vous où il allait chaque fois qu'il s'enfuyait ? Il croyait être toujours là-bas, à quelques pas de sa maison. Il essayait de rentrer chez lui parce qu'il se faisait du souci pour son chat. A l'époque, l'aninal était mort depuis une quinzaine d'années, mais papa voulait vérifier que le chat allait bien. Ça me rend fou de rage de penser que le meurtrier s'en est tiré comme ça.

– Je vous comprends...

Il me coupa la parole.

– Personne ne peut comprendre, mais je vais vous dire une bonne chose : on n'a pas le droit de renverser un vieillard et de poursuivre sa route sans un regard en arrière.

– Les gens paniquent, dis-je. A une heure du matin, les rues sont quasiment vides. Le conducteur a dû s'imaginer que ça ne ferait pas de différence.

– Je ne tiens pas à savoir ce qu'il a pensé. Je veux épingler ce fils de pute. C'est tout ce qui m'intéresse. Avez-vous ou non un indice sur son identité?

– C'est ce que je m'emploie à trouver.

– Vous dénichez le chauffard et les vingt-cinq mille sont à vous.

– Je vous en suis reconnaissante, Mr. McKell, mais ce n'est pas ce qui m'intéresse au premier chef. Je ferai tout mon possible.

Notre conversation tourna court. Je retournai à ma voiture et redescendis State Street jusqu'au carrefour où le vieux McKell avait été tué. Les deux rues qui s'y croisaient étaient bordées par un motel, un terrain vague, un dispensaire médical aux allures de jardin, et un petit pavillon, qui ressemblait à une résidence privée mais avait été converti en bureaux par une agence immobilière. Le *Gypsy* était un immeuble modeste, avec toute la grâce architecturale d'un parallélépipède deux fois plus long que large, entouré de tous côtés par des places de parking. Un portail métallique s'ouvrait sur le devant. Le bâtiment à un étage avait probablement été édifié dans les années soixante et semblait essentiellement constitué de béton et de portes coulissantes aux cadres d'aluminium. Je me garai dans la cour du motel, à côté de la réception. Le bureau était entièrement vitré et des rideaux à grosses mailles le protégeaient du soleil en ce début d'après-midi. Sur une enseigne au néon, à l'extérieur, le mot COMPLET clignotait.

La femme qui se tenait derrière le comptoir était grande, non pas géante mais plutôt massive. Elle avait un grand nez droit, une large bouche vermeille de rouge à lèvres, une chevelure d'un blond platiné roulée en chignon au-sommet de la tête. Elle portait des lunettes mauves à monture oblique dont, les deux verres étaient légèrement tachés de fond de teint couleur de pêche. Sa tenue de ville était dissimulée sous un sareau de Nylon rose semblable à ceux que revêtent les esthéticiennes.

Je sortis une carte de visite et la plaçai sur le comptoir.

– J'espère que vous pourrez m'aider. Je cherche Regina Turner.

– Ma foi, je vais essayer. Je suis Regina Turner. Ravie de faire votre connaissance, dit-elle.

Nous échangeâmes une poignée de main. Notre conversation fut brièvement interrompue par la sonnerie du téléphone ; Regina me fit signe d'attendre tandis qu'elle vérifiait des réservations.

– Désolée, dit-elle en raccrochant.

Elle jeta sur ma carte de visite un coup d'œil négligent, puis lança bien en face un regard aigu.

– Je ne réponds à aucune question sur les gens qui séjournent ici.

– C'est à propos de quelque chose d'autre, dis-je.

J'étais à mi-chemin de mes explications quand je vis qu'elle avait déjà compris où je voulais en venir. Elle hocha la tête.

– Vous ne pouvez pas m'aider? dis-je.

– Je voudrais bien, répondit-elle. La police m'a interrogée juste après que ce pauvre vieux a été tué. Je me sentais très mal, honnêtement, mais je leur ai dit tout ce que je savais.

– Cette nuit-là, vous étiez de garde?

– Je travaille presque toutes les nuits. Dorénavant, on ne peut plus trouver de bons employés, tout particulièrement en période de congés. J'étais ici même au bureau quand l'accident est arrivé. J'ai entendu le crissement... c'est un bruit terrible, vous savez? Puis un choc sourd. Cette camionnette avait dû débouler dans le grand virage là-bas à quatre-vingt-dix kilomètres à l'heure. Elle a heurté le pauvre vieux sur le passage clouté et l'a fait valdinguer en l'air. On aurait dit qu'il s'était fait encorner par un taureau. Vous savez comme on les voit se faire projeter en l'air dans les films? Il est retombé par terre si durement que j'ai pu l'entendre cogner la chaussée. J'ai regardé par la fenêtre du devant et j'ai vu le camion continuer sa route. D'ici, on voit très bien le carrefour. Vous pouvez vous en rendre compte vous-même. J'ai composé le 911 et je suis sortie pour voir ce que je pouvais faire. Quand je me suis retrouvée près de lui, le pauvre homme était mort et le camion avait pris la fuite.

– Vous souvenez-vous de l'heure?

– Une heure onze. C'était ce même petit réveil électronique qui se trouvait sur le comptoir et je me rappelle qu'il indiquait 111 c'est la date de mon anniversaire. Le 11 janvier. Je ne sais pas pourquoi, mais des détails comme ça, on y pense pendant des années.

– Vous n'avez pas vu le conducteur?

– Pas du tout. J'ai vu le camion. Il était blanc, avec une sorte de marque bleue sombre sur le côté.

– Quel genre de marque?

– Ça, je ne peux pas vous en dire plus, fit-elle en secouant la tête.

– C'est déjà pas mal. Chaque petit détail est utile, dis-je. Il ne devait y avoir probablement que six mille camionnettes blanches en Californie. Celle qui avait causé l'accident pouvait avoir été mise à la casse, repeinte, vendue ou avoir quitté l'Etat.

– Je vous remercie d'avoir perdu du temps avec moi.

– Vous voulez reprendre votre carte? demanda-t-elle.

– Gardez-la. Si vous pensez à quelque chose qui pourrait m'être utile, j'espère que vous me contacterez.

– Absolument.

Près de la porte, j'hésitai.

– Croyez-vous pouvoir reconnaître le camion si je vous en apporte des photos?

– Je suis assez sûre de pouvoir. Je ne m'en souviens peut-être pas, mais je pense que je le reconnaîtrais si je le revoyais.

– Superbe. Je vais revenir.

Je retournai à ma voiture, consciente du petit frisson d'espoir qu'il me fallait réprimer. J'étais prête à ce stade à formuler une hypothèse. Je ne suis pas idiote. Je voyais bien que, selon toute probabilité, la camionnette blanche qui avait causé la mort de McKell était celle-là même qui avait renversé David Barney quelque trente minutes plus tard et environ douze kilomètres plus loin. Le risque d'erreur était trop important pour que je puisse tirer tout de suite des conclusions quant à l'identité du conducteur. Mieux valait s'en tenir aux règles comme je les avais apprises. La première étape consistait à photographier plusieurs véhicules semblables, y compris la camionnette appartenant au père de Tippy, Chris White. Si Regina Turner pouvait la reconnaître de façon formelle, alors j'aurais quelque chose de concret sur quoi m'appuyer. La phase numéro deux consisterait à découvrir qui se trouvait effectivement au volant.

14

Je retournai au bureau, garant de nouveau ma voiture sur l'emplacement de Lonnie. Comme d'habitude, je grimpai les escaliers quatre à quatre, d'une seule traite jusqu'au deuxième étage, et je dus m'appuyer quelques instants contre le mur en haletant pour reprendre haleine. J'entrai dans les locaux du cabinet juridique en empruntant la petite porte dépourvue de toute plaque professionnelle qui se trouve à mi-chemin de l'entrée dans le couloir. C'est une issue que nous avoins l'habitude d'utiliser en guise de raccourci pour aller aux toilettes, de l'autre côté du couloir. A l'origine, le deuxième étage comportait six logements séparés, mais Kingman et Ives se sont peu à peu approprié tout l'espace disponible, à l'exception des toilettes, situées dans le corridor pour demeurer accessibles au public.

J'ouvris ma porte fermée à clef et vérifiai s'il y avait des messages. Louise Mendelberg avait appelé pour demander s'il me serait possible de rapporter les clefs de Morley dans l'après-midi. Le frère du défunt devait arriver et il fallait qu'il puisse prendre la voiture. N'importe quelle heure conviendrait si cela ne soulevait pas trop de difficultés pour moi.

Je décidai de mettre de l'ordre sur mon bureau, puis de photocopier les dossiers que j'avais pris chez les Shine afin de pouvoir les restituer par la même occasion. Je m'assis et dépouillai le courrier, en entassant les factures d'un côté et jetant le rebut dans la corbeille à papier. J'ouvris toutes les factures et me livrai à un calcul mental rapide. Oui, je pourrais les payer. Non, je n'avais pas les moyens de laisser tomber mon travail et de vivre de mes économies, qui étaient d'ailleurs inexistantes. Après avoir jeté un coup d'œil au solde qui figurait sur mon carnet de chèques, je payai une ou deux notes pour le plaisir. Réglons le gaz et l'électricité. Ha, ha, ha! Laissons encore en suspens le relevé de la Pacific Telephone.

Après avoir rassemblé le tas de dossiers, j'allai utiliser la photocopieuse. Il me fallut trente minutes pour reproduire tous les documents et remettre les chemises en ordre. Je replaçai les originaux dans le sac que Louise m'avait donné à cet effet, posai à part un carton de paperasses que je voulais examiner à la maison, et je sortis du dernier tiroir mon appareil photo que je chargeai d'un film en couleur. Puis je dégotai l'annuaire et cherchai dans les pages jaunes, à la rubrique Peintres en bâtiment, le nom du père de Tippy. Olympic Painting, l'entreprise de Chris White, faisait l'objet d'une belle publicité sur tout un quart de page où figuraient son nom, l'adresse de la firme, le numéro de téléphone, le numéro du registre de commerce et une description de toutes ses activités : « Peinture en tout genre, ravalement à l'eau (nous fournissons l'eau), couleurs et nuances à la demande, finition soignée des boiseries, pose de papier peint. » Je pris note de tous les renseignements qui m'étaient nécessaires. Après avoir rendu les dossiers, j'irais à la recherche de cinq ou six camionnettes blanches dont je prendrais des photos. J'échangeai quelques mots rapides avec Ida Ruth et je sortis par la porte que j'avais prise en entrant, traînant le sac de dossiers et la boîte en carton.

La route qui mène à Colgate était assez agréable. Le jour était clair et frais et, en donnant une pichenette au radiateur de la coccinelle, je parvins à obtenir un peu d'air chaud sur mes pieds. Je commençais à envisager sérieusement que David Barney pût être innocent. Jusqu'alors, nous avions tous agi en partant du principe qu'il avait tué Isabelle. Il en avait eu les moyens, le mobile et l'occasion; c'était le suspect idéal, mais commettre un meurtre est un acte de folie qu'engendrent souvent des passions déformées par l'obsession et la souffrance. Les émotions ne cheminent pas en ligne droite. Comme l'eau, nos sentiments se faufilent dans des lézardes et des crevasses, à la recherche des petites poches de dénuement et d'abandon, de certaines fissures pas plus épaisses qu'un cheveu, généralement dissimulées au reste du monde mais qui affectent notre caractère. Méfions-nous de l'eau noire qui dort tout au fond de nos cœurs. Ses abîmes sombres et glacés abritent d'étranges et folles créatures qu'il vaut mieux ne pas déranger. Une fois de plus, cette enquête me faisait fort désagréablement prendre conscience du fait qu'en explorant des eaux ténébreuses je m'exposais personnellement aux prédateurs qui s'y cachent.

L'allée qui menait chez Morley Shine était déserte, il n'y avait nulle trace de la Ford rouge de location. La Mercury stationnait toujours dans l'herbe, sur le côté. En attendant que quelqu'un vienne m'ouvrir, je restai debout sous le porche à étudier la forme des taches de rouille accumulées sur le pare-chocs. Deux minutes passèrent. Je cognai de nouveau, plus fort cette fois, en espérant sincèrement ne pas obliger Dorothy Shine à se lever de son lit de douleurs. Au bout de cinq minutes, il me sembla raisonnable de penser qu'il n'y avait personne dans la maison. Peut-être Louise avait-elle emmené Dorothy chez le médecin ou bien toutes deux avaient-elles été contraintes de faire une visite à l'entreprise des pompes funèbres pour y choisir un cercueil. Louise m'avait dit qu'elles laisseraient la porte de derrière ouverte, aussi fis-je le tour du pavillon, en empruntant un petit passage qui se trouvait entre le garage et la maison. La porte de la buanderie n'était pas seulement déverrouillée mais légèrement entrebâillée. Après de petits tapotements sur la vitre, j'attendis quelques minutes selon l'usage, pour le cas où il y aurait eu quelqu'un à l'intérieur. Nonchalamment, je scrutais les environs, en me sentant vaguement déprimée. On aurait dit que l'endroit était sur le point d'être vendu aux enchères. Le jardin arrière était négligé avec son herbe d'hiver toute sèche et rongée par le givre. Sur les plates-bandes envahies par les mauvaises herbes, tout autour du jardin, les plantes annuelles de l'automne précédent subsistaient en touffes maigres. Les soucis qui avaient brillé d'un jaune solaire étaient tout bruns. C'était un jardin de fleurs fanées, de feuilles flétries. Morley ne s'était probablement plus assis là avec sa femme depuis un an. J'apercevais un barbecue en briques incorporé dans le mur, mais le foyer était si rouillé que les barreaux du gril se touchaient presque.

Je poussai la porte grande ouverte et me décidai à entrer. Je ne m'expliquais pas pourquoi j'étais si méticuleuse. Normalement, je me serais précipitée à l'intérieur et j'aurais regardé autour de moi, uniquement parce que j'aime fourrer mon nez partout et que l'occasion s'en présentait. Cette fois, je n'avais vraiment pas le cœur à fureter. Morley était mort et ce qui restait de sa vie aurait dû être protégé contre toute intrusion. Je laissai le sac plein de dossiers sur la machine à laver comme on me l'avait demandé. L'air lui-même sentait les médicaments, et tout au fond de la maison j'entendais le tic-tac d'un réveil. Je tirai la porte derrière moi et retournai dans la rue.

Comme je prenais les clefs de ma voiture, je me rendis compte avec irritation que j'étais censée laisser les clefs de Morley dans le sac avec les dossiers. Je rebroussai chemin au petit trot. En dépassant la Mercury, je me sentis ralentir. Je me demande ce que peut bien contenir la malle arrière, disait mon mauvais génie. Même mon ange gardien ne voyait pas d'inconvénient à ce que j'aille y voir. On m'avait bien donné accès à ses deux bureaux. J'avais ses propres clefs en main, et il était on ne peut plus naturel d'aller jeter un coup d'œil dans son véhicule, par acquit de conscience. Ce n'était pas un abus puisqu'une autorisation implicite m'avait été donnée. M'étant ainsi justifiée, j'ouvris d'un coup le coffre et contemplai avec déception le pneu de rechange, le cric et une boîte vide de bière Coors qui avait l'air d'avoir bringuebalé à l'arrière depuis des mois.

Je fermai le coffre et fis le tour du véhicule jusqu'au siège du conducteur. Après avoir déverrouillé la portière, je me mis à fouiller l'intérieur en commençant par l'arrière. Les sièges étaient recouverts d'une sorte de faux daim vert foncé qui sentait la fumée de cigarette et la vieille brillantine. L'odeur fit surgir en moi une image rapide de Morley et un frisson poignant de regret. « Mon Dieu, Morley, aide-moi un peu à m'en sortir », priai-je.

Le plancher à l'arrière me livra un reçu d'essence et une pince à cheveux. Je ne savais pas vraiment ce que je cherchais... une facture, une boîte d'allumettes, ou un relevé de kilométrage, tout ce qui aurait pu indiquer à quel endroit Morley s'était rendu et ce qu'il avait fait au cours de son enquête. Je me glissai sur le siège du conducteur et plaçai mes mains sur le volant, avec l'impression d'être une gamine. Les jambes de Morley étaient plus longues que les miennes, et je pouvais à peine atteindre le frein. Rien dans les poches prévues pour les cartes routières. Rien sur le tableau de bord. Je me penchai pour vérifier le contenu de la boîte à gants, qui était bourrée de choses à jeter – comme la mienne : des chiffons à poussière, une brosse à cheveux de femme, encore des reçus d'essence (tous délivrés par des stations proches et rien de récent), une pince, un paquet de Kleenex, un bras d'essuie-glace usagé, des quittances concernant des primes d'assurance et des droits d'enregistrement pour les sept dernières années. J'enlevai chaque chose, l'une après l'autre, mais rien ne paraissait avoir de rapport avec l'affaire elle-même.

Je replaçai le tout dans la boîte à gants et j'en profitai pour y mettre de l'ordre. Je me redressai et posai de nouveau mes mains sur le volant, en imaginant que j'étais Morley. Au cours de mes fouilles je ne trouve, la moitié du temps, que de la merde, mais je ne perds pas espoir pour autant. Je persiste à croire que quelque chose va jaillir à la surface si j'ouvre seulement le bon tiroir, fourre ma main dans la bonne poche de veste. Je vérifiai le cendrier, qui était encore plein. Morley passait probablement beaucoup de temps dans la Mercury. Dans notre métier, on fait énormément de route et notre voiture se transforme en bureau ambulant, en poste de guet lors d'une filature nocturne, et même en chambre d'hôtel provisoire si le budget de voyage est épuisé. La Mercury était un engin parfait, assez vieux pour passer inaperçu, le genre de véhicule qu'on pourrait apercevoir dans le rétroviseur sans réellement le remarquer. Je levai machinalement les yeux vers le rétroviseur.

Sur le pare-soleil, il avait fixé une petite trousse de vinyle façon cuir, avec un miroir, un étui à lunettes de soleil, un crayon et un bloc-notes qui avait l'air vierge. La trousse était attachée à la visière par deux légers trombones métalliques. Je levai le bras et retournai le pare-soleil. De l'autre côté, Morley avait glissé sous un des trombones un morceau de papier. C'était l'endroit rêvé pour fourrer ce genre de choses : des listes de courses, des reçus de pressing, des tickets de parking. Le bout de papier avait été arraché au rabat perforé d'une de ces enveloppes provenant d'une boutique de développement photographique d'un centre commercial de Colgate. On pouvait y lire un numéro de commande, mais aucune date, de sorte qu'il pouvait aussi bien être là depuis plusieurs mois. Je glissai le papier dans ma poche, sortis de la voiture et la refermai à clef. Je retournai enfin à la porte de la buanderie, où je fis tomber les clefs dans le sac que j'y avais laissé et qui contenait les dossiers.

Je roulai pendant quelques centaines de mètres jusqu'au centre commercial. Un Asiatique, ganté de caoutchouc, était visible derrière la baie vitrée du photographe ; il était en train d'extraire de la machine plusieurs films déjà développés. Un tapis roulant véhiculait lentement des épreuves le long de la vitrine. Fascinée, je m'arrêtai et regardai défiler sous mes yeux tous les moments d'une surprise-partie organisée pour le quarantième anniversaire de quelqu'un ; cela commençait par une vue du gâteau et de la table où s'accumulaient les cadeaux encore tout enveloppés, et l'on voyait également la foule des invités grimaçant des sourires, avec un air de suffisance et d'autosatisfaction, tandis que le héros de la fête, en tenue de tennis maculée de sueur, faisait semblant de s'amuser.

J'essayais de gagner du temps, de retarder l'inévitable. Je souhaitais ardemment que le bon de commande pour un développement photographique revête une importance décisive. Il fallait que les photos aient un rapport significatif avec l'enquête et m'apportent un indice terriblement révélateur. Je voulais croire que Morley Shine était un bon détective privé, comme je n'avais jamais cessé d'en être convaincue tout au fond de moi. Eh bien, en avant... Je poussai la porte et entrai. Autant en finir une bonne fois. Il y avait de grandes chances pour que ce soit seulement une série d'instantanés pris durant ses dernières vacances.

A l'intérieur de la boutique régnait l'odeur âcre des produits chimiques. Il n'y avait pas de clients et le jeune employé qui s'occupa de moi revint en un rien de temps avec la commande. Je payai sept dollars soixante, et il m'assura qu'on me rembourserait toute photo dont je ne serais pas satisfaite. Je laissai la pochette fermée jusqu'au moment où j'atteignis ma voiture. Je m'assis dans la coccinelle et appuyai la pochette contre le volant. Finalement, j'ouvris le rabat supérieur et fis glisser les photographies à la lumière.

J'émis un son... pas un mot, mais plutôt le genre d'onomatopée que ponctue un point d'exclamation audible.

Il y avait douze photos en tout, portant chacune dans leur partie inférieure la date de vendredi dernier. Ce que j'avais sous les yeux, c'était six camionnettes blanches, deux vues de chacune; l'une d'entre elles portait un emblème bleu marine représentant cinq anneaux entrecroisés. La firme s'appelait Olympic Painting Contractors; le nom de Chris White et son numéro de téléphone figuraient sous le dessin. Morley avait suivi la même piste que moi, mais qu'est-ce que cela signifiait?

Je fis défiler à nouveau les photographies. On aurait dit qu'il s'était livré exactement à ce que j'avais eu l'intention de faire. Il avait apparemment rendu visite à diverses entreprises et à des revendeurs de voitures d'occasion dans toute la ville pour photographier une demi-douzaine de camionnettes blanches, vieilles de six à sept ans, certaines portant des emblèmes. Outre celle appartenant à la firme de Chris White, il y en avait une qui servait à une entreprise de jardinage et une autre, équipée comme un mobilhome, utilisée par un traiteur. Drôlement malin. Comme il avait inclus des camions très divers dans la « collection », il était possible que cela suscite un souvenir plus précis chez le seul et unique témoin que nous possédions.

Je regardai à travers la vitre de la voiture, en réfléchissant à ce que cela signifiait. S'il avait parlé à Regina Turner, du *Gypsy Motel*, elle ne m'en avait absolument rien dit. Elle n'aurait certainement pas manqué d'en faire état, si elle avait été interrogée à deux reprises au sujet d'un même accident mortel vieux de six ans. Mais comment donc l'idée de l'emblème et de la couleur du véhicule lui était-elle venue à l'esprit, sinon grâce à elle? David Barney lui avait peut-être parlé du camion qui avait failli le renverser, *lui* . Il était possible que Morley ait pensé à parcourir les vieux numéros du journal, comme je l'avais fait moi-même. Peut-être s'était-il procuré un double du rapport de police sur l'accident et le délit de fuite, ce qui lui avait donné l'idée d'utiliser les photographies pour interroger le seul témoin dont nous disposions. Une description du camion ainsi que le nom de Régina et l'adresse de l'endroit où elle travaillait avaient dû être notés par le premier agent arrivé sur les lieux. L'ennui, c'était que je n'avais vu aucun rapport de police dans les dossiers que j'avais trouvés, ni aucune photocopie de journaux indiquant que Morley s'était intéressé à d'autres événements survenus pendant la nuit où Isabelle avait été tuée. Quand je suis sur une affaire, j'ai tendance à prendre un tas de notes. Si quelque chose m'arrive, l'enquêteur qui prend le relais peut ainsi savoir ce que j'ai déjà fait et où j'avais eu l'intention de me rendre. Manifestement, Morley ne travaillait pas de cette manière...

A moins que?

Je l'avais toujours pris pour quelqu'un de roublard et d'efficace en même temps. Le type qui m'avait formée dans le métier était obsédé par les petits détails, et comme Morley avait été son associé, je supposais qu'ils partageaient ce trait de caractère. Je pensais même que telle était la raison pour laquelle j'avais été si déconcertée en voyant finalement les bureaux de Morley. C'était l'état chaotique dans lequel se trouvaient ses paperasses qui m'avait poussée à douter de sa conscience professionnelle. Peut-être n'avait-il pas été aussi désordonné que l'on eût pu croire à première vue?

Une image fit soudain irruption dans mon esprit.

Quand j'étais petite, il y avait un gadget qui circulait dans notre école primaire. C'était un bidule qui disait la bonne aventure, une sorte de « boule de cristal » qui se présentait sous la forme d'une sphère hermétiquement close avec une petite fenêtre; elle était tout entière remplie d'une eau noire dans laquelle flottait un objet à facettes multiples. Divers messages étaient inscrits sur l'objet. On posait une question, puis on retournait la boule sens dessus dessous dans le creux de la main. Quand on la remettait à l'endroit, le cube flottait à la surface de l'eau et le message inscrit sur sa face supérieure était censé répondre à votre question.

Du fin fond de mes tripes, je sentais qu'un message commençait à poindre. Mais quoi ? Je me mis à réfléchir aux propos de David Barney quand celui-ci avait insinué que le décès de Morley était un tout petit peu trop opportun. Y avait-il là quelque chose de vrai ? Je n'avais pas le temps de poursuivre mes réflexions, mais la question s'imposait avec une vigueur alarmante, et j'avais l'impression qu'elle allait se coller à moi avec la force d'un crampon.

Du moins, avec son paquet de photographies, Morley m'avait-il épargné une corvée, et je lui en étais reconnaissante. L'idée que nos réflexions allaient dans la même direction me procurait un peu de réconfort. Je n'avais plus qu'à retourner au *Gypsy* et montrer les clichés à Regina.

– Eh bien, ça a été rapide, dit-elle en me voyant arriver.

– J'ai eu de la chance, dis-je. Je suis tombée sur un tas de photos qui devraient faire l'affaire.

– J'y jetterai un coup d'œil avec plaisir.

– D'abord, j'ai une question à vous poser. Avez-vous jamais entendu parler d'un détective qui s'appelait Morley Shine ?

Son visage s'assombrit un court instant.

– N-on-on, je ne pense pas. Pas que je m'en souvienne. En fait, j'en suis sûre. Je retiens bien les noms ; les clients qui reviennent aiment qu'on se souvienne d'eux, et ce nom-là n'est pas courant. Si je lui avais parlé je devrais le savoir, surtout à ce sujet. Il y a un rapport ?

– Il travaillait sur une affaire jusqu'à dimanche soir, il y a deux jours, quand il est mort d'une crise cardiaque, et c'est pour ça qu'on a fait appel à moi. Tout porte à croire qu'il avait vu un lien entre les deux affaires.

– Et l'autre, c'est quoi ? Quand vous êtes venue, vous avez parlé de rater quelque chose de très près...

– Une camionnette blanche a heurté un type à la sortie de la bretelle sud de la 101. Il était environ deux heures moins le quart. L'homme prétend qu'il connaissait le conducteur, mais il ne savait rien de l'accident et du délit de fuite survenus un peu plus tôt.

Je tendis la pochette.

– Morley Shine avait donné ça à développer. S'il avait l'intention de vous parler, il attendait probablement d'avoir récupéré les épreuves avant de vous demander de les identifier.

Je plaçai la pochette sur le comptoir.

Elle ajusta ses lunettes et sortit les douze photographies. Elle les étudia soigneusement, en accordant toute son attention à chaque photo avant de la remettre sur le comptoir, alignant les camions, en une sorte de cortège automobile qui roulait sur le buvard. Je surveillais sa réaction, mais quand la voiture du père de Tippy traversa son champ de vision, rien ne vint altérer son expression, elle ne fit aucune remarque qui pût indiquer sa surprise ou montrer qu'elle reconnaissait le véhicule. Elle étudia les six camions avec soin. Puis posa l'index sur la camionnette d'Olympic Painting.

– C'est celle-là.

– Vous en êtes certaine?

– Absolument.

Elle ramassa l'épreuve et la regarda de plus près.

– Je n'aurais jamais pensé la revoir, dit-elle en me lançant un regard. Peut-être allons-nous finalement voir quelqu'un traîné devant le juge après toutes ces années. Est-ce que ça ne serait pas formidable?

L'image de Tippy me traversa brièvement l'esprit.

– Sans doute, dis-je. De toute façon, vous allez avoir des nouvelles de la police dès que je leur aurai parlé.

– Est-ce que vous y allez maintenant?

– J'ai autre chose à faire d'abord, dis-je en hochant la tête sans entrain.

Je passai un rapide coup de fil au *Santa Teresa Shellfish*, mais Tippy avait échangé ses horaires avec un collègue et ne serait pas là de toute la journée. Je quittai le motel et pris la route de Montebello, dans l'espoir de joindre Tippy chez elle... de préférence sans que sa mère nous tourne autour. En fait, je l'avais alertée. Rhe savait que quelque chose se préparait, mais elle n'avait probablement aucun moyen de deviner à quel point c'était grave.

West Glen est une des artères principales qui traversent

Montebello, une route sinueuse à deux voies bordée de hautes haies et de murets en pierres. Les volubilis déferlent par-dessus les clôtures comme des cascades bleues. Les branches noueuses des chênes verts s'entrelacent au-dessus de la route, les sycomores alternent avec les eucalyptus et les acacias. D'épais buissons de géraniums rouge vif poussent au bord de la route comme du chiendent.

Le petit cottage crépi en blanc où habitaient Rhe et Tippy était un pavillon de trois pièces bâti près de la route. Je laissai ma voiture sur le bas-côté et remontai à pied le sentier qui mène au porche où j'actionnai la sonnette. Tippy apparut presque instantanément, en enfilant sa veste à grands coups d'épaule; elle tenait un sac à main et des clefs de voiture. Elle était manifestement sur le point de partir. Elle me dévisagea d'un air interdit, la main sur la poignée de la porte.

– Qu'est-ce que vous faites ici?

– J'ai une ou deux questions supplémentaires à vous poser, si vous le permettez, dis-je.

Elle hésita, réfléchit, puis jeta un coup d'œil à sa montre. Son expression montrait qu'il se livrait en elle une petite lutte intérieure improvisée entre la contrariété, l'envie de refuser et le souci des bonnes manières.

– Bon Dieu, je ne sais pas. Je dois retrouver un de mes amis dans environ vingt minutes. Il vous serait possible, par exemple, de faire vraiment très vite?

– Bien sûr. Puis-je entrer?

Elle s'écarta, sans enthousiasme, mais trop polie pour refuser. Elle portait des blue-jeans et des bottes à talons hauts; un justaucorps noir était visible sous sa veste en jean. Cette fois, sa chevelure n'était pas nattée et lui tombait jusqu'au milieu du dos, les mèches formant encore des vagues pour avoir été tressées. Ses yeux étaient clairs, son teint légèrement rose. Je me sentais quelque peu mal à l'aise en voyant combien elle paraissait jeune.

Un seul regard suffit à me donner une idée du cottage.

Il y avait un double séjour-salle à manger, avec une minuscule cuisine tout au fond de la pièce. Aux murs étaient accrochés des tableaux, probablement des œuvres de Rhe. Le sol était fait d'un carrelage mexicain, le canapé tapissé d'une étoffe peinte à la main, à grands coups de brosse, en bleu ciel, bleu lavande et gris taupe; des coussins bleu lavande et bleu ciel étaient négligemment entassés sur toute la longueur de l'assise. Les fauteuils de rotin et de cuir caramel étaient des meubles peu coûteux, importés du Mexique. Il y avait une cheminée, d'énormes paniers pleins de fleurs séchées, des tas de pots en cuivre pendus à un râtelier à proximité de la cuisine. Des herbes séchées pendaient des poutres. Par les fenêtres à la française, je pouvais voir, dehors, un petit jardin, avec un poivrier et des tas de plantes fleuries en pots.

– Votre maman est là?

– Elle est allée faire les courses. Elle sera de retour dans une minute. Qu'est-ce que vous voulez? Je suis vraiment pressée et je ne peux pas rester longtemps.

Je pris place sur le canapé, ce qui était un peu abusif car Tippy ne m'y avait pas invitée. Elle choisit un des fauteuils mexicains et s'assit sans enthousiasme.

Je lui tendis les photographies sans explication.

– Qu'est-ce que c'est que ça?

– Regardez-les.

Les sourcils froncés, elle ouvrit la pochette et en tira les épreuves. Elle les feuilleta avec indifférence jusqu'au moment où elle tomba sur le camion d'Olympic Painting. Elle leva les yeux vers moi, tout alarmée.

– Vous êtes allée prendre une photographie de la camionnette de mon père?

– C'est un autre détective qui les a prises.

– Pour quoi faire?

– Le camion de votre père a été aperçu à deux reprises la nuit où votre tante Isabelle a été assassinée. Je suppose que mon collègue avait l'intention de montrer ces photos à un témoin pour identification.

– A quel propos?

Je sentis une petite note de terreur se glisser dans sa voix. Je conservai un ton monocorde, aussi neutre que je le pouvais.

– Un accident de la route a eu lieu au cours duquel un vieillard a été tué. Le chauffeur s'est enfui. Cela se passait en haut de State Street, dans South Rockingham.

Elle paraissait incapable de formuler la question suivante, qui aurait dû être : pourquoi me raconter ça ? Elle savait où je voulais en venir.

Je poursuivis :

– J'ai pensé que nous devrions parler de l'endroit où vous vous trouviez cette nuit-là.

– Je vous ai déjà dit que je n'étais pas sortie.

– C'est bien ça, dis-je en haussant les épaules. Alors, c'était peut-être votre père qui tenait le volant...

Nos regards se rencontrèrent. Je pouvais la voir calculer ses chances d'esquiver le coup. Sauf à admettre que c'était bien elle qui conduisait, elle allait mettre son père en plein dans la ligne de tir.

– Ce n'était pas mon père qui conduisait.

– C'était vous.

– Non !

– Qui alors ?

– Comment est-ce que je pourrais le savoir ? Peut-être que quelqu'un avait volé le camion et était allé faire un tour.

– Oh, voyons, Tippy. Ne me menez pas en bateau. Vous étiez sortie avec le camion et vous savez fichtrement bien que c'était vous. Alors, allons droit au but et finissons-en.

– Ce n'est pas vrai !

– Allons, reconnaissez les faits. Je regrette pour vous, ma petite, mais il va vous falloir assumer la responsabilité de ce que vous avez fait.

Elle était silencieuse, fixait le sol, dans une attitude renfrognée et peu coopérative. Finalement, elle dit :

– Je ne sais même pas de quoi vous voulez parler.

J'entrepris de la pousser dans ses retranchements.

– Qu'est-ce qui s'est passé, vous étiez ivre ?

– Non.

– Votre maman m'a dit qu'on vous avait retiré votre permis de conduire. Aviez-vous pris la camionnette sans autorisation ?

– Vous ne pouvez rien prouver.

– Ah, vraiment ?

– Comment ferez-vous pour prouver quoi que ce soit ? Il y a six ans que ça s'est passé.

– Pour commencer, j'ai deux témoins visuels, dis-je. L'un

d'eux vous a vue vous enfuir après l'accident. L'autre témoin vous a vue à la sortie de la bretelle de San Vicente peu de temps après. Vous voulez bien me raconter ce qui s'est passé?

Son regard vacilla en se détournant du mien et la couleur lui monta aux joues.

– Je veux un avocat.

– Pourquoi ne pas me raconter votre version des faits? J'aimerais vous entendre.

– Je ne suis pas obligée de vous dire quoi que ce soit, dit-elle. Vous ne pouvez pas m'obliger à dire un mot sans la présence d'un avocat. C'est la loi.

Elle s'enfonça dans le fauteuil et croisa les bras.

J'eus un petit sourire narquois et levai les yeux au ciel.

– Non, vous n'y êtes pas du tout. Ça c'est l'amendement Miranda. La cour suprême a donné raison à ce type, Miranda, que les flics avaient interrogé sans la présence d'un avocat, et il faudra que la police tienne compte de l'amandement Miranda pour vous interroger. Mais moi, je suis détective privée. J'observe d'autres règles. Allons. Dites-moi seulement ce qui s'est passé. Vous en serez soulagée.

– Pourquoi dois-je vous dire quoi que ce soit? Je ne vous aime même pas.

– Essayons de deviner. Vous viviez chez votre père et il était sorti quand des amis à vous sont venus et vous ont demandé d'aller faire un petit tour. Alors vous avez emprunté la camionnette et vous les avez emmenés. Tous les trois ou tous les quatre, quel que soit le nombre, vous avez seulement bu une demi-douzaine ou une douzaine de bières sur la plage. Brusquement vous avez compris qu'il était minuit et que vous feriez mieux de rentrer à la maison avant que votre père arrive; alors vous avez vite raccompagné tout le monde. Vous rouliez en trombe sur la route du retour quand vous avez heurté le bonhomme. Vous vous êtes enfuie, prise de panique, parce que vous saviez que vous auriez de graves ennuis si on vous rattrapait. De quoi ça a l'air? Est-ce que ça colle?

Elle montrait toujours un visage de pierre, mais je pouvais voir qu'elle luttait pour retenir ses larmes, et se faisait violence pour empêcher ses lèvres de trembler.

– Personne ne vous a donc jamais parlé du type que vous avez écrasé ? Il s'appelait Noah McKell. Il avait quatre-vingt-douze ans et il séjournait dans une maison de santé en haut de la rue. Il avait la bougeotte, je suppose. Son fils m'a raconté qu'il essayait probablement de rentrer chez lui. Est-ce que ce n'est pas pathétique ? Le pauvre vieux habitait San Francisco. Il pensait qu'il était toujours là-bas et il se faisait du souci pour son chat. Il avait sûrement oublié que le chat était mort depuis des années. Il allait chez lui pour lui donner à manger, mais il n'est jamais arrivé à destination.

Elle posa un doigt sur ses lèvres comme pour les sceller. Les larmes jaillirent.

– J'ai essayé d'être quelqu'un de bien. J'ai vraiment essayé. Je suis inscrite aux Alcooliques Anonymes, je fais tout ce qu'il faut, et j'ai complètement changé.

– Je sais et c'est formidable. Mais vous devez être bourrelée de remords, n'est-ce pas ? Un jour, vous allez vous remettre à picoler uniquement pour les faire taire.

Sa voix se fit aiguë.

– Bon Dieu, je suis désolée. Je regrette vraiment. Je suis si désolée. C'était un accident. Je n'avais pas l'intention de le faire.

Elle serrait les bras, penchée en avant, et sanglotait bruyamment comme un enfant, ce qu'elle était en vérité. Je la regardais avec compassion, mais ne faisais aucun geste pour la réconforter. Ce n'était pas à moi de lui rendre la vie plus facile. Il fallait la laisser éprouver du remord, de la douleur, un sentiment de culpabilité. Je ne savais pas si elle avait jamais cherché à assumer complètement les conséquences de ce qu'elle avait fait. Les larmes coulaient par vagues incontrôlables ; c'étaient de gros sanglots venus des tripes qui semblaient la secouer de la tête aux pieds. A l'entendre on aurait dit une bête hurlant à la mort plutôt qu'une jeune fille remplie de honte. J'attendis que ça passe, presque incapable de la regarder. Finalement, l'orage se calma comme un fou rire irrépressible qui se tarit quand même à la longue. Elle tâtonna dans son sac à main et en tira un paquet de mouchoirs en papier. Elle s'essuya les yeux et moucha son nez. « Bon Dieu. » Elle serra le mouchoir réduit en boule contre sa bouche pendant un moment. Elle faillit presque remettre ça, mais elle se ressaisit.

– Je n'ai pas pris une goutte d'alcool depuis la nuit où c'est arrivé. Ça a été dur.

Elle s'apitoyait sur elle-même, cherchant peut-être à susciter la pitié, la compassion ou le pardon.

– Je le parierais bien volontiers, dis-je, et je vous en félicite. Vous avez fait du bon travail. Maintenant, il est temps de dire la vérité. Vous ne pouvez pas y échapper, si vous voulez guérir tout à fait.

– C'est pas la peine de me donner des leçons.

– C'est pourtant ce que je fais. Vous avez eu six ans pour y réfléchir, Tippy, et vous n'avez toujours pas fait ce qu'il fallait faire. Je vais vous dire une bonne chose : ça va aller beaucoup mieux si vous vous présentez de votre plein gré au poste de police. Je sais que vous ne l'avez pas fait exprès. Je suis certaine que vous étiez horrifiée, mais la vérité est la vérité. Je vais vous laisser quelque temps pour réfléchir, mais j'envisage d'avoir une conversation avec les flics vendredi. Vous auriez intérêt à vous magner le train et à leur parler avant que je le fasse.

Je me levai et jetai la bandoulière de mon grand sac de cuir sur mon épaule. Elle ne fit pas mine de me suivre. Comme j'arrivais à la porte d'entrée, je jetai un regard en arrière dans sa direction.

– Encore une chose avant de vous laisser seule avec votre conscience. Avez-vous vu David Barney, cette nuit-là ?

– Oui, dit-elle en poussant un soupir.

– Voulez-vous être plus précise ?

– Je l'ai presque renversé en sortant de l'autoroute. J'ai entendu un choc, et quand j'ai regardé par la fenêtre, il était en train de me dévisager.

– Vous savez bien que vous auriez pu le disculper il y a des années, si vous l'aviez dit.

Je n'attendis pas sa réponse. Elle commençait à avoir l'air d'une martyre avec toute cette histoire et je ne voulais pas m'occuper de ça.

15

Je fis une halte chez moi après avoir quitté Tippy et j'avalai un déjeuner rapide sans manifester beaucoup d'intérêt pour ce que je mangeais. Il y avait vraiment peu de chose dans le réfrigérateur et j'avais été forcée d'ouvrir une boîte de potage aux asperges, que je pense avoir achetée à l'origine pour agrémenter quelque chose d'autre. On m'a dit que les cuisinières novices ont l'habitude chronique de recourir à ce genre de ruse éculée. Potage à la crème de céleri sur des côtes de porc, cuites au four à 175 degrés, pendant une heure. Potage à la crème de champignons sur une terrine de viande hachée, même durée, même température. Potage à la crème de volaille sur du blanc de poulet avec une tasse de riz jeté dedans. Les variations sont infinies et ce qu'il y a de mieux, c'est que, si vous avez des invités ce soir-là, vous ne les revoyez plus jamais. A part ce qui est susmentionné, je sais faire les œufs brouillés et composer une bonne salade au thon, mais c'est à peu près tout. Je mange un tas de sandwiches parmi lesquels je préfère ceux garnis de beurre de cacahuète avec des pickles, ou de fromage avec des pickles. J'ai aussi une prédilection pour les sandwiches aux œufs durs chauds, coupés en tranches, sur du pain complet, avec plein de sel et de mayonnaise en tube. A mon avis, la seule bonne raison de cuisiner, c'est que cela permet d'avoir les mains occupées pendant que l'on pense à autre chose.

Ce qui me tracassait, à ce stade de l'enquête, c'était la question de la mort de Morley. Et si les conclusions paranoïaques de David Barney étaient justifiées? Il avait eu raison sur tous les autres points. Et si Morley s'était trouvé trop près de la vérité et avait été supprimé pour cette raison même? J'étais déchirée entre l'idée qu'un meurtre était bien trop improbable et l'inquiétante pensée que l'assassin allait vraiment s'en tirer comme ça. J'oscillais entre l'une et l'autre, en explorant toutes les possibilités dans ma tête. Peut-être sa curiosité avait-elle été éveillée par une conversation avec David Barney. Peut-être avait-il trébuché sur quelque chose d'important. L'avait-on réduit au silence? Je me sentais tentée de rejeter cette hypothèse. Elle était si follement mélodramatique. Morley était mort d'une crise cardiaque. Le certificat de décès avait été signé par son médecin de famille. Je sais bien qu'il existe des drogues capables de déclencher un arrêt cardiaque ou de produire des symptômes similaires à ceux d'une attaque, mais il était difficile d'imaginer comment une telle drogue aurait pu être administrée à Morley. Celui-ci n'était pas idiot. Etant donné ses problèmes de santé, il n'aurait pas pris des médicaments que son praticien n'avait pas prescrits. Il eût presque fallu que ce soit du poison, mais cette éventualité n'avait jamais été mentionnée, du moins à ma connaissance. A quel titre irais-je mettre les pieds dans le plat et bouleverser sa veuve malade? Elle avait déjà assez d'ennuis comme ça et tout ce que j'avais à offrir, c'étaient de simples conjectures.

Je finis mon potage, lavai le bol et le laissai sur l'égouttoir en même temps que ma cuillère solitaire. Si je m'en tenais à ce cycle de céréales et de potage, je pourrais me nourrir pendant une semaine sans salir une seule assiette. J'errai dans l'appartement, sans but; je me sentais nerveuse et mal à l'aise. Je voulais désespérément parler à Lonnie, mais je ne voyais pas comment je pourrais le faire sans passer une heure sur la route pour aller à Santa Maria. Ida Ruth paraissait croire qu'il prendrait mal toute intrusion, mais je me disais qu'il fallait le prévenir de ce qui était en train de se passer. Pour l'heure, son affaire était en pleine pagaille, et je n'entrevoyais aucun moyen d'y voir clair avant qu'il rentre. Il allait me porter dans son cœur!

C'était le jeudi après-midi. L'enterrement de Morley devait avoir lieu le vendredi, et si j'avais des questions à poser sur les causes de sa mort, il me fallait agir rapidement. Une fois qu'il aurait été inhumé, toute l'affaire serait enterrée avec lui. Puisque son décès avait été attribué à des causes naturelles, personne ne se soucierait plus de connaître son emploi du temps au cours des deux derniers jours de sa vie. Je n'avais toujours aucune idée des endroits où il s'était rendu ni des personnes qu'il avait vues. Le seule chose dont j'étais certaine, c'était qu'il avait pris ces photographies. Je présumais que ses faits et gestes avaient été suscités par sa conversation avec David Barney, mais je ne pouvais pas en avoir la certitude. Peut-être avait-il parlé de l'affaire à Dorothy ou à Louise.

J'appelai chez lui. Louise répondit dès la première sonnerie.

– Salut, Louise. C'est Kinsey. Vous avez trouvé le sac que j'ai laissé?

– Oui, merci. Je suis désolée s'il n'y avait personne, mais Dorothy voulait aller aux pompes funèbres pour voir Morley. Nous avons pensé que vous êtes venue juste après notre départ.

– Comment est-ce que Dorothy tient le coup?

– A peu près aussi bien que possible en pareilles circonstances. C'est quelqu'un qui a du caractère. On est comme ça, toutes les deux.

– Euh, écoutez-moi, Louise, je sais que j'abuse mais y aurait-il moyen de vous parler, à votre sœur et à vous, cet après-midi même?

– A quel sujet?

– Je préférerais vraiment vous le dire sur place. Dorothy est-elle en état de recevoir une visite?

Je pouvais l'entendre hésiter.

– C'est important, dis-je.

– Un petit instant. Je vais voir.

Elle mit une main sur l'appareil et je pus les entendre chuchoter. Elle reprit la ligne.

– Oui, si vous pouvez faire en sorte que ce soit bref, dit-elle.

– Je serai chez vous dans un quart d'heure.

Pour la troisième fois en deux jours, je me dirigeai vers la maison de Morley à Colgate. Un timide soleil faisait seulement son apparition en ce début d'après-midi. Décembre et janvier sont vraiment nos meilleurs mois. Février peut se révéler pluvieux et le ciel est généralement gris. Le printemps à Santa Teresa ressemble au printemps que l'on connaît partout ailleurs dans le pays. Et au début de l'été, on est toujours enveloppé dans une couche de brume marine, de sorte que les journées commencent dans un brillant brouillard bleu et gris et se terminent par un étrange coucher de soleil doré. Jusqu'à présent, le mois de décembre n'avait cessé d'être un mélange de ces deux saisons, le printemps et l'été alternant inexplicablement d'un jour à l'autre.

Louise vint m'ouvrir et me fit entrer dans la salle de séjour, où Dorothy avait été installée sur le canapé.

– Je vais préparer du thé, murmura Louise en s'excusant.

Quelques instants plus tard, je l'entendis qui sortait de la vaisselle du buffet de la cuisine.

Dorothy portait encore la jupe et le sweater qu'elle avait mis pour sa récente sortie. Elle avait enlevé ses chaussures et une couverture enveloppait ses jambes pour les tenir au chaud. Un pied étroit, qui semblait fragile comme de la porcelaine, émergeait de cet emmaillotage. Peut-être Louise et elle avaient-elles davantage ressemblé à des sœurs avant que la maladie ait effacé toute couleur de son visage. Toutes deux avaient une ossature menue, des yeux bleus et une peau d'un joli grain. Dorothy exhibait une perruque blond platine aussi ébouriffée que si elle avait dormi avec. Elle aperçut mon regard et sourit, en se redressant pour la remettre en place.

– J'avais toujours voulu être blonde, dit-elle d'un air triste, en me tendant la main. Vous êtes Kinsey Millhone. Morley m'avait tout raconté sur vous.

Nous nous serrâmes la main. La sienne semblait légère et froide, aussi parcheminée qu'une patte d'oiseau.

– Morley parlait de moi? dis-je avec étonnement.

– Il a toujours pensé que vous étiez pleine de promesses mais que vous deviez apprendre à tenir votre langue.

– Je n'y suis pas tout à fait arrivée, dis-je en riant, mais c'est agréable d'entendre ça. J'ai été désolée de voir que lui et Ben ne parvenaient plus à surmonter leurs divergences.

– Ils étaient tous les deux bien trop têtus, dit-elle en feignant une moue de dégoût. Morley n'a jamais pu se souvenir des motifs de leur brouille. Prenez un siège, ma chère. Louise va nous apporter un peu de thé dans une minute.

Je choisis un petit fauteuil recouvert de tapisserie.

– Je ne veux pas vous déranger. Je vous sais gré de m'avoir reçue. Vous devez être fatiguée.

– Oh, j'y suis habituée. Si je m'évanouis, ne vous occupez pas de moi et parlez avec Lou. Nous venons juste de rentrer. Nous sommes allées à la chambre mortuaire « pour le voir », comme ils disent.

– Quel air a-t-il?

– Eh bien, je ne pense pas que les morts aient jamais l'air *bien*. C'est comme s'ils étaient plats. Vous l'aviez déjà remarqué? Comme si on leur avait ôté la moitié de ce qu'il y avait à l'intérieur, dit-elle.

Son ton était neutre, comme si elle était en train de discuter d'un vieux matelas et non de l'homme avec qui elle avait été mariée pendant une quarantaine d'années.

– J'espère que je n'ai pas l'air de manquer de cœur en disant cela. J'ai aimé tendrement cet homme et je ne saurais vous dire quel choc ça a été de le voir partir ainsi. Depuis un an, on parlait souvent de la mort, mais j'avais toujours supposé qu'il s'agissait de la mienne.

Louise revint dans la pièce.

– Le thé arrive dans une minute. Pendant ce temps-là pourquoi ne pas nous dire ce qui vous préoccupe?

Elle se percha sur le bras du fauteuil en cuir qui avait été celui de Morley.

– Je cherche la réponse à quelques questions et j'ai pensé que vous pourriez m'aider. Est-ce que Morley vous a parlé de l'affaire sur laquelle il travaillait? Je ne tiens pas à vous la résumer si vous connaissez déjà la situation.

Dorothy arrangea sa couverture.

– Morley me parlait de toutes ses affaires. Si j'ai bien compris, ce Barney a déjà été jugé pour assassinat. L'action judiciaire engagée par l'ex-mari de la victime tend seulement à prouver qu'il est coupable d'avoir provoqué la mort de sa femme par des agissements répréhensibles, auquel cas il ne pourrait pas conserver l'héritage.

– Exactement, dis-je. David Barney s'est mis en rapport avec moi à deux reprises hier. Il m'a dit qu'il avait parlé à

Morley la semaine dernière, mercredi. Il a laissé entendre que Morley se préparait à examiner un ou deux détails à ce sujet. Morley vous a-t-il raconté ce qu'il était en train de faire? J'essaie de rassembler des éléments et je ne veux pas tirer de conclusions hâtives si je peux l'éviter.

– Eh bien, voyons un peu. Je sais que l'homme en question l'avait contacté, mais il ne m'a jamais donné de détails. J'avais eu ma séance de chimio le mercredi après-midi et je me sentais assez mal. D'ordinaire nous passions un peu de temps ensemble dans la soirée, mais j'étais complètement épuisée et je suis allée me coucher. J'ai dormi toute la soirée du mercredi et une bonne partie du jeudi.

Je jetai un coup d'œil à Louise.

– Et en ce qui vous concerne? Vous a-t-il parlé de ça?

– Rien de précis, répondit-elle en secouant la tête. Juste qu'ils avaient parlé ensemble et qu'il avait du travail à faire.

– Avait-il l'air de croire à ce que David Barney lui avait raconté?

Louise réfléchit un peu et secoua la tête.

– Je ne sais vraiment pas. Il doit lui avoir accordé un peu de crédit, sinon il n'aurait rien fait.

Dorothy prit la parole.

– Eh bien, ce n'est pas tout à fait vrai, Loosie. Quoi que l'homme ait pu dire, Morley essayait de rester lucide. Il disait qu'il serait absurde de faire des suppositions avant d'avoir tous les éléments en main.

– C'est bien ce que l'on m'a enseigné, dis-je.

Je fouillai dans mon sac à bandoulière et en retirai la pochette des photographies.

– On dirait qu'il les a prises dans la journée de vendredi. Vous a-t-il dit ce qu'il s'apprêtait à faire?

– Là, je peux répondre, dit Louise rapidement. Nous avons déjeuné très tôt ensemble. Comme il était au régime, il aimait prendre ses repas ici à la maison. Moins de tentations, disait-il. Quand il est parti, c'était aux environs de midi, et il est allé à son bureau pour y ramasser le courrier. Il a eu un rendez-vous au début de l'après-midi, puis il a passé le reste de la journée dehors à chercher des camions. Il a porté le film pour le faire développer en rentrant à la maison et il a dit qu'il irait chercher les tirages samedi, le jour où il a commencé à se sentir patraque. Il les avait probablement oubliés.

– Comment savait-il ce qu'il lui fallait chercher?

– Vous voulez dire le genre de camion que c'était? Il n'a rien dit à ce sujet. Il pensait que le même camion pouvait avoir été mêlé à un accident, mais il n'a pas précisé de quoi il s'agissait ni comment il était arrivé à cette conclusion. Il devait avoir remarqué la description dans le rapport de police.

Je réfléchis au déroulement des événements. Tout cela avait dû venir sur le tapis pendant sa conversation avec David Barney.

– Que s'est-il passé le samedi?

– Dans son travail? demanda Louise.

– Je veux dire : en général.

Mon regard allait de l'une à l'autre en les invitant à répondre. Dorothy me donna la réplique.

– Rien d'inhabituel. Il est allé au bureau et y a fait certaines choses. Du courrier et tout ce qui s'ensuit, à ce qu'il semble.

– Avait-il un rendez-vous?

– S'il allait voir quelqu'un, il n'a pas dit qui. Il est rentré à la maison vers midi mais il n'a presque pas touché à son déjeuner. Il prenait normalement ses repas dans ma chambre afin que nous puissions nous voir pendant qu'il mangeait. Je lui ai demandé s'il se sentait bien. Il a dit qu'il avait une migraine et pensait couver quelque chose. Je me suis dit que Louise n'en espérait pas tant; deux malades pour le prix d'un! Je l'ai envoyé au lit. Je ne croyais pas qu'il m'écouterait, mais il a fait ce que je lui ai dit. En fait, il avait dû attraper cette terrible grippe qui fait des ravages. Le pauvre! Nausées, vomissements, diarrhées, crampes d'estomac.

– Est-ce que ça n'aurait pas plutôt été une intoxication alimentaire?

– Je ne vois pas comment, ma chère. Au petit déjeuner, il n'avait pris que des céréales dans du lait écrémé.

– Morley mangeait vraiment ces trucs-là? Ça ne lui ressemblait pas, dis-je.

Dorothy éclata de rire.

– Son médecin l'avait mis au régime sur mon insistance : pas plus de quinze cents calories par jour. Au déjeuner de samedi, il a eu un peu de soupe et quelques tranches de pain grillé. Il disait qu'il se sentait un peu nauséeux et n'avait pas beaucoup d'appétit. Au milieu de l'après-midi, il était malade comme un chien. Il a passé la moitié de la nuit avec la tête au-dessus de la cuvette. En plaisantant, nous avons dit qu'il faudrait faire la queue si je me mettais à être malade à mon tour. Dimanche matin il était mieux, mais il n'avait pas du tout l'air bien. Son teint était terrible, mais les vomissements avaient cessé et il a été capable d'avaler un peu de ginger ale.

– Parlez-moi du dîner de dimanche. L'avez-vous préparé vous-même ?

– Ah non, voyons. Je ne peux pas cuisiner. Je n'ai pas fait de cuisine depuis des mois. Tu t'en souviens, Loosie ?

– J'ai préparé une assiette de viande froide, du blanc de poulet poché et de la salade, dit-elle.

De la cuisine nous parvint le sifflement strident de la bouilloire. Elle s'excusa et sortit pendant que Dorothy reprenait le fil de l'histoire.

– Je me sentais mieux à ce moment-là et je suis donc venue m'asseoir à table, juste pour leur tenir compagnie à tous les deux. Il s'est plaint de douleurs dans la poitrine, mais j'ai présumé qu'il s'agissait d'une indigestion. Louise était inquiète, mais je me souviens de l'avoir taquiné. J'ai oublié maintenant ce que j'ai dit, mais j'étais certaine que ce n'était pas grave. Il a repoussé son assiette et s'est levé. Il avait la main sur la poitrine et il haletait pour respirer. Il a fait deux pas et s'est effondré. Il est mort presque instantanément. On a appelé les secouristes et on a essayé de lui faire du bouche-à-bouche, mais ça ne servait plus à rien.

– Mrs Shine, je ne sais pas comment vous le dire, mais vous serait-il possible d'envisager que l'on fasse une autopsie du corps ? Je sais que c'est un sujet douloureux et peut-être estimez-vous que c'est inutile, mais je me sentirais mieux si l'on était vraiment sûrs des causes de la mort.

– Qu'est-ce qui vous préoccupe ?

– Je me demande si quelqu'un, euh, n'a pas trafiqué la nourriture ou les médicaments qu'il a absorbés.

Son regard ne quittait pas mon visage, avec une expression de clarté presque lumineuse.

– Vous pensez qu'il a été assassiné?

– J'aimerais en avoir le cœur net. Ce n'est peut-être qu'une idée en l'air, mais nous n'avons pas d'autres moyens de savoir. Quand il aura été mis en terre...

– Je comprends, dit-elle. J'aimerais en discuter avec Louise et peut-être avec le frère de Morley qui arrive ce soir.

– Pourrais-je vous téléphoner plus tard dans la soirée? Je suis vraiment désolée de devoir vous presser. Je sais que c'est angoissant mais comme les funérailles sont prévues pour demain, il reste très peu de temps.

– Ne vous excusez pas, dit-elle. Téléphonez, bien entendu. A ce stade, je ne pense pas qu'une autopsie puisse faire du mal.

– J'aimerais aller au bureau du coroner pour les mettre au courant de la situation, mais je ne veux rien faire sans votre autorisation.

– Je n'y vois aucune objection.

– A quoi? demanda Louise en apparaissant avec un plateau lourdement chargé pour le thé.

Elle posa le plateau sur la table basse. Dorothy la mit au courant, en résumant les hypothèses possibles aussi succinctement qu'elle avait résumé l'action judiciaire contre David Barney.

– Oh, laissons-la faire, dit Louise.

Elle remplit une tasse et me la passa.

– Si tu en discutes avec Frank, tu n'en verras jamais le bout.

– Je pensais la même chose, moi aussi, mais je ne voulais pas le dire comme ça, dit Dorothy en souriant. (Puis elle ajouta à mon attention :) Allez-y et faites pour le mieux.

– Merci.

L'inspecteur Burt Walker, attaché au bureau du coroner, avait une quarantaine d'années, des cheveux roux qu'il commençait à perdre, une barbe coupée court et des moustaches d'un ton roux et blond mélangé, un visage rond et un teint rougeaud; sa carnation révélait ses origines scandinaves. Il portait de petites lunettes rondes à fine monture métallique. Il n'était pas bâti lourdement mais il semblait être le genre d'homme dont la silhouette s'étoffe au fil des ans. L'embonpoint lui seyait. Il portait une veste de tweed marron, des pantalons de couleur beige, une chemise bleue, une cravate rouge à pois blancs. Pendant que je faisais le récit détaillé des circonstances qui avaient entouré la mort de Morley, il avait appuyé un coude sur son bureau et à diverses reprises il avait hoché la tête, ou s'était frotté le front. Je formulais mes soupçons, mais rien ne me permettait de savoir s'il me prenait au sérieux ou se contentait d'être poli.

Après que j'eus fini, il me dévisagea.

– Donc, qu'est-ce que vous voulez dire?

Je haussai les épaules; j'étais gênée de devoir préciser mon opinion.

– Qu'en réalité il est mort empoisonné.

– Ou peut-être qu'un poison a précipité une crise cardiaque mortelle, dit Burt.

– C'est ça.

– Bon. Ce n'est pas inconcevable, dit-il lentement. On dirait bien qu'il a pu être intoxiqué. Rien n'indique, je pense, qu'il ait pu se l'administrer lui-même; était-il abattu, déprimé pour une raison quelconque?

– Pas vraiment. Sa femme a bien un cancer, mais ça faisait quarante ans qu'ils étaient mariés et il savait qu'elle avait besoin de lui. Il ne l'aurait jamais abandonnée. Ils étaient très attachés l'un à l'autre, d'après ce que j'ai pu constater. S'il a été empoisonné, il faudrait presque que ce soit par quelque chose qu'il a absorbé sans le savoir.

– Vous avez une idée du genre de produit en cause?

– Je ne connais rien à ces trucs-là, dis-je en hochant la tête. J'ai parlé avec sa femme des deux derniers jours de sa vie, et elle ne peut rien signaler de particulier. Rien de manifeste ou d'évident, en tout cas. Elle a dit qu'il avait un drôle de teint, mais je ne lui ai pas vraiment demandé ce qu'elle voulait dire par là.

– Ça n'a pas pu être quelque chose de corrosif... ça se serait vu tout de suite, dit-il.

Il poussa un soupir et secoua la tête avant d'ajouter:

– Je ne sais quoi vous dire. Je ne vais pas demander à un

toxicologue de se livrer à une analyse complète. Vous n'apportez rien sur quoi travailler. Une demande comme la vôtre est trop vague. Vous n'avez pas idée de la quantité et de la variété des drogues, pesticides, produits industriels... nom de nom... même les substances que vous manipulez tous les jours sans y prêter attention. D'après ce que vous me dites, et en partant du principe que vous avez raison, sinon notre discussion serait sans objet, le problème se complique du fait qu'il était en si mauvais état.

– Vous connaissiez Morley ?

– Et comment ! répliqua-t-il en riant. Un foutu bonhomme. Mais il continuait à vivre comme dans les années cinquante, quand tout le monde pensait que descendre un flacon d'alcool par jour et fumer trois paquets de cigarettes, c'était un jeu. Un type comme Morley, dont le foie ou les fonctions rénales étaient probablement déjà amoindris par la maladie, risque davantage que des personnes en bonne santé d'être affecté par toutes sortes d'agents toxiques parce qu'ils n'ont plus aucun moyen efficace d'éliminer ces substances. Il y a sans doute quelques petites choses que nous pouvons écarter d'emblée, comme la drogue, les alcaloïdes. Je suppose qu'elle n'a pas parlé de son haleine.

– Non. S'il y avait eu quelque chose, elle l'aurait remarqué. Elles ont d'abord essayé de lui faire du bouche-à-bouche pour le ranimer, et puis elles ont compris que c'était inutile.

– Cela permet d'écarter le cyanure, le paraldéhyde, l'éther, le sulfure et sulfate de nicotine. De toute façon on ne peut pas faire prendre ça à quelqu'un sans qu'il s'en rende compte.

– Et l'arsenic ?

– Ouais. Les symptômes que vous avez décrits correspondraient assez bien. Sauf qu'il s'est senti mieux. J'aime pas beaucoup ça. Dommage qu'il soit pas allé dans un labo pour des analyses. Ils auraient mis le doigt dessus.

– Je pense qu'avec sa femme malade, il ne voulait pas faire d'histoire, dis-je. Tout le monde a la grippe. Il a probablement pensé que ça n'était pas autre chose.

– Ce qui est bien possible, dit Burt. D'un autre côté, si c'est quelque chose qu'il a mangé et si l'on part sur la piste gastro-intestinale, alors il y a toujours un laps de temps au cours duquel on constate à la fois une transformation chimique et une élimination. D'une manière générale, les substances qui pénètrent dans un organisme vivant se trouvent transformées ou éliminées, ou les deux à la fois ; ça signifie que la quantité de poison décelable diminue progressivement. Le système digestif fait son travail. Il sait drôlement bien foutre en l'air les preuves. Si le poison tue rapidement, on en retrouve presque toujours une certaine quantité à l'autopsie. Le fait qu'il ait été embaumé n'arrange rien. Avec le produit liquide que l'on injecte dans le système circulatoire et qui s'accumule dans les viscères, les difficultés des toxicologues augmentent salement.

– Mais serait-il encore possible de trouver quelque chose ?

– Probablement. Il faudrait qu'on puisse aussi analyser des échantillons purs du produit employé par l'embaumeur, les comparer aux éléments étrangés prélevés dans les viscères. Je vais vous dire ce qui serait extrêmement utile si vous voulez faire les choses sérieusement : apportez-moi tous les produits ménagers que vous pourrez trouver chez lui. Fouillez les ordures pour voir si elles ne contiennent pas des aliments suspects. Apportez-moi les flacons de pilules, tout ce qui sert à se débarrasser des rats et des cafards, les produits de nettoyage et de désinfection, les insecticides pour le jardin et toutes les choses de ce genre. De mon côté, je peux voir avec le directeur des pompes funèbres s'il a observé quoi que ce soit. Ces gens-là ont beaucoup de flair quand ils savent ce que vous cherchez.

– Vous allez donc le faire ?

– Eh bien, si elle signe les papiers, on tentera le coup.

Je sentais l'excitation bouillonner à l'intérieur de moi en même temps que la crainte. Si j'avais tort, je me sentirais idiote.

– Pourquoi souriez-vous ? demanda-t-il.

– Je ne pensais pas que vous me prendriez au sérieux.

– Au fond, je suis payé pour prendre les gens au sérieux. Bien des fois, quand l'hypothèse d'un empoisonnement est envisagée c'est à cause des soupçons formulés par les amis et parents du défunt. On va faire amener Morley ici et procéder à un examen.

– Et en ce qui concerne l'enterrement?

– Laissons-les terminer la cérémonie et on s'y mettra tout de suite après. Il fit une pause en me jetant un coup d'œil interrogateur. Avez-vous un suspect en vue, s'il s'avère que vous avez raison?

– Je n'ai littéralement pas un seul indice, dis-je. Je m'efforce toujours de trouver qui a tué Isabelle Barney.

– Je ne me donnerais pas trop de mal si j'étais vous.

– Pourquoi donc?

– C'est le genre de curiosité qui pourrait bien avoir tué Morley.

16

Je n'arrivais pas à croire qu'il me fallait retourner une fois de plus chez Morley, mais c'était pourtant bien là que j'allais. Burt Walker m'avait demandé de lui apporter tous les produits ménagers qui auraient pu servir de poison. Louise était dehors, devant la maison, près de la boîte aux lettres, au moment où je fis halte. Si elle fut surprise de me voir, elle n'en montra rien. Elle attendit patiemment que j'aie fini de me garer et que je sois sortie de la voiture. Nous marchâmes côte à côte vers la maison comme de vieilles amies.

– Où est Dorothy ?

– Elle est allée se reposer dans sa chambre.

– Elle est bouleversée ?

Elle me jeta un regard franc.

– Ma sœur est réaliste. Morley n'est plus. Si quelqu'un l'a empoisonné, elle veut en avoir le cœur net. Bien sûr que c'est bouleversant. Le contraire serait étonnant, non ?

– Je suis désolée de lui avoir infligé cette épreuve supplémentaire, mais je n'avais pas d'autre solution.

– Ni vous ni moi n'y pouvons rien. Qu'est-ce qui vous ramène ici ?

Je lui résumai ma conversation avec le coroner.

– Il n'a pas l'air bien optimiste, mais en tout cas il accepte de faire quelques vérifications si je rassemble un certain nombre d'éléments. Je vais avoir besoin d'un sac pour porter tout ce que je vais trouver.

– Est-ce qu'un sac poubelle pourrait faire l'affaire ? Ceux

que nous utilisons, à la cuisine, sont de petite taille et ils se ferment par un cordon coulissant.

– Parfait, dis-je.

Je la suivis dans la cuisine et nous rassemblâmes ensemble tout ce qui nous semblait pertinent. Le placard sous l'évier recelait un riche filon de substances toxiques. Il est grave de constater que toute femme d'intérieur passe ses journées dans la mort jusqu'aux genoux. Je laissai de côté certains articles comme le Drano, en partant du principe qu'il ne pouvait en aucune façon avoir avalé une dose mortelle de soude caustique sans s'en rendre compte.

Louise avait un regard aigu et signalait des articles que j'aurais pu négliger sans son concours. Le sac se remplissait de toutes sortes de produits : décapant pour le four, insecticide, Argentil, ammoniaque ménager, alcool à brûler. Il y avait aussi une boîte d'appâts à fourmis. J'eus une brève vision incongrue de Morley en train d'ingurgiter des appâts à fourmis comme autant de cachous. Alignés sur le rebord de la fenêtre de la cuisine, il y avait plusieurs médicaments que prenait Morley et nous les fourrâmes dans mon sac.

Dans la salle de bains, il fallut vider l'armoire à pharmacie de tout ce sur quoi était inscrit le nom de Morley, en plus de quelques remèdes en vente libre qui, à fortes doses, pouvaient avoir un effet mortel – aspirine, anti-inflammatoires, antihistaminiques. Rien de tout cela n'avait l'air particulièrement menaçant. Aucune des corbeilles à papier ne recelait la moindre trace de produit suspect. Le garage nous livra une petite quantité de récipients, mais pas autant que je m'y attendais.

– Pas beaucoup d'insecticides ou d'engrais, fis-je remarquer négligemment.

Louise remplissait mon sac de térébenthine et de diluant pour peinture.

– Morley détestait s'occuper du jardin. C'était le domaine de Dorothy.

Elle tourna lentement sur elle-même en balayant les lieux du regard.

– Ça m'a tout l'air de faire l'affaire. Bon, de l'huile de vidange, dit-elle.

Elle se retourna et me regarda.

– Vous pouvez toujours la mettre dans le sac, dis-je. J'ai peine à croire qu'il se soit shooté à l'huile de vidange, mais tout est possible. Et son bureau ? Y a-t-il une armoire à pharmacie dans sa salle de bains ?

– Je n'y avais même pas pensé. Il y en a certainement une. Bon, je file chercher la clef, tant qu'on y est.

– Ne vous dérangez pas. Je peux demander à la patronne du salon de coiffure de me laisser entrer en passant par chez elle.

Nous revînmes devant la maison, où je sortis mes clefs de voiture.

– Louise, merci de m'avoir aidée.

– S'ils trouvent quelque chose, dit-elle, tenez-nous au courant.

– Ça prendra du temps. Les rapports toxicologiques demandent parfois un mois.

– Et en ce qui concerne l'autopsie ? Cela devrait leur apprendre quelque chose.

– On ne va rien faire avant les funérailles.

– Vous viendrez à la cérémonie religieuse ?

– J'en ai bien l'intention.

En roulant vers le bureau de Morley, je me sentais presque écrasée par un sentiment d'incertitude. C'était ridicule. Comment imaginer que Morley ait pu manger un plat arrosé de détergent ou de détachant ? Il n'était certes pas un gourmet, mais il n'aurait pas manqué de s'en rendre compte s'il avait lapé une cuillère à soupe de détergent ou d'eau de Javel. Quant aux médicaments qu'il prenait, je ne pouvais rien en dire. Aucune des fioles était vide, ou presque vide, ce qui aurait pu signifier qu'il avait exagéré les doses, accidentellement ou pour d'autres raisons. Bien entendu, les deux remèdes qui se présentaient sous forme de capsules pouvaient avoir été trafiqués. J'avais cru comprendre que la plupart du temps la porte de derrière restait déverrouillée et ouverte. N'importe qui aurait pu entrer et remplacer ses pilules par d'autres, pleines d'un produit mortel.

J'atteignis le bureau de Morley et me garai dans l'allée. Je fis le tour du pavillon pour me diriger vers la porte d'entrée, en trimballant mon sac poubelle comme un Saint-Nicolas sans abri. Aujourd'hui, l'endroit me paraissait encore plus déprimant qu'il ne m'avait semblé à première vue. Les murs extérieurs étaient peints en turquoise, de la même couleur vive que les œufs de Pâques, le tour des fenêtres et le bord du toit en un blanc sale. Diverses affiches publicitaires pour des lotions capillaires encombraient la vitrine, parmi les flocons de neige artificielle. J'entrai.

Cette fois la boutique était vide et Betty, que je prenais pour la propriétaire, était en train de boire un café et de fumer une cigarette à l'arrière, tout en faisant ses comptes.

– Où sont les autres?

– Elles sont toutes allées déjeuner. Jeannie a un anniversaire et je lui ai dit que je m'occuperais des coups de téléphone. Que puis-je faire pour vous?

– Il faut que je retourne dans le bureau de Morley.

– Vous connaissez le chemin, dit-elle en haussant les épaules.

Quelqu'un avait baissé les stores. Une lumière fauve régnait dans la pièce. En même temps que l'odeur de moisi et de moquette poussiéreuse, je reconnus celle des vieux mégots mélangée à l'arôme de café bouilli et de cigarette qui venait du salon de coiffure.

Une vérification hâtive des tiroirs du bureau et des classeurs ne me livra rien en matière de substances toxiques. Dans la salle de bains, je trouvai un paquet de lessive presque vide, au point que le peu de poudre restante s'était aggloméré en boulettes qui ballottaient dans le fond comme des petits pois secs. L'armoire à pharmacie était vide, à part une bouteille à demi pleine de Pepto-Bismol. Je la mis dans mon sac en plastique, pour le cas où le contenu aurait été mélangé à de la mort-aux-rats, du verre pilé ou de la naphtaline. Comme c'était moi qui avais mis en scène ce petit mélodrame, je me sentais obligée d'aller jusqu'au bout. La poubelle de la salle de bains était vide. Je retournai dans le bureau pour jeter un coup d'œil dans la corbeille à papier, sous la table de travail, mais elle n'y était pas. Je parcourus la pièce d'un regard perplexe. Je l'avais vue à cet endroit-là lors de ma première visite.

J'ouvris la porte et passai la tête à l'intérieur du salon.

– Où peut bien être la corbeille à papier de Morley?

– Dehors, sous le porche.
– Merci. Pouvez-vous me rendre un autre service?
– J'essaierai, dit-elle.
– Il se peut qu'un crime ait été commis dans le bureau de Morley; nous ne le saurons pas avant quelques jours. Pouvez-vous le tenir fermé?
– Ce qui signifie quoi? Ne laisser entrer personne?
– Exact. Ne touchez à rien et ne jetez rien.
– C'était comme ça, du temps de Morley, dit-elle.
Je refermai la porte et récupérai la corbeille à papier sous le porche, où les fourmis traçaient une sorte de piste Hô Chi Minh sur le béton. Je la fouillai avec précaution, après en avoir secoué les fourmis. Puis je m'assis sur la marche supérieure et me mis à en vider le contenu. Des bouts de papier, des catalogues, des Kleenex usagés, des gobelets à café en polystyrène expansé. La boîte en carton, qui renfermait une pâtisserie largement entamée, était devenue une source de nourriture pour la colonie grouillante de fourmis. Je posai la boîte à côté de moi sur le sol et me livrai à un examen rapide de son contenu. Morley avait dû s'arrêter à la boulangerie en allant au bureau, pour acheter une friandise. Il en avait mangé la moitié et jeté le reste aux ordures en se sentant probablement coupable d'avoir fait une entorse à son régime. J'observai le morceau de gâteau de plus près, mais je n'avais aucune idée de ce que je cherchais. Ça ne ressemblait pas à des fruits, mais avec quoi d'autre fait-on un strudel? Je rassemblai soigneusement les restes et les enveloppai dans le papier qui avait entouré la boîte.

A part cela, il n'y avait rien d'intéressant. Je remis le reste dans la corbeille à papier et la laissai juste derrière la porte, que je verrouillai derrière moi. Je revins à ma voiture et portai toute ma collection de détritus au bureau du coroner, où je la confiai à la secrétaire pour qu'elle la remette à Burt.

J'en avais assez fait pour la journée et je repris le chemin de la maison. Toute l'affaire me donnait des maux d'estomac. Je me sentais épuisée et déprimée. En vérité, tout ce que j'avais fait jusque-là avait abouti à démolir le dossier de Lonnie. Grâce à mes efforts, le témoignage de l'indicateur était maintenant remis en cause et le défendeur lui-même avait un alibi. Si je continuais à faire d'aussi brillantes découvertes, l'avocat de Barney aurait suffisamment d'arguments pour obtenir un rejet de la plainte. Je pouvais sentir l'anxiété me gagner peu à peu et j'éprouvais le genre de peur viscérale que je n'avais pas ressentie depuis le lycée. Il n'y avait pas lieu de se lamenter, mais je prenais conscience que, d'une certaine façon, le fait d'avoir été licenciée par la CF engendrait en moi une crise de confiance. J'avais toujours agi en suivant mon instinct. J'avais souvent été déçue par la tournure que prenait une enquête, mais je me conduisais avec une sorte d'assurance provocante, soutenue par la conviction qu'en fin de compte je pouvais faire mon travail aussi bien que le type d'à côté. Je ne m'étais jamais sentie aussi peu sûre de moi qu'aujourd'hui. Qu'est-ce qui se passerait si on me virait pour la seconde fois en six semaines?

Je rentrai à la maison et briquai mon appartement comme une Cendrillon shootée aux amphés. C'était la seule chose qui m'était venue à l'esprit pour apaiser mon anxiété. Je fis main basse sur des éponges et du détergent et j'attaquai la salle de bains d'en haut. Je ne sais pas comment les hommes se débrouillent avec les petites contrariétés que nous réserve la vie. Peut-être qu'ils jouent au golf ou réparent des automobiles ou boivent de la bière en regardant la télé. Les femmes que je connais (celles qui ne se droguent pas à grand renfort de chocolats ou d'achats inconsidérés) font le ménage. J'investis les toilettes, armée d'un chiffon et d'une brosse à W.-C., puis j'entrepris d'anéantir les microbes sous des quantités de désinfectant, vaporisant ou faisant mousser chaque surface visible. Faute d'exterminer tous les germes, je dus quand même passablement les estropier.

A dix-huit heures, je fis une pause. Mes mains sentaient l'eau de Javel. J'avais non seulement désinfecté toute ma salle de bains à l'étage, mais également fait la poussière, passé l'aspirateur et changé les draps. J'étais sur le point d'attaquer les tiroirs de mon armoire quand je compris qu'il était temps de m'arrêter et de me mettre quelque chose sous la dent. Ça pouvait bien suffire comme ça. Je pris une douche en vitesse et enfilai des jeans frais ainsi qu'un col roulé propre. Ma frénésie pour les travaux domestiques n'allait pas jusqu'à faire la cuisine à la maison. Mon sac sur l'épaule et une veste sur le dos, je me rendis chez Rosie.

Je fus plutôt interloquée de trouver l'endroit tout aussi animé que la veille au soir. Cette fois, au lieu de championnes du jeu de boules, il semblait qu'il y avait une équipe de softball; c'étaient des gars en pantalons de survêtement et chemisettes assorties qui arboraient le nom d'une entreprise locale d'appareils électriques, brodé dans le dos. Il y avait beaucoup de fumée de cigarettes, des quantités de gars qui brandissaient des bocks de bière et des salves de ce rire rauque que déclenche la boisson. La scène semblait empruntée à une de ces affiches publicitaires pour une marque de bière, où les gens paraissent s'amuser bien mieux qu'ils ne le font en réalité dans la vie courante. Le juke-box débitait un morceau si déformé par le bruit qu'il était difficile de le reconnaître. Le poste de télévision au bout du bar diffusait, tour après tour, les images de quelque course de stock-cars poussiéreuse et interminable. Personne n'y prêtait la moindre attention mais le son avait été haussé au maximum pour pouvoir rivaliser avec le vacarme.

Rosie assistait à tout cela, rayonnante et complaisante. Que lui était-il arrivé? Elle n'avait jamais supporté le bruit. Elle n'avait jamais recherché une clientèle de sportifs. J'avais toujours craint que la taverne soit découverte par les jeunes cadres dans le vent, et se transforme en une brasserie huppée pour hommes d'affaires et avocats. L'idée ne m'avait jamais effleurée que je devrais y coudoyer des équipes de sportifs en goguette.

J'aperçus Henry et son frère William. Henry portait des jeans coupés au genou, un T-shirt blanc et des chaussures de bateau; ses longues jambes bronzées étaient musclées et solides. William, toujours en costume de ville, avait ôté sa veste. Tandis que Henry était effondré dans son fauteuil, une bière devant lui, William se tenait assis bien droit et sirotait un verre d'eau minérale agrémenté d'une tranche de citron. J'adressai un signe de la main à Henry et me dirigeai vers le fond de la salle où se trouvait mon box favori; celui-ci était miraculeusement vide. Je fis halte à mi-chemin. Le regard que Henry m'avait jeté exprimait une prière silencieuse si fervente que je me ravisai et optai pour sa table.

William se mit debout.

Henry poussa du pied une chaise dans ma direction.

– Tu veux une bière? Je t'en offre une.

– Je préférerais vraiment du vin blanc si ça ne te fait rien, dis-je.

– Mais non. Pas de problème. Ce sera du vin blanc.

J'aurais pu jurer qu'ils avaient tous les deux régressé depuis que je les avais vus la veille. Maintenant, il m'aurait presque été possible de me les figurer quand ils avaient respectivement huit et dix ans. Henry était tout en coudes et en genoux, il se conduisait avec une agressivité de cadet meurtri. Pendant toute son enfance il avait probablement dû subir le comportement ennuyeux et condescendant de William. Peut-être leur mère avait-elle ordonné à celui-ci de veiller sur son frère, ce qui les avait forcés tous deux à rester, bon gré mal gré, l'un auprès de l'autre. William avait dû se montrer hautain avec Henry, tourmenter son jeune frère, « rapporter » à leur mère. Maintenant, à quatre-vingt-trois ans, Henry donnait l'impression d'être à la fois irritable et rebelle, incapable de s'affirmer sauf par des singeries et des apartés.

Il essayait de mettre la main sur Rosie tandis que William s'était rassis. Je me tournai vers celui-ci et élevai la voix afin qu'il puisse m'entendre malgré le chahut qui régnait dans la salle.

– Comment s'est passée votre première journée à Santa Teresa?

– Je dirais que ç'a été une assez bonne journée. J'ai subi une légère attaque de palpitations cardiaques...

La voix de William était voilée et faible.

Je portai une main à mon oreille pour lui faire comprendre que j'avais du mal à l'entendre. Henry se pencha vers moi.

– On a passé l'après-midi aux Urgences, hurla Henry. C'était drôle. L'équivalent d'une séance de cirque pour retraités.

– C'était un problème cardiaque. Le médecin a demandé un électro. Je n'arrive pas à me souvenir de ce qu'il a dit exactement de mon état...

– Indigestion, brailla Henry. Il aurait suffi que tu rotes un bon coup.

William ne paraissait pas prendre ombrage des facéties de Henry :

– Mon frère se sent mal à l'aise au moindre signe qui montre combien l'homme est fragile.

– Après t'avoir côtoyé toute la vie, je devrais y être habitué.

Je m'intéressais toujours à William.

– Est-ce que vous vous sentez bien?

– Oui, merci, répondit-il.

– Voilà comment je me sens, dit Henry.

Il loucha et coinça sa langue sur le côté de la bouche, en s'étreignant les côtes. William ne lui accorda pas un sourire.

– Est-ce que ça vous intéresse d'y jeter un coup d'œil?

Je ne comprenais pas bien ce qu'il me proposait jusqu'à ce qu'il me montre le tracé de son électrocardiogramme.

– Ils vous l'ont laissé? demandai-je.

– Seulement cette partie. L'autre morceau est dans mon dossier. J'ai apporté mes archives médicales, pour le cas où j'en aurais besoin.

Nous contemplâmes tous les trois le trait d'encre avec ses pics qui revenaient à intervalles réguliers. On aurait dit un dessin en coupe de l'océan avec quatre ailerons de requin qui nageaient droit sur nous dans l'eau.

William se pencha plus près.

– Le médecin veut que je reste sous son étroite surveillance.

– Je pense bien, dis-je.

– Quel dommage que tu ne puisses pas t'offrir un jour de congé, me dit Henry. On pourrait prendre le pouls de William à tour de rôle.

– Moquez-vous de moi si vous voulez, mais nous devons tous finir par affronter le fait que nous sommes mortels, dit William avec componction.

– Ouais, eh bien moi, demain, il va me falloir admettre le fait que quelqu'un d'autre était mortel, dis-je. (Et à l'intention d'Henry, j'ajoutai :) Je vais à l'enterrement de Morley Shine.

– Un de vos amis?

– Un autre détective privé, un type d'ici. Il était copain avec le gars qui m'a formée et je le connaissais depuis des années.

– Il est mort en service commandé ? demanda William.

Je hochai la tête :

– Pas vraiment. Dimanche soir il est tombé raide pendant une crise cardiaque.

Au moment même où je prononçais ces paroles, je souhaitai de ne pas avoir ouvert la bouche. Je pus voir la main de William cheminer vers sa poitrine. Il dit :

– Et quel âge avait-il ?

– Euh, j'en sais trop rien.

Je mentais, bien entendu. Morley avait une bonne vingtaine d'années de moins que William.

– Chic, voilà Rosie.

Je réussis toujours à m'en tirer, en cas de besoin, avec des « euh » et des « chic ».

Rosie venait de sortir de la cuisine et elle nous fixait à travers toute la longueur de la pièce. Elle approcha, le visage figé par la détermination. En passant devant le bar, elle se haussa sur la pointe des pieds et coupa le son de la télé. Henry et moi échangeâmes des regards entendus. J'étais certaine qu'il pensait la même chose que moi : elle allait s'occuper de William, et elle n'avait pas deux façons de le faire. Je me sentais presque désolée pour lui. Le juke-box se tut et le niveau du bruit baissa d'un seul coup. Ce calme était une bénédiction.

William repoussa sa chaise en arrière et se leva poliment.

– Miss Rosie. Quel plaisir. J'espère que nous vous persuaderons de vous joindre à nous.

Mes regards allaient de l'un à l'autre.

– Vous avez été présentés ?

– Elle est venue à notre table dès que nous sommes entrés, dit Henry.

Le regard de Rosie erra sur William et elle baissa les yeux modestement.

– Vous êtes sans doute en pleine conversation, dit-elle, en quêtant une parole de confirmation.

Dire que ça venait d'une bonne femme qui malmenait toujours tout le monde sans pitié !

– Oh, voyons. Prenez un siège, dis-je, joignant mon invite à celle de William.

Il était resté debout, en attendant apparemment qu'elle s'assoie, ce qu'elle ne manifestait aucune intention de faire.

Rosie nous voyait à peine, Henry et moi. Le regard qu'elle lançait à William passait de la coquetterie à l'ironie. Elle fixa son attention sur le tracé de l'électrocardiogramme et fourra ses mains sous son tablier.

– Tachycardie sinusale, annonça-t-elle. Le cœur se met brusquement à battre cent coups par minute. C'est horrible.

William leva les yeux vers elle, tout étonné.

– C'est ça. C'est exact, dit-il. J'en ai souffert cet après-midi même. Il a fallu que j'aille voir le médecin dans un service de soins d'urgence. C'est lui qui a fait faire ce contrôle.

– Y peuvent rien faire, dit-elle avec satisfaction. Je suis dans le même état. Y a bien quelques pilules, mais c'est sans espoir. (Elle s'installa avec précaution sur le bord de la chaise.) Asseyez-vous.

William s'assit.

– C'est bien pire qu'une fibrillation, dit-il.

– C'est bien pire qu'une fibrillation et des palpitations ensemble, dit Rosie. Laissez-moi regarder ça .

Elle s'empara du tracé. Elle ajusta ses lunettes sur le bout de son nez, se recula pour mieux voir.

– Regardez ça. J'en crois pas mes yeux.

William le regarda une fois encore, comme si le morceau de papier avait pu revêtir une signification entièrement nouvelle.

– C'est grave à ce point-là?

– Terrible. Pas autant que le mien, mais très grave. Ces lignes ondulées et ces pointes hérissées?

Elle hocha la tête, les commissures de ses lèvres s'affaissèrent. Elle lui rendit le tracé brutalement.

– Je vais vous servir un sherry.

– Non, non. C'est hors de question. Je ne bois pas d'alcool, dit-il.

– Du sherry hongrois. C'est pas du tout pareil. J'en prends moi-même au premier signe d'attaque. Boumb! Parti. Juste comme ça. Plus d'ondulations. Plus de pointes.

– Le docteur ne m'a jamais rien dit sur le sherry, dit-il déconcerté.

– Vous voulez savoir pourquoi? Combien vous payez pour voir ce docteur, aujourd'hui? Beaucoup, je parie.

Soixante, quatre-vingts dollars. Vous pensez s'il veut pas vous voir revenir à toute vitesse! Vous avez tant d'argent? Moi je vous assure, faites ce que je dis et vous serez comme neuf en un rien de temps. Vous essayez. Vous vous sentez pas mieux, vous payez pas. Je garantis. Je vous offre le premier. Aux frais de la maison. Absolument gratuit.

Il paraissait perplexe, hésitant, mais Rosie lui décocha un regard d'acier. Il leva le pouce et l'index écartés de deux centimètres et répondit :

– Peut-être un tout petit peu.

– Je verse moi, dit-elle en se mettant sur ses jambes.

Je levai la main :

– Pourrais-je avoir un verre de vin blanc, s'il vous plaît? C'est Henry qui régale.

– Une tournée de remèdes pour la tension, aux frais du bar, dit celui-ci.

Rosie ignora son timide trait d'humour et s'en alla vers le bar. Je n'osais regarder Henry car je savais que je n'aurais pu réprimer un sourire narquois. Rosie était parvenue à faire en sorte que William lui mange dans la main. Alors que Henry s'était montré ironique et moi tout juste polie avec William, Rosie le traitait avec le plus grand sérieux. Je n'avais aucune idée de ce qu'elle avait derrière la tête, mais William semblait profondément désarçonné par ses manières.

– Le docteur n'a jamais rien dit à propos de ces alcools, répétait-il avec obstination.

Je renchéris, pour jouer le jeu :

– Ça ne peut pas faire de mal.

Peut-être bien qu'elle avait l'intention de l'enivrer, de neutraliser ses défenses afin de pouvoir lui dire la vérité, à savoir que, pour un homme de son âge, il avait une santé de cheval.

– Je ne voudrais pas faire quoi que ce soit qui contrarie mon traitement à long terme, dit-il.

– Oh, pour l'amour de Dieu. Prends un verre, aboya Henry.

Sous la table, je posai mon pied sur celui de Henry et appuyai. Son expression changea.

– Oui, eh bien, ça me rappelle justement quelque chose.

Grand-père Pitts prenait un petit verre d'alcool de temps en temps. Tu t'en souviens, n'est-ce pas, William? Je le vois encore sous le porche, assis dans son fauteuil à bascule, en train de siroter son Black Jack.

– Et puis il est *mort*, dit William.

– Bien sûr qu'il est mort! A cent un ans!

Le visage de William se ferma.

– Pas la peine de crier.

– Et puis, merde! Les gens de la Bible n'ont pas vécu aussi longtemps que lui. Il était plein de santé. Il était vigoureux et cordial. Tous les membres de notre famille...

– Hennnnrry, tu fais erreur, me mis-je à chantonner.

Il se tut instantanément. Rosie revenait à notre table, un plateau à la main. Elle apportait un verre de vin blanc pour moi, une bière pour Henry, plus deux verres à liqueur et une petite bouteille décorée remplie d'un liquide ambré. William s'était levé docilement. Il tira une chaise pour elle. Elle posa le plateau et lui adressa un sourire coquet.

– Quel gentilhomme. Tout à fait charmant, dit-elle en battant des paupières.

Elle me passa le vin, servit à Henry sa bière, puis s'assit.

– Avec votre permission, dit-elle à William.

– Juste une toute petite goutte, dit-il.

– C'est moi qui dis combien, fit-elle. Je vais vous montrer comment boire. Comme ça.

Elle versa du sherry jusqu'au bord du petit verre et le porta à ses lèvres. Elle renversa sa tête en arrière et vida le contenu. Elle tamponna coquettement les coins de sa bouche avec la phalange de son index.

– A vous maintenant, dit-elle.

Elle remplit le second verre à liqueur et le tendit à William. Il hésita.

– Faites comme je vous dis.

William fit ce qu'elle lui avait demandé. Dès que l'alcool descendit au fond de sa gorge, il se mit à frissonner... secoué par un spasme involontaire et merveilleux qui partait de ses épaules et gagnait rapidement sa colonne vertébrale.

– J'en vois trente-six chandelles!

– « Trente-six chandelles », c'est le mot juste, dit-elle.

Elle l'étudia sournoisement, d'un regard proprement lascif. Elle leur versa une autre tournée et vida son verre d'un seul coup, à la manière d'un vieux cow-boy dans un film de John Wayne. Maintenant qu'il avait attrapé le coup de main, William en fit autant. Un peu de couleur lui monta aux joues. Henry et moi observions la scène, muets d'étonnement.

– Voilà !

Rosie tapa d'une main sur la table puis redevint elle-même. Elle se mit debout, reposa soigneusement la bouteille de sherry et les deux verres sur le plateau.

– Demain. Deux heures. C'est comme les médicaments. Très exact. Maintenant je vous apporte le dîner. Je sais juste ce qu'il vous faut. Pas de discussion.

Je sentis mon cœur se serrer. Je savais que le dîner allait consister en un incroyable mélange d'épices hongroises et de graisses animales, mais je n'avais pas le courage de fuir.

William la regarda s'éloigner.

– C'est remarquable, dit-il. Je crois que je peux vraiment sentir ma tension baisser...

17

Je dormis mal cette nuit-là; le vendredi matin, je fis mon jogging à contrecœur. Les obsèques de Morley devaient avoir lieu à dix heures et je les appréhendais. Il y avait toujours trop de questions sans réponses et je me sentais coupable d'avoir posé la plupart d'entre elles. Lonnie allait rentrer de Santa Maria dès que son affaire serait conclue au tribunal. Il me restait encore à porter une fournée de citations que Morley n'avait jamais déposées, mais ça ne servait à rien d'essayer de les délivrer tant que je ne saurais pas où en étaient les choses. Lonnie n'aurait peut-être pas du tout envie d'aller jusqu'au procès. Je me douchai, puis je retournai mon tiroir de lingerie à la recherche d'une paire de collants dont l'aspect ne donnerait pas à penser que des chatons s'étaient fait les griffes sur mes jambes. Le tiroir recélait un fouillis de vieux T-shirts et de socquettes dépareillées. Il allait vraiment falloir que je m'en occupe et que j'y mette de l'ordre un de ces jours. Je revêtis ma robe à tout faire, parfaite pour des funérailles : noire avec des manches longues, dans un de ces exotiques tissus en polyester qu'on pourrait laisser pendant un an en bouchon sans qu'il présente un faux pli. Je glissai mes pieds dans une paire de ballerines afin de pouvoir marcher sans clopiner. J'ai des amies qui adorent les talons hauts mais je n'arrive pas à comprendre pourquoi. Je me dis que si les hauts talons étaient si merveilleux, les hommes en porteraient, eux aussi. Je décidai de sauter le petit déjeuner et d'aller au bureau de bonne heure.

Il était 7 h 28 et ma voiture était la première à se garer sur le parking. L'escalier intérieur, où la lumière du jour ne pénétrait pas, était intensément obscur. La petite lampe de poche attachée à mon porte-clefs me fournit ce qu'il fallait d'éclairage pour m'empêcher de trébucher et de me casser la figure. Une fois au deuxième étage, j'entrai par la porte principale. L'endroit était sombre et froid. Je perdis quelques minutes à allumer les lumières pour donner l'illusion que la journée de travail avait commencé. Je décidai de me faire un pot de café et mis la cafetière électrique en route. Au moment où j'ouvrais la porte de mon bureau, l'arôme du café qui se dégageait du percolateur commençait à imprégner l'air.

Je jetai un coup d'œil à mon répondeur et constatai que la lumière clignotait avec insistance. Je poussai le bouton des messages et fus accueillie par la voix ennuyée de Kenneth Voigt.

– Miss Millhone. C'est Ken Voigt. Il est... euh... minuit et nous sommes jeudi. Je viens d'avoir un appel de Rhe Parsons, qui est bouleversée par l'affaire de Tippy. J'ai téléphoné à Lonnie à Santa Maria, mais le standard du motel est fermé. Je serai à mon bureau dès huit heures, demain matin et je veux mettre les choses au point. Appelez-moi dès que vous arriverez.

Il avait laissé le numéro de téléphone de Voigt Motors et raccroché.

Je regardai ma montre. Il était 7 h 43. Je composai le numéro qu'il m'avait laissé, mais un répondeur me fit savoir sur un ton aimable que l'agence était fermée en me donnant un numéro à appeler en cas d'urgence, si par exemple je voulais prévenir que l'immeuble était en flammes. J'avais encore ma veste sur le dos et ça ne servait à rien de m'installer derrière ma table de travail. Autant braver l'orage. Ida Ruth venait d'arriver et, après lui avoir dit où j'allais, je lui abandonnai la place. Je redescendis jusqu'au parking, où je repris ma voiture. Je n'avais vu Kenneth Voigt qu'une seule fois, mais j'en avais gardé le souvenir d'un homme qui devait aimer les grands coups de gueule quand c'était lui qui les poussait. Je n'avais aucune envie de commenter les tout derniers rebondissements de l'affaire. Pour la bonne raison que je n'avais pas encore raconté à Lonnie ce qui se passait.

Après tout, il lui appartenait d'annoncer les mauvaises nouvelles. Au moins il pourrait prévenir Voigt des conséquences juridiques.

La circulation sur l'autoroute était encore assez fluide et je parvins à la bretelle de Cutter Road vers huit heures. Voigt Motors était le concessionnaire attitré de Mercedes-Benz, Porsche, Jaguar, Rolls-Royce, Bentley, BMW et Aston Martin. Je garai ma coccinelle sur un des dix emplacements vides et me dirigeai vers l'entrée. L'immeuble ressemblait à une plantation sudiste; sous forme de vitre et de béton, c'était un coup de chapeau à la distinction et au bon goût. Une pancarte discrète au lettrage doré indiquait que la maison était ouverte du lundi au vendredi de huit heures à vingt heures, le samedi de neuf heures à dix-huit heures et le dimanche de dix heures à dix-huit heures. Je mis la main en visière contre la vitre fumée, à la recherche de signes d'une activité quelconque à l'intérieur. Je pus voir six ou sept automobiles étincelantes et une lumière tout au fond. Sur la droite, il y avait une volée d'escalier qui disparaissait hors de ma vue dans les hauteurs. Je frappai avec une clef contre la vitre, en me demandant si ce minuscule cliquetis porterait assez loin pour être suivi d'effet.

Quelques instants plus tard, Kenneth Voigt apparut en haut des escaliers et regarda par-dessus la rampe. Il descendit et foula le sol de marbre brillant dans ma direction. Il avait mis un costume sombre à rayures, comme en portent les hommes d'affaires, une chemise bleu pâle, protocolaire et bien repassée, avec une cravate bleu foncé. Il avait tout à fait l'air d'un homme qui a fondé un commerce de voitures de luxe parmi les plus prospères du comté de Santa Teresa. Il fit un court détour, le temps d'allumer les éclairages, ce qui fit apparaître une flotte d'automobiles virginales, déverrouilla la porte d'entrée et la tint ouverte pour moi.

– Je suppose que vous avez trouvé mon message.

– Oui, très tôt ce matin. J'ai pensé que nous pourrions aussi bien en parler face à face...

– Il vous faudra patienter une minute. J'étais en train de passer un coup de fil à New York.

Il traversa la salle d'exposition, se dirigea vers une rangée de bureaux tous identiques, séparés de cloisons vitrées, où se faisait le travail aux heures d'ouverture. Je le regardai s'asseoir sur le fauteuil pivotant de quelqu'un d'autre. Il composa un numéro et se laissa aller contre le dossier, l'œil fixé sur moi, tandis qu'il attendait son correspondant. Apparemment, quelqu'un décrocha à l'autre bout de la ligne parce que je le vis soudain prendre une expression intéressée. Il se mit à faire des gestes tout en parlant. Même à distance, il s'arrangeait pour avoir l'air tendu et excessif.

Pas de bêtises, me dis-je. Tiens ta langue. C'était un client de Lonnie, pas le mien, et je ne pouvais pas me permettre de l'exaspérer. Je me mis à déambuler d'un pas tranquille tout autour de la salle d'exposition, dans l'espoir de parvenir à réprimer ma tendance naturelle à m'emballer. Le fait d'avoir été mise à la porte avait quelque peu émoussé mon impertinence. Je me contentai d'observer ce qui m'entourait, de m'imprégner de toute cette atmosphère d'élégance.

L'air sentait merveilleusement bon le cuir et l'encaustique à voitures. Je me demandai quel effet cela pouvait faire d'avoir un compte en banque suffisamment bien garni pour verser un acompte sur un véhicule qui coûte plus de deux cents mille dollars. J'imaginai des tas de sourires et presque pas de marchandage. Quand on peut s'offrir une Rolls-Royce, on doit savoir ce qu'il en coûte de passer la porte du vendeur. Qu'est-ce qu'il y aurait à négocier, la reprise de votre Bentley ?

Mon regard s'attarda sur une Corniche III, une décapotable à deux portes avec une carrosserie rouge. Le toit était ouvert. L'intérieur était doublé de cuir blanc crémeux gansé de rouge. Je jetai un regard en arrière, en direction de Voigt. Il était pour l'instant entièrement absorbé par sa conversation téléphonique ; j'ouvris donc la porte de la Rolls, du côté du conducteur, et je m'assis au volant. Pas mal. Un exemplaire du livret descriptif de la voiture, imprimé sur du parchemin et relié en cuir, était rangé dans la boîte à gants. On aurait dit la carte des vins dans un restaurant très coûteux. Il n'y avait aucune indication aussi vulgaire que le prix mais j'appris que le « poids à vide » de l'automobile était de 2 430 kilos et que la « capacité de la malle arrière » était de 0,27 mètre cube. Je me mis à étudier tous les cadrans et boutons du tableau de bord, pleine d'admiration pour le placage en noyer. Je fis un bon bout de conduite, tournant le volant dans un sens puis dans l'autre tout en imitant avec ma bouche le crissement des pneus. James Bond en travesti. J'étais sur le point de négocier un virage en épingle à cheveux sur une route de montagne au-dessus de Monte-Carlo quand je découvris en levant les yeux que Voigt se tenait à côté de la voiture. Je sentis mon visage s'empourprer.

– C'est magnifique, dis-je dans un murmure.

Je me rendais bien compte que ce n'était que pure flagornerie de ma part, mais je ne pouvais pas m'en empêcher.

Il ouvrit la portière et se glissa sur le siège du passager. Il contempla le tableau de bord amoureusement, puis caressa le cuir souple du siège.

– Quatorze peaux pour chaque Corniche. Parfois je viens m'asseoir ici après la fermeture.

– Vous êtes le propriétaire de l'endroit et vous n'en avez pas une à vous?

– Je ne peux pas encore me le permettre tout à fait, dit-il. Je me suis dit que si nous gagnons ce procès, je vais m'en acheter une comme celle-ci, uniquement pour le plaisir.

Son expression se rembrunit.

– D'après ce que Rhe m'a dit, vous avez donné un coup de pied dans un nid de frelons. Elle parle d'entamer des poursuites judiciaires pour vous faire cracher tout ce que vous possédez, vous et Lonnie.

– Sur quels motifs?

– Je n'en ai aucune idée. Les gens qui attaquent en justice ont rarement besoin d'une raison, de nos jours. Dieu seul sait quelles conséquences cela peut avoir pour mon affaire. On vous a engagée pour délivrer des citations. Pas pour enquêter sur des affaires annexes.

– Je ne peux pas évaluer la situation d'un point de vue juridique; ça relève vraiment du travail de Lonnie...

– Mais comment est-ce arrivé? C'est ça que je ne comprends pas.

En m'efforçant de ne pas paraître sur la défensive, je lui parlai de ma conversation avec Barney et de ce que j'avais découvert depuis lors, c'est-à-dire le rôle de Tippy dans la mort d'un piéton âgé. Voigt ne me laissa pas aller jusqu'au bout.

– C'est ridicule. Absurde! Morley a travaillé sur cette affaire pendant des mois et il n'a jamais fait état d'un renseignement quelconque concernant Tippy et ce délit de fuite.

– En fait, ce n'est pas vrai. Il était sur la même piste que moi. Il avait déjà photographié la camionnette du père, ce que je m'apprêtais à faire moi-même. J'ai montré les photographies au témoin, qui a identifié le véhicule comme étant celui de l'accident.

Il fronça les sourcils.

– Oh, pour l'amour de Dieu. Et après? Au bout de toutes ces années, cela ne constitue pas une preuve. Vous êtes en train de foutre en l'air des millions et pourquoi?

– Parce que j'ai parlé à Tippy et qu'elle m'a dit que c'était elle.

– Je ne vois pas le rapport. Uniquement parce que David Barney prétend l'avoir vue cette nuit-là? C'est de la merde.

– Il se peut que vous ne voyiez pas le rapport, mais le jury, lui, le verra. Attendez donc que Herb Foss s'en empare. Il en tirera tout le parti qu'il pourra.

– Mais supposons que c'était plus tôt? On ne peut pas être sûr de l'heure qu'il était.

– Moi, je peux. Il y a un autre témoin pour corroborer les faits et je lui ai parlé.

Il se passa la main sur le visage, en pressant brièvement la paume sur sa bouche. Il dit :

– Seigneur. Lonnie ne va pas être ravi. Vous lui en avez parlé?

– Il sera de retour ce soir. Je lui en parlerai à ce moment-là.

– Vous n'imaginez pas combien j'ai misé sur tout ça. J'ai dépensé des milliers de dollars, sans parler du chagrin et de la souffrance. Vous avez tout flanqué par terre. Et pourquoi? Pour un accident et un délit de fuite vieux de six ans.

– Attendez un peu. Le piéton a été tué, tout comme Isabelle. Vous pensez que sa vie n'a pas d'importance parce qu'il avait quatre-vingt-douze ans? Adressez-vous donc à son fils si vous voulez parler de chagrin et de souffrance.

Une expression d'impatience joua sur son visage.

– Je n'arrive pas à croire que la police cherchera à

l'inculper. Tippy était mineure à l'époque, et elle a mené une vie exemplaire depuis lors. Je n'aime pas avoir l'air d'être sans cœur, mais ce qui est fait est fait. En ce qui concerne Isabelle, il s'agit d'un meurtre commis de sang-froid.

– Je ne veux pas discuter. Attendons de voir ce qu'en dira Lonnie. Il se peut que son point de vue diffère entièrement du mien. Peut-être trouvera-t-il une stratégie tout à fait nouvelle.

– Vous pouvez l'espérer. Sinon, David Barney va s'en sortir une fois de plus, malgré un assassinat.

– Comment pouvez-vous parler de « s'en sortir » s'il s'agit de quelqu'un qui, pour commencer, n'a rien fait ?

Un téléphone se mit à sonner dans un des bureaux de vente. Inconsciemment, nous nous arrêtâmes tous les deux, attendant que le répondeur fasse son office. Au cinquième appel, Voigt lança un regard irrité vers le fond du magasin.

– Oh, merde, j'ai dû débrancher le répondeur.

Il sortit de la voiture et traversa la salle d'exposition à vive allure, souleva le combiné à la septième ou huitième sonnerie. Comme il était manifeste qu'il venait de s'embarquer dans une autre conversation interminable, je sortis de la Rolls et m'en allai par la porte latérale.

Je passai l'heure suivante dans une cafétéria de Colgate. En théorie, je prenais mon petit déjeuner, mais en vérité je me cachais. Je voulais de nouveau me sentir dans la peau de cette bonne vieille Kinsey... capable de dire des grossièretés et de botter des culs. La peur et l'incertitude, c'était bon pour les fillettes.

La chapelle funéraire des établissements Wynington-Blake, à Colgate, est un sanctuaire capable de vous donner satisfaction quel que soit le caractère religieux dont vous désirez parer votre défunt. Quand j'entrai dans la chapelle, on me donna un programme imprimé. Je pris place au fond et passai quelques minutes à observer les lieux. L'édifice avait vaguement l'air d'une église, avec une fausse abside, une fausse nef, et un énorme vitrail aux riches couleurs. Le cercueil fermé de Morley était exposé sur le devant, entouré de couronnes mortuaires. Il n'y avait aucun symbole religieux, ni ange, ni croix, ni saint, ni image de Dieu, de Jésus, de Mahomet, de Brahma ou d'un Etre suprême quelconque. A la place de l'autel, on voyait une table. En guise de chaire se dressait un lutrin équipé d'un micro.

Nous étions assis sur des bancs, mais on n'entendait pas les orgues. Des haut-parleurs dispensaient l'équivalent religieux de la musique de fond que l'on entend dans les supermarchés – des chœurs étouffés vaguement évocateurs des cantiques du dimanche. Malgré le caractère laïque du lieu, tout le monde était endimanché et recueilli. L'endroit était plein à craquer et la plupart des personnes réunies pour la circonstance m'étaient inconnues. Je me demandai si l'étiquette était calquée sur celle des mariages : les amis du défunt d'un côté, ceux du survivant de l'autre. Si Dorothy Shine et sa sœur étaient présentes, elles avaient dû s'asseoir dans la petite alcôve réservée à la famille sur la droite, dissimulées à la vue du public par une demi-cloison vitrée.

Il se produisit un remue-ménage silencieux sur ma gauche, et je me rendis compte que deux messieurs venaient de se glisser sur mon banc, après être entrés par l'allée latérale. Dès qu'ils furent installés je sentis un petit coup de coude amical sur mon bras gauche. Je jetai un coup d'œil sur le côté et me sentis un peu déconcertée en apercevant Henry et William assis à mes côtés. William portait un costume gris anthracite. Henry avait renoncé à son short et à son T-shirt habituels et il était très convenablement habillé d'une chemise blanche, d'une cravate et d'un costume sombre. Il avait des chaussures de tennis.

– William a voulu que nous t'apportions notre soutien dans cette épreuve, me murmura Henry dans sa barbe.

Je me penchai en avant. Comme je m'y attendais, William me fixait d'un œil affligé.

– En fait, j'en aurai peut-être besoin, mais qu'est-ce qui lui en a donné l'idée?

– Il aime les enterrements, chuchota Henry. Pour lui, c'est comme un jour de Noël. Il s'est réveillé tôt, tout excité...

William se pencha sur le côté et mit un doigt sur ses lèvres.

Je poussai Henry du coude.

– C'est la vérité, dit-il. Je suis pas arrivé à l'en faire

démordre. Il a insisté pour que je mette cette tenue ridicule. Je pense qu'il espère assister à une scène de cimetière vraiment tragique, où la veuve se flanque dans la tombe ouverte.

Il y eut un bruit de frou-frou. Devant nous, au fond de la chapelle, un homme d'âge moyen avait fait son apparition près du lutrin ; il avait revêtu une toge blanche, comme en portent les choristes dans les églises. Sous cette robe, on pouvait voir qu'il portait un costume d'un bleu électrique, ce qui le faisait ressembler à quelque prédicateur de la télévision. Il semblait occupé à ranger ses notes en attendant le début de l'office. Le microphone était déjà branché et le bruissement du papier résonnait fortement.

Henry avait croisé les bras.

– Les catholiques ne feraient pas les choses comme ça. Ils auraient un gamin en robe qui balancerait un encensoir comme s'il tenait un chat par la queue.

William fronça les sourcils avec ostentation pour intimer le silence à Henry. Ce dernier parvint à se contenir durant les quelque vingt minutes suivantes, tandis que le pasteur de service débitait les propos d'usage. C'était manifestement l'un de ces religieux qui louent leurs services à la journée. A deux reprises, il se référa à Morley en l'appelant « Marlon », et certaines des qualités qu'il lui attribua n'avaient aucun rapport avec l'homme que je connaissais. Pourtant, nous nous efforcions de faire bonne contenance. Quand vous êtes mort, vous êtes mort, et si vous ne supportez pas qu'on prononce quelques mensonges à votre sujet, c'est que vous avez vraiment tiré vos dernières cartouches. On se leva et on se rassit. On chanta des hymnes et on baissa la tête pour réciter des prières. Nous eûmes droit à la lecture d'extraits d'une nouvelle version de la Bible où chaque image lyrique et chaque phrase poétique avait été traduite en anglais courant.

« Le Seigneur est mon conseiller. Il m'encourage à aller flâner dans les champs. Il me guide vers des baignades tranquilles. Il restaure mon âme et me fait prendre la route de la vie dans le bon sens. Oui, même si je traverse la sombre forêt de la Mort, je n'aurai pas peur... »

Henry me lança un regard plein de consternation.

Quand on nous libéra enfin, Henry me prit par le coude et

nous nous dirigeâmes vers la sortie. William traînait le pas derrière; il suivait la file de ceux qui se dirigeaient vers le cercueil fermé, pour rendre un dernier hommage au défunt. Tandis qu'Henry et moi passions dans le vestibule, je jetai un coup d'œil en arrière et vis William en grande conversation avec le ministre du culte. Nous passâmes la porte et restâmes sur le perron couvert qui courait tout le long de la façade. La foule s'était scindée, une bonne moitié était encore dans la chapelle, l'autre allumait des cigarettes sur le parking. L'odeur de souffre des allumettes flottait dans l'air. Il faisait un temps d'enterrement, c'était une matinée fraîche et grise. Au début de l'après-midi, le plafond de nuages allait probablement s'éclaircir, mais pour le moment le ciel était lugubre.

Je regardai sur ma droite et aperçus par inadvertance une amie du défunt qui boitait légèrement.

– Simone?

Elle se retourna et me regarda. Ma foi, j'ai beau être ignare en matière de haute couture, j'étais quand même capable de reconnaître la tenue qu'elle portait aujourd'hui. C'était un « destructuré » (dans le langage des magazines de mode) imaginé par un styliste qui avait amassé une fortune en donnant aux femmes l'air d'être mal bâties, trop habillées et stupides. Elle me tourna le dos et clopina jusqu'à sa voiture, le corps tanguant.

Je posai la main sur le bras de Henry.

– Je reviens tout de suite.

Simone ne courait pas vraiment, mais il était manifeste qu'elle ne voulait pas me parler. Je partis à sa poursuite à grands pas, en gagnant du terrain sur elle.

– Simone, pourriez-vous m'attendre?

Elle s'arrêta sur sa lancée et me laissa approcher.

– Pourquoi vous presser?

Elle se retourna vers moi avec une froide colère.

– J'ai reçu un coup de fil de Rhe Parsons. Vous allez ruiner la vie de Tippy. Je pense que vous êtes une salope et je ne veux plus vous adresser la parole.

– Hé là. Attendez un peu. J'ai des nouvelles pour vous. Je ne déforme pas les faits. Je suis payée pour enquêter...

– Oh, d'accord. Ça, c'est la vérité, dit-elle en me coupant

la parole. Mais qui vous paie? Serait-ce David par hasard? Il est bel homme et célibataire. Je suis certaine qu'il voudra bien de vous par-dessus le marché.

– Bien sûr que ce n'est pas David. Qu'est-ce qui vous prend? Si elle a commis un délit...

– Elle avait seize ans!

– Elle était ivre, dis-je. Je me fiche pas mal de l'âge qu'elle avait. C'est à elle de prendre ses responsabilités.

– Ne me parlez pas sur ce ton de moraliste. Je n'ai pas de temps à perdre avec ça, dit-elle et elle reprit sa marche.

Elle atteignit sa voiture et s'embrouilla un moment avec ses clefs. Enfin elle monta dans le véhicule et fit claquer la porte.

– Vous êtes emmerdée parce que ça tire Barney d'affaire.

Elle baissa sa vitre.

– Je suis emmerdée parce que David Barney est quelqu'un d'ignoble. C'est un être méprisable. Je suis emmerdée parce que des gens bien vont payer les pots cassés tandis que des gens moches vont gagner le gros lot.

– Vous croyez donc que, si vous n'aimez pas quelqu'un, ça suffit pour le faire condamner à tort, comme assassin?

– Il haïssait Iz.

Elle mit la clef de contact, fit tourner le moteur et desserra le frein à main.

– Cela ne signifie pas qu'il l'a tuée. En vérité, vous n'étiez pas sans avoir vous-même un motif pour le faire.

– Moi?

– L'accident dont vous avez été victime est arrivé par sa faute, n'est-ce pas? On m'a dit qu'elle était ivre et qu'elle avait laissé la voiture dans l'allée sans serrer le frein à main. A cause d'elle, vous avez perdu tout espoir d'avoir des enfants. C'est un bien grand prix à payer, alors que vous aviez passé presque toute votre vie à veiller sur elle. Ça ne devait pas vous inspirer de très bons sentiments

– C'est ridicule. Personne ne tue pour des choses comme ça.

– Bien sûr que si. Prenez le journal n'importe quel jour de la semaine.

– David Barney est un salaud. Il ferait n'importe quoi pour éviter une condamnation.

– Cela ne vient pas de lui. Mais de quelqu'un d'autre.

– Et qui donc?

– Je préférerais ne pas entrer dans cette...

– Eh bien, vous êtes idiote si vous le croyez.

– Je n'ai pas dit que le croyais, mais la question mérite examen.

– C'est-à-dire?

– Il existait d'autres personnes qui avaient une raison de souhaiter sa mort. Tout le monde était tellement occupé à croire que David Barney l'avait fait qu'on n'a pas cherché ailleurs.

Elle parut momentanément décontenancée par cette réflexion, puis son regard prit une expression rusée.

– Eh bien, alors. Pourquoi ne regardez-vous pas dans la bonne direction?

– Qu'est-ce que vous dites?

– Je parle de Yolanda Weidmann. Isabelle a ruiné l'entreprise de Peter, en plaquant tout comme elle l'a fait. Il l'avait vraiment lancée dans le métier. Il avait dépensé beaucoup d'argent et de temps pour elle, alors que personne d'autre n'aurait levé le petit doigt. Il faut que vous compreniez à quel point Isabelle était cinglée. Capricieuse, autodestructrice. Trop d'alcool, et trop de drogue... Elle n'avait pas de diplôme. Elle n'était pas connue jusqu'à ce que Peter la fasse mousser. Il a été son mentor et elle l'a royalement poignardé. Elle lui a tourné le dos après tout ce qu'il avait fait pour elle. Et là-dessus, il a eu sa crise cardiaque. Pour couronner le tout. En théorie, c'était à cause du stress et du surmenage. La vérité, c'est qu'elle lui a brisé le cœur. C'est pas plus compliqué que ça.

– Mais il ne paraissait pas lui en vouloir quand je lui ai parlé.

– Je n'ai pas dit qu'*il* lui en voulait. Mais elle, Yolanda. C'est une véritable araignée, pas le genre de femme dont vous souhaiteriez vous faire une ennemie.

– J'entends bien.

– Vous l'avez rencontrée. Dites-moi ce que vous en pensez.

– Personnellement, je ne pourrais pas la supporter, dis-je, en haussant les épaules. Je suis restée une demi-heure chez eux et elle a passé son temps à le rabaisser, à le critiquer, à persifler, à ricaner à ses dépens. Je préfère encore assister à une dispute, une bonne prise de bec. Au moins c'est franc. Elle semblait... je ne sais pas... sournoise...

Simone sourit légèrement.

– Pour ça, oui, elle cache bien son jeu. Dans le fond, je vous assure, elle ne fait que le défendre, et férocement. Elle peut le traiter comme elle veut, mais essayez d'en faire autant et vous verrez! Je pense que ça fait d'elle une très bonne candidate.

– Mais elle doit avoir soixante-cinq ans, sinon davantage. C'est difficile de croire qu'elle pourrait se mettre à assassiner les gens.

– Vous ne connaissez pas Yolanda. Je suis étonnée qu'elle ne l'ait pas fait plus tôt. Quant à son âge, elle est en bien meilleure forme que moi.

Elle cessa brusquement de me regarder et se fit cassante.

– Il faut que j'y aille. Je suis désolée d'avoir vidé mon sac...

Elle passa sa marche arrière et sortit à reculons de l'emplacement où elle était garée. Je la regardai pensivement pendant qu'elle s'éloignait.

18

Je revins sur mes pas, vers l'entrée du bâtiment et j'aperçus Henry qui traversait le parking pour retrouver sa voiture. Le premier groupe des participants à la cérémonie funèbre s'était plus ou moins dispersé ; les autres, ceux qui s'étaient attardés dans la chapelle, commençaient seulement à sortir. William émergea des profondeurs fraîches de la chapelle funéraire ; il paraissait quelque peu offusqué et perplexe. Il tenait son feutre à la main, le posa carrément sur sa tête et en ajusta légèrement le bord.

– Je n'ai pas compris de quelle confession il s'agissait.

– A mon avis, la cérémonie était censée faire gagner tous les parieurs, dis-je.

Il lança un regard réprobateur derrière lui, par-dessus son épaule, vers la façade.

– On dirait un restaurant.

– Eh bien, vous savez, le fait de dîner dehors est quasiment un rite religieux de nos jours, dis-je sèchement. Autrefois les gens avaient l'habitude de payer leur dîme à l'église. Maintenant les dix pour cent vont au serveur.

– Des funérailles de ce genre vous laissent sur votre faim. Dans le Michigan, nous savons organiser des cérémonies décentes. J'ai cru comprendre qu'il n'y aurait même pas de service religieux près de la tombe. Je trouve cela très irrespectueux, si vous voulez mon avis.

– C'est tout aussi bien, dis-je. D'après ce que je sais de Morley, il n'accordait pas beaucoup d'importance au spirituel et il n'aurait probablement pas voulu qu'on fasse des histoires autour de sa mort. De toute façon, sa femme est malade et n'aurait peut-être pas pu rester debout plus longtemps.

Je ne mentionnai pas que le corps allait probablement être transféré au bureau du coroner dans l'heure qui suivrait.

– Où est passé Henry? demanda William.

– Il est allé chercher la voiture, je pense.

– Rentrez-vous à la maison avec nous? Nous nous proposions de prendre un déjeuner léger dans le patio et nous serions heureux si vous vouliez bien vous joindre à nous. Nous avons invité Rosie pour essayer de lui rendre ses nombreuses amabilités.

– J'aurais bien voulu, mais il faut que je m'occupe de quelque chose. Je ferai un saut chez vous plus tard et je verrai où vous en êtes.

Henry fit avancer son coupé à cinq portes jusqu'à notre hauteur. C'est une Chevrolet 1932 qu'il possède depuis l'année où elle a été fabriquée. Il l'a méticuleusement entretenue, fier de lui conserver sa peinture d'origine, ses chromes et son revêtement intérieur. Si William en avait été le conducteur, je soupçonne que la voiture aurait eu une allure chichiteuse. Avec Henry au volant, le véhicule avait un je-ne-sais-quoi de désinvolte et de sexy. Il faut se méfier de Henry, car il est toujours très séduisant pour les « nanas » de tout âge, y compris pour moi. Je remarquai que les gens se retournaient pour admirer la voiture, puis se mettaient à l'examiner lui-même en se demandant si c'était quelqu'un de célèbre. Comme Santa Teresa se trouve à moins de deux heures de Hollywood, quelques vedettes de cinéma y vivent. Tout le monde le sait, mais on est toujours désorienté quand, à la station-service, un gars qui ressemble à John Travolta se trouve bel et bien être John Travolta en personne. Une fois, j'ai vu Steve Martin rouler dans l'avenue Montebello et j'ai presque failli emboutir un arbre en essayant de le regarder de plus près. Il est beau comme en Technicolor, si vous voulez mon avis.

William monta dans la voiture de Henry et ils partirent tous deux en pétaradant. Je n'avais toujours pas la moindre idée du piège que Rosie avait l'intention de lui tendre.

Quelles que fussent ses vues, le jeu venait à peine de commencer. William paraissait moins préoccupé de lui-même aujourd'hui. En vérité, nous avions pu parler ensemble pendant trois minutes sans qu'il fasse état de sa petite santé.

Je repartis en ville par l'autoroute 101. J'en sortis par la bretelle de Missile et roulai jusqu'à State Street, où je tournai à droite. La galerie Axminster, où l'exposition de Rhe Parsons devait être inaugurée le soir même, se trouvait dans un ensemble immobilier qui comprenait le théâtre Axminster et nombre de boutiques. La galerie elle-même ouvrait sur une rue piétonne. Je me garai dans une rue voisine et traversai une petite place. Une enseigne artisanale en fer forgé était pendue à l'entrée. Un camion avait reculé tout contre la porte et je pouvais voir deux hommes décharger des blocs enveloppés dans d'épaisses couvertures molletonnées. La porte était grande ouverte et j'entrai dans la galerie à la suite des manutentionnaires.

L'étroitesse de l'entrée était probablement destinée à produire un effet de contraste, parce que je me trouvai rapidement dans une vaste pièce dont le plafond se trouvait à plus de dix mètres de haut. Les murs étaient d'un blanc cru et la lumière du jour inondait le local par de larges lucarnes que l'on avait ouvertes pour aérer l'endroit. Un dispositif compliqué de toiles, de cordes et de poulies était fixé à la hauteur du plafond pour que l'on puisse aveugler les ouvertures en tirant les stores de tissu s'il était nécessaire de réduire la lumière. Le sol en ciment gris était couvert de tapis d'Orient, les murs décorés de batiks et d'aquarelles encadrées aux motifs abstraits.

Rhe Parsons était en grande conversation avec une femme vêtue d'une blouse; elles discutaient apparemment de l'endroit où placer les deux dernières œuvres que les déménageurs étaient en train d'apporter. Je fis le tour de la pièce pendant que la discussion se poursuivait. Tippy, perchée sur un tabouret près du mur du fond, commentait l'effet général que produisait l'agencement des œuvres à partir de la position stratégique qu'elle occupait. L'exposition de Rhe se composait de seize sculptures disposées sur des socles de hauteurs diverses. C'était des moulages en résine, de grandes pièces polies qui mesuraient peut-être une cinquantaine de centimètres de côté et qui, à première vue, paraissaient identiques. J'inspectai les cinq qui se trouvaient alignées devant moi. Je pus constater que le matériau translucide se composait de couches subtilement teintées où était parfois noyé un objet – un insecte parfaitement conservé, une épingle de sûreté, un médaillon au bout d'une chaîne, des clefs en cuivre retenues par un anneau. Grâce aux rayons de lumière qui les transperçaient, on avait l'impression de regarder à travers des blocs de glace, sauf que la résine avait un aspect solide et indestructible. Il n'était pas difficile d'imaginer que ces totems pourraient être exhumés dans un lointain avenir, en même temps que des flacons de détergent, des capsules de boîtes de conserve et des couches jetables.

Rhe devait m'avoir vue, mais elle ne le manifestait en rien. Elle portait des jeans et un épais sweater de mohair aux nuances bleu pâle et mauve. Ses cheveux sombres, attachés sur la nuque, formaient une longue crinière soyeuse qui lui descendait presque jusqu'à la taille. Tippy, dans un ensemble en jean léger, m'adressa un petit signe amical, sans se faire remarquer par sa mère. Il était réconfortant de constater que la personne dont j'étais supposée avoir ruiné la vie était bien vivante, en pleine forme et acceptait encore de me parler.

Rhe murmura quelque chose à son interlocutrice, qui se retourna pour me regarder. La femme s'empara d'une écritoire et traversa la pièce à petits pas, en faisant sonner ses talons sur le sol de ciment.

– Hello, Rhe.

– Qu'est-ce que vous voulez encore?

– J'ai pensé qu'on devrait parler. Je n'ai pas l'intention de vous causer des ennuis.

– Formidable. Quelle bonne nouvelle. Je vais répéter ça à mon avocat.

Du coin de l'œil, je vis que Tippy avait sauté du tabouret et traversait la pièce dans notre direction. Rhe fit un de ces gestes que les maîtres ont pour leur chien : elle fit claquer ses doigts et tendit une main à plat comme pour signifier « Ne bouge pas » ou « Couché ».

Tippy n'était pas dressée à ce point-là. Elle dit « Maman... » sur un ton parfaitement outragé.

– Ceci ne te concerne pas.

– Ça me regarde aussi!

– Attends-moi dans la voiture, ma chérie. Je t'y rejoins dans un instant.

– J'peux même pas écouter la conversation?

– Fais ce que je te dis!

– Bon Dieu! dit Tippy.

Elle roula des prunelles et soupira bruyamment, mais fit ce que sa mère demandait. Dès qu'elle fut partie, Rhe se retourna vers moi comme une vraie furie.

– Vous vous rendez compte des dégâts que vous avez faits?

– Dites, je suis venue ici pour discuter de la situation, pas pour être injuriée. Qu'est-ce que j'ai fait?

– Tippy vient *à peine* de s'en sortir. Elle est enfin sur la bonne voie et vous vous amenez avec cette insinuation fabriquée de toutes pièces.

– On peut difficilement dire que c'est fabriqué de toutes pièces...

– On ne va pas jouer sur les mots. Le fait est que, même si c'est la vérité, ce dont je doute fort, vous n'auriez pas dû en faire une montagne...

– Quelle montagne?

– De plus, si vous êtes convaincue qu'elle est coupable d'un délit quelconque, elle a droit à un avocat. Vous n'aviez pas à l'interroger sans que je sois là.

– Elle a vingt-deux ans, Rhe. Aux yeux de la loi, elle est adulte. Je ne cherche pas à la faire accuser de quoi que ce soit. Elle aurait pu avoir une excuse, et dans ce cas-là je voulais l'entendre. Je me suis contentée de lui parler, de chercher à me renseigner, et j'ai agi sans aller d'abord voir les flics, ce que j'aurais facilement pu faire. Si j'apprends qu'un délit a été commis, je n'ai pas le droit de garder le silence. A partir du moment où je la protège, je deviens sa complice.

– Vous l'avez intimidée. Vous l'avez menacée et manipulée. Quand je suis rentrée à la maison, elle était hystérique. Je ne sais pas exactement ce que vous lui avez raconté, mais vous auriez mieux fait de vous abstenir. Vous n'êtes ni le juge ni le jury...

Je levai les mains.

– Attendez un peu. Attendez donc. Il ne s'agit pas de moi. Il s'agit de Tippy et elle semble faire face à la réalité beaucoup mieux que vous. Je comprends que vous ayez envie de la protéger – je le voudrais bien, moi aussi –, mais ne perdons pas de vue les faits.

– Quels faits? Il n'y a aucun fait!

– N'en parlons plus. Pas la peine. On ne peut pas discuter avec vous. Je m'en rends compte maintenant. Je vais demander à Lonnie de prendre contact, dès son retour, avec votre avocat .

– Parfait. Faites-le donc. Et vous auriez intérêt à vous attendre au pire.

J'avais une envie presque irrésistible d'avoir le dernier mot, mais je réussis à garder bouche cousue et à sortir de la pièce avant de dire quelque chose que je pourrais regretter plus tard. Comme je quittais la galerie, Tippy s'approcha et m'emboîta le pas.

– A votre place, je n'aimerais pas que votre mère nous voie ensemble.

– Qu'est-ce qu'elle a dit?

– Ce à quoi on pouvait s'attendre, pas davantage.

– Ne vous faites pas de souci, O.K.? Je sais qu'elle a vraiment perdu la tête. Elle s'en remettra. Depuis quelque temps, elle est sous pression, mais ça ira mieux.

– Espérons-le pour votre bien, dis-je. Ecoutez, Tip, je suis sincèrement désolée de voir que les choses se passent comme ça. Je suis vraiment confuse, mais je ne sais pas comment je pouvais faire autrement.

– C'est pas votre faute. C'est moi qui ai fait des conneries. C'est moi qui devrais me sentir mal, pas vous.

– Comment ça va pour vous?

– Plutôt bien, dit-elle. Hier soir, j'ai parlé à une de mes conseillères des Alcooliques Anonymes et elle a été vraiment formidable. Dès que nous en aurons fini ici, j'irai encore lui parler et, un peu plus tard dans l'après-midi, j'irai voir la police.

– Votre mère a raison. C'est probablement une bonne idée de prendre un avocat avant toute chose. Il faut que quelqu'un vous conseille sur la manière dont vous présenterez votre version des faits.

– C'est pas la peine de s'en faire. Je veux seulement en finir avec tout ça.

– Pourtant ça ne serait pas bête. De toute façon ils voudront voir votre avocat avant de prendre votre déclaration. Vous voulez que j'aille avec vous?

– Je peux me débrouiller toute seule; merci quand même.

– Bonne chance.

– A vous aussi.

Elle lança à contrecœur un regard vers la galerie.

– Vaut mieux que je vous quitte. Je ne pense pas qu'on vous verra ce soir au vernissage.

– Probablement pas, mais j'aime bien ce qu'elle fait, dis-je. Téléphonez-moi si vous avez besoin que je vous aide.

Elle sourit et m'adressa un geste de la main, puis se retourna et repartit en direction de la galerie.

Je montai dans ma voiture et restai là, assise, pendant une bonne minute; j'avais le cœur lourd. Tippy était quelqu'un de bien. Je souhaitais trouver le moyen de lui épargner ce qu'elle allait devoir subir. Elle serait complètement guérie après ça, j'en étais persuadée, mais je n'éprouvais aucun plaisir à l'idée d'être la cause de la punition qui l'attendait. J'aurais pu me dire qu'elle l'avait bien cherché, mais la vérité, c'était qu'elle avait trouvé le moyen de supporter cette situation depuis six ans maintenant. Je supposais qu'elle en avait secrètement éprouvé des remords et des regrets. Peut-être après tout lui était-il impossible d'éviter de rendre des comptes à la société. En même temps, j'étais la proie de mes propres émotions. Je n'avais vraiment plus la force d'affronter des gens qui m'en voulaient. J'en avais ras le bol des accusations, des menaces et des brutalités. Mais mon travail consistait à découvrir ce qui se tramait et j'avais bien l'intention d'aller jusqu'au bout.

Je tournai la clef de contact, mis en marche la VW et fis un demi-tour interdit. Il y avait un drugstore à l'angle de la rue suivante et je me glissai dans le minuscule parking où je ne m'arrêtai que le temps d'acheter trois paquets de fiches – un blanc, un vert et un orange pâle. Cela fait, je rentrai chez moi. J'avais toujours dans ma voiture un tas de dossiers que j'avais pris dans le bureau de Morley, à Colgate. Je dénichai un endroit où me garer, de l'autre côté de la rue, en face de mon appartement. Après avoir débarrassé le siège arrière je gagnai la porte du jardin, chargée comme un baudet. Je fis le tour par-derrière et me débattis avec mes clefs.

En traversant le passage vitré qui relie le domicile de Henry au mien, je jetai un coup d'œil sur le déroulement du déjeuner. Le soleil de décembre était faible, mais avec toutes ces vitres on se serait cru dans une serre. William et Rosie, en grande conversation, penchaient la tête l'un vers l'autre. Ils devaient évoquer les troubles du péricarde, les colites ou les dangers de l'intolérance à la lactose. Le visage de Henry était sombre et j'aurais juré qu'il boudait, comportement totalement étranger à tout ce que je savais de lui. Il me fallut coincer le tas de dossiers entre ma hanche et le chambranle pour pouvoir ouvrir la porte de mon appartement. J'entrai et jetai toute la pile sur le comptoir. En faisant demi-tour j'aperçus Henry qui arrivait dans mon dos avec une assiette pleine : poulet au citron, ratatouille, salade verte et petits pains qu'il avait fait lui-même.

– Salut, comment va ? C'est pour moi ? Ça a l'air génial. Comment ça se passe ? demandai-je.

– Tu ne vas pas me croire, dit-il, en posant l'assiette sur le comptoir.

– Qu'est-ce qu'il y a ? Est-ce que Rosie n'a pas trouvé le moyen de requinquer William ?

Henry loucha comiquement et se tapota la tempe avec l'index.

– C'est drôle que tu aies dit ça. La vérité a fini par sortir du puits. Tu n'imaginerais jamais ce qu'elle est en train de faire. Elle est en plein marivaudage avec lui.

– Rosie flirte toujours avec tout le monde.

– Mais William lui rend la pareille.

Il ouvrit un tiroir de la cuisine pour en tirer un couteau et une fourchette, qu'il me tendit en même temps qu'une serviette en papier.

– Bon, y a pas de mal à ça, dis-je. (Puis, après avoir vu le regard qu'il me lança, je demandai :) C'est pas vrai ?

– Mange et je vais tout te raconter. Supposons que ça devienne sérieux entre eux ? A ton avis, qu'est-ce qu'il va arriver ?

– Allez, arrête. Ils ne se connaissent que depuis hier.

Je mordis d'abord dans un petit pain, tendre et beurré à souhait.

– Il doit rester ici deux semaines. Je n'ose penser à ce que les treize jours à venir vont nous apporter à ce rythme-là, dit-il.

– Tu es jaloux.

– Je suis pas jaloux. Je suis terrifié. Il allait bien ce matin. Obsédé par ses intestins. Il a pris deux fois sa tension. Il a eu plusieurs symptômes mystérieux qui l'ont occupé pendant une heure. Puis on est allés aux obsèques et il paraissait toujours en forme. On est rentrés à la maison et il a fallu qu'il aille se reposer un petit moment. Toujours le même vieux William. Jusque-là, rien de grave, je tiens le coup. Je prépare le déjeuner et Rosie se pointe avec du maquillage sur les joues. Après, tout ce que je sais, c'est qu'ils n'ont pas cessé tous les deux de rester là, la tête penchée l'un vers l'autre, à rire et à se pousser du coude comme deux gosses!

– A mon avis, c'est charmant. J'adore Rosie.

A présent, je m'attaquais sérieusement au poulet. Je ne m'étais pas rendu compte que j'avais faim jusqu'au moment où j'avais commencé à faire fonctionner mes mâchoires.

– Moi aussi, je l'adore. Rosie est gentille. Elle est formidable. Mais comme *belle-sœur*?

– On en est loin.

– Oh, ne crois pas ça. Tu n'as qu'à aller voir et les écouter parler. C'est complètement écœurant.

– Allons, Henry. Tu exagères. William a quatre-vingt-cinq ans. Et elle doit en avoir probablement soixante-cinq, si elle veut bien l'admettre un jour.

– C'est exactement ce qui m'embête. Elle est trop jeune pour lui.

– J'ai du mal à te prendre au sérieux, dis-je en éclatant de rire.

– Et moi j'ai du mal à croire que tu ne prends pas ça au sérieux! Et s'ils se lient pour de bon, tout feu tout flammes? Est-ce que tu les imagines tous les deux dans ma chambre à coucher du fond?

– C'est ça qui te tracasse, que William puisse avoir des rapports sexuels? Henry, tu m'étonnes. Ça ne te ressemble pas.

– Je trouve ça vulgaire, dit-il.

– Il n'a encore rien fait! D'autre part, je pensais que tu voulais qu'il cesse de te chauffer les oreilles avec sa santé. Est-ce que ça ne serait pas le meilleur moyen? Maintenant il va pouvoir te parler d'autre chose.

Henry se mit à me regarder fixement, son visage soudain revêtu d'une expression empreinte d'incertitude.

– Tu ne trouves pas ça vulgaire? L'amour, à son âge?

– Je trouve ça formidable. Il n'y a pas si longtemps que toi-même, tu as eu un coup de cœur.

– Et tu as vu comment ça a tourné.

– Tu y as survécu.

– Mais lui, est-ce qu'il le pourra? J'imagine Rosie prenant l'avion pour le Michigan à Noël. Je n'aime pas passer pour un snob, mais elle n'a aucune classe. Elle se sert de son épingle à cheveux pour se curer les dents!

– Allez, cesse de te faire du souci.

Il pinça les lèvres comme s'il reconsidérait sa position.

– Je suppose que ça ne servirait à rien de faire des remarques. Ils continueraient de se conduire comme s'ils ne savaient absolument pas de quoi je parle.

Je me gardai d'ouvrir la bouche, préférant me consacrer exclusivement à la dégustation du repas.

– C'est fameux, dis-je.

– Il y en a encore si tu en veux pour plus tard, fit-il remarquer. (Puis il désigna les fiches :) Tu as du travail à faire?

– Je m'y mettrai dès que j'aurai fini de manger, dis-je en acquiesçant de la tête.

Il poussa un soupir.

– Eh bien, ne parlons plus de cette idiotie. Je ferais mieux de te laisser t'y mettre.

– Tiens-moi au courant des progrès de l'affaire.

– Absolument, dit-il.

Je l'embrassai sur la joue et il disparut. Je refermai la porte derrière lui et volai d'une traite jusqu'au grenier, où j'envoyai promener mes ballerines et me débarrassai de ma robe à tout faire ainsi que de mes collants. J'enfilai mes jeans, mon col roulé, mes socquettes et mes Nikes. Le paradis.

Je redescendis, ouvris une boîte de Pepsi Light et me mis au travail. J'éparpillai tous les documents sur le comptoir : les dossiers de Morley, son calendrier, son carnet de rendez-vous et les brouillons de ses rapports. Je dressai la liste de toutes les personnes à qui il avait parlé, je notai les dates et les détails de ce qui s'était dit, en me conformant à ses notes. J'ouvris le premier paquet de fiches et entrepris de coucher par écrit mes notes personnelles, de mettre à plat toute l'histoire telle que je la voyais. C'est une technique que j'ai l'habitude d'utiliser pour chaque affaire. J'épingle les fiches sur mon tableau d'affichage, ce qui me permet de voir comment ça se présente. J'ai piqué cette recette à Ben Byrd, qui m'a enseigné le métier à mes débuts. Maintenant que j'y pense, peut-être bien que Ben avait appris cette méthode de Morley, qui avait été son associé jusqu'à ce qu'ils se brouillent. Je souris. Ils avaient appelé leur agence Byrd-Shine ; tous les deux, ils faisaient une belle paire de vieux détectives à semelles de crêpe, avec les tiroirs de leurs bureaux remplis de bouteilles de whisky et leurs interminables parties de gin rummy. Ils s'étaient spécialisés dans les « enquêtes matrimoniales », c'est-à-dire les relations sexuelles extraconjugales. A cette époque-là, l'adultère était considéré comme une infraction choquante, contraire à la moralité, aux bonnes mœurs, à la décence la plus élémentaire et au bon goût. Aujourd'hui, on n'aurait pas la moindre chance d'être invité à un débat télévisé sur un sujet aussi insipide.

Les fiches permettaient d'avoir différents points de vue selon que l'on examinait l'emploi du temps, les relations entre les personnes, les faits connus et inconnus, les motifs et les hypothèses. Parfois je mélangeais tout le paquet et je disposais les fiches devant moi comme si je faisais une réussite avec un jeu de cartes. Pour une raison quelconque, il y avait longtemps que je n'avais pas utilisé cette méthode. Ça me faisait plaisir d'y revenir. C'était reposant, rassurant – comme si on s'offrait le temps de mettre cartes sur table.

Je quittai mon perchoir et allai chercher dans le placard mon tableau d'affichage. A ce stade, je n'essaie nullement de mettre de l'ordre dans mes fiches. Je n'écarte rien. Je n'échafaude aucune stratégie. Je cherche simplement à rassembler tous les renseignements que je possède et je note tout ce qui me vient à l'esprit. Toutes les fiches concernant l'assassinat d'Isabelle étaient vertes. Ce qui se rapportait à l'accident causé par Tippy se trouvait sur des fiches orange, les protagonistes faisaient chacun l'objet d'une fiche blanche. Je trouvai la boîte de punaises et fixai les cartons sur le tableau. Une fois cela terminé, il était 16 h 45. Je m'assis sur le tabouret de la cuisine, les coudes appuyés sur le comptoir, le menton dans les mains. J'étudiai l'ensemble, qui n'avait vraiment pas l'air de donner grand-chose... un simple méli-mélo de couleurs sans aucun schéma particulier.

Qu'est-ce que je cherchais ? Des relations entre tous ces éléments. Des contradictions entre eux. Quelque chose qui n'était pas à sa place. Des faits déjà connus qui pourraient sembler différents sous un nouvel éclairage ; des faits inconnus qui feraient surface. Par intermittence, je décrochais toutes les fiches et je les rangeais de nouveau, dans un ordre différent ou au hasard, je les disposais en fonction des divers schémas possibles. Je réfléchissais vaguement à l'assassinat d'Isabelle, en laissant mon esprit vagabonder. Comme l'assassin avait dû se délecter en observant le déroulement de toute cette tragédie ! Peut-être même était-ce en voyant David Barney harceler Isabelle que le meurtrier ou la meurtrière avait imaginé son crime. Si je descends Isabelle, qui vont-ils soupçonner en premier ? Le coupable était forcément quelqu'un qui connaissait les habitudes de David Barney, quelqu'un qui vivait assez près des lieux du crime pour observer ce qui se passait. Bien entendu, la moitié des gens qui connaissaient Isabelle se trouvaient dans cette situation, me dis-je. Les Weidmann vivaient à moins de deux kilomètres, de même que sa sœur Simone, dont le cottage se trouvait sur la propriété. Laura Barney offrait des possibilités tout aussi intéressantes. Elle savait certainement que David aimait courir tard dans la nuit. Cela dit, elle n'avait pas grand-chose – ou rien du tout – à y gagner. J'avais tendance à présumer que le mobile était la cupidité, mais pour des assassins, le crime peut apporter bien d'autres satisfactions, en dehors de l'argent. Pour une épouse abandonnée, assassiner la femme responsable de la ruine de son foyer et s'arranger pour en faire retomber la faute sur son ex-mari, rien ne pouvait être plus satisfaisant.

Il y avait quelque chose à creuser là-dedans. J'en étais presque certaine. Peut-être fallait-il trouver un nouvel angle d'approche, remarquer un petit détail qui échappait à mon attention, ne pas hésiter à interpréter différemment les faits que je connaissais.

Quand le téléphone sonna, je sursautai, le cœur battant à tout rompre; je me sentais au bord de la crise cardiaque.

C'était Ida Ruth.

– Kinsey? J'espère que je ne te dérange pas, mais tu viens d'avoir un appel d'un certain Mr. Walker, du bureau du coroner. Je pense qu'il a laissé un message sur le répondeur de ton bureau, puisqu'il a essayé de te joindre sur notre ligne. Il veut que tu le rappelles dès que tu pourras.

Je coinçai le téléphone contre mon épaule pendant que j'attrapais une plume et cherchais un bloc-notes.

– C'est quoi, le numéro de Burt? Il te l'a donné?

Elle me fournit le numéro. Dès qu'elle eut raccroché, j'appelai Walker à son bureau.

19

– Bureau du coroner. Inspecteur Walker.

– Salut, Burt. C'est Kinsey. Ida Ruth m'a dit que vous vouliez me contacter.

– Oh, superbe. Je suis content qu'elle ait pu vous joindre. Attendez une seconde, que j'attrape mes notes.

A l'arrière-plan, j'entendis des froissements de papier. Il posa sa paume en travers du récepteur et se lança dans une courte conversation assourdie avant de reprendre la ligne.

– Voilà. On vient juste de finir l'autopsie de Morley. Il s'avère qu'il est mort d'une grave défaillance rénale ; on a également trouvé des lésions au foie et dans les tissus cardio-vasculaires, une défaillance du système circulatoire, et même une nécrose du tube digestif...

– Causées par quoi ?

– J'y arrive. J'ai appelé Wynington-Blake après notre conversation d'hier. J'ai échangé quelques mots avec le directeur des pompes funèbres. Je voulais le mettre au courant de ce que nous allions faire, et j'avais envie de savoir s'il avait remarqué quelque chose. Il a dit que, quand on leur a amené Morley, il était « manifestement jaune ».

– A cause de la boisson ?

– C'est d'abord ce que j'ai pensé, mais j'ai fait une petite recherche. J'ai fouillé dans ce tas de produits de ménage et de jardinage que vous aviez déposé. L'échantillon de pâtisserie me préoccupait parce que c'est à base de matières végétales. Tous les autres trucs, je ne voyais pas comment quelqu'un aurait pu les absorber sans s'en rendre compte. J'ai fait quelques recherches et je vais vous dire ce que ça a donné. L'autopsie le confirme. Avez-vous déjà entendu parler de l'amanite phalloïde?

– On dirait le nom d'une position sexuelle. C'est quoi, bon Dieu?

– Un champignon mortel. On pourrait également penser à l'amanite vireuse. C'est une autre espèce de la même famille. Tous les deux sont mortels. A en juger d'après cette pâtisserie – si vous tenez à l'appeler comme ça –, on dirait que quelqu'un lui a confectionné un strudel à l'amanite.

– Ça me paraît lugubre.

– C'est bien le cas de le dire. Cinq cents millièmes de gramme de phalloïdine injectés à une souris sont fatals en un ou deux jours. Faut moins de cinquante grammes pour tuer un être humain.

– Seigneur.

– Et l'une ou l'autre espèce produirait exactement ce que vous avez décrit à propos des symptômes de Morley. Ce qui est assez intéressant, c'est que l'ingestion est généralement suivie par ce qu'on appelle une période de latence qui peut durer de six à vingt heures. Après cela apparaissent les phénomènes que vous connaissez, des nausées, des douleurs abdominales, des vomissements et des diarrhées, puis une défaillance cardio-vasculaire.

– Donc, s'il est tombé malade le samedi en milieu de journée, il se pourrait raisonnablement qu'il ait mangé ce truc à un moment quelconque du vendredi, ou le samedi au tout début de la matinée.

– C'est ce qu'on dirait.

– Où trouve-t-on ces fichus machins? Est-ce qu'il en pousse dans la région?

– Le livre mentionne l'est de l'Amérique du Nord et la côte du Pacifique, à la fin de l'été et en automne. C'est un peu tard actuellement mais je suppose que c'est encore possible. L'amanite vireuse, précise-t-on, est courante dans les forêts de bois durs et de conifères. Il lui arrive de pousser en solitaire, ou en cercles. Elle est, dit-on, rare sur la côte ouest, mais quelqu'un pourrait l'y avoir apportée. Déshydratée ou congelée, quelque chose comme ça. Où avez-vous trouvé cette pâtisserie, chez lui?

– Dans la corbeille à papier de son bureau, en ville, à Colgate. J'ai vu la boîte la première fois que je m'y suis rendue, mais je n'en ai rien pensé de spécial jusqu'à ce que j'y retourne.

– Vous avez une idée de la manière dont il l'a eue?

– Je n'ai même pas pensé à poser la question. Je me suis contentée de la fourrer dans le sac avec tout le reste. En fait, j'ai supposé qu'il s'était arrêté chez le boulanger et qu'il l'avait achetée lui-même. Betty, au salon de coiffure, dit qu'il y apportait en cachette un tas de choses à manger. Il était au régime depuis une semaine, mais elle l'avait vu trimbaler des beignets et toutes sortes de plats cuisinés, de sorte que la présence d'une boîte de pâtisserie n'avait rien de bizarre.. Peut-être que quelqu'un la lui a apportée et l'a laissée sur le pas de sa porte...

Burt me coupa la parole :

– Je vais vous dire encore autre chose. Selon les documents que je suis en train de consulter, le malade connaît de courtes périodes d'accalmie. Vous m'avez raconté qu'il s'était senti mieux, vous vous en souvenez? Dans le cas d'un empoisonnement par l'amanite, on dirait parfois que l'état du patient s'améliore.

– C'était dimanche matin, dis-je.

– Juste. La vérité, c'est que, à ce moment-là, le mal est déjà fait. Cette toxine vous met le foie en pièces, et ça provoque des hémorragies dans l'appareil digestif. Il a probablement dû cracher et vomir du sang, même si, d'après ce que vous avez dit, il ne l'a jamais signalé. Peut-être qu'il n'y a pas accordé d'importance ou qu'il ne voulait pas effrayer sa femme. En vérité, même s'il s'était trouvé aux Urgences, on n'aurait rien pu faire pour le sauver.

– Il a dû se sentir foutrement mal. Pourquoi n'a-t-il pas appelé un médecin? demandai-je.

– C'est difficile à savoir. La gravité des symptômes dépend probablement de la quantité qu'il a absorbée. Il a peut-être goûté un peu, trouvé que c'était mauvais ou autre chose, et fourré le reste dans la corbeille. Vous avez déjà vu comment Morley mangeait? Avec un lance-pierres. Il était fier de la rapidité avec laquelle il avalait la nourriture.

– Quelqu'un le connaissait drôlement bien, dis-je.

– Pas nécessairement. Il ne s'en cachait pas. Pareil pour sa santé. Il ne cessait de parler de ses problèmes cardiaques et de son poids.

– Et ces champignons? Est-ce qu'on peut les reconnaître à première vue?

– Seulement si vous savez ce que vous cherchez. Je vais vous lire ce qui est écrit. « L'amanite vireuse est d'un blanc pur. L'amanite phalloïde est verdâtre ou d'un vert jaunâtre. Dans les deux cas, les spores sont blanches et ne sont pas attachées à la tige. » Bla-bla-bla. Voyons voir. Ce type particulier de champignon pousse avec ce qu'ils appellent un voile universel qui forme une volve à la base du pied. Quand on ramasse des champignons, il faut gratter un peu le sol car ils sont parfois cachés dans la terre. Ils disent aussi qu'ils sont recouverts d'une substance déliquescente, c'est-à-dire qu'ils sont poisseux. Vous voulez en savoir davantage?

– J'ai déjà l'essentiel. Si l'assassin en a fait pousser dans son jardin, tout le reste doit déja avoir disparu de toute façon. Qu'est-ce qui va se passer?

– J'ai envoyé la pâtisserie à l'Institut de toxicologie de Foster City, pour analyse. Ça peut prendre un bout de temps avant qu'ils répondent, mais j'ai l'impression qu'ils vont confirmer nos soupçons. J'ai appelé la brigade des Homicides, mais vous voulez peut-être parler vous aussi à l'inspecteur Dolan. Croyez-moi, l'affaire vient seulement de commencer. Le plus difficile dans les cas d'homicide par empoisonnement, c'est de prouver *légalement* l'existence d'un crime. Il faut que vous apportiez la preuve que la mort a été causée par un poison, que celui-ci a été administré à la victime dans une intention malveillante et funeste de la part de l'accusé. Et ce, sans qu'il puisse y avoir « l'ombre d'un doute raisonnable ». Comment allez-vous vous y prendre pour établir un lien entre l'assassin et le crime dans le cas présent? Quelqu'un a confectionné un gâteau et l'a déposé devant chez Morley. Morley arrive à son bureau : « Oh, tiens, c'est pour moi? » Il y a fort à parier que personne n'a vu d'où venait la boîte, de sorte que toute l'affaire n'est actuellement qu'un vaste concours de circonstances. Nous n'avons même pas un suspect.

– Ouais, je sais, dis-je.

– Alors, il faut bien commencer par un bout. Je vous passerai un coup de fil dès que nous en saurons davantage. Dans l'intervalle, je ne goûterais à aucune pâtisserie si j'étais à votre place.

– Je vais essayer. Et merci beaucoup, Burt.

Quand je raccrochai, mes mains étaient glacées. Au cours des derniers mois, Morley avait parlé à pas mal de gens en rapport avec l'assassinat d'Isabelle Barney. Qu'avait-il bien pu découvrir qui ait précipité sa mort ? Ce devait être important. On considère que les empoisonneurs sont les meurtriers les plus intelligents et les plus sournois, surtout parce que l'utilisation d'un poison exige des connaissances, de l'habileté, de la préméditation et de l'astuce. Personne n'empoisonne autrui sous le coup d'une impulsion momentanée. Il y faut de la dissimulation et de la réflexion ; cela révèle cette sorte de cruauté qui entraîne presque automatiquement une inculpation pour assassinat. Morley Shine était mort d'un acte de violence interne qui ne laissait aucune trace visible, pourtant son agonie devait avoir été aussi douloureuse que la blessure causée par un coup de poignard ou une balle de revolver. Dans un éclair, j'eus soudain la vision d'un tueur bien approvisionné en champignons mortels, en train de feuilleter un livre de recettes à la recherche d'un petit amuse-gueule qui ferait envie à Morley. Je m'imaginais la pâte en train d'être étalée, la garniture doucement revenue dans du beurre, le strudel amoureusement terminé, empaqueté dans une boîte en carton blanc et livré sur le pas de la porte de Morley. Le tueur s'était peut-être même assis pour échanger quelques mots avec lui pendant qu'il savourait la fatale gourmandise. Même si elle avait un goût étrange, Morley pouvait ne pas s'en être plaint. Trop affamé par son régime. Trop poli pour protester. Et puis toutes ces heures qui avaient passé pendant lesquelles il avait réalisé peu à peu qu'il allait vraiment très mal. Il n'avait probablement pas fait le rapprochement entre la pâtisserie qu'il avait dégustée si longtemps auparavant et les nausées qui l'assaillaient, la douleur qui lui vrillait le ventre.

J'avais vu des champignons quelque part. L'image tremblotait dans ma mémoire... un endroit boisé... des champignons poussant en cercle...

Il n'y avait pas tellement d'endroits où je pouvais m'être rendue. La maison de... Simone, celle où David Barney vivait à l'époque de la mort d'Isabelle, mais je ne me souvenais pas bien du paysage environnant. La maison surplombait l'océan – peu d'arbres aux alentours. Les Weidmann. J'avais suivi Yolanda jusqu'au patio où Peter faisait la sieste, un jardin soigné où la pelouse s'étendait jusqu'aux arbres.

Méthodiquement, j'enlevai les fiches de mon tableau d'affichage et les y remis une fois de plus. Qu'est-ce que Morley avait bien pu remarquer que je n'avais pas vu ? Je pris son agenda sous un tas de dossiers posés sur mon plan de travail. Je partis du mois d'octobre, en cherchant à me faire une idée de ses activités pendant les deux derniers mois. La plupart des cases étaient vides. Le mois de novembre était tout aussi dépourvu d'intérêt, sauf qu'il y avait deux ou trois annotations : deux rendez-vous chez le médecin, une coupe de cheveux un mercredi après-midi. Ce mois de décembre avait été légèrement plus rempli et on aurait dit qu'il avait, en fait, pris deux rendez-vous. Lonnie allait être transporté de joie quand il apprendrait qu'il avait fait *quelque chose* pour mériter son salaire. Les noms de Yolanda et Peter Weidmann revenaient à deux reprises. Le premier rendez-vous avait dû être annulé car il y avait un trait qui barrait l'indication de l'heure prévue, et une grosse flèche au crayon qui partait de là pour aboutir au même jour et à la même heure de la semaine suivante. Je me rappelai que Yolanda l'avait traité de casse-pieds, ce qui voulait dire qu'il avait dû aller chez eux plus d'une fois.

A la date du 1er décembre, c'est-à-dire le jeudi de la semaine précédente, il avait inscrit au crayon les initiales F. V., à 13 h 15 ? S'était-il entretenu avec Francesca ? Elle m'avait dit qu'elle ne l'avait jamais rencontré. Je mis la main sur un dossier à son nom, mais il était encore vide. Bien entendu, F. V. pouvait être un témoin mêlé à une autre affaire, mais ça ne paraissait pas vraisemblable. Le numéro de téléphone des Voigt était noté tout en haut de la page. Aurait-elle menti en prétendant qu'elle ne l'avait pas vu ? Il y avait aussi une annotation quant au rendez-vous du samedi matin avec Laura Barney. Elle m'avait spontanément parlé de ce rendez-vous, en prétendant qu'elle avait attendu en vain. Mais Dorothy m'avait dit qu'il était allé au bureau pour y prendre son courrier. Si ma théorie était la bonne, le gâteau fatal aurait pu lui être livré dès le vendredi après-midi, sans doute pas plus tard que le samedi matin, puisqu'il s'était senti mal peu après le déjeuner. Ça méritait une vérification. Laura Barney, qui travaillait dans un dispensaire, avait certainement accès à des renseignements sur les poisons. Peut-être allais-je commencer par elle.

Je fermai à clef l'appartement, sortis, repris ma voiture et me dirigeai vers le dispensaire de Santa Teresa. Il était à peine dix-sept heures et quelques minutes quand j'y arrivai. Le dispensaire était situé dans un agréable quartier résidentiel aux rues bordées d'arbres. J'espérais ne pas avoir manqué Laura. Le dispensaire fermait probablement à dix-sept heures, ce qui signifiait que j'allais trouver porte close et que tout le personnel serait parti pour le week-end. Je n'avais pas son adresse personnelle; je pourrais probablement me la procurer, mais la perspective de perdre du temps me remplissait déjà d'impatience. A mon grand étonnement, je l'aperçus qui marchait tête baissée, un léger manteau passé par-dessus son uniforme; elle avançait rapidement sur ses chaussures blanches à semelles de crêpe tandis qu'elle traversait la rue juste devant moi. J'actionnai mon klaxon. Elle me lança un regard agacé, supposant apparemment que je la rappelais à l'ordre parce qu'elle traversait en dehors des passages protégés.

Je lui adressai un grand geste et me penchai pour baisser la vitre côté passager.

– Puis-je vous parler?

– Je viens juste de sortir du travail, dit-elle.

– Ça ne sera pas long.

– Est-ce que ça ne peut pas attendre? Je suis épuisée. J'ai envie d'un grand verre de vin et d'un bain chaud. Revenez dans une heure.

– Je ne peux pas, il faut que j'aille quelque part.

Son regard quitta le mien. Je voyais bien qu'elle hésitait, ne voulait pas s'avouer vaincue. Elle prit un air désagréable en contemplant le trottoir avec une expression de contrariété.

– Ça prendra cinq minutes en tout, dis-je.

– Oh, j'en ai marre. Bon, d'accord, dit-elle.

Elle désigna de la tête la maison qui se trouvait derrière son dos, une bâtisse victorienne qui avait apparemment été divisée en appartements.

– C'est là que j'habite. Allez donc chercher une place où vous garer et montez. Cela me donnera le temps d'enlever cet uniforme et mes chaussures. C'est l'appartement numéro six, tout au fond du couloir.

– Je vous rejoins tout de suite.

Elle me tourna le dos et gravit rapidement les marches du perron avant de disparaître derrière la porte d'entrée. Je trouvai une place à six portes de là, de l'autre côté de la rue. Dans un petit accès de paranoïa, je me demandai si en réalité elle n'habitait pas ailleurs. Je l'imaginais pénétrant dans l'immeuble pour en ressortir par-derrière avant que j'aie pu la rattraper. Je grimpai les marches du perron et ouvris une porte vitrée donnant sur une entrée pleine d'ombre. L'endroit était calme. Sur la gauche, il y avait une table avec une lampe qui n'avait pas encore été allumée. Le courrier y était entassé, en même temps que plusieurs exemplaires du journal du matin. Les portes qui donnaient sur le couloir avaient été condamnées. Ce qui avait dû être autrefois le grand salon et la salle à manger formait probablement de nos jours un premier logement, avec un autre logement au fond et peut-être même un studio à l'arrière. Il semblait y avoir trois appartements en bas, et trois autres à l'étage. Une volée d'escalier se trouvait dans un angle sur la droite.

Je montai, comme elle me l'avait indiqué. Ce n'était pas l'endroit le plus accueillant que j'aie jamais vu, mais c'était plutôt propre. Sur le mur, le papier peint avait l'air neuf et choisi pour son style victorien, autant dire fade : de petits bouquets et des rubans encadraient une joyeuse scène de chasse. L'effet était déprimant malgré toute cette activité en rose, en vert et en mauve.

Je frappai à la porte qui portait un énorme *6* en cuivre. Laura apparut un instant plus tard, nouant autour de sa taille la ceinture d'un kimono en coton. Je pouvais voir ses chaussures d'infirmière blanches par terre près d'un fauteuil en tapisserie sur lequel elle avait jeté son uniforme blanc. Je pouvais entendre couler l'eau du bain, ce qui mettait bien les points sur les i. L'appartement se composait de deux très vastes pièces avec une salle de bains étroite, probablement installée dans un ancien dressing-room. De la porte d'entrée, je pouvais voir la chaudière et le bord d'une baignoire à l'ancienne. Les plafonds étaient hauts et il y avait des tas de boiseries sculptées, du genre qui donne l'impression de sentir le vernis même si elles n'ont pas été touchées par un pinceau depuis des années. L'endroit était à peine meublé, mais ce qu'elle possédait était de bonne qualité. Elle me regardait examiner le salon-chambre à coucher avec une pointe d'amusement.

– Ça vous plaît?

– Je suis toujours curieuse de savoir comment vivent les autres célibataires.

– Et vous, comment vivez-vous?

– A peu près comme vous. J'essaie de simplifier les choses, dis-je. Je n'aimerais pas travailler uniquement pour payer un tas de factures tous les mois.

– Je déteste la vie de célibataire. Prenez un siège si vous voulez.

– Vraiment?

– Bien sûr, pas vous? On se sent seule. Qui donc aimerait vivre comme ça?

Elle fit un geste qui désignait bien autre chose que le décor. Elle se rendit dans la salle de bains et ferma le robinet. Une légère odeur de sels de bain me parvint.

– Moi ça me plaît. En plus, personne ne va venir s'occuper de vous, dis-je.

– Ma foi, j'espère que ce n'est pas vrai. Je ne m'y résigne pas, je dois dire, répondit-elle en revenant dans la pièce.

– La vie commune est une illusion. C'est chacun pour soi.

– Oh, faites-moi grâce de tout ça. Je déteste ce genre de discours, dit-elle. Voulez-vous me dire ce que vous êtes venue me demander?

– Bien entendu. C'est à propos de Morley Shine. Vous aviez rendez-vous avec lui samedi dernier.

– C'est juste, mais il n'est jamais venu.

– Sa femme dit qu'il est allé à son bureau, ce jour-là.

– Je m'y trouvais à neuf heures. J'ai attendu une demi-heure, puis je suis partie, dit-elle.

– Où l'avez-vous attendu? Vous étiez dans son bureau?
– J'étais dehors, dans l'allée. Pourquoi? Quelle différence cela fait-il?
– Aucune, je suppose. Je me pose des questions à propos d'une livraison, dis-je.
– La boîte du traiteur?
– Vous étiez là quand elle est arrivée?
– Bien sûr, j'étais dehors dans ma voiture. La camionnette du traiteur s'est arrêtée à ma hauteur. Un gars en est sorti avec une boîte blanche. En me dépassant, il m'a demandé si j'étais Marla Shine. Je lui ai dit que le nom était Morley et que le type était en retard. Le salaud a essayé de *me* donner la boîte, mais j'avais assez attendu et j'étais hors de moi. Je déteste qu'on me fasse attendre. J'ai mieux à faire.
– Qu'est-ce qu'il en a fait?
– De la boîte? Je ne sais pas. Il l'a probablement portée devant la maison. Peut-être qu'il l'a laissée sur le seuil.
– Quel traiteur?
– Je n'ai pas vu. La camionnette était rouge. Ç'aurait pu être un service de coursiers, à y bien réfléchir. Pourquoi cet interrogatoire?
– Morley a été assassiné.
– Vraiment? dit-elle, et sa surprise paraissait authentique.
– C'était probablement le strudel contenu dans la boîte que vous avez vue. Je viens juste d'en parler avec le bureau du coroner.
– Il a été empoisonné?
– C'est ce qu'on dirait.
– Qu'est-ce que vous en déduisez?
– Je ne sais pas encore. Morley savait quelque chose. Je ne suis pas certaine de ce que c'était mais à mon avis je n'en suis pas loin.
– Dommage qu'il n'ait pu vous le dire lui-même.
– Dans un sens, il l'a fait. Je sais comment son esprit fonctionnait. Lui et le type qui m'a enseigné le métier avaient été associés pendant des années.
– Vous avez encore besoin de moi?
– Non, pas pour l'instant. Je vais vous laisser prendre votre bain.

Je partis en direction de l'autoroute. Puis je roulai vers le nord sur la 101 jusqu'à la sortie de Cutter Road. En tournant à gauche, je me retrouvai dans Horton Ravine. J'avais l'impression d'avoir passé toute la semaine à aller et venir entre Colgate, le centre-ville de Santa Teresa et Horton Ravine. L'après-midi tournait au gris, c'était un temps typique du mois de décembre avec des températures qui chutaient à près de 10 degrés; le genre de froid dont seuls les Californiens ont l'idée de se plaindre.

Francesca vint elle-même ouvrir la porte. Elle portait une robe chemisier en laine, d'un brun chocolat, des collants noirs et des bottes, avec un gilet noir jeté sur les épaules comme un châle.

– Eh bien, Kinsey. Vous êtes la dernière personne au monde que je m'attendais à voir, s'exclama-t-elle.

Elle hésita, me regarda bien en face.

– Est-ce que quelque chose ne va pas? Vous n'avez pas l'air bien. Avez-vous eu de mauvaises nouvelles?

– En fait, c'est le cas, mais je ne veux pas en parler. Avez-vous une minute à me consacrer? Je voudrais vous entretenir de quelque chose.

– Bien sûr. Entrez. Guda est allée faire les courses. J'étais en train de prendre le café près du feu. Je vais aller vous chercher une tasse et vous pourrez vous joindre à moi. On dirait qu'il fait vilain, dehors.

Il fait vilain partout, me disais-je. Je la suivis dans la cuisine, toute noire et blanche, avec des fenêtres démesurées sur trois côtés. Le devant des appareils était noir, de même que les placards dont les parois laquées étaient toutes luisantes. Les plans de travail étaient blancs comme neige et d'un seul tenant. Les étagères et les accessoires étaient en aluminium étincelant. Les seules touches de couleur étaient celles des torchons et des gants molletonnés d'un rouge vif. Elle prit une tasse dans le placard et me précéda à travers la salle à manger.

– Prenez-vous du lait et du sucre? J'en ai sur le plateau. Il y a du lait écrémé si vous préférez.

– Le lait me va, dis-je.

Je ne voulais pas encore lui parler de Morley. Elle me

regardait avec curiosité, manifestement troublée par mon comportement. Les mauvaises nouvelles sont un fardeau qu'il faut partager avec quelqu'un pour s'en débarrasser.

Les murs de la petite pièce étaient lambrissés, les meubles tapissés de cuir fauve. Elle reprit sa place sur le sofa en cuir d'où je l'avais tirée. Elle était en train de lire un livre cartonné, un roman de Fay Weldon qu'elle avait presque terminé à en juger par le signet qui marquait la page. Ça faisait une paie que je n'avais pas eu la possibilité de prendre un jour de congé et de me fourrer sous un édredon avec un bon livre. Il y avait une cafetière rebondie sur la table de bronze à côté du canapé. Elle versa du café dans la tasse et me la tendit. Je la pris en murmurant un merci auquel elle répondit par un demi-sourire. Elle tira un coussin qu'elle tint sur son ventre comme s'il s'agissait d'un ours en peluche.

Je remarquai qu'elle ne cherchait pas à savoir pourquoi j'étais venue. Finalement, je dis :

– J'ai vérifié le carnet de rendez-vous de Morley. Selon ses notes, vous lui avez parlé la semaine dernière. Vous auriez dû me le dire lorsque je vous ai interrogée.

– Oh.

Elle eut le bon goût de rougir et je sentis qu'elle se demandait comment elle allait pouvoir répondre. Elle dut estimer que la chose ne méritait pas un second mensonge.

– J'espérais sans doute que je n'aurais pas besoin de vous mettre au courant.

– Voulez-vous le faire maintenant ?

– A vrai dire, ça m'embarrasse, mais d'abord c'est moi qui ai appelé jeudi matin et fixé le rendez-vous.

Il y eut un silence.

– Et alors ? finis-je par dire.

Mal à l'aise, elle haussa une épaule.

– J'étais en colère contre Kenneth. J'étais tombée sur des renseignements... quelque chose que je ne savais pas...

– Qu'est-ce que c'était ?

– J'y viendrai dans un instant. Il faut que vous compreniez le contexte...

J'étais impatiente d'entendre la suite. Quand on veut justifier une mauvaise action, on parle toujours du « contexte ». On n'a pas besoin de rappeler le « contexte » quand on a fait quelque chose de bien.

– J'écoute.

– En fin de compte, j'ai compris à quel point l'assassinat d'Isabelle me rend malade. Je suis écœurée par toute l'affaire et par tout ce qu'il y a autour. Ça fait six ans que Kenneth ne cesse d'en parler. Son assassinat, son argent, son talent. Et combien elle était belle. Et comme cette mort était tragique. Cette femme l'obsède. Il éprouve plus d'amour pour elle maintenant, après sa mort, qu'il n'en avait quand elle était vivante.

– Pas nécessairement.

Elle poursuivit comme si je n'avais rien dit.

– J'ai raconté à Morley que je détestais Iz, que j'ai été transportée de joie quand elle est morte. J'ai seulement, vous comprenez, craché toutes... ces saletés de sentiments. Ce qui est étrange, c'est qu'en y repensant plus tard, j'ai compris à quel point mon jugement s'était déformé. Celui de Kenneth aussi. En fait, nos rapports sont ceux de gens vraiment très névrosés.

– Vous êtes arrivée à cette conclusion après avoir parlé à Morley ?

– Cela a beaucoup contribué à me faire comprendre qu'il était temps d'en finir. Si je veux recouvrer ma santé, il faut que je me sépare de Ken, que j'apprenne à me débrouiller seule pour une fois.

– Et c'est seulement à ce moment-là que vous avez décidé de le quitter ? La semaine dernière ?

– Eh bien, oui.

– Cela n'a donc rien à voir avec le cancer que vous avez eu il y a deux ans ?

Elle haussa les épaules.

– Je suis sûre que cela a joué un rôle. J'ai eu l'impression de me réveiller. On aurait dit que brusquement je comprenais la signification de ma vie. Honnêtement, jusqu'à ce que je parle à Morley, je croyais que j'avais fait un mariage heureux. Vraiment. Je pensais que tout allait bien. Enfin, plus ou moins. Mais après, j'ai compris que tout n'était qu'illusion.

– Ça a dû être une drôle de conversation, dis-je.

J'attendis un peu, mais elle avait sombré dans le silence. Je demandai :

– Quel est ce « plus ou moins »? Elle leva les yeux vers moi :

– Quoi?

– Vous vouliez me raconter ce que vous aviez découvert? Vous avez dit que quelque chose vous avait mise en colère. Je suppose que c'est la raison pour laquelle vous êtes entrée en contact avec Morley, la première fois.

– Ah oui, bien entendu. En rangeant le bureau, je suis tombée sur un décompte que Ken ne m'avait pas montré.

– Un relevé de banque?

– Quelque chose de ce genre. Une feuille de comptabilité. Il aidait... euh... quelqu'un financièrement.

– Il aidait quelqu'un, répétai-je d'une voix neutre.

– Vous savez. Des paiements réguliers en espèces tous les mois. Ça durait depuis trois ans. En homme d'affaires avisé, bien entendu, il en gardait une trace. Il ne lui était pas venu à l'esprit que je pourrais mettre la main dessus.

– De quoi s'agissait-il? Kenneth a une maîtresse?

– C'est ce que j'ai pensé d'abord, mais dans un sens c'est pire.

– Francesca, auriez-vous l'obligeance d'arrêter de tourner autour du pot et de me dire ce qui se passe?

Il lui fallut un moment.

– Il donnait de l'argent à Curtis McIntyre.

– A *Curtis*? Pour quoi faire? dis-je, sans pouvoir y croire.

– C'est ce que je lui ai demandé. J'étais épouvantée. Dès qu'il est rentré à la maison, je l'ai interrogé.

Je la regardais fixement.

– Qu'est-ce qu'il a dit?

– Il a dit que c'était une sorte d'argent de poche. Pour l'aider à payer son loyer. Deux-trois billets pour régler quelques-unes de ses factures. Des choses comme ça.

– Pourquoi aurait-il fait une chose pareille? questionnai-je.

– Je n'en ai aucune idée.

– Combien en tout?

– Environ trois mille six cents dollars, jusqu'alors.

– Eh bien, voilà où nous en sommes, dis-je. Dire que je me sentais coupable d'avoir découvert des informations qui foutaient par terre la défense de Lonnie. Et maintenant j'apprends que le plaignant verse une pension au principal témoin. Attendons que Lonnie l'apprenne. Il va avoir une attaque.

– C'est ce que j'ai dit à Ken. Il jure qu'il voulait seulement aider le type à s'en sortir.

– Il sait très bien l'effet que ça fera si on vient à le savoir? On pensera qu'il payait Curtis pour s'assurer son témoignage. Croyez-moi, Curtis n'est pas vraiment digne de confiance. Comment allons-nous pouvoir le faire passer pour un témoin impartial qui accomplit son devoir civique?

– Il ne voit rien de mal là-dedans. Il dit que Curtis n'arrive pas à trouver du travail. D'après moi, Curtis a dû lui dire qu'il pourrait être obligé de quitter la région et d'aller ailleurs. Kenneth voulait être sûr qu'il resterait à sa disposition...

– C'est à ça que servent les citations!

– Ça va, pas la peine de me dire ça à moi. Ken jure que ce n'est pas du tout ce qu'on pourrait croire. Curtis est venu le voir après que David a été acquitté...

– Oh, arrêtez, Francesca. Qu'est-ce qu'un jury va penser, à votre avis? Comme c'est commode. Le témoignage de Curtis profite directement à la personne qui le paye depuis maintenant trois ans.

Je marquai un temps d'arrêt. Quelque chose dans la manière qu'elle avait de s'accrocher au coussin m'incita à l'observer plus attentivement.

– Qu'est-ce qu'il y a encore?

– J'ai donné le décompte à Morley. Je craignais que Kenneth ne le détruise et je l'ai donc laissé à Morley pour qu'il le mette en sûreté tant que je n'aurais pas décidé de ce qu'il fallait en faire.

– Quand était-ce?

– Quand j'ai trouvé le décompte? Mercredi soir, je pense. Je l'ai apporté à Morley jeudi et quand Kenneth est rentré à la maison, plus tard, on s'est violemment disputés...

– Savait-il que vous l'aviez pris?

– Oui, et il était furieux. Il voulait que je le lui rende, mais c'était impossible.

– Sait-il que vous l'avez donné à Morley?

– Je ne le lui ai jamais dit. Il l'a peut-être imaginé, mais je ne vois pas comment. Pourquoi cette question?

– Parce que Morley a été assassiné. Quelqu'un lui a confectionné un strudel avec des champignons vénéneux. J'ai trouvé la boîte blanche du traiteur dans la corbeille à papiers.

Son visage était livide.

– Vous ne pensez tout de même pas que c'est Ken.

– Prenons les choses dans l'ordre : j'ai fouillé les deux bureaux de Morley. Il n'y avait aucune comptabilité sérieuse et les dossiers sont incomplets. Je suis partie du principe qu'il tenait mal ses dossiers ou qu'il faisait danser l'anse du panier avec Lonnie, en lui facturant des travaux qu'il n'avait jamais effectués. Maintenant je me demande si quelqu'un n'a pas volé les dossiers pour dissimuler le vol d'autre chose.

– Kenneth ne ferait pas une chose pareille. Il ne ferait rien de tel.

– Qu'est-ce qui s'est passé jeudi quand vous n'avez pas pu lui rendre le décompte? A-t-il abandonné le sujet?

– Il n'a pas cessé de me questionner, mais je n'ai rien voulu dire. Il a fini par déclarer que, de toute manière, cela n'avait aucune importance parce que ce n'était pas un crime. S'il prêtait de l'argent à Curtis, c'était leur affaire à tous les deux.

– Mais est-ce que ça ne vous paraît pas curieux? Voilà que Kenneth Voigt paye Curtis McIntyre, dont le témoignage se trouve justement mettre en cause David Barney dans un procès qui, comme par hasard, profite à Kenneth Voigt. La coïncidence ne vous surprend pas? Ou peut-être qu'il s'agissait d'un chantage. Ce serait encore autre chose.

– Un chantage à quel propos?

– L'assassinat d'Isabelle. C'est tout.

– Il n'aurait pas tué Isabelle. Il l'aimait bien trop.

– C'est ce qu'il dit maintenant. Qui sait ce qu'il a ressenti à l'époque?

– Il n'est pas capable de faire cela, dit-elle sans trop de conviction.

– Pourquoi pas? Isabelle l'a laissé tombé pour David Barney. Qu'est-ce qui pourrait lui donner plus de satisfaction que de la tuer et d'en faire retomber la faute sur David ?

Je l'ai laissée en plan, assise, avec le coussin serré sur son ventre. Elle en avait tellement trituré le coin qu'il avait fini par ressembler à une oreille de lapin.

20

En allant à Colgate, je m'arrêtai à une station d'essence pour faire le plein. Ce va-et-vient en voiture à travers la ville finissait par représenter une distance équivalente à un aller-retour pour l'Idaho, et je commençais à regretter de ne pas facturer à Lonnie le kilométrage. Il était un peu plus de dix-huit heures et la circulation était très dense. Des nuages s'accrochaient aux montagnes comme des guirlandes.

Je me rendis aux établissements Voigt Motors, en essayant d'estimer mes chances d'obtenir la vérité de Kenneth. Quels qu'aient pu être les rapports qu'il avait entretenus avec Curtis jusque-là, le moment était venu de parler franc. Si je ne parvenais pas à tirer quelque chose de Kenneth, j'irais dénicher Curtis pour avoir une bonne conversation avec lui. Je me garai sur le petit parking quadrillé de bandes blanches, devant Voigt Motors, en glissant ma coccinelle entre une Jaguar d'un bon cru et une Porsche toute neuve. Je passai la porte sans me soucier de la vendeuse qui s'avançait pour m'accueillir et montai le vaste escalier qui donnait accès à la mezzanine où se trouvaient les bureaux – Crédit, Comptabilité. Apparemment l'équipe des vendeurs était obligée de rester à pied d'œuvre jusqu'au moment de la fermeture à vingt heures. Ceux qui s'occupaient des tâches administratives avaient un peu plus de chance et se préparaient déjà à regagner leur domicile. La porte du bureau de Kenneth portait son nom en lettres de bronze de cinq centimètres de haut. Sa secrétaire avait une cinquantaine d'années et persistait à se décolorer les cheveux en blond, bien au-delà de la limite d'âge. Le passage du temps avait inscrit dans l'espace qui séparait ses deux yeux une grosse ride d'inquiétude. Elle était en train de mettre son bureau en ordre, de ranger ses dossiers, de s'assurer que les stylos et crayons étaient bien en place dans un pot en faïence.

– Salut, dis-je. Mr. Voigt est là ? J'aimerais lui parler.

– Vous ne l'avez pas croisé dans l'escalier en montant ? Il est parti il y a deux minutes, mais il lui arrive de descendre par-derrière. Puis-je vous être utile ?

– Je ne pense pas. Pouvez-vous me dire où il gare sa voiture ? J'ai peut-être une chance de le rattraper avant qu'il ne démarre.

Son expression s'était modifiée et elle me regardait avec méfiance.

– C'est à quel sujet ?

Je ne pris pas la peine de répondre.

Je fonçai hors du bureau et parcourus tout l'étage, en jetant un rapide coup d'œil au passage dans chaque pièce, y compris dans les toilettes réservées aux hommes. Un type en costume de ville prit un air ahuri quand je le surpris en train de se soulager. Seigneur, comme ça serait commode. S'il y avait une justice en ce bas monde, ce sont les femmes qui devraient avoir cette petite chose suspendue, et les hommes seraient obligés d'étaler des papiers pour se coller le derrière sur les sièges. Je dis :

– Hummm... C'est une erreur, et refermai la porte.

Je trouvai l'escalier du fond derrière une porte marquée « sortie de secours ». Je descendis les marches quatre à quatre, mais quand j'atteignis le parking, il n'y avait plus trace de Ken et aucune voiture ne se dirigeait vers la sortie.

Je retournai à ma coccinelle et après avoir manœuvré pour quitter mon emplacement, je pris à gauche dans Faith Street, jusqu'à State Street. Le motel qu'habitait Curtis McIntyre se trouvait à deux kilomètres de là. Cette partie de la ville était le domaine des fast-food, des stations-service, des soldeurs d'appareils électro-ménagers, et d'une foule de petites boutiques, avec de temps à autre un immeuble de bureaux coincé au beau milieu. Après avoir dépassé le centre commercial de Cutter Road, je laissai l'entrée de l'autoroute sur ma droite et tournai à gauche dans State Street.

Le *Thrifty Motel* se trouvait à proximité du carrefour où State Street rejoignait la route à deux voies qui s'enfonçait au nord dans les montagnes. Je me garai sur l'emplacement libre situé en face de la chambre de Curtis. A la plupart des fenêtres du bâtiment en forme de L, les lumières brillaient déjà ; l'air exhalait un riche parfum de viandes frites, un mélange entêtant de bacon, de hamburger, de côtes de porc et de saucisses. Le journal télévisé et la *country-music* se disputaient l'espace sonore. Les fenêtres de Curtis étaient obscures et il n'y eut aucune réponse quand je frappai à la porte. Je m'adressai à la chambre voisine. Le type qui m'ouvrit devait avoir une quarantaine d'années, avec des yeux bleus brillants, une coupe de cheveux au bol et une barbe broussailleuse comme une touffe que l'on vient d'arracher d'une brosse.

– Je cherche le gars d'à côté. Vous ne l'avez pas vu ?

– Curtis est sorti.

– Avez-vous une idée de l'endroit où il est allé ?

– Suis pas chargé de le surveiller, dit l'homme en hochant la tête.

Je sortis une carte de visite et un crayon. Je griffonnai une note demandant à Curtis de m'appeler dès qu'il le pourrait.

– Pourriez-vous lui donner ça ?

– Entendu, si je le vois, dit-il en refermant la porte.

Je sortis une autre carte de visite et y inscrivis rapidement un message identique, puis la glissai sous le *9* en métal de sa porte. L'enseigne du motel s'alluma en tremblotant pendant que je traversais le parking pour me rendre à la réception. L'inscription *Thrifty Motel* s'étalait en lettres d'un vert criard qui bourdonnaient comme des mouches derrière une fenêtre fermée. La porte de la réception était ouverte et une pancarte COMPLET, en caractères rouges sur fond blanc, avait été affichée contre la vitre.

La réception était vide, et il n'y avait personne derrière le comptoir. La porte du fond était entrouverte et il y avait des lumières allumées dans l'appartement généralement réservé au gérant de l'endroit. Celui-ci était apparemment occupé à regarder la rediffusion d'un feuilleton dont la bande sonore faisait entendre des éclats de rire récurrents. Tous les trois rires, il y avait une grande explosion d'hilarité et l'on n'avait aucun mal à se représenter l'ingénieur du son assis devant sa console occupé à manier les leviers en attendant que le temps passe.

Sur le comptoir, un petit panneau indiquait : « H. Stringfellow, gérant. Appuyez sur la sonnette pour appeler », à côté d'une sonnette à l'ancienne qu'on actionnait en tapant dessus. Je m'exécutai, ce qui suscita un grand éclat de rire parmi les spectateurs invisibles. Mr. Stringfellow sortit en traînant les pieds et ferma la porte derrière lui. Il avait des cheveux blancs comme neige et un visage décharné, très rouge, rasé de près, avec un menton si proéminent qu'on aurait pu le croire artificiellement augmenté. Il portait des pantalons marron en forme de sac, et une chemise de toile en polyester également marron avec une mince cravate jaune.

– Complet, dit-il. Allez voir un peu plus bas dans la rue.

– Je ne cherche pas une chambre. Je cherche Curtis McIntyre. Avez-vous une idée de l'heure où il sera de retour?

– Pas du tout. Un type est venu et l'a emmené. Au moins, je pense que c'était un homme. La voiture est entrée par là-bas et elle est repartie.

– Vous n'avez pas vu le conducteur?

– Point. Ni la voiture non plus. Je travaillais là-derrière et j'ai entendu un klaxon. Quelques minutes après, j'ai vu Curtis passer devant la vitre. Je regardais justement du côté de la porte, sinon je n'aurais rien vu. Presque aussitôt, une portière a claqué et la voiture s'est éloignée.

– Quelle heure était-il?

– Il y a un tout petit moment. Peut-être cinq, dix minutes.

– Est-ce que ses coups de fil passent par le standard?

– Il n'y a pas de standard. Il a un téléphone dans sa chambre. Comme ça, il s'occupe de sa facture de téléphone et j'ai pas à me casser la tête. J'essaie pas de faire croire que mes locataires, c'est des gens de la haute. De la merde, la plupart, mais c'est pas mes affaires. Tant qu'ils paient leur loyer d'avance, comme convenu.

– Il est correct là-dessus?

– Plus que d'autres. C'est vous, le juge qui s'occupe de lui depuis qu'il a été libéré sur parole?

– Seulement une amie, dis-je. Si vous le voyez, pourriez-vous lui demander de me passer un coup de fil?

Je sortis une autre carte de visite et entourai mon numéro.

J'avais ouvert la portière de ma voiture et j'étais sur le point de m'installer à l'intérieur, quand mon mauvais génie se manifesta. Juste en face de moi, il y avait la porte de Curtis. La serrure semblait respectable mais la fenêtre à guillotine, juste à côté de la porte, n'était pas fermée. L'ouverture avait moins de dix centimètres mais le cadre de bois de la moustiquaire en treillis était déformé tout en bas, s'écartant juste assez pour que je puisse y glisser mes petits doigts fluets. Après avoir fait sauter le cadre, il ne me resterait plus qu'à passer la main à l'intérieur et à relever le châssis. Il n'y avait personne dans le parking et le vacarme de tous les appareils de télévision couvrirait n'importe quel bruit. Je m'étais comportée en citoyenne modèle pendant toute la semaine et où cela m'avait-il menée? Pénétrer quelque part par effraction n'est pas *tellement* grave. Il n'était pas question de voler quoi que ce soit. Je voulais seulement jeter un tout petit, minuscule, infime coup d'œil. Tel est le genre de raisonnement que tient mon mauvais génie. Réflexions de pacotille, mais tellement persuasives. J'avais honte de moi mais, avant même que je puisse réfléchir, je me retrouvai en train d'arracher la moustiquaire, de glisser mes doigts, coquins comme toujours, à travers l'ouverture. Une fois dans la chambre. J'allumai la lumière. Tout ce que je pouvais souhaiter, c'était que Curtis n'ait pas l'idée de rentrer. Je n'étais pas certaine qu'il verrait un inconvénient à ce que je mette du désordre chez lui. Mais j'étais inquiète à l'idée qu'en me surprenant dans sa chambre il pourrait croire que je lui courais après.

Sa mère aurait été gênée de voir les habitudes qu'il avait prises. Il avait oublié ce que signifiait « Ramasse tes vêtements. » La pièce n'était pas très grande, elle mesurait à peine quatre mètres sur quatre, y compris le coin cuisine – un bloc qui combinait un réfrigérateur, un évier et une plaque chauffante, le tout très crasseux. Le lit était défait, mais il n'y avait là rien de bien surprenant. Une petite télé était posée sur une des tables de nuit, écartée du mur pour que l'on puisse la regarder du lit. Les cordons électriques qui couraient sur le sol ne demandaient qu'à vous faire trébucher. La salle de bains était petite, couverte de serviettes humides qui sentaient le moisi. Il paraissait avoir un faible pour le savon incrusté de poils pubiens.

En fait, je me fichais pas mal de la façon dont il tenait son logis. C'était le bureau bancal, tout en bois, qui m'intéressait. Je me mis à perquisitionner. Curtis ne faisait pas confiance aux banques. Il gardait son argent en espèces dans le tiroir du dessus, et il y avait pas mal de billets. Il pensait probablement que les voleurs n'allaient pas prendre pour cible la chambre 9 du *Thrifty*. Quelques factures en vrac se mêlaient à l'argent : gaz, téléphone, Sears où il s'était acheté des vêtements par correspondance. Sous les enveloppes à fenêtre, il y avait une épaisse enveloppe autocollante destinée à l'envoi des chèques. L'adresse était écrite à la main, mais aucune mention de l'expéditeur n'était visible dans le coin supérieur gauche. Je la retournai d'une chiquenaude. Les nom et adresse personnels de l'expéditeur étaient inscrits en caractères d'imprimerie au dos du rabat : Mr. et Mrs. Peter Weidmann. Eh bien, c'était intéressant. J'inclinai l'abat-jour de la petite lampe de table, en tenant l'enveloppe si près de l'ampoule, que je faillis roussir le papier, où étaient imprimées d'odieuses rangées d'étoiles qui rendaient la surface opaque et m'empêchaient de voir le contenu. Par chance, la chaleur de la lampe sembla ramollir la colle du rabat; en tirant patiemment à petits coups, je parvins à le décoller et à ouvrir le pli.

Il y avait à l'intérieur un chèque de quatre cents dollars, établi à l'ordre de Curtis et signé de Yolanda Weidmann. Il n'y avait aucune explication sur le chèque, dans l'espace réservé à la correspondance, et aucune note personnelle n'était jointe à l'envoi. Comment connaissait-elle Curtis et pourquoi lui envoyer de l'argent? Et d'abord, combien de personnes lui envoyaient de l'argent?

Entre Kenneth et Yolanda, il raflait sept cents dollars par mois. S'il avait quelques donateurs de plus, c'était mieux qu'un salaire. Je remis le chèque en place et refermai l'enveloppe. Les autres tiroirs du bureau ne contenaient rien d'intéressant. Je passai rapidement en revue la pièce, puis éteignis la lumière. Je jetai un coup d'œil dehors par la fente du rideau. Le parking était désert. J'ouvris le verrou et me glissai dehors, en tirant la porte derrière moi.

Je retournai à Horton Ravine. Lower Road se trouvait plongé dans l'obscurité; les rares réverbères étaient trop espacés pour dispenser un éclairage convenable. On avait allumé chez les Weidmann juste assez de lumières pour suggérer aux cambrioleurs d'aller voir ailleurs. Le porche était éclairé mais il n'y avait aucune voiture dans l'allée. Je laissai tourner mon moteur pendant que j'allais actionner la sonnette. Une fois convaincue qu'il n'y avait personne à la maison, je me garai après le tournant, dans la Esmeralda Street. La voiture de police qui patrouillait à Horton Ravine allait passer par là de temps en temps, mais j'espérais échapper temporairement à la vigilance des flics. J'ouvris la boîte à gants et en sortis ma grosse torche électrique. Si ma mémoire ne me faisait pas défaut, les Weidmann n'avaient pas de clôture équipée de détecteurs électroniques, ni aucun de ces énormes dobermans baveurs. J'attrapai ma veste sous le bric-à-brac qui encombrait la banquette arrière, la revêtis à grands coups d'épaule et remontai la fermeture Eclair jusqu'en haut. C'était le moment de me promener un peu dans les bois pour faire une petite cueillette de champignons.

Je m'approchai de la maison en balayant le chemin, devant mes pas, avec le faisceau de ma lampe électrique. L'éclairage du porche dispensait une lumière douce et jaune qui se mêlait aux ombres tout au fond du jardin. J'avançai sur le côté de la maison en direction du patio qui se trouvait à l'arrière, là où deux projecteurs violents rendaient la propriété inhospitalière pour les rôdeurs. Je traversai la dalle de béton et descendis les quatre petites marches qui conduisaient au jardin d'agrément. Sur la chaise longue de Peter, le matelas avait été plié en deux, vraisemblablement pour le protéger des intempéries. Au fil des ans, le soleil avait décoloré et craquelé la toile qui était désormais d'un gris passé. Je pus constater que les escargots avaient pris l'habitude d'en utiliser la surface comme terrain de jeu.

L'herbe avait été coupée. Je pouvais voir les traces parallèles que la tondeuse avait laissées sur la pelouse; les marques se superposaient les unes aux autres dans les endroits où l'on avait fait demi-tour. Là où j'avais aperçu des champignons, il n'y avait plus rien. Je traversai le jardin, en essayant de me souvenir de l'emplacement où se trouvaient les « anneaux de fées ». Je me rappelais que quelques champignons avaient poussé en solitaires et d'autres en touffes. Mais tout avait été effacé par les lames de la tondeuse. Je m'accroupis pour toucher du doigt des particules végétales émincées, blanchâtres, qui se détachaient sur l'herbe sombre. Du coin de l'œil, je perçus un mouvement... une ombre passa devant la lumière. Yolanda était de retour; elle foulait la pelouse humide en direction de l'endroit où j'étais accroupie. Elle portait un autre ensemble de sport en velours, cette fois de couleur magenta. Ses chaussures de marche semblaient lancer des éclairs qui provenaient de courtes bandes de ruban réfléchissant, l'empeigne de cuir brut était saupoudrée d'herbe coupée.

– Qu'est-ce que vous faites ici?

Elle parlait d'une voix lasse et, dans la demi-obscurité, son visage était gris de fatigue. Sa chevelure blond platine était aussi raide qu'une perruque.

– Je cherchais les champignons qui poussaient ici quand je suis venue pour la première fois.

– Le jardinier est passé hier. Je lui ai fait tondre tout ça.

– Qu'est-ce qu'il a fait de l'herbe coupée?

– Pourquoi posez-vous la question?

– Morley Shine a été assassiné.

– Je suis désolée de l'apprendre, dit-elle sur un ton poli.

– Vraiment? Vous ne paraissiez pas l'apprécier beaucoup.

– Je ne l'aimais pas du tout. Il sentait comme quelqu'un qui boit et qui fume, ce que je n'approuve pas. Vous ne m'avez toujours pas dit ce que vous faites sur ma propriété.

– Avez-vous entendu parler de l'amanite phalloïde?

– Une espèce de champignon, je suppose.

– Un champignon vénéneux du genre de celui qui a tué Morley.

– Le jardinier met l'herbe coupée en un gros tas par là. Quand il y en a assez, il charge le tout sur son camion qu'il vide dans la décharge. Si vous voulez, vous pouvez le faire enlever par le laboratoire de la police pour qu'ils l'analysent.

– Morley était un bon détective.

– J'en suis certaine. Qu'est-ce que cela vient faire ici?

– J'ai dans l'idée qu'il a été assassiné parce qu'il savait la vérité.

– Sur le meurtre d'Isabelle?

– Entre autres choses. Voulez-vous me dire pourquoi vous avez envoyé un chèque de quatre cents dollars à Curtis McIntyre?

Cela parut la stupéfier.

– Qui vous a raconté ça?

– J'ai vu le chèque.

Elle garda le silence pendant trente bonnes secondes, ce qui paraît très long dans une conversation normale. A contrecœur, elle dit :

– C'est mon petit-fils. Et cela ne vous regarde en rien.

– Curtis? dis-je avec une incrédulité qu'elle sembla prendre pour une insulte.

– Ce n'est pas la peine d'employer ce ton-là. Je suis peut-être plus au courant que vous des bêtises que ce garçon a pu faire...

– Je suis désolée, mais je n'aurais jamais pensé qu'il y avait un lien entre lui et vous, dis-je.

– Notre fille unique est morte quand il avait dix ans. Nous lui avions promis de l'élever de notre mieux. Le père de Curtis était un homme insupportablement vulgaire, je dois dire. Un criminel et un inadapté. Il a disparu quand Curt avait huit ans et on n'a plus jamais entendu parler de lui. Quand la nature et la culture s'affrontent, c'est évidemment la nature qui prend le dessus. Mais peut-être avons-nous commis de graves erreurs...

Sa voix se brisa.

– C'est comme ça qu'il se trouve mêlé à toute cette histoire?

– Quelle histoire?

– Il était censé témoigner dans le procès civil intenté à David Barney. Aviez-vous parlé de l'assassinat avec lui?

– Je pense que oui, dit-elle en se frottant le front.

– Vous rappelez-vous s'il vivait chez vous à ce moment-là ?

– Je ne comprends pas le rapport qu'il peut y avoir avec tout ça.

– Sauriez-vous par hasard où il se trouve, en cet instant précis ?

– Je n'en ai aucune idée.

– Quelqu'un est allé le chercher à son motel il y a un petit moment.

Elle continuait à me dévisager.

– Je vous en prie. Dites-moi ce que vous voulez et laissez-moi tranquille.

– Où est Peter ? Est-ce qu'il est là ?

– Il a été hospitalisé en fin d'après-midi. Il a eu une nouvelle crise cardiaque. Il est soigné dans un service de cardiologie. Si ce n'est pas trop vous demander, j'aimerais rentrer à la maison maintenant. Je suis venue prendre un petit quelque chose pour dîner. J'ai des coups de téléphone à donner et il faut que je retourne ensuite à l'hôpital. Ils ne sont pas certains qu'il va s'en sortir, cette fois.

– Je suis désolée, dis-je. Je ne savais pas.

– Ça n'a pas d'importance, maintenant. Rien n'a vraiment beaucoup d'importance.

Je la suivis du regard, avec une impression de malaise, tandis qu'elle retraversait en sens inverse la pelouse ; ses chaussures humides laissèrent des empreintes sur le ciment. Elle avait l'air diminuée et vieillie. Peut-être était-elle le genre de femme à suivre son compagnon dans la mort en l'espace de quelques mois. Elle ouvrit la porte de derrière et entra, allumant la lumière dans la cuisine. Dès qu'elle fut hors de vue, je traversai la pelouse, à mon tour. De temps à autre, ma lampe électrique éclairait de petits morceaux blancs. Je m'accroupis, écartai un petit amas d'herbe coupée. Par-dessous, il y avait un minuscule fragment de champignon haché menu par la tondeuse, même pas une bonne cuillerée, à première vue. Les chances qu'il s'agisse d'une amanite semblaient réduites, mais par acquit de conscience je pris un mouchoir de papier dans la poche de ma veste et y enveloppai soigneusement l'échantillon.

Je retournai à ma voiture, en me sentant un peu déstabilisée. J'avais assez d'éléments maintenant pour imaginer raisonnablement comment Curtis s'était trouvé mêlé à l'affaire. Peut-être avait-il été mis au courant par les bruits que des mouchards faisaient circuler en prison, ce qui l'avait amené à contacter Kenneth Voigt une fois que l'acquittement avait été prononcé. Ou peut-être Ken avait-il appris par les Weidmann que Curtis s'était trouvé en prison avec David Barney. Il pouvait fort bien avoir contacté Curtis pour lui suggérer d'inventer ce témoignage. À mon avis, Curtis n'était pas assez malin pour avoir échafaudé ce plan tout seul.

Je restai assise dans ma voiture, stationnée sur le bas-côté de la route obscure, et baissai la vitre afin de pouvoir entendre les criquets. La sensation de l'air humide contre mon visage était rafraîchissante. La végétation, au bord de la route, dégageait une odeur poivrée là où je l'avais piétinée. J'avais travaillé (peu de temps) pour une association de jeunesse chrétienne, comme monitrice dans un camp de vacances, juste avant d'entrer en seconde, au lycée. Je devais avoir quinze ans et j'étais encore pleine d'espoir ; je n'avais pas commencé à sécher les cours, à me rebeller, à fumer du hasch. J'étais allée « dormir à la belle étoile », avec tous ceux du camp, et notamment avec les fillettes de neuf ans dont j'avais la charge. On s'était plutôt bien débrouillées jusqu'au moment de s'installer pour la nuit. On s'était alors aperçues que l'arbre sous lequel on avait disposé nos sacs de couchage n'était qu'un vaste nid feuillu d'araignées à longues pattes qui s'étaient mises à nous tomber dessus du haut des branches. Plop, plop. Plop, plop. Nul n'a jamais entendu quelqu'un crier comme moi, cette nuit-là : les petites filles en étaient à moitié mortes de peur.

Je jetai un coup d'œil dans le rétroviseur. Derrière moi, une voiture apparut dans le virage et ralentit en arrivant à ma hauteur. Le véhicule portait l'emblème de la police de Horton Ravine. Deux hommes se trouvaient à l'avant ; celui qui occupait le siège du passager pointa une lampe électrique sur mon visage.

– Vous avez un ennui ?

– Tout va bien, dis-je. Je m'en vais.

Je tournai la clef de contact et mis la voiture en prise puis j'avançai sur le bas-côté jusqu'à ce que je puisse rejoindre la chaussée devant eux. Je roulai posément pour sortir de Horton Ravine, suivie avec ostentation par la voiture de patrouille. Je repris l'autoroute, plus par exaspération que dans un dessein précis. Qu'est-ce que j'étais censée faire, maintenant? La plupart des pistes que j'avais suivies avaient brusquement abouti à des impasses, et tant que je n'aurais pas parlé à Curtis je ne pourrais pas savoir ce qui se passait. Je lui avais laissé un mot pour qu'il m'appelle. Je n'avais plus le choix : je devais rentrer à la maison où, au moins, il pourrait me joindre s'il recevait mes messages.

Il était 20 h 15 au moment où j'arrivai chez moi. Je verrouillai la porte et allumai les lumières du rez-de-chaussée. Je transférai les champignons du mouchoir en papier dans un sachet, retournai un tiroir de la cuisine pour trouver un marqueur, et je dessinai grossièrement sur le sachet une tête de mort et deux tibias entrecroisés, avant de le mettre dans le réfrigérateur. Je me débarrassai de ma veste et me perchai sur un tabouret afin d'étudier mon tableau d'affichage et ses rangées de cartes multicolores.

C'était rageant de penser que là, sous mes yeux, il pouvait y avoir quelque chose. Si Morley avait mis le doigt dessus, c'était probablement ce qui lui avait coûté la vie. Qu'est-ce que ça pouvait bien être? Je parcourus du regard, de haut en bas, une des colonnes, puis la suivante observant l'ordre dans lequel les événements s'étaient déroulés. Je me mis debout, fis le tour de la pièce, revins à ma place et regardai attentivement le tableau. J'allai jusqu'au canapé, m'y étendis sur le dos, le regard fixé au plafond. Réfléchir est une tâche difficile, et c'est pourquoi on ne voit pas beaucoup de gens s'y adonner. Je me relevai, incapable de rester en place, et retournai près du plan de travail, où je pris appui sur mes coudes pour scruter le tableau.

– Allons, Morley, aide-moi un peu, murmurai-je.

Oh!

Tiens, il y avait une petite contradiction à laquelle je n'avais pas prêté attention. Selon Regina Turner, du *Gypsy Motel*, Noah McKell avait été écrasé à 1 h 11 du matin. Mais Tippy n'était pas arrivée à l'embranchement de San Vicente et de la 101 avant 1 h 40 ou presque – c'est-à-dire trente minutes plus tard. Pourquoi lui avait-il fallu si longtemps pour y parvenir? Il n'y avait probablement pas plus de six à sept kilomètres entre le *Gipsy* et le lieu où David avait été renversé. S'était-elle arrêtée quelque part pour prendre un café? Avait-elle dû faire le plein d'essence? Elle venait de tuer un homme et, d'après David, elle paraissait encore manifestement très troublée. Il était difficile d'imaginer ce qu'elle avait fait pendant cette longue demi-heure. Peut-être avait-elle passé tout ce temps à rouler au hasard. Je ne savais pas pourquoi cela avait de l'importance, mais le mystère semblait facile à éclaircir.

Je pris le téléphone et composai le numéro des Parsons, le regard fixé sur le tableau d'affichage pendant que la sonnerie résonnait. Huit coups, neuf coups. Ah ouais. C'était vendredi soir. J'avais oublié le vernissage de Rhe à la galerie Axminster. Je m'emparai de l'annuaire et y cherchai le numéro de la galerie. Cette fois, quelqu'un décrocha dès la seconde sonnerie, mais il y avait un tel raffut à l'arrière-plan que je pouvais à peine entendre. Je pressai une main sur mon oreille libre, pour concentrer mon attention sur les sons en provenance de la galerie. Je demandai à parler à Tippy et il me fallut répéter ma phrase deux fois plus fort. Le type qui se trouvait au bout du fil dit qu'il allait la chercher. Je m'assis et écoutai les gens rire, les verres tinter. Ils avaient l'air de mieux s'amuser que moi...

– Allô?

– Allô, Tippy? C'est Kinsey. Ecoutez, je sais que ce n'est pas le bon moment pour vous parler, mais je viens de réfléchir à ce qui est arrivé la nuit où votre tante a été tuée. Puis-je vous poser une ou deux questions?

– *Maintenant*?

– Si vous n'y voyez pas d'inconvénient. Je voudrais savoir ce qui s'est passé entre l'accident et le moment où vous avez vu David Barney.

Il y eut un silence.

– Je n'en sais rien. En fait, je suis allée chez ma tante, c'est tout.

– Vous êtes allée chez Isabelle?

– Ouais. J'étais comme qui dirait plutôt bouleversée et je n'arrivais pas à imaginer ce que je pourrais faire d'autre. J'allais lui raconter ce qui était arrivé et lui demander de m'aider. Si elle m'avait dit de retourner sur place, je l'aurais fait, je le jure.

– Pourriez-vous parler plus fort, s'il vous plaît? Quelle heure était-il?

– Juste après l'accident. Je savais que j'avais écrasé quelqu'un, alors je me suis enfuie et je suis allée directement chez elle.

– Etait-elle là?

– Je suppose. Les lumières étaient allumées...

– Le porche était éclairé?

– Certainement. J'ai frappé et frappé à la porte mais elle n'est jamais descendue.

– Le judas était-il encore à sa place, sur la porte?

– Je n'ai vraiment pas fait attention à ça. Après avoir frappé, j'ai fait le tour de la maison, mais tout était fermé à clef. Alors je suis remontée dans la camionnette et je suis rentrée à la maison.

– Vous êtes rentrée par l'autoroute?

– Bien sûr. Je l'ai prise à Little Pony Road.

– Et vous êtes sortie à San Vincente?

– Ben ouais, dit-elle. Pourquoi, qu'est-ce qui ne va pas?

– Rien de grave. Cela permet de mieux cerner l'heure de la mort, mais je ne crois pas que cela y change grand-chose. En tout cas, je vous remercie de m'avoir répondu. Si quelque chose d'autre vous revient à l'esprit, voudriez-vous me passer un coup de fil?

– Comptez sur moi. C'est tout ce que vous vouliez?

– Pour l'instant, dis-je. Avez-vous parlé aux flics?

– Non, mais j'ai vu une avocate et elle va m'accompagner à la première heure demain matin.

– Bien. Il faudra me tenir au courant. Comment est le vernissage?

– Sensass, dit-elle. Tout le monde aime ça. C'est du délire. Maman a déjà vendu six œuvres.

– C'est merveilleux. Formidable pour elle. J'espère qu'elle va tout vendre.

– Faut que j'y aille. Je vous appellerai demain.

Je dis au revoir à un appareil muet.

Le téléphone se mit à sonner avant que j'aie pu en ôter ma main. J'arrachai le combiné, en pensant que Tippy s'était peut-être rappelé quelque chose.

– Allô?

On entendait un halètement dans un silence bizarre, puis une voix d'homme.

– Eh, Kinsey?

De nouveau le halètement.

– Oui.

Je me sentis frissonner. Je pressai de nouveau mes doigts contre mon oreille, attentive au silence comme je l'avais été aux bruits de la fête, pendant le vernissage de Rhe. Le gars était en train de pleurer. Il ne sanglotait pas. C'était plutôt la façon dont on pleure quand on ne veut pas le montrer. Sa respiration faisait vibrer ses cordes vocales.

– Kinsey?

– Curtis?

– Heu-euh. Ouais.

– Qu'est-ce qui ne va pas? Il y a quelqu'un avec vous?

– Ça va. Et vous?

– Curtis, qu'est-ce qui se passe? Y a-t-il quelqu'un près de vous?

– C'est bien ça. Ecoutez, voilà pourquoi je téléphone. Je me demandais si nous pourrions nous voir pour parler de quelque chose.

– Qui est-ce? Tout va bien?

– Vous pouvez venir? J'ai des renseignements pour vous.

– Qu'est-ce qui se passe? Pouvez-vous me dire qui est avec vous?

– Venez me retrouver dans la réserve des oiseaux et je vous expliquerai.

– Quand ça?

– Dès que possible, O.K.?

Il fallait que je prenne rapidement une décision. Je ne pouvais pas l'obliger à rester plus longtemps en ligne. Quelle que fût la personne qui surveillait ce qu'il disait, elle commencerait à s'irriter.

– O.K. Ça me prendra un bout de temps. Je suis déjà au lit et il faut que je m'habille. Je vous retrouve là-bas au plus vite, mais ça peut me prendre vingt bonnes minutes.

La communication fut coupée.

Il n'était que neuf heures du soir mais il n'y a jamais beaucoup de circulation nocturne autour de la réserve des oiseaux. Le périmètre protégé entoure une lagune d'eau douce desservie par une route peu fréquentée, entre l'autoroute et la plage. Le parking d'une vingtaine de places est généralement occupé par des touristes à l'affût d'une bonne photo. Il y avait une taverne de l'autre côté de la chaussée, mais l'établissement n'avait pas de gérant pour l'instant. Il n'était pas question que je m'y rende seule et sans arme. Je décrochai de nouveau le téléphone et appelai le poste de police, en demandant à parler au sergent Cordero.

– Désolé, mais elle ne sera pas là avant sept heures du matin.

– Pouvez-vous me dire qui est de garde aux Homicides?

– C'est une urgence?

– Pas encore, dis-je d'un ton acerbe.

– Vous pouvez parler à l'officier de garde.

– Laissez tomber. Pas la peine. Je vais chercher quelqu'un d'autre.

Je poussai le bouton et coinçai le téléphone entre mon menton et mon épaule tout en feuilletant mon carnet d'adresses personnel. Le « quelqu'un d'autre » que j'appelai était Jonah Robb, un flic de la police de Santa Teresa qui travaillait aux Personnes Disparues. Lui et moi avions eu une liaison intermittente qui évoluait au gré des humeurs de sa femme. Leur mariage était une union pleine de drames, mais qui durait depuis longtemps : tous deux s'étaient rencontrés à l'âge de treize ans alors qu'ils étaient en classe de quatrième. Personnellement, je ne trouvais pas qu'ils avaient fait beaucoup de progrès depuis. A intervalles réguliers, Camilla le quittait – généralement sans avertissement ni explication – en emmenant leurs deux fillettes et tout l'argent qu'ils avaient sur leur compte joint. Chaque fois, Jonah jurait que ce serait la dernière. C'était pendant une de ces tourmentes conjugales que j'étais entrée en scène, côté jardin. Je servais de doublure, rôle que je n'aimais pas beaucoup, à la réflexion. J'avais fini par rompre. Je n'avais pas parlé à Jonah depuis près d'un an, mais je sentais que je pouvais encore l'appeler à la rescousse en cas de pépin.

Une femme répondit au téléphone avec une voix ensommeillée, Camilla peut-être, ou sa toute dernière remplaçante. Je demandai Jonah et j'entendis qu'on faisait passer le récepteur d'une main à l'autre. Son « allô » était mal assuré. Seigneur, ces gens-là se mettaient au lit plus tôt que moi. Je me fis connaître et cela sembla le réveiller quelque peu.

– Qu'est-ce qui se passe? dit-il.

– J'ai horreur de t'embêter, mon chou, mais un voyou récidiviste qui s'appelle Curtis McIntyre vient de me téléphoner et il me demande d'aller le retrouver dans la réserve des oiseaux dès que je le pourrai. J'ai eu l'impression qu'il avait un revolver sur la tempe. J'ai besoin de renfort.

– Qui est avec lui? Tu le sais?

– Je ne le sais pas encore et c'est trop compliqué pour t'expliquer au téléphone.

– T'as un revolver?

– Il est dans mon bureau, chez Lonnie Kingman. Je vais aller le chercher. Ça me prendra quinze minutes maxi et je descendrai ensuite à la plage. Est-ce que tu peux m'aider?

– Ouais, je peux probablement faire ça.

– Je ne t'aurais pas demandé, mais je n'ai personne d'autre sous la main.

– Je comprends, dit-il. Je te vois là-bas dans quinze minutes. Je dépasse l'endroit avec la voiture, puis je reviens à pied. Il y a des tas de coins où se cacher.

– C'est bien ce qui m'ennuie, dis-je. Fais gaffe aux mauvaises rencontres.

– T'inquiète pas. J'ai du flair pour les chiens méchants. A tout à l'heure, là-bas.

– Merci, dis-je en raccrochant.

J'attrapai à la volée mon sac et ma veste où se trouvaient mes clefs de voiture, en me félicitant d'avoir eu la bonne idée de faire le plein de la coccinelle. Je n'avais pas trop de temps devant moi pour aller de mon appartement au bureau, puis retourner à la réserve des oiseaux. Quelle que fût la personne qui accompagnait Curtis, elle ne manquerait pas de s'énerver en cas de retard, d'avoir des soupçons si je ne me montrais pas dans les délais que j'avais moi-même indiqués. Je roulai plus vite que la loi ne le permet, mais j'avais le regard rivé sur le rétroviseur, à l'affût des voitures pie traîtreusement embusquées. J'espérais que je n'aurais pas de mal à mettre la main sur le revolver. Il n'y avait pas cinq semaines que j'avais emménagé, avec mes boîtes en carton hâtivement ficelées, trimbalées de la California Fidelity jusqu'au bureau de Lonnie Kingman. En fait, je n'avais pas revu le revolver depuis que je l'avais acheté en mai. Au début je ne voyais pas la nécessité de cet achat, mais on m'avait dit que mon nom se trouvait tout en haut d'une liste de gens à abattre. Un détective privé qui s'appelait Robert Dietz avait surgi à point nommé quand je m'étais rendu compte que j'avais besoin d'aide. Après avoir dû accepter le fait que ma vie était véritablement en danger, j'avais renoncé provisoirement à toute velléité de non-violence. C'était Dietz qui avait insisté pour que je remplace mon Davis calibre .32 par un Heckler & Koch. Ce sacré revolver m'avait coûté les yeux de la tête. A force d'y penser, je n'étais pas non plus très sûre de savoir où se trouvait le Davis.

En arrivant au bureau, je laissai ma voiture dans la rue, avec mon sac sous le siège du conducteur, à l'abri des regards indiscrets. Il y avait peu de circulation et tous les immeubles de bureaux environnants étaient fermés pour la nuit. Je longeai l'allée qui conduit au petit parking à l'arrière. Je ne vis pas la Mercedes de Lonnie, mais une lumière qui tombait de son bureau, à l'étage, baignait une partie du macadam. Ça alors, c'était formidable. Il était de retour. Je n'aurais pas le temps de m'arrêter pour lui expliquer ce qui se passait, mais il ne serait probablement pas difficile de l'inciter à m'accompagner. Malgré tout son sérieux professionnel, Lonnie est, tout au fond de lui, un bagarreur. Il allait adorer l'idée de se glisser sous les buissons dans l'ombre.

J'utilisai la lampe de poche attachée à mon porte-clefs pour me diriger dans l'escalier, noir comme l'encre. En atteignant le palier du deuxième étage, je pus voir à quel endroit Lonnie avait allumé les lumières dans le hall de la réceptionniste. Je dépassai la grande entrée et pénétrai dans les lieux par la porte sans plaque qui se trouvait tout près de mon bureau. Je jetai un regard à ma droite en direction du bureau de Lonnie, qui se trouvait un peu plus loin dans le couloir, une porte plus bas que la mienne.

– Salut, Lonnie. Ne te défile pas. J'ai besoin d'aide. J'arrive dans une seconde et je te dirai ce qui se passe.

Je ne pris pas la peine d'attendre une réponse. J'ouvris la

porte de mon bureau et, d'une pichenette, j'allumai la lumière. L'endroit servait auparavant de salon-cuisine pour les employés, et mon placard actuel leur tenait lieu de garde-manger. Il y avait cinq cartons encore entassés contre le mur du fond, remplis de trucs dont je n'avais manifestement pas eu besoin depuis que j'étais là. Je n'arrivais même pas à me souvenir de ce que renfermaient ces boîtes. Je connais la théorie selon laquelle, si vous n'avez toujours pas déballé un carton deux ans après un déménagement, vous n'avez qu'à appeler l'Armée du Salut pour qu'elle vous en débarrasse. J'avais eu l'intelligence d'inscrire sur chaque boîte « Affaires de bureau ». J'en tirai une vers moi et déchirai la large bande collante de couleur marron. J'ouvris les rabats. La boîte contenait tout ce qui concernait mes déclarations d'impôt sur le revenu. J'essayai la boîte suivante et c'était le bon cheval. Oh, ouais. Le H & K se trouvait tout à fait sur le dessus, dans son emballage et deux boîtes de cartouches Winchester Silverstips.

Je m'assis par terre et sortis le revolver. J'attrapai la boîte de munitions, l'ouvris et me mis à glisser les balles dans le chargeur. Quand nous étions arrivés chez l'armurier, Dietz et moi, nous nous étions encore disputés aigrement à propos du modèle que je devais acheter : le P7 à neuf coups, ou le P9S qui pouvait en tirer dix ? Devinez lequel des deux coûtait le plus cher ? De toute façon, j'étais dans une humeur de chien, entêtée et peu conciliante. Le P7 coûtait déjà plus de onze cents dollars. Je râlais aussi parce que le P9S était une arme trop importante pour moi. Je voulais dire « coûteuse », bien entendu, ce que Dietz devina aussitôt.

J'avais dit :

– Nom de Dieu. Il m'arrive de gagner de temps en temps.

– Tu gagnes plus souvent que tu ne devrais, avait-il répondu.

Je souhaitais maintenant qu'il ait eu plus fréquemment le dessus dans nos disputes, particulièrement quand il avait été question que je parte pour l'Allemagne avec lui...

Les lumières de mon bureau s'éteignirent subitement et je me trouvai plongée dans le noir le plus profond. Comme il n'y avait aucune fenêtre donnant sur l'extérieur, je n'y voyais plus rien du tout. Lonnie était-il parti sans souffler mot ? Peut-être ne m'avait-il pas entendue rentrer ? Je glissai le chargeur dans le revolver et le fis claquer dans son logement d'un coup de paume. Se diriger dans l'obscurité produit le même effet que s'échapper d'un bâtiment en feu – on ne fait pas le malin. Je fourrai le revolver dans ma ceinture et rampai vers la porte sans la moindre dignité. Comme ça, on évite de trébucher sur les meubles, mais on sait qu'on n'aurait pas l'air fin si les lampes se rallumaient. La porte de mon bureau était restée ouverte et je jetai un coup d'œil dans le couloir. Toutes les lumières étaient éteintes. Qu'est-ce qu'il avait bien pu foutre ? Fourrer une fourchette dans la prise de courant ? Tout l'étage était dans l'obscurité. J'appelais :

– Lonnie ?

Silence. Comment avait-il fait pour disparaître si vite ? J'aurais juré avoir entendu un bruit léger dans la direction du cabinet de Lonnie. J'avais l'impression que je n'étais pas seule. Je tendis l'oreille. L'étage était si calme que le silence paraissait dense, chargé de bruits sous-jacents. Même dans le noir, je me surpris à fermer les yeux, dans l'espoir d'entendre un peu mieux en me concentrant. Je m'accroupis sur le seuil de ma porte, en face de l'endroit où Ida Ruth et une secrétaire appelée Jill avaient leurs tables de travail.

Qui se trouvait dans le bureau en même temps que moi ? Et où ? Comme j'avais lancé deux appels aussi clairs qu'un son de cloche, tout le monde savait où je me trouvais. Je reculai à quatre pattes et me mis à ramper pour traverser le couloir large de trois mètres en direction de l'espace qui séparait les bureaux des deux secrétaires.

Quelqu'un me tira dessus. Le coup de feu claqua si fort que je fis un bond de chat, un de ces mouvements miraculeux où les quatre membres semblent quitter le sol en même temps. Un flot d'adrénaline m'inonda soudain. Je compris que j'avais hurlé seulement après avoir cessé. Mon cœur cognait dans ma gorge et mes mains tremblaient sous le coup de la précipitation. J'avais dû bondir parce que je me retrouvais exactement où je voulais aller, accroupie, l'épaule droite appuyée contre les tiroirs du bureau d'Ida Ruth. Je posai une main sur ma bouche pour calmer ma respiration. J'écoutais. Le tireur semblait s'être embusqué dans le bureau de Lonnie, ce qui me coupait totalement la route si je voulais atteindre l'entrée principale. De toute évidence, la seule manœuvre possible consistait pour moi à reculer tout au fond du vaste couloir, que j'avais maintenant sur ma gauche. La porte sans plaque qui ouvrait sur le palier était éloignée d'environ cinq mètres. Si j'arrivais jusque-là, je pourrais m'accroupir à côté, essayer de tourner le bouton pour voir si la porte était toujours ouverte, compter jusqu'à trois et VROUM... la franchir d'une traite. Fameux comme plan. D'accord. Restait à parvenir là-bas. Mais prendre le risque de traverser cet espace à découvert m'effrayait. Où était donc le fauteuil à roulettes de Ruth? Il pourrait faire l'affaire...

J'avançai une main prudente et me mis à tâtonner sur le sol à la recherche du fauteuil. Je sentis alors que je touchais un visage. Je retirai brusquement la main et un son se forma tout au fond de ma gorge tandis que je retenais mon souffle. Quelqu'un était étendu par terre à côté de moi. Je m'attendais presque à sentir une main jaillir pour m'agripper, mais il n'y eut pas un geste dans ma direction. J'avançai de nouveau la main et me mis à tâter. Chair. Bouche molle. J'explorai les traits. Peau lisse, menton fort. Mâle. Un gars trop mince pour être Lonnie, et je ne croyais pas que c'était John Ives ou l'autre avocat, Martin Cheltenham. Il fallait presque que ce soit Curtis. Qu'est-ce qu'il faisait là, nom de Dieu? Il était encore chaud, mais sa joue était poisseuse de sang. Je mis la main sur sa gorge. Aucune pulsation. Je touchai sa poitrine, qui était complètement immobile. Sa chemise était humide sur le devant. Il avait dû me téléphoner du bureau. Il avait probablement été abattu peu après par quelqu'un qui attendait mon arrivée, qui me connaissait mieux que je ne pensais... assez bien pour savoir où je rangeais mon revolver, en tout cas... assez bien pour savoir que je n'irais jamais à un rendez-vous de ce genre sans passer d'abord par ici.

Je me remis à tâtonner derrière moi et rencontrai une des robustes roulettes du fauteuil d'Ida Ruth. Une autre possibilité se présenta soudain à moi. Si je mettais la main sur un téléphone, je pourrais composer le 911 et laisser sonner.

Même si je ne disais mot, l'adresse serait signalée par l'ordinateur du commissariat de police et on enverrait quelqu'un voir ce qui se passait. Je pouvais toujours l'espérer.

Je me redressai sur les genoux pour jeter un coup d'œil par-dessus le bureau le plus proche. Maintenant que mes yeux étaient accoutumés à la pénombre, je pouvais distinguer des degrés plus ou moins grands d'obscurité : le rectangle d'un noir charbonneux d'une porte ouverte, la forme d'un classeur. J'avançai une main sur la surface du bureau avec une prudence incroyable, car je ne voulais pas heurter ou faire tomber quelque chose. Je trouvai le téléphone, soulevai tout l'appareil, le fis passer par-dessus le bord du bureau et l'amenai jusqu'au sol. Je saisis légèrement le combiné en maintenant le bouton pressé avec le bout de l'index. Je portai le combiné à mon oreille et relâchai le bouton. Rien. Aucune sonnerie. Aucun signal lumineux.

Je jetai de nouveau un coup d'œil par-dessus le bureau et scrutai l'obscurité. Il n'y avait pas un mouvement, aucune silhouette sombre ne s'inscrivait dans l'embrasure de la porte de Lonnie.

Je tirai le revolver de ma ceinture. Je n'avais jamais tiré avec le H&K dans un endroit clos. J'étais allée quelquefois au stand de tir avec Dietz, avant son départ. Il m'avait obligée à faire d'innombrables exercices jusqu'à ce que je refuse de lui obéir davantage. Généralement, je suis plutôt assidue quand il s'agit de garder la main, mais pas dernièrement. Pour la première fois, j'admettais que son départ m'avait déprimée. Merde, Kinsey, secoue-toi. La présence du revolver me rassurait. Au moins je ne serais pas totalement à la merci de mon agresseur. J'ôtai le cran de sûreté.

Maintenant j'entendais une respiration, mais ce pouvait aussi bien être la mienne.

J'aurais préféré ne pas avoir renoncé à la sécurité relative qu'offrait mon bureau. Mon téléphone avait une ligne directe et celle-ci fonctionnait peut-être encore. Si je pouvais traverser le couloir pour retourner là-bas, je pourrais au moins verrouiller ma porte et pousser la table contre le battant. Il ne me resterait alors qu'à tenir le coup jusqu'à l'arrivée de l'équipe chargée du ménage. Il se pourrait qu'on me porte secours plus tôt si quelqu'un s'apercevait de quelque chose. Je pensai à Jonah. Il allait m'attendre à la réserve des oiseaux et se demander ce qui m'était arrivé. Que ferait-il quand il constaterait que je n'arrivais pas? Il supposerait probablement qu'il s'était trompé d'endroit. Dans mon esprit, les termes « réserve des oiseaux » ne présentaient aucune ambiguïté. Il n'y avait qu'un seul parking. Je lui avais dit que je passerais d'abord par mon bureau pour prendre mon revolver, mais il paraissait à moitié endormi. Qui pouvait dire ce dont il se souvenait ou s'il lui viendrait jamais à l'idée de venir vérifier?

Je tirai à moi le fauteuil d'Ida Ruth et m'accroupis derrière, en le plaçant entre moi et mon agresseur pendant que je rampais en direction de la porte sans plaque. Il y eut un autre coup de feu. La balle traversa la garniture du fauteuil avec une telle force que le dossier en plastique vint me frapper en plein visage. Je fis tout ce que je pus pour m'empêcher de hurler tandis que le sang jaillissait de mon nez. Je progressais à reculons, en tirant le fauteuil devant moi tout en rampant vers la porte. Je glissai une main le long du chambranle jusqu'au moment où je touchai le bouton. Fermé. Il y eut un autre coup de feu. Un éclat de bois vola devant mon visage. Je plongeai vers le mur, en utilisant la plinthe comme fil d'Ariane pendant que je me faufilais en rampant sur le sol, priant pour que la moquette s'entrouvre afin de me laisser passer à travers le plancher. La balle suivante frôla ma hanche droite comme si quelqu'un essayait de frotter sur moi une allumette géante. Je sursautai de nouveau, en poussant une brève exclamation de douleur et d'étonnement. La sensation de brûlure m'apprit que j'avais été touchée. Je tirai à mon tour.

J'avançai en roulant sur moi-même vers l'autre bout du couloir. La seule protection que j'avais, à ce stade, était l'obscurité. Si mes yeux y étaient habitués, ceux de mon agresseur devaient l'être aussi. Je tirai de nouveau en direction de la porte de Lonnie. J'entendis un glapissement de surprise. Je tirai une fois de plus, et reculai en rampant en toute hâte dans le couloir vers la cuisine. Ma fesse droite était en feu, des élancements partaient de ma jambe droite et remontaient le long de mon flanc droit. Je ne rampais même pas aussi bien qu'un bébé de six mois. Je me serrai contre le mur, en sentant monter mes larmes, non de chagrin, mais de souffrance.

Je ne prétends pas comprendre comment fonctionne le cerveau humain. Je sais bien que l'hémisphère gauche commande le langage, l'équilibre, l'esprit d'analyse, et résout les petits problèmes de la vie quotidienne par le raisonnement. Le côté droit, pour sa part, fait fonctionner l'intuition, l'imagination, la fantaisie et la spontanéité, fournissant soudain, du coq à l'âne, l'évidente réponse à une question que vous vous posiez trois jours plus tôt. Rien ne permet de comprendre ce phénomène. Tandis que je me blottissais dans le noir, l'arme à la main, serrant les lèvres pour m'empêcher de hurler comme une fillette, je sus avec une absolue certitude quelle était la personne qui me tirait dessus. Et pour tout vous dire, cela ne me plut pas du tout. Quand claqua le coup de feu suivant je m'aplatis le plus possible, tenant le revolver à deux mains et fis feu. Il était sans doute temps d'abattre les cartes.

– Hé, David?

Silence.

– Je sais que c'est vous, dis-je.

– Je me demandais si vous finiriez par deviner, dit-il en riant.

– Il m'a fallu un bout de temps, mais j'y suis arrivée, dis-je.

C'était étrange de lui parler dans le noir comme ça. J'avais du mal à imaginer son visage et cela m'ennuyait.

– Comment avez-vous deviné?

– J'ai compris qu'il y avait un trou entre le moment où Tippy a renversé le piéton et le moment où elle vous a heurté.

– Et alors?

– Et alors je l'ai appelée et je lui ai demandé ce qu'elle avait fait pendant ces trente minutes. Il se trouve qu'elle était allée voir Isabelle.

Il y eut un silence. Je repris :

– Vous veniez de tuer Isabelle quand vous avez vu Tippy remonter l'allée. Pendant qu'elle frappait à la porte, vous avez sauté à l'arrière du camion. Quand elle est repartie, elle vous a emmené loin de la maison. Il vous a suffi d'attendre qu'elle ralentisse. Vous avez sauté dehors en donnant un grand coup de poing sur la carrosserie pendant que vous bondissiez. Tippy a viré à gauche et vous voilà étendu sur la chaussée juste devant les ouvriers qui se trouvaient de l'autre côté de la rue.

– Ouais, avec un honnête M. Tout-le-Monde très pressé de témoigner en ma faveur, claironna-t-il enfin.

– Et Morley ? Pourquoi le tuer ?

– Vous plaisantez ? Cette vieille buse était vraiment sur mes talons. Quand je lui ai parlé, mercredi, il allait juste franchir le pas. Je savais que, si je ne le démolissais pas rapidement, j'allais me trouver dans le pétrin. Après ça, mettre la main sur ses dossiers, c'était un jeu d'enfant. Il était plutôt brouillon en ce qui concernait ses archives.

– Où avez-vous eu les champignons vénéneux ?

– Dans le jardin des Weidmann. C'est même ça qui m'a donné l'idée, tout au début. J'y suis allé une nuit et j'en ai ramassé une douzaine. Puis j'ai donné un petit pourboire à ma cuisinière pour qu'elle fabrique la pâtisserie. Elle n'aurait pas pu distinguer une amanite de son cul. Elle a de la chance de ne pas avoir goûté la préparation pour savoir si c'était bon.

– Faut reconnaître que vous êtes malin, dis-je, en réfléchissant très fort.

Derrière mon dos, le couloir formait un coude sur la gauche. Il finissait en cul-de-sac, avec la salle de la photocopieuse d'un côté, et la kitchenette en face. Si je pouvais tourner le coin, je serais hors de sa ligne de tir, mais j'allais alors rencontrer un double problème que je n'étais pas certaine de pouvoir résoudre. Premièrement, je ne disposerais plus, moi non plus, d'une ligne de tir directe. Deuxièmement, je serais prise au piège. De toute façon, j'étais déjà coincée là où je me trouvais. La cuisine avait une petite fenêtre. Avec de la chance, si je parvenais jusque-là, il me serait possible de faire voler la vitre en éclats et beugler de toutes mes forces pour appeler au secours. Il est vrai que personne ne semblait avoir entendu notre fusillade, pourtant on se serait cru à OK Corral ! Si j'arrivais à le persuader de poursuivre son bavardage, il se pourrait qu'il n'entende pas que je changeais de place.

– Je suis étonnée que vous n'ayez pas fait un faux pas à un moment ou à un autre, dis-je.

Quitte à être coincée, autant en profiter pour lui soutirer des renseignements.

– En réalité, j'ai fait un faux pas, une fois, dit-il, à contrecœur.

– Vraiment? Quand donc?

– Je me suis saoulé une nuit avec Curtis et j'ai ouvert ma grande gueule. Je n'arrive pas encore à croire que j'aie pu faire ça. Avant d'avoir fini de parler j'avais déjà compris qu'un jour je devrais me débarrasser de lui.

– Seigneur, dis-je. Vous voulez me faire croire qu'il disait la *vérité*, pour une fois?

Barney éclata de rire dans le noir.

– Oui, sûr et certain. Il avait compris que cela lui permettrait de se faire un peu d'argent, de sorte qu'il est allé directement voir Ken Voigt pour cafarder. Et, bien entendu, Voigt a commencé à payer Curtis pour s'assurer son témoignage. Pauvre idiot.

Je fermai les yeux. Voigt était bien un pauvre idiot. Il voulait tellement gagner ce procès qu'il avait pris le risque de perdre sa propre crédibilité.

– Et moi alors? Est-ce que je fais partie d'un plan ou est-ce que vous cherchez à me descendre par vice?

– En fait, j'aimerais vous faire épuiser vos munitions afin de pouvoir vous donner le coup de grâce. J'ai tué Curtis avec un H&K, comme celui que vous avez. Je vais vous tuer avec le .38 qui m'a servi pour Isabelle et mettre ce revolver dans sa main. De cette manière, il aura l'air de l'avoir assassinée...

– Et moi de l'avoir tué lui, dis-je en achevant sa phrase. Vous avez déjà entendu parler de balistique? Ils vont découvrir que le revolver n'était pas le mien.

– Je serai loin à ce moment-là.

– Malin.

– Très malin, dit-il. C'est bien plus qu'on ne peut en dire de la plupart des gens. Les êtres humains sont comme des fourmis. Si occupés, si absorbés par leur petit univers. Observez une fourmilière. Quelle activité! Vous pourriez dire que tout cela semble très important du point de vue de la fourmi. Mais ça ne l'est pas. En réalité, ça ne rime à rien. Avez-vous jamais marché sur une fourmi? N'en avez-vous jamais écrasé une avec le pouce? Vous n'éprouvez pas beaucoup de remords. Vous pensez : Voilà. Je l'ai eue. C'est pareil ici-bas.

– Seigneur. C'est vraiment profond ce que vous dites. Je prends des notes.

Cette réflexion lui fit perdre son sang-froid et il tira à deux reprises ; les balles labourèrent la moquette sur ma droite. Je lui rendis coup pour coup, uniquement par plaisir.

– Vous êtes si innocente, dit-il. Vous vous croyez tellement cynique, mais vous avez été facile à duper...

– Ne vous réjouissez pas trop vite, dis-je.

Je pensais que j'avais vu sa tête apparaître dans l'encadrement de la porte de Lonnie. Je fis feu deux fois de plus.

Il disparut.

– Raté.

– Désolée de l'apprendre.

Je fis glisser le chargeur et comptai les cartouches au toucher. Dire qu'il y avait toutes ces merveilleuses munitions dans l'autre pièce.

– Vous avez un ennui, là-bas?

– Je me suis cassé un ongle.

Il resta silencieux pendant un instant :

– Ménagez vos munitions. Vous n'avez plus qu'une balle.

– Connerie. J'en ai deux.

– Ah, c'est vrai. Hum-um-um, lança-t-il en riant dans le noir.

Je gardai d'abord le silence, puis je dis :

– Qu'est-ce qui vous rend si sûr de vous?

– Je sais compter.

Je baissai rapidement la tête pour rassembler mes forces. Je me dis que le moment était venu de changer de position. Je fis glisser mon pied hors de ma chaussure gauche que je plaçai sur le sol en face de moi. Je fis glisser mon pied droit hors de sa chaussure, manquant m'évanouir sous l'effet de la brûlure que je ressentis à la hanche droite. Je pouvais sentir une torpeur m'envahir et je tentais vainement de comprendre comment la douleur et la sensation d'insensibilité pouvaient suivre le même nerf.

– Ça n'en fait que sept, dis-je.
– Ça en fait *huit*.
– J'ai un dix-coups, dis-je pieusement.
Je me mis à reculer vers l'endroit où le couloir tournait à gauche.
– Un dix-coups. Quelle couillonnade. Vous êtes une belle menteuse, dit-il.
– Ah, vraiment? Quel genre d'arme avez-vous?
– Un Walther. Un huit-coups. Il me reste deux coups.
– Non, c'est pas vrai. Il vous en reste un. Je sais compter, moi aussi, idiot.
Je reculais imperceptiblement, me rapprochant du coin en tâtonnant derrière moi avec le pied. David Barney ne semblait pas remarquer que je changeais de place. Il dit :
– Vous ne pouvez pas me tromper. J'ai bien appris ma leçon à votre sujet.
– Comme quoi, par exemple? dis-je.
J'avais atteint le coin et reculai encore, me plaçant de telle sorte que seule la partie supérieure de mon corps se trouvait dans le couloir. David Barney était maintenant à huit mètres de moi. Je m'appuyai sur mon côté droit, le blue-jean était tout humide de sang. Je baissai les yeux pour m'examiner : ma hanche commençait à rougeoyer. Je me soulevai sur un coude. Tout mon poids porta sur mon porte-clefs, ce qui actionna la petite lampe de poche en plastique qui avait la forme d'un ovale plat et s'allumait sous la moindre pression. Je sortis les clefs de la poche de mon jean et enlevai la lampe de l'anneau. Je poussai les clefs de côté, ennuyée de les entendre cliqueter.
– Comme ce qu'on dit de votre habileté à mentir. Vous en êtes très fière.
– Où avez-vous été pêcher ça?
– Je n'ai eu qu'à écouter. C'est étonnant, le nombre de renseignements qu'on peut se procurer en prison.
– Je parie que vous aussi vous faites un tas de mensonges, dis-je. Vous avez probablement un neuf-coups.
En fait, cela sembla le flatter.
– Qui sait, dit-il.
– Pourquoi étiez-vous si sûr que je viendrais ici, ce soir?
Je me soulevai sur les mains et les genoux.

– Vous n'avez donc pas compris? Vous aviez dit à Curtis que vous gardiez votre revolver ici. C'est la raison pour laquelle j'avais fixé le rendez-vous à la réserve des oiseaux. Je savais que vous n'iriez jamais là-bas sans votre arme.

Je me dis que ce n'était pas la peine de discuter. Je m'étais mise en position à demi accroupie, comme un coureur sur ses marques, douloureusement consciente des élancements qui me torturaient le bas du dos.

Je l'entendis dire derrière moi :

– Vous êtes toujours là?

Je ne répondis pas.

– Où est-ce que vous êtes partie?

Je clopinai sur mes socquettes aussi rapidement que je le pouvais en direction de la porte de la cuisine. La pièce luisait d'un faible éclat gris provenant de l'éclairage public, au-dehors. Je vis au premier coup d'œil qu'il n'y avait aucun endroit où se cacher. Je filai hors de la pièce et traversai le couloir. J'atteignis sur la pointe des pieds le coin opposé et je m'accroupis à côté de la photocopieuse Xerox, le dos contre le mur. Plier la jambe droite me faisait tellement mal que je dus serrer les dents. Je parvins à m'asseoir, mon arme dans la main droite, ma petite lampe dans la gauche. J'avais les mains gluantes de sueur et les doigts glacés.

– Kinsey?

L'appel provenait du couloir. A tout instant, il allait comprendre que j'étais partie et il viendrait me canarder.

Je me serrai, les genoux relevés, tout contre la Xerox, dans l'espoir de présenter une cible aussi réduite que possible. Ce n'était probablement pas une idée géniale. Avec une seule balle, le type est sûr de vous toucher gravement.

– Hé, dit-il. Je vous parle.

J'aurais pu dire, d'après sa voix, qu'il se trouvait encore près du bureau de Lonnie. Il était contrarié.

Je m'efforçai de museler ma respiration.

Il tira.

Même là où j'étais, à l'autre bout du couloir et protégée par l'angle du mur, je sursautai. Ça en faisait huit. S'il avait un huit-coups, je ne m'en tirais pas mal. Un neuf-coups, j'étais foutue. Quand il comprendrait où j'étais, je serais refaite. Il était vraiment trop tard pour aller ailleurs. Je me sentais toute moite; j'éprouvais cette sensation de froid et de malaise qui vous envahit quand on est sur le point de s'évanouir. Je m'essuyai la joue sur la manche de ma chemise. La peur m'enveloppait comme une vapeur glacée, descendait par vagues le long de ma colonne vertébrale.

L'idée de mourir est à la fois banale et terrifiante, absurde et pleine d'angoisse. L'ego s'accroche à la vie. Le reste se laisse aller, souhaite tomber en chute libre, aspire à s'envoler. Si je regrettais quelque chose, c'était simplement de ne pas savoir comment toutes mes histoires allaient finir. William et Rosie allaient-ils tomber amoureux pour de bon? Henry atteindrait-il ses quatre-vingt-dix ans? Avec tout le sang qui avait coulé, Lonnie parviendrait-il à récupérer sa moquette?

Tant de choses que je n'avais pas faites. Tant de choses que je n'aurais plus le temps de faire désormais. C'était bête de mourir comme ça. Mais après tout, pourquoi pas?

Je pris deux profondes inspirations, en m'efforçant de garder la tête claire.

Dans le couloir, tout près, j'entendais la voix de David Barney. « Kinsey? » Il était en train de regarder dans la cuisine comme je l'avais fait et voyait qu'il n'y avait aucun coin où se cacher. Il avait probablement inspecté les lieux pendant qu'il m'attendait. Il devait savoir que la pièce de la photocopieuse était le seul endroit qui restait. Je pouvais entendre sa respiration; il avait le souffle court...

– Hello? Vous êtes là? Maintenant, on peut faire un petit concours de mensonges. Est-ce qu'il me reste une balle ou pas du tout?

Je ne soufflai mot.

– Et en ce qui concerne la dame? Elle prétend en avoir encore deux. Elle ment ou elle dit la vérité?

Mes mains tremblaient si fort que je n'arrivais pas à immobiliser le revolver. Je visai dans la direction de la porte et tirai.

Il poussa un cri de douleur. En l'entendant gémir, je sus que je l'avais touché et qu'il avait mal. Bien. C'était bon. On était à égalité. Il se traîna dans la pièce.

– Ça fait neuf, dit-il.

Sa voix était devenue sinistre et stupide et théâtrale.

– Vous êtes prête à mourir?

– Prête n'est pas exactement le mot, mais je ne serais pas surprise si ça arrivait.

Je braquai ma petite lampe électrique avec la main gauche et l'allumai. L'ampoule émit un ridicule rond de lumière, mais c'était suffisant pour que je le voie.

– Et vous? dis-je. Surpris?

Je tirai sur lui à bout portant et observai le résultat.

C'était instructif. Dans les films, quand on fait feu sur quelqu'un, ou bien la personne culbute en arrière à trente centimètres de là, ou bien elle continue d'avancer sur vous, sort de la baignoire, se relève si elle est à terre, parfois criblée de balles au point que sa chemise est couverte de petits pois rouges. La vérité, c'est que, quand on a touché quelqu'un, ça fait un mal d'enfer. De cela, je pourrais témoigner. David Barney fut obligé de s'asseoir, le dos contre le mur pour réfléchir à ce qu'est la vie. Une tache rouge, humide, se forma sur son côté gauche, ce qui abîma beaucoup sa chemise, tandis que son expression passait de la supériorité suffisante à la consternation.

Je l'étudiai pendant un instant avant de dire :

– Je vous avais pourtant prévenu que j'avais un dix-coups.

Il ne paraissait pas intéressé par la question. Je me mis debout, en laissant l'empreinte gluante d'une main sur la Xerox, traversai la pièce jusqu'au mur contre lequel il était appuyé. Je me penchai en avant et pris son arme, qu'il m'abandonna sans résistance. Je vérifiai le chargeur. Il y restait encore une balle. Ses yeux s'étaient vidés de toute expression et ses doigts s'ouvrirent lentement pendant qu'il laissait échapper sa vie. Quelque chose s'envola dans un souffle. Je remontai en boitillant le long du couloir, balayant le mur avec le pinceau lumineux de ma petite lampe de poche jusqu'au moment où je trouvai le signal d'alarme à utiliser en cas d'incendie. Je brisai la vitre et tirai le levier.

Epilogue

Maintenant que je peux de nouveau m'asseoir, je pense que je devrais éclaircir quelques points encore obscurs dans mon rapport. La nouvelle année est bien avancée et l'idylle passionnée entre Rosie et William se poursuit sans discontinuer. Henry a proféré toutes les menaces possibles, il a promis de faire la grève de la faim ou de leur casser la gueule, mais en vain. Je peux comprendre ce qui le préoccupe – William est une plaie de toute façon –, mais il y a pourtant quelque chose de merveilleux dans le spectacle de l'amour.

La police a déféré Tippy au bureau du procureur du district, où elle a eu un long entretien, empreint de sincérité, avec un adjoint. Je pensais que son jeune âge lui servirait de circonstance atténuante, quant à l'homicide involontaire et au délit de fuite, mais en fin de compte il s'est avéré tout bonnement qu'il y avait déjà prescription pour un accident de la circulation ayant entraîné la mort. Quand Hartford McKell a appris que le chauffard avait été retrouvé, il a tenu à me donner le chèque de vingt-cinq mille dollars, bien que Tippy n'ait pas été arrêtée ni condamnée. J'ai accepté l'argent. Après tout, j'avais fait le boulot, pourquoi ne pas en toucher le salaire? Il ne me reste plus qu'à savoir ce que je vais en faire. En attendant, le printemps arrive et il fait bon vivre.

Respectueusement vôtre,
Kinsey Millhone

Mort assurée

J comme Jugement

Sue Grafton

Une assurance vie d'un demi-million de dollars versée à une veuve éplorée et deux orphelins ; un défunt qui réapparaît soudainement sur une plage mexicaine ; une compagnie d'assurances, la California Fidelity, persuadée de s'être fait duper... Il n'en faut pas plus à Kinsey Millhone pour se lancer dans une nouvelle enquête. De la Californie au Mexique, la jeune femme traque la vérité. Sans se douter qu'elle va tomber sur une drôle de surprise : une famille maternelle dont elle ignorait jusqu'à l'existence...

(Pocket n° 4486)

La double vie de Loma Kepler

K comme Killer

Sue Grafton

À en juger par la cassette qui vient d'être envoyée à sa mère, Lorma Kepler, séduisante jeune femme retrouvée morte quelques mois plus tôt, menait une double vie. Qui aurait soupçonné derrière la secrétaire modèle, l'actrice de films pornographiques… et qui aurait imaginé qu'à seulement vingt-cinq ans, Lorma avait déjà mis un demi-million de dollars de côté ? Reste à savoir qui a été assassiné : la nymphomane toujours prête à flirter avec le danger, la gentille employée à la santé fragile ou... la spéculatrice avisée ?

(Pocket n° 10216)

Impression réalisée par

CPI
Brodard & Taupin

51220 – La Flèche (Sarthe), le 13-02-2009
Dépôt légal : octobre 1995
Suite du premier tirage : février 2009

POCKET – 12, avenue d'Italie - 75627 Paris cedex 13

Imprimé en France